熱風至る

II

井上ひさし

幻戯書房

明治維新が美化されすぎているような気がしてならない。維新は果してそんなに美しかったのだろうか。わたしはその答えを新選組のなかに求めてみたい。姿勢をできるだけ低くして、歴史の陰画を陽画に変えてみようと思っている。

凡例

一、本書は、井上ひさし（一九三四―二〇一〇）が「週刊文春」の一九七四年一月七日号より一九七五年十二月二十五日号まで百三回にわたり連載した『熱風至る』を、初めて全二冊の書籍としたものです。うち一九七五年一月一日号（「野試合」）以前をⅠ、同一月八日号（「入党試験」）以後をⅡとしています。

一、巻頭のことばは、連載が始まる前号、一九七三年十二月二十四・三十一日号に掲載された予告「人気絶頂作家の長篇小説が初めて週刊誌に登場！　新連載小説　熱風至る　ひさしの新選組　井上ひさし」の〈作者のことば〉です。

一、本書は全二冊ですが、一九七五年十二月二十五日号（Ⅱ「まさかり衆」）には冒頭に「第一部最終回」、文末に「第二部は構想を新たに、昭和五十二年より登場の予定」とあり、一九七七年にこの物語を再開することが示唆されていました。しかしながら、「第二部」が発表されることはありませんでした。

一、書籍とするにあたっては、明らかな誤字脱字は正し、ルビは適宜加減しました。

一、今日では不適切とされる表現が見受けられますが、著者が故人であることを考慮し、原文どおりとしました。

幻戯書房編集部

目次

装丁
緒方修一

資料調査協力
遅筆堂文庫

熱風至る

Ⅱ

入党試験

一

文久二年三月の、朧月夜のとある真夜中、久太郎は鏡仁太夫に連れられて鏡町の木戸を出た。どこからか菜の花の匂いがしている。久太郎はその匂いを胸いっぱい吸い込んで気を落ち着かせると、

「では、お願いします」

と、仁太夫に向って軽く頭をさげた。仁太夫はうなずいて、

「それではここで千まで数えて待て」

と、低い声で言った。

「千、数えたら、わたしの後を追ってくるのだ」

仁太夫は手に持っていた米粒を一粒地面に落した。この一年半の激しい修業で久太郎は、鏡党の衆のいう『梟の目』を会得している。だから朧な月しか光がないのにもかかわらず、小さな米粒でも見えるのである。

「久太郎、全速力で追ってこいよ。わしを追い切れなかったら……」

わかっています、というように久太郎はひとつ大きく首をたてに振った。この一年半、久太郎は

ただもう夢中で鏡術の習得に全力をあげてきた。そしてこれからがその総仕上げの入党試験、仁太夫に追いつくことが出来れば鏡党に正式に迎え入れられるだろう。だが、追いつくことが出来なければ、もう一度、修業のやり直しである。久太郎は鏡党の術と称するものが気に入っている。それは剣術に槍術（そうじゅつ）を加味し、さらに杖術（じょうじゅつ）や柔術や拳術や水術や忍びの術の要素を加えた奇天烈な武術であるが、技一辺倒ではなく、考える、ということがたいへんに重視されている。久太郎はそこのところが自分に適（あ）うと思っているから、修業は平気である。しかし、鏡党の術を身につければつけるほど、それを実際の用に使ってみたいという望みも大きくなる。早く一人前になって、近藤勇や土方歳三など試衛館一派を蔭から支えるのでもなんでもいい、とにかく実地に試してみたいのだ。

「では……」

言い残して仁太夫が早駈けで歩き出した。

（一刻で四、五里の速力だな）

と、心のうちで一、二、三、四と数えながら、久太郎は闇の中に溶け込むようにして歩き去って行く仁太夫の黒い背中を眺めていた。

（千、数えるうちに仁太夫は二十七、八丁、おれから先行することになる）

通常人なら、夜、道端に落ちている米粒を道しるべに二十七、八丁先を一刻（二時間）で四、五里の速さで早駈けする人間に追いつくなどほとんど不可能だろうが、いまの久太郎には軽い仕事だ。

（……だが、あの仁太夫のことだ。途中で多分、なにかとんでもないことを仕掛けてくるにちがいない）

むろん、そのとんでもないことがどうとんでもないのか、それはわからない。おそらく仁太夫の仕掛けてくるそのとんでもないことというのを切り抜けるためには、何度も命を危険にさらさなくてはならないだろう、と久太郎は思った。つまりこれは命がけの入党試験なのだ。ついさっき仁太夫は「わしを追い切れなかったら……」と語尾を濁したが、それは、上手に追わぬと命を落すことにもなるぞ、という警告だったのかもしれない……。

久太郎はぶるぶるッと武者振いをし、背中の風呂敷包みをゆすりあげて歩き出した。久太郎はいまようやく千、数え終ったのだ。

久太郎の背中の包みはかなり大きい。包みの中には鏡党の術に必要な七ッ道具が入っているのだが、むろんそれはだれにもわからない。久太郎の風体はどこか小店の番頭といった感じで仕立ててある。だれかに誰何されたら「浅草田原町の古着屋の番頭でござい」と、久太郎は言い抜けるつもりでいる。そのときのために七ッ道具の上には古着が五、六着のせてある。

米粒を追って歩いているうちに、久太郎は山谷町に出た。山谷町から日本堤へ、田ん圃の中を一本道が通っているが、米粒の道しるべは、その一本道へ久太郎を誘い出す。田の畦道に菜の花が咲いている。日本堤の土手も菜の花でいっぱいだ。なんだかひとりでに眠くなるような妙な晩である。

堤を登り切ったところで菜の花の匂いが桜のそれに変った。堤を、吉原から山谷堀まで桜並木が続いているが、その桜並木が匂いの因だろう。久太郎の、充分に訓練を積んだ『梟の目』は、堤の吉原寄りの四、五本先の桜の木の下に、四人ほどの人影を見た。

（……いやな感じの連中だな）

久太郎は地面に蹲み込んで向うの様子を窺った。これは鏡党の術のうちの夜行法のひとつだ。夜、前方をたしかめるときはできるだけ躰を低くして、前方を空にすかすようにして見るのである。前方の話し声を聞くときは、手早く深さ五寸ほどの小穴を掘り、その中に顔を入れる。そうするとよく聞える。

四人とも腰に二本、ぶち込んでいる。そのうちの一人、これはかなり長身の侍だが、腰の大刀に左手をあてがい、右手をだらりと前にさげている。

（……疋田流の居合の構えだな。ということは、連中、辻斬りの一味か）

こういう場合は引っ返してしまえというのが鏡党の術の教えるところだが、仁太夫の米粒は吉原の方向へ向っている。久太郎はゆっくりと歩き出した。その桜の木に近づくにつれ、殺気が強くなった。対抗して久太郎も殺気でそれに応じつつ、さらに近づく。長身の侍の右手が刀の柄にかかった。そこを見澄して久太郎はふっと全身の気を抜いた。相撲にたとえればがっぷりと組んでの寄り相撲、その寄せ合いが最高潮に達しようとしたところで、すっと気を抜いたようなものだ。長身の侍の気合いがずっこけて、柄にかかった右手がだらんと前にまた垂れる。そのすきに久太郎はその剣呑な桜の木を通り抜けた。

「どうしたのだ？」

長身の侍に誰かが舌打ちをした。

「なぜ、斬らぬ？」

「いまのが斬れるか」

長身の侍が答えている。

「あいつは武士だ。しかも、相当に使える」

長身の侍の口調のどこかに土くさい訛があるようだ。

「風体は商家の番頭だが、内容(なかみ)は侍だよ」

辻斬りが狙うのは不思議に町人ばかり、武士は見逃す、久太郎はそこにつけ込んだわけである。

(……しかし、もしかしたら、いまのは仁太夫の仕掛けた罠かしらん)

と、思いながら、久太郎は足をはやめたが、道に落ちている米粒の色が白から赤に変っているのを見て、思わずぎくりとなって立ち止った。

二

鏡党の術では、米を撒いて道しるべにするのを『三色』と称する。先行する者が白・赤・青の三色の米を撒き、追行する者に、
白……進め、
赤……止まれ、
青……引き返せ、
という具合に知らせるので『三色』なのだが、むろん、赤米や青米は染料で染めてあるのである。

（……止まれ、とはどういうことだろう）

久太郎は咄嗟に傍の桜の木の蔭に躰を隠した。辻斬り侍たちに立ち止っているところを見られては拙い、と思ったからである。

（仁太夫の身の上になにか変事でもあったのだろうか）

思案していると、傍の土手の菜の花の中から、

「……久太郎、ここだ」

という仁太夫の声がした。

「なんだ。追いかけっこはもうおしまいですか」

久太郎は声のした方へ這って行った。

「ずいぶん、あっけがなかったな」

「ばかを言っちゃいけない」

仁太夫も久太郎の方へ這い寄ってきた。

「入党試験はこれからだよ」

「ではどうして赤米なんです？」

「辻斬りを見物しようと思ったのだよ。なんでも見ておくことだ。あとで役に立つ」

「すると、あの辻斬りは仁太夫さんが仕掛けた罠じゃなかったんですね？」

「だれがあんなものを……」

仁太夫は低い声で笑った。

「わしが仕掛けようと思っているのは、もっとずっと凄いやつ。それを切り抜けることが出来なければ、おそらくおまえさんの命はないよ」

「覚悟はしています」

久太郎がうなずいたとき、目の前に辻斬り侍のうちの二人が立った。彼我の距離は一間半あるかなしかである。

「ここいらで人の声がしたような気がするんだよ」

「そうかね、おれには聞えなかったぜ」

「いや、たしかにこのへんに誰かいる」

「誰かいるとしても、そいつはいったいなぜいるのだろうな」

「それは知らん。が、あるいはおれたちに恨みを持つ者たちかもしれない」

「おれたちに恨みを持つ……？」

「大将はこのごろ狂ったように人を斬っているだろう？　なにしろ吉原での遊興費はすべて辻斬りで手に入れている」

「うむ、大将、ちと過ぎるものな」

「斬られた者の縁故の者がおれたちの命を狙っているかもしれないぜ」

「辻斬りをあべこべに辻斬りにしようってわけか」

「そういうことだ」

「やれやれ」

二人の侍は抜刀していた。右手に抜身を構え、左手に鞘を持ち、その鞘で菜の花をしきりに叩いている。

（……うかつだった）

久太郎は風呂敷包みの中へ手を差しこみながら首をすくめた。

（おれが仁太夫を見て思わずあげた声を聞かれてしまったらしい。こんなことでは入党試験に受からないぞ）

久太郎は包みの中から太い竹の筒を一本とり出した。竹の筒の長さは三尺余、節はひとつだけ残してあとは抜いてある。それを口に当てて、久太郎は、

「くん、くん」

と、犬の擬声をあげた。これは鏡党の術のうちの「化犬法（けけんほう）」、竹筒の空洞のために、あたかも本物の犬が、実際よりも遠いところで啼いているように聞えるのだ。

「……ちぇっ、犬か」

「甘えた声で啼いていやがる」

二人の侍は抜身を鞘におさめて、元の桜の木の方へ戻って行った。

「仁太夫さん……」

久太郎は今度こそ声を押えて言った。

「前に高声で話した失態、いまの化犬法で取り戻したつもりですが、どうです」

「あんたの擬声は天下一品だな」

仁太夫が低い声でほめた。

久太郎は吻（ほっ）となって背中の包みの中へ竹筒を押し込んだ。仁太夫が賞めたように、久太郎は擬声や擬音が得意だ。いまの犬の啼き声もそうだが、そのほかにも、たとえば風で障子のがたつく音とか、風で松の枝などが鳴る音とか、いくつもの十八番（おはこ）がある。どこかへ忍び込み、誤って物音をたて、それに気づかれたときなどに、風で障子のがたつく音などは役に立ちそうである。

「おッ、向うから人がくる」

仁太夫が首を鶴のように伸して堤の山谷堀の方角を見ている。久太郎もそれにならって視線を南へ向けた。久太郎たちのいるところから辻斬り侍のいる桜の木までは五間ほどあるが、さらにその桜の木の十間ほど向うに、こっちへ歩いてくる人影がある。月を背中に背負っているので、いかに久太郎たちが梟の目の持主である、といっても、顔つきはわからない。が、ぴらぴら裾を翻しながら、ふところ手、前こごみになって下駄を鳴らしているところを見ると、これは町人、おそらくどこかの商家の若旦那か。

「ちょいと待った」

例の桜の木の蔭からぬーっと長身の侍が、商家の若旦那風の男の前へ出る。いましがたの二人が「大将」と呼んでいたのは、この長身の侍だろう。

「……な、なんでございます」

若旦那風が棒立ちになった。

「いささか無心をしたい」

「そ、そんな……」

若旦那風が逃げ腰になる。

「それほどの大金を寄越せとはいわぬ。たったの三十両……」

「三、三十両……？」

「吉原のあっちこっちの茶屋に借金の山、なんとか融通してもらわぬと首がまわらぬ」

「……！」

「いやだと申すなら、そっちの首が……」

「ひーっ！」

若旦那風が両手で空を摑むようにして吉原田ん圃の方へ駈け出そうとした。土手を滑り降りて難を避けるつもりなのだ。

「たーっ！」

長身の侍が左から右へびゅっと腰をひねった。侍の左腰から若旦那風の首へ光りが走った。発条（ばね）を仕掛けた人形のかしらのように、若旦那風の首が真上に跳んだ。あまりの素速さに若旦那風の胴体は、己れの首の飛んだのにも気づいてないみたいに、まだ立っている。そこへ、長身の侍の第二刀が斜めに喰い込む。どすっと鈍い音がして首がまず地面に落ち、それから胴体が首のそばに転がった。間合いの取り方がじつにうまいな、と久太郎は思った。がしかし、首なしの胴体にさらに第二刀を加えるとは残忍すぎるのではないか。

（……いやなものを見てしまった）

久太郎はそのへんにしきりに唾を吐いたが、そのうちに、はてな、と首を傾げた。若旦那風の着物で刀を拭っている長身の侍の仕草に、見覚えがあるような気がしたからである。

三

「あッ、清河八郎……」

久太郎が唸った。

「たしかに、清河八郎だ」

全身、これはったり、はったりがちょんまげを結い、着物を着て、刀を差しているような男だが、根は善人だった。こすっからいところもないではないが、しかしそれも生得のものではない。草深い羽前国(うぜんのくに)から生き馬の目を抜く油断ならぬ江戸へ出てきたからには、自分も生き馬の目を抜くこすっからさを身につけなければならない、と無理して悪(わる)ぶっているところがあって、そこが強い訛と共に、この長身の青年を憎めない男に仕立てていたはずだった。

「懐しいな」

久太郎は思わず土手の斜面の菜の花畑に上半身を起した。

「関宿(せきやど)で別れたのが八年前……、すると当然、八年振りか」

「おっと、今、のこのこ飛び出してはいけないよ」

鏡仁太夫が横から久太郎の帯を摑み、ぐいと引き戻した。

「向うは気が立っている。斬られてしまうよ」

「し、しかし……」

「それにいまは鏡党入党の試験中だ」

なるほどそうだったと思い、久太郎は再び菜の花の波の下に躰を潜らせた。

「……ふん、しめて十八両（づうはづりよ）か」

清河八郎が手の中で小判をちゃらつかせている。

「悪（わり）ぐねぇ稼（かしえ）ぎだどもはァ、別に斬る事（ごだ）ァ無（ね）がったかもね」

羽前訛も昔のままのようである。

「これはすこしばっか、無益な殺生ばしたのかも判（わが）んね。んじゃ、吉原さ繰り込（ご）むすか？」

八郎のまわりをかこんでいた男たちの頷くのが見えた。

「んじゃ行（え）ぐべし」

八郎が肩をゆすって歩き出し、久太郎たちが伏せている前を通り過ぎて行った。男たちも吉原女郎の品定（しなさだめ）をしながら八郎の後に蹤（つ）いて去った。

「清河八郎のほかに三人の男がいたが、あの三人の出身地がわかるかね」

八郎たちの姿が桜並木のむこうに見えなくなるのを待って、仁太夫が久太郎に訊いてきた。

（……これも入党試験の一部だな）

と久太郎は思った。この一年半の修業のなかに、土地訛を聞き分けるという訓練も入っていた。

つまり鏡党の者には、訛を聞き分けることによって相手がどこの出かを素速く判断する技術も要求されるのである。

「ひとりは筑前訛、ひとりは水戸訛、そしてもうひとりは江戸生れの江戸育ち」

久太郎の答えに仁太夫が満足そうにうなずいた。

「よかろう。ところで、あんたがあの清河八郎と相識だったとは驚いた。がしかし、今のはほんとうに清河だったのだろうね。たしかに、神田お玉ヶ池に『文武両道指南所』の看板を掲げ、文を教える者、また武を指南する者は江戸にゴマンといるが、文武あわせて教授でき得るのは天下広しといえどもおれひとりと大見得を切った、あのほら吹き八郎だったんだな？」

「たしかに清河です」

久太郎は、かつて自分が清河と共に水戸藩こんにゃく会所へ押し入ったほどの仲だったことなどを、仁太夫に語った。

「……使えるな」

仁太夫が呟いた。

「使いようによっては役に立つだろう」

「……というと？」

「文武の達人、辻斬りの常習犯、殺人鬼、そして尊攘を説く憂国の士、やつはいろんな肩書を背中に貼っつけて歩いている賑やかな男だ……」

賑やかな男は当っているな、と久太郎は心の中で仁太夫に相槌を打った。だがどうして賑やかな男が役に立つのか。それにいったいなんのために役に立つというのだろう。

「……賑やかな男には根は浅いが人気というものがある。やつのその人気を元手にして試衛館を売り出させよう。どうかね？」

「わかりません。わたしにはさっぱり話の筋が読めませんが……」

「そのうちに自然と読めてくるよ」

仁太夫が立ち上った。

「それにしても、あんたが清河八郎を知っていたとは好都合だった。では、試験を続けよう。ここでまた千まで数えて待て」

仁太夫は土手を駈けおりて、浅草田町の町屋の中へ走り去った。久太郎の『梟の目』には、町屋の家並みの向うに黒々と聳え立つ金竜山浅草寺本堂の屋根が見えている……。

四

鏡党の者にのみ通用する道しるべである『三色』は、久太郎を浅草田町から浅草寺の横を抜けさせて花川戸へ、花川戸から田原町広小路を経て西へ向わせた。そして半刻後。久太郎は『三色』に導かれて南品川鮫洲の東海道筋にある曹洞宗の禅林海晏寺の前に立っていた。なおも「進め」を意味する白米は、街道の、馬糞だらけの土の上を西に向っている。

（……仁太夫はどこまでおれを連れて行くつもりなのだろう）

こっちに『かご』と記した掛け行燈、あっちに『乾海苔あり〼』『あなご料理・酒肴』などと書いた看板がぶらさがっているなかを走り抜けながら、久太郎は首を傾げた。

(ひょっとしたら、仁太夫は東海道を京まで突ッ走る気かしらん)

久太郎は鏡町で前に、入党試験で京はおろか下関まで走らされた男がいた、という話を聞いたことがあった。その男は播州赤穂の手前で血反吐を吐いて行き倒れになってしまったという。

(……下関だろうがどこだろうが、おれは仁太夫について行ってみせる)

足には自信がある。久太郎の家はこんにゃく屋、日課のようにしてこんにゃく粉を踏んでいたのが、いまものを言いだしているのだ。

(……唐天竺へでも走って行ってみせる)

もうひとつ走る間合いを早めたとき、白米が左に折れた。

(……左は海だが、これは泳がせられるかな)

別の男が入党試験を受けた時、彼は浦賀まで走らされ、さらに浦賀から浦賀水道を横断し、房総半島の富津まで泳ぐよう命じられた、という話も聞いたことがあった。この男も富津へは泳ぎ着けず、途中で行方知れずになってしまったという。

(……泳ぎは苦手だな)

久太郎は走りながら思わず首をすくめた。

(……武術と水泳はどうも性に合わない)

目の前に暗い海がひらけ、磯の匂いが久太郎を包んだ。道しるべの白米は磯伝いに右へ右へと久太郎を導いて行く。と、やがて向うに土塀が見えてきた。相当に大きな屋敷である。庭も広そうだが、その庭は海に面しているらしい。白米の列は、長さ一丁は優にあろうと思われる土塀のちょうど中央あたりへぶつかり、そこで途切れていた。久太郎は土塀に蛭（ひる）のように貼りついて、そのへんを手で撫でてみる。久太郎の手はすぐにとまった。なにかが手の動きを阻んでいる。目を近づけるとそれは竹の楊子だった。

（……ふうん、土塀をここで乗り越えて、屋敷の内部（なか）へ忍び込めというのだな）

久太郎は楊子を引き抜き、それを襟に刺して、土塀の瓦屋根を見上げた。むろん竹の楊子も鏡党の通信法のひとつ。楊子の刺してあるところから潜入、ないしは乱入せよ、という意味があるのだ。半分以上も深く突き刺してあれば「潜入」で、浅ければ「乱入」である。

土塀は瓦と粘土とを交互に積み上げて築いてあった。

（瓦を足がかりにすれば楽に乗り越えられそうだ）

久太郎は背中の風呂敷包をそっとゆすりあげて土塀伝いに海とは逆の方向へゆっくりと歩いて行った。土塀のどんづまりに、二階建ての長屋が建っていた。この長屋も相当に長い。三十間はたっぷりありそうだ。長屋の中央に、長屋門が見えた。長屋門の真ん中は門扉（もんぴ）、その左右に番所がある。

（……これは大名屋敷だ）

さすがに胴震いが出た。長屋は腕の立つ連中が寝起きしているはずである。不寝番もいることだろう。見つかったら大事（おおごと）、長屋の猛者（もさ）連と命のやりとりをしなければならなくなる。

（……しかし、これはどこのなに様の屋敷なのだろうか）

　土塀のもとのところへ戻りながら久太郎は考えた。

（……ここは南品川の鮫洲だが、こんなところに大名屋敷があったろうか）

　そのとき、久太郎の脳裏に、自分がまだ浮世絵の彫師の修業をしていたころ、版元の栄久堂から聞いた言葉が閃いた。

「……こんど山内容堂様のお仕事をすることになったぜ。容堂様はいま幕府(おかみ)から謹慎を命じられ品川鮫洲の土佐藩別邸にご蟄居(ちっきょ)のお躰だが、ちかぢか、そのご蟄居が解けることになったんだそうだ。その祝いに吉原のごひいきのおいらんの錦絵を刷ってぱっとばらまこうというわけでね……」

　するとここはその土佐藩別邸か。容堂さまとはよくよく因縁があるんだな、と苦笑して、久太郎は土塀の壁のあちこちから突き出している瓦に手と足をかけた。そしてしばらく呼吸を整えてから、足で瓦を蹴り、指先に力をこめる。久太郎の躰がふうわりと屋根の上に乗った。

　すぐに邸内に飛び降りるのは危険だ。賊の侵入を防ぐために地面に竹を刺し込んでおく、ということがよくあるからである。竹の先は鋭く殺(そ)いである。足でそんなものを踏み抜いてはならない。屋根に身を伏せて邸内の気配を窺う。むろん、これから飛び降りようとするあたりの地面の様子もたしかめる。殺ぎ竹は植えてないようだ。久太郎はできるだけ躰を天地に長くひきのばして屋根から降りた。そして足の裏に地面を感じたその刹那、こんどは毬のように躰を小さくする。これも鏡党独特の跳躍法で、着陸時の衝撃と音とを、全身の関節で吸い取ってしまうわけだ。

　にゃおーん。

ためしに低く猫の擬声を発してみる。邸内はしんと鎮まり返ったままだ。これなら大丈夫と得心のいったところで、久太郎は、植込みを縫って前進しはじめた。

仁太夫の白米の道しるべは海に向って建てられた本邸へ続いているようだ。部屋数が二十はありそうに大きい。

(……それにしても、こういう入党試験が春でよかった)

そんなことを思いながら久太郎はゆっくりと前進した。春は人の眠りが深くなる。したがって「家忍び」はその分、楽なのだ。これでしとしとと春雨でも降ってくれているなら言うことはない。静かな雨は、なにしろ人間にとって最良の睡眠薬なのである。これに反し、夏と冬は人の眠りは浅い。夏と冬の家忍びは春のそれの三層倍は難しい。

植込みのところどころに杭が二本、二間ぐらいの間隔をおいて打ち込んである。二本の杭には一尺ぐらいの高さに鈴をつけた横木が渡してあった。

(……ふん、鈴木(すずのき)なぞに引っかかるものか)

久太郎はそのたびに直進を避けて遠廻りをした。うっかり前進して横木をひっかけてしまうと面倒になる。鈴の鳴るのを聞きつけて家臣たちがおっとり刀でかけつけてくるにちがいないからだ。

植込みが深くなった。

(……このへんがやばい)

久太郎は四つん這いのまま動きをとめた。

(なにか仕掛けてあるとすればこのあたりだが……)

遠廻りしようとも思ったが、それには長屋の近くまで迂回するか、一旦、海に入らなくてはならない。庭全体がそういう仕掛けになっているのだ。

（……鉄菱でもまいてあるのか。それとも……）

と、久太郎がその植込みと植込みとの間に静かに滑り込んだとき、二間ほど前方でなにかがのそりと動いた。はっとなって透し見ると、そのなにかが、

うううーっ。

と低く唸った。

（……土佐犬だ）

久太郎の左手がすばやく背中の風呂敷包にのびた。風呂敷包のなかには、油のかすとごまの実を混ぜて練った魚肉の団子が入っている。鏡党ではこれを『黙犬（もっけん）団子』と称しているのだが、その名のとおり、これを与えるといかなる犬も声がとまる。

（それにしてもよくこれまで吠えなかったものだ。よほどしっかり訓練されているにちがいない）

世間では、番犬は吠えるのをもってよしとしているがじつはそうではない。侵入者をじっと待ち受け、不意に嚙みついてくるのが最上なのだ。侵入者にとってこれほど怖いことはない。だが、犬をそのように躾けるのは容易な業ではない。この屋敷には犬訓練の名人がいるらしいぞ、と思いながら久太郎は牙を自分に向けている巨（おお）きな土佐犬に向って、黙犬団子をそろそろと差し出して行った。

五

久太郎は牙を剝きながら、ぐるるると低く喉を鳴らしている土佐犬の鼻先に、右の掌に載せた『黙犬団子』をゆっくりと差し出していった。むろん、「さァ、喰いな」と勢いよく突き出したり、土佐犬の前肢あたりにポイと投げ出したりするのは厳禁である。犬は動くものを見ると昂奮し、走るものを見ると追う本能があるからだ。

(……さァ、これからが勝負だ)

久太郎は団子をさらに土佐犬の方へ近づけながら、顔の筋肉をできるだけゆるめ、目尻を下げてみせた。

(おれはたったいまから、二、三歳の童子(わらし)になるんだ)

肩の力も抜き、エヘヘとかすかに笑い声をあげてみる。

(おれは、三歳の童子だ)

わざと涎(よだれ)を垂らす。これは鏡党の術の極意のひとつ「犬を二歳と思うべし」という「友犬法(ゆうけんほう)」である。成犬の知能は二、三歳の童子とほとんど同じだ。そこで人間の方から二、三歳の童子になり、いわば犬と同じ土俵で対峙する。すると不思議なことに、どんなに警戒心の強い犬でも、耳を引いて尾を振る。つまりうれしがるわけだ。鏡党のかしらの仁太夫が、

〈犬は子どもを好む〉

というところに目をつけて編み出した秘法だそうだ。案の定、土佐犬はかすかに耳をうしろに引いた。

「うま、うま、おたべ」

そこへつけ込んでさらに黙犬団子を土佐犬の鼻先へ近づけた。訓練されている犬は主人の与える餌の外は口をつけないものだが、土佐犬は黙犬団子へ鼻を寄せてきた。これにはじつは仕掛がある。団子の中には発情した雌犬の陰部がこまかく刻んで混ぜてあるのだ。

「まんま、うまうま……」

子どものカタコトを真似た。釣られて土佐犬が団子を咥えようとする。その瞬間に久太郎は団子をすーっと三寸ばかり手前に戻した。これがコツだ。逃げるものは追う、という習性が土佐犬に団子をがっと咥えさせた。

(……しめた!)

久太郎は素速く右手を背中の風呂敷包みの中へ滑りこませ、団子をもう二つ、三つ摑んだ。前の団子と形や匂いは同じだが、内部(なか)の仕掛がちがう。「殺犬団子」といって中心に馬銭(まちん)という毒や釣針が仕込んであるのだ。犬は食物をあまりよく嚙まない。ほとんど鵜呑みにする。だから、団子のまんなかに馬銭や釣針を仕込んでおけば気付かずに呑み込んでしまう。嚥下(えんげ)後、五つと数えないうちに毒がまわり、釣針で胃袋を引っかけ、血反吐を吐いて死ぬはずである。

「うまうま、ほら、うまうま」

久太郎は殺犬団子を差し出した。土佐犬は尾を振って団子を咥え、がつがつと、数回、嚙んで、団子を呑み込む。

(……ひとつ、ふたつ、みっつ)

土佐犬の躰が棒を呑んだように硬くなった。

(……よっつ、いつつ)

どさりと土佐犬の躰が地面に横倒しになる。顔を近づけると、土佐犬の口のあたりに血の匂いがしていた。

久太郎は土佐犬を四ツん這いのまま乗り越え、植込みに躰を隠してあたりの気配を窺った。

(……大丈夫だ。しーんと鎮まりかえっていやがる)

見定めておいて、いきなり母屋の縁の下に向って駈けだす。足袋は底に厚く綿を入れ刺子にしてあり、草鞋はなめし革だ。綿と革が音を吸いとってくれるから、足音はしない。

縁の下に滑り込むと、這ったまま、あっちからこっちへ、こっちからあっちへと歩きまわり風呂敷包みから直径一寸五分、長さ七寸ほどの真鍮の筒を取り出し、上端を床板に下端を自分の耳に当てる。これは『耳筒』という道具で、どのへんでいびきがするかを探るためのものである。つまり、縁の下を這いまわり、耳筒で上の様子、上の間取り、を探りながら、どのあたりが寝所か、宿直の侍が何人、どのあたりにいるか、鶯張りの廊下があるか、あるとすればどのあたりか、落し穴はないか、忍び込むにはどこが適当か、逃げ口をどこに想定しようか、などを懸命に考えているのだ。

と、やがて裏口に近いあたりの柱の一本に紙を小さく折ったものが、手裏剣でとめてあるのに気づいた。

(……箸のように細い手裏剣！　これは鏡党の手裏剣だ。……するとこれは仁太夫からの……？)

そっと手裏剣を引き抜いて紙をひろげ、目の前三寸ぐらいのところまで持ってくる。久太郎は例の『梟の目』を会得しているから、暗くても読める。おまけに文字が大きい。

「この頭上に大きな葛籠がある。その中に身をひそめよ。それが入党試験だ」

（……なーんだ）

久太郎はがっかりした。

（どんな難題を出してくれるかと思って楽しみにしていたが、これは泥棒の真似事じゃないか。ちぇッ、ぎんぎらぎんにぎんばっただけ損をしたな。まったくやれやれだ……）

もっとも吻としないではない。なんといったって試験は易しいにこしたことはないのだ。久太郎は裏口へ出た。むろん、裏口には床下はない。地面に直接に建っている。また風呂敷包みの中に手を入れて長さ一尺ほどの笹の葉の形をした鉄製の道具を取り出す。これは『もぐら』と呼ばれるもので土を掘るときに用いる。

久太郎は静かにもぐらを扱いながら、裏口の敷居の下の土を掘りはじめた。つまり、外から内部へ躰を通すだけの穴を貫き、敷居を下から潜り抜けようというのだ。しばらく、もぐらで土を掘り、その土を手前にかい出すという単調な作業が続いた。

小半刻近くでどうやら、戸外から内部へ潜り抜けられそうな穴が明いた。

（……よし）

とひとりでうなずいて、久太郎は背中の風呂敷包みをおろそうとしはじめた。穴は小さい。風呂敷包みと自分とをばらばらにしなければ通れまい、と久太郎は思ったのである。

だが、不意に久太郎の動きが停った。

（……殺気だ！）

息も止めた。どのように静かに呼吸をしようとも、呼吸をしているかぎり、相手にこっちの居所を知られてしまう。鏡党の術はこのような場合、しばらく息を止めて石のように動かずにいろ、と教えている……。

六

十ほど数える間、久太郎と内部に立っている何者かとの睨み合いが続いた。

（……むこうも一人だな。よし……）

止めていた息をふっと吐き、横を向いて低い声でいった。

「まずい。内部に誰か立っているぜ。おれたちが敷居の下から内部へ首を出すのを、やつは待っているらしい……」

「んだようだな」

久太郎は声を変えた。

「なじょすっぺ？」

声を変えたばかりではなく仙台訛も加える。

「さっき、書院の上の屋根瓦を外したやろ？」

さらに声を変え、上方訛で言った。

「やはりあそこからやね、天井へ下りた方がええのとちゃうか？」

「うむそうだな」

地声に戻る。

「そうしよう。とにかくここから忍び込んだんじゃァ三人とも命がない……。さ、行こうぜ」

久太郎は四ツん這いになり手足を総揚げして地面を軽く叩き、三人分の足音をこしらえ出した。

「……おのおの方！　賊がお屋敷内に忍び込んでおる！」

内部で怒鳴る声がした。

「賊は三人だ！」

とんとんとんとん！　と激しく床板を踏み鳴らす音が奥へ遠ざかっていった。

「賊は屋根から御書院の天井へ入り込むつもりでおる。おのおの方、御庭へ出られい！」

声が充分に遠くなったところを見計らって、久太郎は穴の中へ頭を突っ込み、手で土を掻きながら躰を内部へ移した。そしてうまく足を使って風呂敷包みを内部へ引き寄せる。

内部は二畳ほどの土間、土間から上ると正面に広い廊下、右にやや狭い廊下が見えた。風呂敷包みをさげて、久太郎は右の方の廊下を奥へ走った。あちこちで人の起き出す気配がしているが、だれもが注意を庭に向けているようだった。

廊下は突き当りで左右に分れている。

（……鏡党の術『増人法（ぞうにんほう）』のうちの一人三役、これほど鮮やかに決まるとは思っていなかったな）

久太郎は右へ曲った。縁の下から大体の間取りを読み取ったのがいま役に立っている。五、六間進む左手に板戸があった。

（見当としてはここらあたりだ）

板戸を開けた。そこは板敷の八畳ほどの部屋、どこへ通じるのやら向いにも板戸があった。左右は板壁である。長押に長刀が五、六本、板壁には箪笥が二棹ずつ。そして、真中に、長さ六尺幅三尺高さ三尺の大きな葛籠が置いてあった。

（……こ、これだな）

葛籠の蓋を外して中を覗き込む。中は空っぽだった。久太郎は葛籠に入って、横になり、中から蓋を閉めた。

檜の匂いがする。「はてな」と思って見ると葛籠は檜の薄板を編んでできているのだった。

（さすが二十四万石の大名、容堂様はいい道具を揃えている）

風呂敷包みを枕に長々と寝そべってみる。

（ここでしばらく時を稼ぐことにしよう）

ふと気づいて寝そべったまま右手で風呂敷包みのなかを探る。

（……なに、屋根の瓦に異常がないとなれば、庭の騒ぎもすぐに納まるさ）

右手が焼米を入れた小さな布袋を探り当てた。引っぱり出して口の紐をほどいた。

（とにかくこれでおれは入党試験に合格したんだ）

焼米を摑んで口の中に放り込む。

（おれは正式に鏡党の者になった……）

ふと、久太郎は焼米を嚙むのをやめた。

（庭の植込みのところに土佐犬の死骸を放ったらかしてきちまった。……こいつは拙い）

蓋を押し上げながら上半身を起した。

（……土佐犬を殺ったのがだれかはっきりしないうちは騒ぎは続くな……）

久太郎は立ち上った。

（……試験は終ったんだ。長居は無用、騒ぎのどさくさにまぎれて退散しよう）

だが、そのとき、どこかで、

「おのおの方、曲者は納戸に隠れている！」

という声がした。

「葛籠の中だ！」

その声はまぎれもなく仁太夫のものだった。

「……曲者は納戸だ！」

久太郎はしばらく茫となって葛籠の中に立っていた。

（試験はこれからだったんだ）

ようやく仁太夫の狙いが読めてきた。

（仁太夫はこの母屋の外のどこかからおれの動きをじっと見守っていたのだ。そして、おれがこの納戸に潜り込むのを待ち、試験終了と吻とするところを狙って、ここの家来を装って故意におれの居場所をみんなにばらしたんだな。……おれがこの窮地を脱して無事に鏡町に辿りつければ合格。でないと……)

どどどど。大勢の足音が廊下をこっちへ駈けてくる。

(……畜生、ひどい試験をしてくれるなあ)

久太郎は葛籠の蓋をきっちりと閉め、廊下とは反対側の板戸を開けた。納戸の隣りは十二畳の座敷、人はだれもいない。板戸を閉めて、さらに次の座敷との境の襖に手をかけた。

がらがらッ!

納戸の、廊下側の板戸の開く音がした。

「出てこい。大人しく葛籠の中から出てくるのだ!」

だれかが怒鳴っている。

「出て来ぬならこっちから行くぞ」

おっとり刀で納戸へ飛び込んできたのが何人かはわからぬが、とにかくいますぐにもそのうちのだれかが葛籠の中へ刀を突っ込むはずだ。突っ込めば中が空だとわかる。逃げ道は廊下と反対側の板戸しかない。連中はまもなくこの座敷へ自分を探しに入ってくるだろう。

(とにかく庭へ出よう)

と久太郎は心を決めた。

(広いところへ出れば活路は開ける。なにしろこっちには速い逃げ足があるんだ……)

久太郎は次の座敷との境の襖をそっと開いた。

七

次の間との境の襖を開いた久太郎は思わずぎくりとなって立ち竦んだ。座敷の中央に夜具が展べてあるのだが、その夜具の上にだれかが上半身を起し、こっちをきっと睨み据えていたのだ。

座敷の向うに庭があることを、この屋敷に忍び込む直前の探索によって、久太郎は知っている。庭に出ることができれば、その速足を生かして塀の外へ逃れることもできよう。この座敷を通り抜けることができるかどうかが命の分れ目といっていい。

久太郎は左手で脇の下にしっかりとかい込んでいた風呂敷包の中へ右手を滑り込ませ、短く作ってある忍び刀の柄を握りしめた。夜具の上のだれかがもし叫び声をあげたり、手向ってきたりするなら、忍び刀で斬らなくてはならない。久太郎はそう決心したのである。

霊猫香の匂いがしている。夜具の上のだれかは女のようだ。久太郎は目を細くして梟の目になった。

霊猫香の匂いから見当をつけたように、夜具の上で両手で胸を抱きしめこっちを睨んでいるのは二十一、二の女であった。いくら梟の目とはいえ、顔の細い造作までは見えはしないが、女が大きな瞳の持主であることはわかる。それから、小さいが輪廓のはっきりした唇。

「……だれです?」

女が硬い声を出した。

「しっ」

久太郎は女に近づいた。

「声を立てるな。立てなければ殺しはしないよ」

「では、声は出しません。はやく、ここから出ていって」

久太郎は夜具の裾のあたりを横切ろうとした。

とこのとき、廊下に足音がして、障子に灯の影が揺れた。久太郎は咄嗟に夜具の上に躰を横たえ、忍び刀を抜いて、女の喉元に擬した。

「……横になるのだ」

「………」

「夜具の上に寝ていなさい。わたしは平べったくなって、あんたのかげにかくれることにする。言っておくが、叫んだり、助けを求めたりしたら、冥土への道連れにあんたを連れて行く」

女はおとなしく上半身を倒し、夜具の上に躰をのばした。

「膝を立ててもらいたい」

久太郎は女の躰にぴったりとくっついて自分の躰にも掛布団をかぶせる。

「廊下から覗かれてもおれの躰が見えないように、膝を立てて掛布団をもっと持ち上げてもらいたい」

女は言われたとおりにした。平蜘蛛のように女の横に躰を伏せた久太郎は忍び刀を右手で構えたまま、左手の風呂敷包を彼女の立てた膝の間に押し込んだ。女が膝を立てたことによって出来た隙間に風呂敷包みがぴたりとおさまる。久太郎は右手を素速く動かし、包の結びをほどきはじめた。その左手が時折、女のかたい膝や柔かい太腿に触れる。そしてときには女の秘所に当る。そのたびに女はかすかに腰を持ち上げた。

「こんなときによがっていてはいけない」

久太郎は包をほどきながらいった。

「……は、はい」

女は腰を動かすのをやめた。

「……お鱒さま」

廊下の外に足音が停った。

「お鱒さまはおいでてございますか」

「おりますよ。だいぶ屋敷のうちそとが騒がしいようですけれど、なにかあったの？」

「……ごめん」

障子の開く音がした。

「じつはお鱒さま、賊がひとりお屋敷の内部に忍び込みまして……」

女の顔に灯りが当った。障子を開けた侍が龕燈かなんか携えているのだろう。

「こちらにはまさか……」

「来たら叫びます。わたしにも口ぐらいあるのですから……」

「はあ。しかし、お鱒さま、賊はこのお座敷の隣りの納戸に潜んでいた形跡がございます。それでもしやここへ……」

「わたしは見ませんでしたよ」

「さようでございますか」

龕燈の灯りは未練がましく女の顔を照らしている。女の肌がじっとりと汗ばんできた。霊猫香の匂いがいっそう強くなる。久太郎はその匂いに鼻の奥を擽られ、くしゃみをしそうになる。忍び刀を手放して、くしゃみをとめるために、久太郎はそっと鼻をつまんだ。そのとき、久太郎は龕燈の灯りを浴びている女の鼻を目の前、数寸のところに見た。大きな目と小さいが輪廓のはっきりした唇とを、ちょいと小粋にしゃくれあがった鼻が繋いでいた。

（……お袖だ！）

久太郎はうっかり声を出しそうになった。

（土佐侍たちからお鱒さまと呼ばれているこの女は、お袖だ。吉原のおいらんの袖ヶ浦だ）

袖ヶ浦が山内容堂のお気に入りだったことは久太郎も知っているが、その袖ヶ浦が土佐藩別邸に住み、土佐侍たちから「お鱒さま」などと奉られているのは、つまり、山内容堂によって彼女は身請けをされたのだろう。

「……それでは、お鱒さま、充分にお気をつけになって。なにかあったら、大声でお叫びください。われわれは庭で不寝番をしておりますから、すぐかけつけましょう」

「それは心強いことだこと」

「では……」

障子の閉まる音がした。

「言われたとおり声はたてませんでしたよ」

お袖が天井を向いたままの姿勢で言った。

「さ、どこへでも出て行って！」

「とはつれないなァ」

久太郎は夜具を刎ねて畳の上にあぐらをかいた。

「庭には侍たちが張っている。出て行きようがないじゃないか。もうしばらくここへおいといておくれよ、お袖さん」

お袖があっと小さく叫びながら上半身を起した。

「わたしのむかしの名前をどうして……？」

「あんたには梟の目がないからわからないだろうが、お袖さん、おれは久太郎だよ」

「……久太郎さん？」

「忘れたのかい。薄情な女だな。試衛館に居た久太郎だよ」

「……そういえばどこかで聞いたような声だな、とは思っていたけど……」

お袖は久太郎の方へにじり寄ってきた。

「久太郎さんだったの」

「お袖さん、吉原のお茶屋以来だね」

「久太郎さんが浮世絵の彫師をやめた、ということは親方の政次郎さんから聞いてはいたけれど、あれからどこでどうしていたの？」

「それはちょっと言えない」

「こんな夜更に他人様のところへ忍び込んだりしているところをみると、盗賊の仲間にでもなったのでしょう」

「盗賊ではないよ」

「ひょっとしたら……」

お袖が久太郎の手をとった。

「わたしを連れ出しに来てくれたのかしら。だって、盗賊でもないのにここへ忍び込んだとしたら、その理由はそれしか考えられない……」

「残念ながら、そうでもない。おれは、お袖さんがお鱒さまなどと奉られ、ここで住んでいるなぞ、これっぽっちも知らなかったもの」

「お鱒さま、だなんて変な名でしょう。でも、これは容堂の好みなの。容堂は、自分の女に魚の名前をつけるのが趣味なのよ」

お袖が久太郎の手を軽く引いて、夜具の方へ誘った。

「ねえ、わたし、十三のとき、久太郎さんの前で裸になったことがあったけど、あのとき、どうしてわたしを黙って家へ帰したの」

「あ、あのときはおれもまだ勇気のないひよっ子だったから……」

「おかげであのときから、わたし、妙な方へ妙な方へとそれてばかり生きてきた。ねえ、今夜は逃げないで。あのとき、久太郎さんがやろうとしてやれなかったことを、いま、ここでやって」

「それは無理だよ」

久太郎は頭を掻いた。

「おれのまわりは敵だらけだ。お袖さんと重ねて串刺しなんて願い下げだね」

「……そうねえ。どうしてわたしたちはいつもこう、なにもかもぐれはまになってしまうのかしら」

ちょっとためらってから、お袖は久太郎の手を放した。

八

「お鱒さま……！」

ふたたび、障子に龕燈の灯が近づいてきた。

「そこに誰かいるのではありませんか。話し声がしたような気がしますが……」

「おっとまた来なすったか」

久太郎は夜具の中にひろげておいた風呂敷包の中から、ひょっとこの面をとりだした。

「お袖さん、おれは行くよ」

「……久太郎さん！」

「また、逢えるさ。だから変な声をあげてくれるなよ」

久太郎はひょっとこの面を自分の後頭部にかぶった。そして、頭巾をかぶる。

「久太郎さんお面をどうして頭のうしろにかぶっているの。顔がまる見えよ」

「うん、これでいいのさ。お袖さん、あんた、きゃァとかわあッとか叫び声をあげていいよ」

「……どうして」

「でないと、お袖さんがおれを引き入れたのではないか、と疑われる」

久太郎は障子の前に立って、忍び刀を持った手をうしろに廻して背中に構えた。後頭部にかぶったひょっとこの面と、背中に構えた忍び刀、これで久太郎はあたかも障子に向って身構えているように見える。つまり、この形のまま後退すれば、障子の向うの侍たちの目には、久太郎は（侍たちにとってはひょっとこの面をかぶった怪漢は、ということになるが）忍び刀を構えて前進してくるように見えるのである。久太郎は土佐侍たちの前へ出たら、庭を横切って塀のところへ走って行くつもりでいるが、土佐侍たちからは、これは、怪漢が刀を構えたまま、後退（あとじ）さりしているように見えるのだ。これは鏡党の術のひとつで、『前後逆転法』という。

「お袖さん、こんどくるときまで、夜具の中の風呂敷包は預けておくよ。大切に仕舞っていておくれ」

「……久太郎さん」

「さ、大声をあげるんだ」

「でも……」

「お袖さん！」

お袖はひとつ大きく呼吸をし、それから、きゃっと叫んだ。

「お鱒さま！」

「だれか来ておくれ……！」

障子の向うに侍たちが駆けつけてくる気配がする
「賊はお鱒さまの寝所にいる」

さっき龕燈を構えてお鱒の安否をたしかめにきた侍の声が、集まってきた侍たちに低い声で言っている。

「二手に分れるのだ。賊はおそらくお鱒さまを楯にして逃げようとするはず。そこでおれたちがここで賊を相手にする間、貴公たちは遠まわりして納戸から賊の背後を衝け」

ばたばたばた、足音がいくつか遠ざかる。

障子の外、庭には五、六人、土佐侍がいるようである。五、六人ならなんとかなるだろうと久太郎は思い、いきなり、右の踵で障子を蹴り倒し、後ろ向きに廊下へ出た（くどいようであるが、頭のうしろにかぶったひょっとこのお面と背中に構えた忍び刀のせいで、土佐侍には、久太郎、すなわち賊が正面を向いて出てきたように見えている）。

「……何者だ?!」

龕燈を構えた侍が叫んだ。久太郎はむろん、それには答えず、全力で廊下を左へ走る。土佐侍は久太郎の後退のはやさにちょっと気を呑まれて唖然としていた。彼等は刀を前方に構えたままの人間が、〈頭のうしろに目でもついているのならとにかく〉そのように速く、軽々と、後退りすることができるとは考えていなかったのである。

「追え！」

龕燈侍が叫んだとき、すでに久太郎は廊下から庭へとびおり、その庭を半ば近く横切っていた。

ただし、逃げてばかりいたのでは追手を勢いづかせてしまう。久太郎は立ちどまって、数歩後退した。

「……おっ、戻ってくるぞ」

龕燈侍が立ちどまって刀を抜く。その瞬間を狙ってふたたび久太郎は全速力で前方へ走り出した。龕燈侍はあわてて追う。むろん、他の侍たちも、いっしょである。しかし、土佐侍たちは一気に久太郎に追いついて刀を振りおろす、ということはできない。久太郎の足の速いこともあるが、なによりも、ひょっとこのお面と刀が常に自分たちを差しているので、そうたやすくは久太郎に近づけないのである。

九

植込みの間を土塀に向って全力で疾走しながら、久太郎は背後に構えていた忍び刀を前方に向け直し、その刀を土塀めがけて全力で突き刺した。そして、刀の柄を足がかりにして土塀を乗り越え、塀の外の小道にふうわりと着地した。

忍び刀を土塀に突き刺したまま逃げ去るのは下策であるが、久太郎はあえてそれにはこだわらないことにした。そのことによって多少は減点されるかもしれないが、とにかく自分は仁太夫から課せられた《土佐藩別邸に忍び込み、かつ、そこから脱出する》という入党試験を大過なく果したのだ、自分の実力では、これが精一杯のところだ、久太郎はそう考えて、忍び刀を置いてきぼりにして逃げ出したのである。

着地して鮫洲の町屋の方へ二、三歩走り出したとき、

「待てッ！」

という錆びた声が土塀の上からかかった。

「曲者、待て！」

見ると、土佐侍がひとり土塀の上からこっちを睨みつけていた。

（……土佐侍のなかにもすばしっこいのがいるなあ）

久太郎は鏡町で、拳術・槍術・柔術・杖術・水術などのほかに、木のぼり術や崖のぼり術を習った。だから、忍び刀の柄ひとつを足場に、塀の上によじのぼることができたのだ。なのに、おそらく木のぼり術や崖のぼり術などの心得はなかろうと思われる土佐侍が、かくも早く土塀の上から声をかけてくるとは、久太郎には少し意外なことだった。

「……そこを動くなよ」

言いざま、土佐侍は塀からこちらへ飛び降りてきた。これまた、軽々とした身のこなしである。

（……相当に出来るやつだな）

久太郎は駈け出した。足には自信がある、駈けくらべなら負けやしないと、はじめのうちは自信

満々で飛ばしていたが、そのうちに久太郎の額に脂汗が滲み出してきた。鮫洲から御殿山を抜け、大崎村から白金猿町へ出たが、依然としてその土佐侍は跡をつけてくるのだ。憎いことに久太郎が速度をあげればそのように、また速度を落とせばこれまたそのように、そいつはちゃんと歩調を合せてくるのだ。よほど余裕がないとこのような真似はできない。久太郎は蒼くなりながら下高輪へ抜けた。

と、背後の足音がふっと消えた。

（……しめた）

久太郎はさらに速度をあげて四国丁から赤羽橋に向った。ようやく夜が明けて、目の前に増上寺の森が白く煙っているのが見える。久太郎は赤羽橋から右に折れた。

「……待っておったぞ」

行方の白い靄の中から錆びた声が飛んできた。はっとなって久太郎の足がとまる。

「その方、なんの目的があって土佐藩別邸に忍び入ったのだ？」

その声にはひどい土佐訛があった。

「薩摩の間者か、それとも幕府のお庭番か？」

靄の中にぼんやりと黒い人影がにじみ出してきた。中肉中背、がっしりとした躰つきの、年輩者のようである。

「わしは土佐藩の坂本龍馬だ」

へえ、と久太郎は思った。この男が噂に聞く坂本龍馬か。なるほど、龍馬というだけあって足が速い。

「……こんどはその方が名乗る番だ。その方、どこの何者だ。誰にたのまれて土佐藩別邸に入った？」

坂本龍馬と名乗った男の右手が刀の柄にかかった。

（……しまった！）

と、久太郎は唇を嚙む。

（やはり、忍び刀を置きっぱなしにしてくるのではなかった。いまのおれには身を防ぐものがない……）

じりじりと後退し、逃げる機会を窺いながら、久太郎は考える。

（……それにしてもおかしい。坂本龍馬という男はこんなに年を喰っていたのだろうか。噂では龍馬は天保六年生れであるという。天保六年の生れなら、せいぜい二十八か九のはず。なのにこの男は声音から推しても四十はたしかに越している……）

坂本龍馬と名乗った男がづかづかと二、三歩前に出てきた。

「その方は自分の名前を忘れたのではないか。それならばこちらから教えてつかわそう。その方の名は久太郎、鏡党の者だな？」

「……ど、どうして知っているのだ？」

「まだわからないのかね、久太郎」

坂本龍馬と名乗った男の声の調子が親し気な感じに変った。土佐訛もなくなっている。

「……坂本龍馬が土佐藩別邸にいるわけはないよ」

男はさらに近づいてきた。

「あッ、仁太夫さん……」

近づいてきてくれたおかげで、男の顔がはじめてはっきりと見えた。

「……仁太夫さんじゃありませんか」

「そうさ」

「人が悪いなァ。鮫洲からここまで冷汗のかきっぱなしでしたよ」

「しかし、おまえが土佐藩別邸でどう行動するか、はっきりと見ないことには試験にならない。だから、侍装束に土佐訛で、土佐侍に化け、おまえの動きを観察していたのだよ」

仁太夫はにやにやしながら久太郎のまわりをぐるぐると歩いた。

「なァ、久太郎、わたしが坂本龍馬だ、と名乗ったとたん、偽者だな、と気付くようでなくてはいけないね」

「……はァ、じつは龍馬にしてはちょっと年を喰いすぎているなァとは思ったんです」

「龍馬はすでに土佐藩を脱藩している。その龍馬が別邸で宿直（とのい）などしているかい？」

たしかに仁太夫の言う通りである。久太郎は頭を掻いた。

「もうひとつ、おまえは忍び刀を土塀に残してきてはいけなかったな。別のやり方で土塀の上によじのぼるべきだったと思うよ。わしがもし本当に土佐侍だったら、おまえ、どうして身を守るつもりだった？」

「…………」

「忍び刀くらいはいつも躰から離さぬよう心掛けてほしいね」

「たしかにそれは手落ちでした」

久太郎は頭をさげた。

「しかし、ほかに手落ちはべつになかったでしょう？　とにかくわたしは土佐藩別邸から、こうやって無事に脱け出したんですから……」

「まあ、辛うじて合格といったところかねぇ」

「……辛うじて、ですか？」

「どうしてお鱒さまと一儀に及ばなかったのだね？」

「一儀……？」

「つまり、枕を交わさなかったのだね？」

「あの騒ぎの最中に女と寝ろ、というんですか？」

「そうだよ。おまえはお鱒さまこと、かつての市谷柳町の武具屋の娘お袖には惚れていたはずだ。お袖もおまえを好いている。それを知っていたからこそ土佐藩別邸を試験場に選んだのさ。あの最中に女を抱けるほどの度胸と余裕があれば、おまえも相当な大物なのだがねぇ」

お袖と自分のことを、市谷柳町時代にまでさかのぼって調べているところなどはさすがは仁太夫だな、と久太郎は舌を捲いた。

「とにかく、おまえは合格……」

仁太夫は将監(しょうげん)橋の方へ歩き出した。

「今日から鏡党の一員だ。さっそく仕事にかかってもらわねばならない」

「仕事とは、近藤勇はじめ試衛館一派を後押ししようという例の……？」

「そうだ。近藤勇を旗本はおろか、大名にまでのし上らせてやろうという策を、おまえが中心になってやりとげるのさ」

将監橋の袂(たもと)にさしかかったところで増上寺の明け六つの鐘が鳴り出した。鐘の音におどろいたのか、増上寺の森からこっちへ、鴉が四、五羽、舞いおりてきた。

＋

それから一刻(二時間)後、久太郎は仁太夫と小石川小日向町の四ッ辻に立っていた。四ッ辻を北へ入ったところに道場がある。

「……あれが試衛館だ」

仁太夫が言った。

「そしてその向いが、古着問屋の小松屋だ」

仁太夫の指が試衛館の向いの、かなり大きな構えの商家へ動いた。

「小松屋……？」

「うむ。江戸の質屋や古着屋から古着を集め、仙台や盛岡へ送り出すという商いをしている。江戸では流行遅れの着物でも向うへ持って行けば、『これは江戸の流行着か』ともてはやされる。そんなわけでたいした金になるのだ。年商が七千両から一万両だ」

「ふーん、すごいですね」

「古着は米を積んで江戸へやってきた船の帰り便に積むことになっている」

「なるほど。帰り便が空船では勿体ないというわけですね」

「それもあるが、空船は転覆しやすいのだよ。転覆を防ぎ金儲けを計る、一石二鳥というやつさ」

「はーん」

「おまえは今朝からあの小松屋の若旦那ということになっている。うまくやるのだよ」

「ちょ、ちょっと待ってください」

久太郎は小松屋に向って歩き出した仁太夫の前を遮った。

「藪から棒に、若旦那になれといわれても困りますよ。古着商売のことなど、わたしには皆目、見当もつきませんし……」

「武七という名の番頭がいる。すべてはこの武七が心得ている」

「しかし……」

「武七は鏡党の一味、そして小松屋そのものが、鏡党の店なのさ。心配はいらないよ。わからぬことがあったら、武七に聞くことだ。それにおふみがいろいろと教えてくれるはずだしな……」

「おふみ……」

「おまえの女房だよ」

仁太夫はここでにやっと笑った。

「これも鏡党の一味だがね、なかなかいい娘（こ）だ」

「そ、それで、わたしの仕事は？」

「まず、試衛館の様子をよく観察する。そして連中の名を挙げる方策をいくつも考え出すことだ。その方策のうちのどれを採るかについては、わしも相談に乗るよ」

仁太夫は久太郎の手を引いて小松屋の前へ連れて行き、

「では、しっかりやってくれよ」

と、言いながら、彼の背中をポンと押した。雲を踏むような覚束ない足どりで暖簾をくぐると、とたんに内部（なか）から、

「若旦那、お帰りなさいまし！」

と、きびきびした声が飛んできた。お盆に目鼻をつけたような丸顔の男が久太郎に向って軽く会釈をしている。

「それにしても、若旦那、おふみさんをひとりぼっちにして放っとくなぞは罪ですよ」

丸顔の男は大声で言い、それから久太郎の耳許に、

「武七です。いま客が来ているのでちょっと一芝居打ったところで」

と囁いた。

「お帰んなさい」

見世の奥から女の声が近寄ってきた。

「お疲れでしょう。二階に床をのべてありますよ」

声の主は十八、九の初々しい娘だった。大きな目が優しく光っている。

「あんたかね？　この小松屋の婿殿というのは……」

奥に赫ら顔の男があぐらをかいていた。猪首で。頑丈そうな躰をしている。

「塩釜の金華山丸の船頭さんです」

武七が言った。

「明日、古着を五百枚ばかり金華山丸に積みこませてもらうことになっていましてね、その相談に来てくださっているわけで……」

「それはどうも……」

久太郎は船頭に向って頭をさげた。

「いつもお世話になっております」

「なァにこっちも好都合でさ」

船頭が会釈を返してきた。

「しかしな、若旦那。婿入りして三月もたたぬうちに、おふみさんを放ったらかしにして女遊びというのはいけないね」

「へえ、まぁ、しかし……」

なにがなんだかわからないが、久太郎は話を合せて、

「仲間うちのつきあいというやつで、よんどころなく朝帰りというところなのですよ」

「なるほど、仲間うちのつきあいか、それならまァ仕方がないが、しかし、おふみさんを泣かせちゃいけないよ」

「わかっています」

うなずいて、久太郎はおふみを見た。おふみは下を向き、しきりに着物の襟を弄(いじ)っている。

「おふみは仕合せにしてやるつもりでいます」

「それがいい」

船頭はうれしそうに首を振って茶を啜った。

「武七、ちょいと帳面を見せておくれ」

帳場に坐って久太郎は武七を呼んだ。久太郎はもうすっかり若旦那然としている……。

虎尾の会

一

五月はじめのある日、久太郎のところへ鏡仁太夫の使いがやってきた。

「今日の午（ひる）過ぎ、神田お玉ヶ池の二六横丁角の蕎麦屋湊川（みなとがわ）へおいでくださいますように」

そう言って仁太夫の使いは軽く片目をつむってみせた。むろん、使いのものも鏡党の一員である。久太郎は使いのものが示したその仕草を、いよいよ秋（とき）がきましたよ、という意味にとって、入党試験以来ひさしぶりに心の緊張をおぼえた。

午過ぎ、指定された蕎麦屋に出かけて行った久太郎は、もり蕎麦を肴がわりに酒をちびりちびりと舐めはじめたが、ふと目を向う側へやってびっくりし、盃を持った左手をしばらくの間、宙に浮ばせたままになった。幅二間半の二六横丁の向う側の角地（かどち）には、間口九間から十間ぐらいはありそうな大きな屋敷が建っているのだが――しかも土蔵つきの、である――、その屋敷の入口に次のような大看板が掛けてあるのが、目に入ったからである

『経学（けいがく）・文章・書・剣指南　清河八郎』

清河八郎がお玉ヶ池のどこかに塾を開いていることは噂で知ってはいたが、その塾がこれほど大きかったとはなぁ、と感心しながら、久太郎は盃をまた口に運びはじめた。

清河八郎が吉原での遊興費稼ぎに、日本堤の土手で辻斬を働いていたのはふた月前のことである。金ほしさに辻斬をするぐらいでは、どうせたいした塾ではあるまい、と、久太郎はその噂を耳にしたときに思ったものだったが、予想外に構えが大きい。清河八郎はいったいどこからこれだけの門戸を張る資金を手に入れたのだろう。

首を傾げたとたん、久太郎は八、九年前、清河八郎と一緒に動いていたころ、彼が、

「俺ら家は出羽国の庄内じゃ聞えだ酒屋だじゃ。醸造石数は五百石、これは庄内の酒屋じゃ一番大きいのす」

と、言っていたのを思い出した。

「俺らの実家の斎藤酒屋は、卸売はすねえ、小売専門でなす、朝の暗え内がら夜遅ぐまで、俺ら家の門の前は酒買いに来た人で黒山なんだじゃ。なにすろ、安くて美味がらね、俺ら処の酒ぁ。自慢する理由で無ども、田地が五百三十石……」

実家から相当、資金を融通してもらったに違いない、と久太郎は思った。

がらがらがら——

大看板の横の戸が開いて、女がひとり出てきた。はっとするほどの美女だ。顔立ちもさることながら、その仕草の一挙手一投足がきりりとしている。

(……踊りの師匠かな?)

久太郎はまた盃を宙に浮ばせて、女に見とれていた。

(さもなくばしっかりと遊芸を仕込まれた遊女上り?)

女が後手で戸を閉めようとしたとき、内部から野太い声がした。

「……待ってくれろよ、お蓮」

羽前訛がある。清河八郎だな、と思いながら久太郎は開いた戸口を見つめた。

「これも持ってって呉ろや」

思った通り、清河八郎の白い顔が戸口にあらわれた。

「これなら、三分は貸してくれっぺさ」

言いながら、清河八郎は黒い夏羽織を脱いで、女に渡した。

「絽の上物だ、悪くても二分は堅えべし」

女はしばらく考えていたが、やがて、

「あなたが見すぼらしくなるのはいいや」

と、答えた。やわらかで響きのいい声だった。が、清河八郎と同じに羽前訛が残っている。二人は同郷だな、と久太郎は見当をつけた。

「……わたしの才覚で二分や三分はどうにでもしてみせますわ」

女は頭から櫛と簪を抜いて見せ、清河八郎に夏羽織を返した。

「悪ィなァ、悪ィ悪ィ……」

清河八郎は片手をあげて女を拝む真似をした。女はにっこり笑って、右の人差し指を唇に当てた。

「……あ、んだな」

清河八郎は少し声を低めて言い、頭を掻きながら、内部(なか)へ引っ込んだ。女も足早に二六横丁の奥へ去った。

(……客が来ているらしいな)

久太郎は盃を置いて、蕎麦にかかりはじめた。

(客の接待かなんかに金が要るのだろう。お蓮と清河八郎が呼んでいた女はその金を作りに質屋へでも行ったのにちがいない……)

鏡党の術に『片言全像(へんげんぜんぞう)』というのがある。だれかがなにかひとこと言う。そのコトバと、そのコトバを吐いたときの表情や仕草から、その人間がどういう情況にあるかを探ろうという術である。こんなことは勘の鋭いものなら誰にでもできるが、鏡党ではそれを方法化していた。

(……しかし、清河塾に誰が来ているのだろうか)

いつかの辻斬の仲間ではないだろう。連中なら質屋に通うほどのこともあるまい。安酒で間に合うはずだ。

(幕府の役人かもしれないな)

むかし、清河八郎が、幕府に仕官したい、と言っていたことがあったのを、久太郎は思い出した。清河八郎は天下の秀才の集る昌平坂学問所に入学を許されていたはずである。その線から幕府へ仕官ということは充分に考えられる……。

「……待ったか」

いつの間にか仁太夫が久太郎の横に立っていた。蕎麦屋は、二六横丁とお玉ヶ池の表通りの二方に出入口がある。久太郎が二六横丁の出入口を睨んでいる間に、表通りの方から入ってきたらしい。

「待ちましたが、でも退屈はしませんでしたよ」

「ほう、それはまた何故だね？」

蕎麦と酒を店の者に命じながら、仁太夫は久太郎の向う側に腰を下した。

「清河塾のことをあれこれ観察していましたから……」

「それでなにかわかったか？」

「仁太夫さんの用件がまず読めました」

「なるほど」

「あなたはわざわざわたしを清河塾の前の蕎麦屋に呼び出した。ということはおそらく、わたしに清河八郎と近づきになれ、と命令するつもりではないか、そう読みました。易しい仕事ですよ、これは。なにしろ、清河八郎とわたしはかつて一緒に水戸藩こんにゃく会所を襲った仲ですから……」

「……ほかになにがわかった？」

仁太夫は箸立から竹箸をとり、それを凝（じっ）と眺めている。咄嗟（とっさ）の場合の武器に役立ちそうな竹箸だな、目を突くにはもってこいではないか、仁太夫はそんなことを考えているようだった。仁太夫はどんなところに腰を落ちつけてもすぐに、ここではなにとなにが武器に使えるか、と点検する癖があるのだ。

「清河塾には客があるようです」

「見たのか、客の姿を？」

「見ませんが、お蓮という美い女が質屋へ走ったようなのでそれと見当をつけました」

「それで、久太郎はその客がどういう種類の客だと思うのだね？」

「幕府の役人でしょうね」

「まさか」

仁太夫がはじめて白い歯を見せて笑った。

「そんなはずはない」

「どうしてです？」

「おまえは知らないかもしれぬが、いま幕府にもっとも警戒されている浪人のうちのひとりが清河八郎なのだぜ」

酒が運ばれてきた。仁太夫は静かにその酒を盃に注いだ。

「おまえを今日、ここへ招んだのも、その辺の事情を話してやろうと思ったからなのだが、おそらく清河塾ではいま虎尾の会が開かれているはずだ」

「虎尾……の会？」

「虎の尾を踏むような危いことを画策しているというところから、清河八郎がそう名付けた会さ」

酒に続いてこんどは親父が蕎麦を運んできた。親父は仁王様のような躰をしている。おまけに鋭い目つきだ。その鋭い目つきに気押されて、久太郎は思わず躰をかたくした。

二

「虎尾の会の有志は、清河八郎を筆頭に、やつの内弟子の御家人の笠井伊蔵、安芸藩の医者の倅でいま麴町で小さな塾を開いている池田徳太郎……」

親父がお勝手に引っ込むのを待って、仁太夫は小声で言った。

「……それから、両国山伏町の鍼医石坂宗哲の養子の石坂宗順、千葉周作門下の山岡鉄太郎、薩摩藩士の伊牟田尚平。この伊牟田尚平は、去年三田で亜米利加の通辞官ヒュースケンを襲った七人の刺客のうちのひとりだと見られている……」

久太郎は息を呑んだ。すると清河塾には幕府にとってはもっとも始末に困る連中が出入りしていることになる。

「幕府に仕官するつもりなど、清河八郎にはとうにない。伊牟田尚平が一味であることからも察しはつくと思うが、むしろ、彼は横浜に居る外夷をひとり残らず斬るつもりでいる。それが虎尾の会の目的なのだ」

仁太夫はここで盃を置き、帯にはさんでいた扇子を抜いて久太郎に渡した。

「久太郎、首筋のあたりが汗で濡れているぜ。すこし、扇子で煽いだらどうだ」

久太郎は扇子を開いた。扇面に自由闊達な筆で、

『天下の形勢、内潰の外これなく候。正明清河八郎』

と、書いてあった。

「今年の正月、両国万八楼で書画会が開かれたが、それはそのときの彼の書だ。彼は、幕府を内側から仆さなければ日本国はどうにもならないところへ来ている、と考えている。その内潰を促すためには外夷を殺すのがもっとも早い……」

「なぜです？」

「外夷を殺せば賠償金その他のことで幕府は窮地に立つ。そしてやがて内潰する」

「理屈ですね」

「ところで、虎尾の会の横浜焼打の計画を幕府が察知した。幕府はいま清河八郎の周囲に大がかりな罠を仕掛けつつある。そこで、久太郎、おまえの役目はその罠から清河八郎を救い出すことにあるのだが、どうだい、大仕事だがやってみるかね？」

「わたしも鏡党の一員です。上からの司令には絶対服従しかないことを、これでも知っていますよ」

「……よろしい」

「しかし、仁太夫さん、なぜ、清河八郎の命を救わなくてはならないのです」

「近藤勇の出世には清河八郎が役に立ちそうだ、と上の方では考えている。それが理由さ」

「では、近藤勇の出世に清河八郎がどう役に立つのです？」

「それはいまは言えないね」

「そ、それではもうひとつ、清河八郎のまわりに仕組まれているというのはどんな罠ですか？」

「それについてもいまは言えない」

仁太夫は久太郎の手から扇子を取り上げた。

「そのうちに機会が来たら教えてやるよ」

「もうひとつ……」

「うむ?」

「その虎尾の会の秘密の計略がどうして幕府の知るところとなったのでしょうね。有志の中に裏切者でも……?」

このとき、仁太夫が声を立てずに唇の動きだけで〈声が高い〉と久太郎に告げ、それから、やはり唇の動きで次のように教えた。

〈この蕎麦屋はじつは幕府の間者だ。ここの親父はむかし大関までのぼった角力（すもう）取りで四股名（しこな）が湊川というのだが、これが、夜、清河塾の床下に忍び込み、虎尾の会の密議を探っている……〉

この唇の動きだけで会話するのも鏡党の特技である。

〈……おそらくおまえはここの親父と命のやりとりをしなければならなくなるだろうが、やつはかなり手強い。油断は禁物だぞ〉

久太郎は、そこで、よくわかりました、と唇を動かした。

「それでは、さっそく仕事にかかるがいい」

仁太夫が低い声で言った。

「仕事はおまえが読んだように、まず、清河八郎と近づきになること。それがはじまりだ」

仁太夫は竹箸を箸立に投げ入れて立ち上り、さっさと店を出て行った。久太郎は卓子の上に二人分の代金を置き、

「ごちそうさま」

と席を立った。

「へい、どうも」

さっきの親父が愛想のいい声をあげた。出るついでに素速い一瞥で親父の様子を窺うと、この元大関の大男も、久太郎に鋭い視線を刺しているようだった。

二六横丁の方の出入口から戸外(そと)へ出ると、横丁の奥からお蓮のやってくるのが見えた。久太郎は自分の方からお蓮の方へ近づいて行き、

「……清河さんはご在宅ですか？」

と、声をかけた。

三

「……あのう、どなたさまで？」

問い返しながらも、お蓮は足を停めない。久太郎の横をすり抜けるようにして清河塾の通用口を背にして立った。

「決して怪しいものではありませんよ」

久太郎はゆっくりとお蓮に近寄っていった。

「清河さんとはかつてひとつ屋根の下で寝起きし、同じ釜の飯を食べたほどの間柄です。……おっと、わたくしは小石川小日向町で古着問屋を営んでおります小松屋で。もっとも、清河さんには『試衛館の久太郎』と言ったほうが早わかりだと思いますが……」

「……小石川小日向町の古着問屋小松屋さん？」

お蓮はあいかわらず硬い表情のまま、久太郎を見ている。久太郎も微笑みながらお蓮を見た。見ているうちに、鏡党で文武の修業に励んでいたころに読んだことのある宋代の大儒者周濂渓（しゅうれんけい）の『愛蓮説』という書物を思いだした。『愛蓮説』の中に、

「蓮は濁った泥より出て、染まらず、蔓せず、枝せず、亭々（ていてい）として清く立ち、その香は高く、遠くまで匂う」

という一節があったはずだが、目の前で自分を睨みつけている女は、周濂渓のこの文字を、一字も余さずそっくり絵にしたようである。首筋ののばし、躰の構え、そして口のききように、堅気育ちの女にはない艶（いろ）っぽさがあった。水商売の出だな、という自分の直感は的外れではなかった、と久太郎は思った。が、しかし、その艶っぽさが媚（こび）になっていない。いってみれば清々しい艶っぽさだ。それにしても清々しさと艶っぽさを両立させているとはちかごろ珍しい女ではないだろうか。

「清河さんにぜひお目にかかりたいのですがね、取り次いでいただけますか？」

「さあ、それは……」

お蓮は途方に暮れたような表情になった。おそらく彼女は清河八郎から「今日は虎尾の会の会合

だ。誰をも取り次ぐな」と言い渡されているのだろう。自分が通りいっぺんの入門志願者かなんかであったなら「清河は不在でございます。また日を改めて……」と簡単に追い返されたにちがいない。だが、清河の昔なじみだと名乗り、服装や物ごし、口のきき方など、いかにも大店（おおだな）の若旦那然としている自分を、いったい素気なく追い返していいものか、むしろ言いつけを破って清河に取り次ぐほうがいいのではないかしら、お蓮はそう迷っているらしかった。

「……お蓮、なにものだす、その男は？」

不意に通用口の戸が開いて、清河の声がした。

「お前様（めさ）の古馴染かね」

「んでねぇっし」

お蓮も羽前訛になった。

「この人（すと）、貴方（あんだ）の馴染だと言い張ってんだでば」

お蓮はするりと通用口の内部（なか）へ躰を忍び込ませた。清河に下駄を預けることができて吻（ほっ）としたという顔をそのときのお蓮はしていた。

「……俺（おら）の馴染だと？」

清河が久太郎の顔を眺めまわした。

「……はでな？」

「清河さん、その後、水戸藩のこんにゃく会所から何も言ってきてやしませんか？」

久太郎はにやにやしながら言った

「それに芹沢鴨さんは、あの水戸の酒乱男はどうしています？」

「ま、まさか、お前様（めさ）はあの久太郎じゃ無（ね）えべな？」

清河の顔がぱっと明るくなった。

「試衛館さ居（え）だ久太郎だな」

「そうです。その久太郎です」

久太郎は会釈をしながら清河塾の通用口の内部に足を踏み入れた。そこは畳三帖分ほどもある広い土間である。正面にお勝手へ通じているらしい廊下があり、右手にはすぐ十二畳の座敷。畳がささくれ立っているのは、そこに塾生をあげ、講義をするからだろう。土間には、たったいまお蓮が脱いでいった下駄が一足あるばかりで、ほかには藁（わら）一本落ちていなかった。

「久太郎、あれからなじょして生ぎでだんだ？　ずいぶん、良（え）え着物（もの）ば着て居（え）るようだども、相変らず会所破りが渡世だかね？」

「まさか」

久太郎は横丁の左右に目をやりながら通用口の戸を閉めたが、そのとき向いの蕎麦屋湊川から、元大関の親父が凝とこっちを窺っているのに気付いた。

「……いまは小石川小日向で古着問屋をやっています」

「ほう、古着問屋か。あれは儲がっぺ？」

「年間の売上げが七千両から一万両になります」

「七千から一万？」

清河が目を剝いた。

「たいしたもんだ、立派なもんだ、じつになんともはぁ、それは凄い」

「とりあえず、ここに五十両あります」

久太郎は懐中(ふところ)から財布を出し、それを清河の手に押しつけた。

「お蓮さんは質屋へ櫛と簪を入れてきなさったようですから、まず、それを請け出してあげたらどうです。それに、奥の虎尾の会の皆さん方に、下谷広小路の料理屋あたりからなにか御馳走をとってあげなさいよ」

「な、なにば言ってんだべ、お前(め)はまぁ……！」

清河がすこし吃った。

「客など誰も来てねぇのだじゃ。虎尾の会なん言(つ)うのも聞いだ事(ごだ)ァ無(ね)えぞ。その証拠に土間さは草履(ぞうり)一足無(ね)ぇべさ」

「虎尾の会の会員は、それぞれ草履を懐中に捩じ込んでいるんじゃありませんか。虎尾の会の目的は横浜の外夷に焼打を仕掛けることにあるはず。ですがそれは幕府がもっともおそれていることでもある。したがって、虎尾の会員は幕府の役人が踏み込んでくるのを常に警戒している。草履を各自懐中に捩じ込んでおいた方が逃げるときに都合がいい……」

「……お前(め)、どこでそげな事(ごど)ば仕込んできたんだ？」

清河の右手が左腰の脇差の柄(つか)にかかった。

「言ってみろ、久太郎。お前(め)、だれがらそげな事(ごど)ば聞いだんだ？」

「わたしは清河八郎という人物に興味を持っているんです。それも並大抵の興味じゃない。清河八郎のことなら、当の本人よりも詳しく知っていたいという一種気ちがいじみた興味で……」

「俺の事がどうしてそう知りたい？」

「わかりません。たぶん、清河八郎という人物が好きなんでしょうね。とにかくあなたのことを究めたいのですよ。ねぇ、清河さん、あなたはこの三月、吉原近くの日本堤の土手で、人を斬ったことがあるでしょう？」

「………」

「それも知っています。わたしが知らなかったことといえば、いまのお蓮さんぐらいのものです。こんなことを言ってはなんですが、美い女ですね」

清河の頬が弛んだ。

「久太郎にもそれが分っか？」

「わかりますとも。お蓮という名前はもとからのものですか？」

「んで無ぇ。もとからの名前は高代す」

「高代か。それも悪くない名前ですね」

「鶴岡の南五里のとこさ月山つぅ山があっけんども、お蓮はその月山の麓の熊出村の医者の三女よ。親父が呑兵衛で方々さ借金ば拵えで、その借金のかいたに鶴岡の遊廓さ売らえだんだわ」

「そこを清河さんが見初めた……？」

「んだ」

「お蓮という名をつけたのは、周濂渓の『愛蓮説』を読んででしょう?」

「あえやぁ、よぐ分ったなぁ」

清河が眼をまるくした。

「お前(め)、商売の方でもながながの遣り手らしいども、学問にもずいぶん詳しいんでねえの」

清河は久太郎に対する警戒をすっかりといたようだった。

「……そんで、お前様(めさ)、今日はなんで此処さ来たのす?」

「虎尾の会に加わらせていただけまいかと思ったのです」

「古着問屋の若旦那がなんで虎尾の会さ入る(はえ)のだ?」

「清河さんのやりたいこと、それはわたしのやりたいことでもあります。横浜焼打には金が要るはずですが、その金をわたしが……」

「出す言(つ)うのが?」

「はい」

清河はしばらく腕を組み、大きな目で天井を睨みつけていたが、やがてうむと頷き、畳の上に放置してあった例の五十両入りの財布を摑み、久太郎に言った。

「皆さ引き合わしぇでやっぺ。こっちゃ来(こ)」

四

　庭に面して四畳半の座敷があり、そこに五人の男が、柱に背を凭せかけたり、畳に寝そべったり、鼻毛を抜いて畳の縁に植えつけたりしていた。縁側に将棋盤を持ち出し、へぼ将棋に夢中になっているのもいた。

　清河の紹介してくれたところによると、柱に凭れている年の頃二十五、六の無愛想なのが山岡鉄太郎、寝そべっている色白の痘痕面が薩摩の伊牟田尚平、鼻毛を抜いているのが鍼医の石坂宗順、そしてへぼ将棋組が、淡路坂塾以来の清河の内弟子で御家人の笠井伊蔵と清河の実弟の斎藤熊三郎ということだった。久太郎はそれぞれに丁寧に会釈をし、座敷の隅で、一同のはなしに耳を傾けていた。

　といっても、彼等の話し合いそのものは他愛のない内容で、

「横浜の外夷を焼打するのも、ひっきょうは尊皇の行動である。われわれが無頼の輩ではなく、尊皇の志士であることを世間に対してはっきりさせるためにもそろいの陣羽織が欲しいが、その陣羽織の色はなにがいいか」

　などと喋々している。夕景近くにようやく茜染めがよかろうと決まった。

「……というわけだけんども、どうだべし、久太郎、お前様、そろいの陣羽織ば手に入れる事、出来っか？」

　清河がここではじめて久太郎を会員扱いにした。

「お安い御用で……」

久太郎は胸を叩いて請け合った。

「十日もあれば」

そのとき、襖が開いて、お蓮が酒と料理を運び込んだ。料理は『下谷広小路・松源』という名入りの大きな重箱に入っていた。さっきの五十両のうちのいくばくかをさいて取り寄せたのだろう。

「よーし！」

料理があまり豪勢なので昂奮したらしい伊牟田尚平が裸足(はだし)で薄暗くなった庭に飛び出し、土蔵の横の椿の木に抜打で斬りつけた。

「大樹を斬ることとかくの如しさ。へっへっ、愉快々々！」

尚平には薩摩訛がなかった。薩摩藩では江戸勤番の侍を十七、八の若者でかためているという噂があるが、あの噂はまんざらウソではなかったらしいな、と思いながら久太郎は尚平を眺めていた。二十歳すぎてからでは、お国訛を矯正するのは殆ど不可能に近い。そこで薩摩藩は若い連中をどんどん江戸へ送りつけているのだろう。藩士に江戸言葉を修得させ、その藩士を職人や町人に仕立て上げて巷に放てば、そのまま間者が勤まる。薩摩藩の指導者たちの狙いはそのへんにあるにちがいない。

「……大樹とは将軍の異名ですね？」

笠井伊蔵が尚平に訊いている。

「そうさ」

尚平は椿の木の横のぐみの木にも横殴りに一太刀浴びせた。直径（さしわたし）二寸はあろうと思われるぐみの木が音もなく二つになった。

「尚平の馬鹿、俺（おら）の庭の庭木ば根絶しにする気か」

座敷から清河が叱った。

「それによ、大樹々々とあまり大声（でかごえ）ばあげるんで無（ね）。戸外（そと）さ聞えだらなじょする？」

尚平は照れ笑いをしながら座敷に戻った。

「ときに清河さん……」

しばらくしてから久太郎が清河に言った。

「この清河塾の向いの蕎麦屋のことですが、あの蕎麦屋と清河塾と、どっちが古いのです？」

「それはこっちだ。清河塾は二年前にここさ移ってきた。が、あの蕎麦屋は、この二六横丁さ移ってきてがらまだ半年にもなん無（ね）す」

やはり、清河塾を監視するために出来た蕎麦屋だな、と久太郎は思った。まず、あの湊川という親父、元大関をなんとかしなくてはならない。でないと、この清河八郎と近藤勇を結びつけることができなくなってしまう……。

「……なじょした、久太郎？　なにば考え込んで居（え）んだ？」

「ちょっとお差料（さしりょう）を拝借しますよ」

久太郎は清河の佩刀に手をのばした。

「ああ、それは三原正家（まさいえ）の傑作だねし」

清河は目を細くしながら言った。

「お蓮とその三原正家、このふたつは俺(おら)の宝物だもんねぇ」

久太郎は鞘を払い、柄を両手で握ると刃先を下に向けた。

「……久太郎、お前(め)、三原正家ばなじょする気だべ？」

「みなさんはいずれも一流の剣客ばかりとお見受けいたします。が、しかし、常(つね)の警戒心に於ては、一流どころか三流ですよ」

「……な、なに？」

清河たちがすこし気色ばんだが、そのとき久太郎は渾身の力をこめて三原正家を下方へ突きおろしていた。

五

ぐわーっ！　と床下から太い叫び声があがった。つづいてごつんと床板が鈍い音をたてた。久太郎の突きおろした三原正家の切っ先で、躰のどこかを刺された床下の賊が、あっとなって立ち上ろうとして、頭を床板に打ちつけたのだろう。

清河八郎はじめ虎尾の会の一党はただ呆然となって、久太郎の一挙手一投足を眺めている。それを見て久太郎は心の中でかすかな優越感を味わっていた。清河八郎はかつて千葉周作道場から北辰一刀流の目録を受けていたはずである。また、そのころ、千葉道場の全門下生を集めて行われた勝抜き試合の決勝の部で、堂々三人をごぼう抜きにし、千葉周作から大酒杯をもらったこともあった、と前に久太郎は清河自身の口から聞いている。そればかりではない、清河は千葉道場から下谷御徒町の心形刀(しんぎょうとう)流伊庭軍兵衛秀業(ひでなり)の道場に移り、そこでもかなり鳴らしたらしい。千葉道場のは、いってみれば型を重んずる秀才剣法だが、伊庭道場はちがう。とにかく勝てばいいのだとする荒くれ兵法である。その伊庭道場で鳴らしたのだから、清河はできる男のはずである。だが、いま、自分はそのできる男の上を行っている。それもわずか二年の修業をしただけで、だ。

清河のほかにも、伊牟田尚平、山岡鉄太郎、石坂宗順など、相当に使えそうな連中が居合せているが、彼等にもまず勝てたな、と久太郎は思う。

久太郎は清河たちの自分を見詰める視線を快く感じながら、床下の賊の動きを心で追っていた。賊を殺さぬように、下半身を狙って刀を突き立てたつもりだった。賊は慌てて縁の下から逃走を計るはずである。その場合、やつは縁の下の奥へ逃げ込むか、それとも最短距離の庭へ出ようとするか。

「手負いになると一町の道が一里に、一里の道が百里に思われてくるものである。したがってよほどの覚悟の者は別にして、たいてい手負いの者は常に最短距離を選ぶ」

鏡仁太夫がいつかそう教えてくれたことがある。久太郎は仁太夫の教えを信じることにして、ゆっくりと畳の上を縁側へ動き始めた。

「……だ、だれだべ、俺(おら)ん家(ち)の床下なぞに潜ってやがったのは?」

清河がだれにともなく言った。久太郎は左の人差し指を唇に当てがって、静かにするように、と

いう身振りをし、小声で、

「おそらく、床下の君子は、この清河塾の向いの蕎麦屋の亭主でしょうよ」

と、告げた。

「湊川の亭主が、いったいまたなんで……？」

「あの元大関は幕府の間者なのです」

「まさか……」

清河は絶句した。

仁太夫の教えてくれた通り、賊は床下を庭に向って這っているようである。

「やっぱり庭に出る気だ」

久太郎の呟くのを聞いて、伊牟田尚平と山岡鉄太郎が刀を摑んで立ち上った。

「いま動いてはいけません」

低いがきびしい声で久太郎は二人を制した。

「庭にだれかが待ち受けていると見たら、賊は別の出口を探すでしょう。そうなると、この家は広いから、厄介になりますよ。庭に出るのはわたしの合図があってからにしてください」

賊の動きが、庭へあともう三尺というところで止ったようである。が、ややあって再び動き出す気配が起り、やがて、縁側の下からちらっと黒いものが見えた。むろん、久太郎は鏡党の術のうちの『梟の目』を会得しているから見えたのであって、清河たちの目には、縁側の先にはただ黒い闇しかないはずである。

黒いものは、はじめは鶏卵大にしかすぎなかったが、ゆっくりと土手南瓜ほどの大きさになって行く。

（……頭から出てきたな）

久太郎は梟の目のまま賊の動きを眺めている。黒い頭巾をかぶっているようである。

（そろそろ、潮時だな）

と、久太郎は思い、思った途端に、賊の頭越しにもう一気に六尺も跳んでいた。それが切っ掛けで清河たちもばらばらと庭に飛び出してきた。

賊はもう一度、縁の下にもぐりこもうという動きをちらと示したが、自分のまわりを半円形に七人もの男たちが取り巻いているのを見てとって、がくりと肩の力を抜いた。

「……ああ、痛てぇ」

賊は腰を浮かして四つん這いのまま、不貞腐れたような口調で言った。

「いきなり尻を突っつきやがって……」

「馬鹿野郎！」

伊牟田尚平が賊の頭巾に手をかけた。

「無断で忍び込んだ貴様が悪いのだ。逆恨みはよせ」

頭巾の下から、久太郎が予告した通り、湊川の親父の大きな頭が現われた。

「……親父、妙な所（とこ）さ蕎麦の出前に出張（では）ってきたもんだな」

清河が久太郎から三原正家を取って、びゅんびゅんと二、三度、素振りを喰わせた。

「だれも蕎麦など頼まねがったのに、ほんにご親切様なこんだ」

「お、おれをどうする気だ？」

「虎尾の会の相談事を他人に聞がれでは拙いんだ。斬るほがあんまいね」

元大関は四つん這いのまま、がたがた震え出した。

「清河さん、親父を斬るのはおよしなさい」

久太郎が言った。

「愚策ですよ」

「な、なんでだべし？」

「この湊川の親父さんの姿が見えなくなれば、幕府がすぐそれと気付きます。そうなったら連中は清河塾を一気につぶしにかかるでしょう。それよりも、この親父さんを逆間者に使う方がいい」

「逆間者……？」

「いわゆる反間（はんかん）というやつ。この親父さんを使って、逆に幕府の様子を探ろうというわけで。斬るのはいつでも斬れますから……」

「あんだもたいした兵法者だねぇ」

清河は感心して何度も首を振った。

「あの弱虫の久太郎が一体どういう加減で、こげな凄い男になっちまったんだべね」

「清河さんや芹沢鴨さんと水戸藩のこんにゃく会所を襲ってから、もう十年近くも経っているんですよ。いくらわたしでも十年たてばすこしはましな男になっていますさ」

六

湊川の親父は表の入口のすぐ横の十二畳の座敷へ運び込まれ、お蓮の治療を受けた。左の臀部の、深さ三寸、長さ一寸五分ほどの傷を、お蓮は焼酎でよく洗い、血止め薬を塗布したさらしをその傷口のなかに押し込んだ。ほれぼれするほどの、手際のよさである。

「前にも言ったと思うげど、お蓮は医者の娘だがらね、ちょっとした病気や傷なら、お蓮で充分間に合うのす」

清河がうれしそうに言う。

「……んで、久太郎、これからなじょする？」

「まず、この親父の知っていることを残らず聞き出してしまいましょう」

久太郎は湊川の親父の横に坐った。湊川は腹這いになり、枕にしがみついてふうふう肩で息をついている。

「親父さん……これからは逆にあんたがおれたちに見張られることになる。笠井伊蔵さんと斎藤熊三郎さんのお二人に、交代であんたについてまわってもらうつもりです……」

「勝手にしやがれ、だ」

「いつまでもそういう口をきいているようだと、結局は自分の命を縮めることになってしまうよ。素直におれの言うとおりにするのが長生きの秘訣だ。これからおれの訊くことにどう答えようとあんたの勝手だが、嘘を吐いたとわかれば、そのときはきっとあんたの命はない。これは保証する」

「いやなことを保証してくれるぜ、まったく」

「もうひとつ、これからはおれたちがあんたに与えたことだけを、幕府の役人に報告すること。これを実行するかどうかもあんたの勝手。だがしかし、実行しなかったときは、やはりあんたはすぐに死ぬ」

「……わかったよ」

湊川は首を振って久太郎を睨みつけた。

「おれもむかしは芝神明町の土俵で大関まで張った湊川だ。こうなったからにはもうじたばたしねえよ」

「よし。では、幕府の役人は虎尾の会についてどこまで知っている?」

「なにもかも知っているさ。会合のあるたびにおれがこの清河塾の床下に潜りこみ、聞いたことは全部お上に申しあげてあるんだから……」

「で、連中は虎尾の会をつぶすための、手立てをどのへんまで進めている?」

湊川はしばらく黙っていた。が、やがて捨鉢な口調になって、

「たしか、この五月二十日に両国の万八楼で書画会が開かれるはずになっている。主催者は水戸の分限者でたしか吉良弥三郎とかいったはずだが……」

「それで……?」

「その書画会には、清河八郎……こちらの先生が出席なさることになっているが、そのときに捕物

がある」

「捕物とは、つまり、俺を捕えるための捕物か？」

清河が傍から湊川に訊いた。

「そういうことで……」

「ほう、それは面白ぇ。で、その捕物の手筈は……？」

「その書画会には、このあいだまで、この清河塾に内弟子として住み込んでいた小山実三郎という男も出席することになっている」

「小山実三郎が？」

清河が首を傾げた。

「あの男は、剣はなかなかの使い手だども、詩や画や書にはまるで通じて居ねぇやつだ。それがなんで、書画会に……」

「幕府の命令で、ですよ」

「ははあ、するとお前と同じで、幕府の間者か？」

「ああ」

「その小山実三郎つう男はな、女子と見ればすぐ目の色を変える口で……」

清河が久太郎の方を向いて言った。

「うちのお蓮にまで色目を使いやがったのす。それで、俺ァ、叩き出してやったんだけっともね」

「なるほど。ところが小山実三郎はかえってそれを逆恨みして、幕府の手先になったわけですね」

「んだ、ま、そんなとこだ」

「……小山実三郎はその書画会で先生に逢ったとたん、先生やお蓮さんに対してまことにすまないことをした、とまずわびる」

湊川はもう自棄半分で、催促されるのを待たずに先を続けた。

「おわびのしるしに玄冶店の先の甚左衛門町に馴染の蔭間茶屋がある故、そこで一献差し上げたい、と申し出る」

「はあ、そんで俺が茶屋で蔭間とじゃれているところへわっと踏み込もうつうわけか」

「ちがうんですよ。蔭間茶屋に入る手前で捕物でさぁ。玄冶店から甚左衛門町にかけて、幕府の捕方が百人から百五十人、前の日からひそんでいるという寸法です。……さあ、これで、おれの知っていることは洗いざらい全部、お話ししましたぜ。家へ帰らせてもらっていいですかい。同じうっぷせているなら家の方が気が楽だ」

「いいとも」

久太郎は前へまわって湊川に肩を差し出した。湊川がその肩に両手をかけて、よいしょと起きあがる。元大関だけに重い。

「そ、それで、おれの係の同心の旦那にはなんて言っとくんです?」

湊川はよろよろする躰を柱に摑まって支えながら、久太郎に訊いた。

「まさか、虎尾の会の人たちにとっ捕まって、お上の計略をすっかり吐いてしまいました、とは言えねえでしょう?」

「そうだな」

と、腕組をして久太郎はちょっと考えていた。が、すぐにひとつ軽くうなずいて、

「虎尾の会の連中は夜半まで徳川家の悪口を並べておりました、とでも報告しておくさ。そのへんが無難なところだ」

「……で、この尻の傷についてはどう言い訳をしておけばいいんですかね」

「床下に潜伏中に藪蚊にやられました、というのはどうかね？」

「藪蚊じゃ納得してくれねぇと思うがねぇ」

「だからさ、蚊に喰われたところを汚い手でぼりぼり掻いたら、腫物（おでき）になりまして……というのだ」

清河たちがげらげら笑った。湊川は渋い顔をしてゆっくりと土間に降りる。

「あ、湊川さん……」

そのとき、勝手からお蓮が出てきた。手には空の丼を数個重ねて持っている。

「清河塾の表玄関から堂々と外に出て行くところを、係の同心にでも見つかってみなさい。いっぺんで裏切ったことが露見してしまうわ。表玄関から出るのなら丼を持っていって。そうすれば、たとえ誰に見られても、丼を集めに来ただけでして、とうまく言い逃れができるでしょう」

よく気のつく女である。久太郎は感心しながらお蓮の美しい横顔を眺めていた。

七

あくる日の朝、久太郎は仁太夫と共に鏡町の、鏡ヶ池の上に浮ぶ小舟に乗っていた。仁太夫は小舟の上から水面めがけて投網を打っている。が、あまり大したものはかからない。おそらく魚を獲るために網を投げているのではあるまい、と久太郎は思った。単なる気ばらしだろう。

「……それで久太郎は、その虎尾の会に参加したわけだな？」

間もなく仁太夫は投網を打つのをやめて舟底にあぐらをかいた。

「そうです。仁太夫さん、清河八郎は幕府の捕方が網を張っているのは承知の上で、書画会にも出たい、幕府の間者の小山実三郎の招宴にも出席する、と申しております。わたしが仁太夫さんからいただいた任務は、清河八郎の護衛ですが、護衛という立場に立てば、当然、彼を制止しなければならぬでしょう。事実、彼に行ってはいけないと申してみました。しかし……」

「はい」

「清河八郎は引き止めればそれだけ、行こうとしたがる。そうだな？」

「そういう男なのだよ、やつは」

仁太夫は煙管（きせる）に煙草をつめた。

「負けず嫌いだし、とかく格好をつけたがる」

「どうもそのようです。仁太夫さん、それでもとめるべきでしょうね」

「行かせなさい」

仁太夫は舟底に置いてあった煙草盆から煙管の煙草に火を点けた。

「ただし、どんな場合でも清河を殺してはいかん。捕方の前に立ちはだかってでも彼を逃がせ」

「それなら、いっそはじめから出席をやめさせた方が……」

「いや、そうではない」

仁太夫は深々と煙を吸いこみ、

「出席させるのだ」

と、勢いよくはきだす。

「どうもよくわかりませんが……」

「清河八郎の勤皇思想には筋金が入っていない。まだお坊ちゃん芸なのだ。そこで清河を熱したり叩いたり冷水につけたりして鍛えなければならない」

仁太夫は清河を刀にたとえた。

「でないと、彼は一生ただの大言壮語漢、法螺吹きにとどまってしまう。彼に行動させなければならない。久太郎、清河の元内弟子で、清河を甚左衛門町の蔭間茶屋へ招こうとしている幕府の間者の小山実三郎を小道具に使いなさい」

「小道具？……どのようにです？」

「甚左衛門町の路上で、清河がその実三郎を斬るように仕向けるのだ。難しいか？」

「いや、それは簡単でしょう。清河は内妻のお蓮に惚れ切っているようですし、小山実三郎はそのお蓮にちょっかいを出していますから、お蓮をだしにすれば……」

「出来るな？」

「はぁ」

「では、そうしなさい」

久太郎は仁太夫の狙いをまだよく読みとることが出来ない。実三郎を斬ることがなぜ清河を〈行動の人〉たらしめるのだろうか。

「……小山実三郎は幕府の手の者だ。その小山を斬れば、清河は幕府のおたずね者となる。もうすくなくとも江戸には住めぬ、たとえ住むことができても、人目を忍び、人に隠れて住むしかない」

仁太夫は久太郎の疑問をすでに見抜いているようだった。

「むろん清河はお蓮とも別れなければならなくなる。江戸は大きい。がしかし女連れで忍び歩きのできるほどは大きくはない。清河は幕府を憎む」

かも知れない、と久太郎も心の中で大きく点頭する。仁太夫が清河を評して「お坊ちゃん」という言葉を当てたのは正解だ。人を斬ったという自分の非を棚に上げて、清河は、自分に窮屈なおたずね者としての暮しを強いる幕府を憎むだろう。つまり清河は心の底から「自分が悪かった」ということを言えない性質、悪いのはいつも他人なのだ。そこがお坊ちゃんなのである。

「憎むうちに、すべては幕府が悪いと考えるようになる。そのとき、清河は自分の憎しみを正当化するためにより強くより堅く勤皇の志士たらんことを誓うだろう。そして幕府に対する復讐心を燃やすはずだ」

「おっしゃる通りだと思います」

「また、清河はお道化屋でもある」

仁太夫は煙管でぽんと吐月峰を叩いた。

「したがって復讐心がそのまま出てこない。ひとつもふたつもねじ曲って出る。世人があっ！　と嘆声を放つようなやり方で、清河は幕府へ仕返しをしようとする」

「たとえば……？」

「たとえば、いま江戸には浪人者があぶれている。連中は幕府の威信が地に堕ちていることを肌で知っているから、白昼堂々と狼藉を働く。この浪人どもは使える。清河とこの浪人たちとを結びつけたらおもしろい。しかも、幕府が清河に、江戸の浪人たちをなんとか出来ないか、と頼み込む形で、だ」

「待ってください。清河は小山実三郎を斬ったかどで幕府のおたずね者になっているはずです。その清河になぜ幕府がものを頼むのですか？」

「一年ぐらいで罪を許すのさ。幕府は表向きは清河と手打式をするのだ」

　久太郎ははっとなった。仁太夫は「もしも清河がおたずね者になったとしたら」という仮定の上に立って無駄話を楽しんでいるように見せかけているが、ひょっとしたら、これは無駄話を借りた一種の「命令」ではないのか。清河に、やがて入れ智恵をし、いま自分が告げている通りの行動をさせるように、そう仁太夫は言っているのではあるまいか。久太郎は全身を耳にした。

「清河は浪士たちの束（たば）ねになることを承知する。浪士たちを江戸へ置いてはなにかと面倒である、彼等を京へ連れて行きましょう、そしてたとえば勤皇派の志士の取締りに当らせましょう、彼はそんなことを答える……」

　つまり、やがていつか清河をそう答えるように仕向けろ、と仁太夫は命じているのだ。

「あとは放っといてよい。浪士たちと上洛した清河は、さっきの復讐心を一気に充そうとする。つまり、幕府の浪士党を勤皇のための浪士党に看板替えをしてしまうだろう」

「……わかりました」

久太郎は仁太夫にうなずいてみせた。

「ただ、もうひとつお伺いしたいことがあります」

仁太夫は煙草入れを帯の間に差しながら、言ってみなさいと久太郎を目で促した。

「やがては浪士党を引率させ清河八郎を京へ発たせよ、仁太夫さんがそうおっしゃっていることは読めましたが、鏡党の最後の任務は近藤勇たち試衛館一派の後押しにあるはず、清河の浪士党の上洛と近藤勇たちと、どこでどう関わり合うのです？」

「将来、清河が浪士党を結成するとき、それに加わるよう近藤勇をそれとなく焚きつけるのも、久太郎、勇とは旧い友人であるおまえの役目だぞ」

仁太夫の右手が懐中から右肩の上へぱっとあがった。五、六間の水面にぱしゃっと水音がし、やがて、あたりの水を赤く染めながら頭に鏡党独特の小型三角手裏剣を突き刺された大鯉が浮き上ってきた。なにも投網など持ち出さないでも魚は穫れるのに、仁太夫さんも結構、恰好をつけるなぁ、と久太郎は思った。

八

五月二十日、両国万八楼で催された書画会に、久太郎は清河八郎にくっついて出席した。清河はさすがに幕府の捕吏を警戒し、伊牟田尚平、笠井伊蔵、山岡鉄太郎なども引き連れている。

書画会の席上で、清河は小山実三郎の詫びを聞き入れ、会の終了後、甚左衛門町の蔭間茶屋で一献差しあげたい、という招待にも首を縦に振った。

清河は席上、小屏風に、さらさらと、

吾心之慷沈義不往
吾身之落碧何多
受来欲倶万古之人
携酒弄杯上江楼
江流灎々去不竭
人間皆之何日々
古人今人其機同
願跨青雲臨皓月
皓月明席浮杯来
挙杯飲之吾懐開

一生得失天倪在
長従事此間脱遺塵埃

こう書いて満座の拍手を浴びた。「即席の余興で」と清河は照れ臭そうに、しかし、半分は得意そうに頭を掻いていたが、久太郎は、ははん、清河塾で予習をしてきたのだな、と思って見ていた。詩意は、最後の二行に尽されている。すなわち、人生の成功と失敗は天が決めるもの、であるから長えに自分の本分を尽して、俗世界を超えて生きて行こう、というわけだ。日頃、俗世のことをずいぶん気にしているのに、そんなものは鼻にもかけておりません、と詠むところがいかにも清河らしい。たしかに仁太夫の指摘したとおり、清河は「お坊ちゃん」のようである。

ところで書画会の間中、久太郎は小山実三郎の話し方や声の質に注意を払っていた。ときおり後架に立ち、用意してきた手鏡を出し、それに自分の顔を写しながら、実三郎の声色を真似てみた。声色の稽古になぜ鏡が要るのかといえば、顔の造作と声の質には必然の関係があるからなのである。たとえばいま守田座で人気の市蔵の声色を真似るには、市蔵の顔を真似るのがまず先決なのだ。喋るときの舌や口の動き、口のまわりの筋肉の変化の仕方、それを模写することが、声色の早道なのである。むろん、この声色法も鏡党の術のうちのひとつだ。

久太郎が小山実三郎の声色を、ほぼ完璧にものにしたころ、書画会が終った。さっそく実三郎が先に立ち、清河たちを、村松町から浪花町、浪花町から玄冶店へと案内する。

玄治店あたりに馬もたなを借り
と川柳にもあるように、このあたりは下級の歌舞伎役者、それも馬の脚専門の下っ端役者の多いところで、そうたいして賑やかな通りではない。が、いやに通行人が多かった、おそらく、通行人のほとんどが清河を捕えにきている幕府の捕吏たちなのであろう。

玄治店から甚左衛門町にかかるあたりで久太郎は、清河の一歩前を行く実三郎と肩を並べた。

「……小山さん」

「はぁ?」

「書画会ではあなたとあまりお話ができませんでしたが、いま、ちょっとわたしの話相手になってやってはくださいませんか?」

「ど、どうぞ」

実三郎はすこし迷惑そうな顔をした。この男の役目は、清河たちを甚左衛門町まで案内することにある、その甚左衛門町にもう一、二町というところで話しかけられたのではやはりなにかと都合がわるいのだろう。

「……小山さんはたしか、清河先生の内弟子をなさっていたはずですね」

「は、はぁ」

「いつごろです?」

「去年から今年にかけて、です」

「とすると、わたしはあなたの兄弟子ということになりますよ」

「ほ、ほう……」

「もうひと昔、前ですが、わたしは一時、清河さんと一緒に寝起きしていたことがあるのですよ」

「それはそれは」

「そのとき清河さんにお蓮さんはおりませんでしたから、わたしはあなたのように破門されずにすみましたがね……」

実三郎はぎくりとなったようだった。久太郎は構わずに、

「お蓮さんは器量といい、心立てといい、そのへんにはざらにはいない女(ひと)です」

お蓮と言うとき、久太郎は背後の清河の耳にも達するように、やや声を張った。

「あなたと同じように、わたしもお蓮さんに付け文ぐらいはしたでしょうね」

「…………」

実三郎は額に脂汗をにじみ出させていた。

「しかし、付け文はまずかったなぁ。あとで証拠になりますからねぇ。それより、清河さんの留守に手籠めにでもすればよかったんですよ」

「……貴様、よせ」

実三郎は前を向いて歩いたまま、殺した声で言った。

「よさねば斬る」

「うるさい！」

久太郎は実三郎の声色で叫んだ。

「お蓮さんはおれの女だ！」

実三郎の足が停まった。おどろきのあまり、手が震えている。それはそうだろう。自分の怒鳴り声が隣りから聞えてきたら、だれだってぎょっとなる。

「清河を幕府に売り、牢屋に叩き込む。そして、おれはお蓮を自分のものにするのだ。お蓮に惚れてどこが悪い⁈」

久太郎は実三郎の声色でこう駄目押しをした。

「……小山」

清河が久太郎と実三郎の前へ回った。

「なん言(つ)う性悪だ、お前(め)は」

実三郎を睨み据えながら、清河は右手を腰の三原正家の柄にかけた。

「お蓮は俺(おら)の女子(おなご)だ。お前(め)なんぞに奪(と)られてたまっか」

「ま、まってください、ちがうんです、先生。こ、この久太郎という男が……」

「やがますィ！」

清河の右手が左腰からびゅんと斜め右上に伸びた。同時に行水をした鳥がばさと羽ばたくような音がし、実三郎の首が六尺ほど右へ飛んだ。一瞬のうちにどっと吹き出した血が彼の首をそこまで飛ばしたのである。そして、飛んだところが瀬戸物屋の見世先。首はその見世先の大皿の上にどすっと載った。

九

幅四間、長さ一町余の甚左衛門町の通りは、しばらくのあいだ、しーんと鎮まり返っていた。が、やがて、見世先で商売物の瀬戸物に叩きをかけていた瀬戸物屋の親父がどすんと尻餅をついた。目の前の生首に腰を抜かしてしまったのだ。はずみで棚が倒れ、何十個もの瀬戸物が三和土の上に崩れ落ちる音が落雷よろしく通りにとどろきわたった。

その音を待っていたようにぴーっと呼子が鳴った。通行人や物売に姿を変えていた捕吏たちが二十数人、通りの西と東から、瀬戸物屋の前に突っ立っている清河八郎や久太郎たちの方へゆっくりと寄ってくる。

「……動くな、清河八郎!」

「刀を捨てろ!」

「神妙にするのだ!」

捕吏たちは口々に叫んだ。

「なん言う事してしまったんだべなす」

清河が苦笑しながら唇を噛んだ。しかしそれはどうやら痩我慢の苦笑らしく、顔色は蒼ざめ、頬のあたりがぴくぴくと痙攣している。

「明らかに小山実三郎に非がありました。お蓮さんを売女扱いしたのですから、清河さんが刀を抜いたのは当然です」

久太郎は左と右の捕吏たちの様子を窺いつつ、清河を慰めた。

「やっぱお前さんもそう思うべかなっし」

清河は懐紙を出し三原正家に付着した血脂を拭いはじめた。

「俺もう、はぁ、頭さかーっと血さのぼってなす……」

「それもわかりますよ、清河さん。しかし、現在、此処でぶつぶつ言っていてもはじまりません」

久太郎は向いの、瀬戸物屋と香煎屋の間の小路に飛び込むことに決めていた。どうせ、先まわりされるにきまっているが、小路の間を走っている間に清河を逃す算段はできそうである。自分は捕まってもなんとかなる。とにかくいま大切なことは清河を逃走させることだ。

「……山岡さん！」

久太郎はすでに草履や羽織を脱ぎ、捕吏たちに向って構えている山岡鉄太郎や伊牟田尚平たちに言った。

「ここでお互い四方へぱっと散りましょう」

「うむ……」

捕吏たちに顔を向けたままで、山岡たちが頷いた。

「わたしは清河さんを護衛して、真向いの小路に飛び込みます」

「……よし」

「では……！」

久太郎は清河が三原正家を鞘におさめるのを待っていきなり向いの小路へ清河を押し込んだ。

「清河さん、これからはわたしの言うとおりにしていただきます」

言いながら久太郎は清河の背中を押して小路の奥へ進んだ。背後の通りで捕吏たちの喚声があがった。清河を逃そうというつもりだろうか、山岡たちは捕吏たちと立廻りをはじめたようだ。

「清河さん、ここから逃げのびたら、小石川小日向のわたしの見世にしばらく身をひそめていてください」

「……ここから逃げのびたらだと？」

「そうです」

「久太郎、お前(め)も呑気な男だべな。こっちの通りもあっちの通りも、幕府の捕方で一杯(いっぺ)だべす。蟻の這い出る隙も無(ね)、とはこの事(こつ)た。どうにも逃げだせ無(ねえ)べ」

「いや、逃げ出せます」

「な、なじょして？」

清河が立ち止った。久太郎は自分の、絽の黒羽織を脱いで、清河に差し出した。

「清河さんの羽織を拝借したいのですがねぇ」

「ふん、馬鹿。羽織ば取っ替えだぐらいで、連中が欺せっか」

「とにかく、ここはわたしに委せてください」

久太郎の強い口調に清河は紫色の派手な羽織を脱いだ。

「しばらく、この小路のどこかに隠れていてください」

「ほ、ほんで?」

「そのうち、あたりが静かになります。そうしたら、落ち着いて様子をたしかめ、辻駕籠でも拾って小石川へ……」

もう久太郎は紫の羽織を肩に引っかけ、小路の奥へ歩き出していた。

小路の奥に突き当って左に折れると甚左衛門町の裏通りである。久太郎は大股でのっしのっしと裏通りに出ながら清河の羽前訛を真似て、大声をあげた。

「清河ですちゃ。手向いはしねぇ。理由(わけ)あって小山実三郎を斬ったのす。逃げ隠れもしねぇよ。さあ、俺(おら)を奉行所さ連(つえ)でって呉ろ」

言い終らぬうちに左右から刺股(さすまた)が伸びてきた。左から出てきた刺股は久太郎の左袂に、右からのは懐中(ふところ)に蛇のようにからみついた。久太郎が抵抗せずに突っ立ったままでいるのをみて、今度は、前後からまた二本の刺股……。

「縛れ!」

だれかの声がして、捕吏が二人、久太郎に縄をかけはじめた。その瞬間、久太郎は息を躰の中へいっぱいに吸い込んだ。同時に手や腕を張って隙間をつくった。縛られる瞬間に思い切り息を吸い込むことも、手や腕を張って隙間をつくることも、鏡党の術のひとつ、縄抜け法である。こうやって縛られておけば、息を吐き出したとき、また、張った手や腕を躰に密着させたときに、若干、縄目がゆるくなる。このゆるみを利用して、第二の縄抜け法にかかるのである。

「……歩け」

捕吏が縄を引いて歩きだした。久太郎は素直に命令に従う。そして歩きながら後手に縛られた手首を右へ左へとひねる。手首のあたりがじっとりと汗ばみはじめた。

（……しめた）

久太郎は心の中でにっこりした。湿気を含むと縄がのびる。久太郎はそれを勘定に入れているのだ。やがてすこし自由になった手で、久太郎は着物の袖口を探りはじめた。左右の袖口には常に薄い鋼鉄（はがね）で作った小しころ、すなわち小型の鋸が隠してあるのだ。これが鏡党の術・縄抜け法の第二である。もちろん、小しころの隠し場所は袖口ばかりではない。着物の襟、裾、帯、足袋、草履……数えれば十八ヵ所にも及ぶ。捕吏の数は前に五、六人、左右にひとりずつ、そして、背後に二人である。久太郎は背後の二人の捕吏の気配を背中で窺いながら、小しころで手首の縄を切りはじめた。歩きながら、しかも背後に捕吏が二人もいるのに、手首の縄をうまく断ち切ることができるか。これは素人目には至難の業のように思われるが、実際は、こういうときがもっともうまく行くのである。歩いているのであるから、手首をもぞもぞと動かしてもそう目立たない。それに、たったいま自ら縛についた者がまさかすぐさま逃げ出すつもりであるなどとは誰も思いもつかぬ。仕事は非常にしやすい。間もなく久太郎は手首の縄を切り終えた。が、そうとはさとられぬよう、縄の切れ目を手で握り隠し、捕吏たちと歩調を合わせて歩いて行く。

小伝馬町に入る曲り角で、前を歩いていた捕吏のひとりが、

「……ほう！」

と、頓狂な声をあげた。

「いい女が行くぜ」

「どれ、どこにだい？」

他の捕吏たちが一斉に目をきょろきょろさせた。

「ほら、あそこだよ。絵日傘がひとつ向うへ行くだろう。……あの絵日傘の主が、思わず息がとまるほどの小年増でさ」

「ほんとかい」

「ほんとさ」

「よし、呼んでみよう」

捕吏たちが立ちどまって、よお、絵日傘さん！　などと叫び声をあげた。背後の二人の捕吏も久太郎の前に出て馬鹿声をあげている。久太郎は握っていた縄の切れ目を離し自由になると、縄の端を、道端で飼葉桶に首を突っ込んでいた馬の手綱に手早く結びつけ、一目散にいま来た方へ駆け出した。

十

それから間もなく、久太郎は神田お玉ヶ池の清河塾の向いの蕎麦屋湊川でかけそばのあがるのを待っていた。むろん、蕎麦くいたさに湊川へ寄ったのではない。清河塾のお蓮のことが気になったのである。

清河塾のまわりも捕吏たちでかためられていた。そして捕吏たちが待ち構えるなかへ、清河塾から内弟子らしいのが三人、四人と出てくる。がたがた震えているのがいる、紙よりも蒼い顔をしたのがいる、中には腰を抜かして這って出てくるのもあった。最後にお蓮が姿を現わした。お蓮は腰が据っている。怖れもせず、叫びもせず、普段事のように捕吏に縛られている。

（……あれはつくづくいい女だ）

久太郎はただぼうっとなってお蓮を見ていた。

（捕吏たちの中に躍り込み、ひっさらって逃げてしまおうか）

とうとうそう決心して久太郎は腰を浮かしかけた。自分の持っている鏡党の術を総ざらいすればなんとかなるかもしれない……。

「仕事に色気を持ち込んじゃいけないよ」

そのとき、耳許で聞きなれた声がした。

「お蓮には小伝馬町の牢に入ってもらわなくてはならぬ。清河八郎の勤皇心を筋金入りにするためには、どうしてもそれが必要なのだ」

振りかえってみるまでもない、仁太夫の声である。久太郎は肩をすくめながら、一旦は浮かせた腰を床几（しょうぎ）の上にまた落ち着けた。

「ところで、久太郎、今日はなかなか見事だったな」

仁太夫はかけそばを奥に命じてから、久太郎の向いに腰を下した。

「ちょいとしたものだったよ、ほんとうに……」

「すると見ていたのですか？」

「ああ……」

きっと仁太夫は通行人かなんかを装って甚左衛門町をぶらぶらしていたのだろう。まったく油断のならない棟梁である。

「で、この先はどうなります？」

「この間、言いつけたとおりにするのだ。清河に浪士党結成を焚きつける。そのうちに幕府は清河の罪を許すはずだ。そしたら浪士党を結成させる……」

「幕府の資金でですね？」

「うむ。そのころまでにお蓮は死んでいるはずだ。そこで清河の、幕府に対する復讐心はすさまじいばかりになる。勤皇派の志士取締りが名目の浪士党を、やつは勤皇派のための浪士党にしてしまうだろう。そのときこそ浪士党に加わっていた近藤勇以下の試衛館一派は……」

「ちょっと待ってください」

「……？」

「いま、仁太夫さんは『そのころまでにお蓮は死んでいるはずだ』と言いましたね？」

「気に触ったか？」

「なにもそこまでしなくとも……」

清河塾の前からお蓮が引き立てられて行くところだった。

「だいたい可哀そうです」

「清河八郎に性根を入れるためだ。どうにも仕方がない」

久太郎は仁太夫を視た。仁太夫は給仕女の運んできたかけそばにぱっぱっと唐がらしを振って、

「……鏡党のやることに愛想を尽かしたかね？」

「そういうことではありませんが、それにしてもすこし、むごすぎる……」

久太郎は箸立てから箸を取った。

「なんとかなりませんか？」

「上がそう決めたのだ。わたしたち下ッ端はその決定に従うだけだよ」

「上ですか」

久太郎は握ったばかりの箸を卓子の上に置いた。

「じつはいつか聞いてみたいと思っていたのですが、いったい、その上というのは何者なのです？」

「そうさなあ……」

仁太夫も箸を置いた。

「近藤勇が前に千住回向院裏で試斬会を主催したことがある……」

「ええ、わたしも手伝いに行きましたよ」

「近藤勇にその試斬会をやらせなさったのが、すなわち、われわれの上だ」

「すると、あの弾左……」

このとき、久太郎の右手がいつの間にか丼を摑んでいた。そして、ほとんど無意識のうちに、丼の中のそばと熱い汁を左横一間ほど向うへ投げつけていた。仁太夫も同じ、久太郎とほとんど同時

に、丼の中身をやはり同じ方向へ投げた。

「……熱（あち）ッ！」

湊川が左手で顔を覆い、三和土にしゃがみ込んだ。湊川の右手には匕首（あいくち）が握られている。

「この元大関はよほどおまえのことを恨んでいるらしい」

仁太夫が卓子の上に小銭を並べた。

「真ッ昼間から隠し短刀で久太郎を刺そうとするぐらいだから相当なものだ。だが、それにしても、久太郎はよくそれと察したな」

そば代をここへ置いとくよ、と仁太夫は湊川に声をかけて戸外（そと）へ出た。湊川は三和土の上を転げまわって「痛ぇよォ！」と喚いている。

「上がどうしてそう近藤勇に肩入れするんです？」

久太郎も戸外へ出た。清河塾の前にはもう誰もいない。裏へ通じる潜り戸が微風でかすかに揺れているばかりである。

「きまっているじゃないか。近藤勇もまた上と出身が同じなのだよ。だから、上が肩入れをしなさるのさ」

言い残して仁太夫の姿は表通りへもう消えていた。

浪士狩

一

不忍池の黒味を帯びた蒼い水面に白鳥が数羽浮んでいる。弁天島の出合茶屋の離れ座敷から、その白鳥を眺めながら、久太郎はお袖のやってくるのを待っていた。

つい今しがたまで降っていた雪は熄(や)み、池の向うの、上野のお山の清水(きよみず)観音堂の屋根に積んだ雪に弱い夕陽が当りはじめ、蜜柑色に染めあげている。白鳥の白色、池の水面の蒼ぐろい色、そして観音堂の屋根の雪の蜜柑色……、「初冬」という名の絵師の、これはみごとな配色である。

「久太郎さん、待たせましたね」

背後で静かに唐紙障子の開く音がした。一年半ぶりに聞く懐しいお袖の声である。久太郎は振り返りながら、火鉢の縁を軽く叩いた。

「この雪だ、難儀な道中だったでしょう。さぁ、手を焙(あぶ)りなさい」

お袖は久太郎の横に並ぶように坐って、紫のかぶりものをとった。

「雪が降ろうがあられが降ろうが、そしてたとえ槍が降ろうが、久太郎さんに逢えるなら、千里も一里ですよ」

お袖は火鉢に焙っていた久太郎の手に自分の手をそっと重ねた。

「久太郎さんからの書状を読んだときはとっても嬉しかった」

「……熱燗の酒でも持ってこさせよう」

お袖の手をやさしく払いのけ、内証（ないしょう）へ酒の合図に手を叩こうとした久太郎を、

「待って」

お袖が押えた。

「ねぇ、久太郎さん、あなたもやっとその気になってくれたのですね」

「その気？」

「とぼけたりして、憎いひと」

お袖が久太郎を下からきゅっと睨（ね）めあげた。

「久太郎さんが試衛館の住み込みの門弟だったころ、ある夜、わたしが母親の言いつけで忍んでいったことがある。あのとき、久太郎さんはわたしを追い返したわね」

「お袖さんはあのときはまだ幼（ちい）さすぎたもの」

「わたしはそうは思わなかった。自分ではもう立派な、一人前の女のつもりだったのよ」

「ま、とにかくそれはそれとして……」

「二度目は、吉原。久太郎さんはお客、わたしはおいらん。それでこんどこそと思っていたら、容堂様の悋気（りんき）の横車でだめ。三度目は去年の春……」

鏡党への入党試験で府下品川鮫洲（さめず）の土佐藩別邸へ忍び込んだときのことを久太郎は思い出した。

土佐侍たちに追われて逃げ込んだところが、容堂の想いものとして別邸に囲われていたお袖の部

屋。

「あのときも久太郎さんとわたしとの間には何も起らなかった」

「あのときは無理さ。なにしろ土佐侍と命のやりとりをしている最中、とても、色気づくほどの余裕はなかった」

「四度目が今……」

久太郎の右肩にお袖が頭を軽く凭せかけた。

「今日こそは長い間の望みが叶いそうだわ」

「た、たぶんな」

すこし赤くなりながら、久太郎は躰をずらせてお袖の頭を肩から外し、

「そのまえに、大事なはなしがある」

「あとにしましょうよ」

お袖が躰を寄せてきた。

「すぐにすむはなしだ。床急ぎはよしなさい」

お袖はすこし脹れて、

「じゃあ、おっしゃいな」

と、はじめて火鉢に手をかざす。

「容堂様とはうまく行っているかい?」

「……おかしなことを聞く人ねぇ」

お袖の顔に紅葉が散った。

「そんなことがなんの役に立つというの？」

「いいから答えてごらんよ」

「……すくなくとも三日に一度は、容堂様、わたしの部屋で目をおさましになるわ。容堂様はわたしを手放すつもりはないみたいねぇ」

「つまり、お袖さんに首ったけってわけか」

「でも、久太郎さんが自分のところへおいでと言ってくれるのなら、わたし、鮫洲の別邸にはすこしの未練もないの」

ぱちっと火鉢のなかで炭火が爆ぜた。爆ぜたはずみに小さな炭火の火花がふたつみっつ飛んだ。が、お袖は焙った手を引っ込めようともせず、

「久太郎さんがそうしろと言うのなら、わたしこのまま鮫洲には帰らないわ」

「いや、鮫洲には、どうしても帰ってもらわなくてはならない。というのはじつは寝物語に容堂様に吹き込んでもらいたいことがある」

「……寝物語に？」

「そう」

「なにを？」

「清河八郎という浪士のことを、だ」

「それはとても大切なこと？」

「ああ」

久太郎は大きく頷いて、お袖の手を握った。

「頼む」

お袖はしばらく火鉢の灰と睨めっこしていたが、やがてひとつ首を縦に振った。

「それで、清河八郎ってだれなの。容堂様になにをどう吹き込めばいいの？」

「清河八郎は勤皇の志士のひとりだ。昨年の五月、日本橋近くの甚左衛門町で人を斬って以来、あちこちを逃げまわっているのだがね……」

清河の逃走資金は久太郎がひとりで提供していた。したがって、当然、久太郎は清河の消息に詳しかった。この一年半、清河はみちのくから蝦夷、蝦夷から伊勢、伊勢から九州、そして九州から京を経て水戸へと、ほとんど六十三余州を踏破し、この四月には京で、漢文七千字の「封事」を孝明天皇に密奏している。清河にとって、これはよほど嬉しかったらしく、

「このたび『謹んで按ずるに、夷狄（いてき）は禽獣（きんじゅう）の族、人類に非ざるなり』で始まる夷狄論、そして『幕府の最も忌み憚（はばか）るところは、上にある聖明の天子、下にある草莽（そうもう）義侠の士』を冒頭の一句とする攘夷論をあわせて長文にしたため、天子に封事として献上致せしところ、かたじけなくも天子、これをご覧あそばされたる由、正親町（おおぎまち）三条実愛（さねなる）様よりうけたまわり、まことに栄誉のきわみと感涙にむせびおり候。この喜びを一首に詠じ候故、何卒御笑覧のほどを」

という手紙を久太郎に送ってきている。なお、手紙の末尾に、

奉る人は賤の身　言の葉は
　御代（みよ）のためとて尽すまごころ

勢いのいい字でこう書きつけてあった。

つまり、清河を幕府のお尋ね者にすることによって筋金入りの草莽義俠の士に仕立てあげ、彼に夷狄と睦まじくする幕吏を奸徒と思い込ませようとした鏡仁太夫の企みは、見事に成功したわけである。

「ところが、このところ勤皇の志士があまりはやらなくなってきた」

「なぜ？」

「山内容堂たちの唱える公武合体論が力を持ちはじめたからさ」

「公武合体論？」

「勤皇派と佐幕派が不倶戴天の仇同士みたいにいがみ合っても仕方がない、たがいに力を合わせて難局を乗り切ろう、というわけだ」

「……難しくてわたしにはわからない」

お袖は火箸で火鉢の灰を弄（いじ）っている。

「とにかく、幕府はこれまでのように勤皇派の浪士を目の仇にする必要はなくなってきた。だから、その勤皇浪士のひとりである清河八郎も、罪を赦されていいのではないかしらん、というようなことを公武合体論の親玉の山内容堂にお袖さんから吹き込んでもらいたいんだよ」

「これまで政事向きのはなしなど一度もしたことのないわたしが、いきなり角ばったことを言い出したりしたら、変だと思われるんじゃないかしら」

「そこはここの使い方ひとつだろうよ」

久太郎は指で自分の頭をこつこつと叩いてみせた。

「たとえば、清河八郎を遠縁の者にするとか、あるいは命の恩人に仕立てあげるとか、いろいろやり方はあるだろうと思うけれどね」

「わかったわ」

お袖は火箸を灰の中にぐいと突き立てて、

「久太郎さんのためになることなら、わたしなんだってやってしまう」

「ついでにもうひとつ……」

「もういや」

お袖は久太郎の右手をとって、自分の襟許へ引き寄せた。

「野暮なはなしはもうごめんだわ。もうみんなあとまわし。それより、わたしの胸を揉んで……」

久太郎は苦笑して、

「お袖さんもずいぶん図太くなったものだ」

と、自分の右手をお袖のなすがままに委せている。

「十年前のお袖さんはおれと目が合うと、それだけで赧(あか)くなったものだったけど」

久太郎の指がお袖の胸の盛り上ったところへ触れた。お袖は目を閉じた。

二

と、すぐ、勢いよく唐紙障子が開いた。

「せっかくの濡れ場に水を差して気の毒だが、おれたちのはなしをちょいと聞いてもらいたいんだよ」

太い声がして、男が四人ばかり座敷のなかへ入ってきた。見ると、いずれも蓬髪、刀を鷲掴みにしている。

「またたわ。四度目の逢引きにも邪魔が入ってしまった……」

お袖が襟をかき合わせる。

「すぐ退散するぜ」

太い声の男が、久太郎の前にまわり、刀の鐺で畳をとんと突いた。

「もっとも、それはこちらの若旦那の出方次第だが。おれたちの頼みを聞いてくれないようだと、ずんと長引くが……」

「それで、頼みとおっしゃいますのは？」

久太郎は坐り直し、右手を火鉢の縁に置く。そこから、灰に突き立っている火箸まで三寸もない。まさかのときは、火箸を武器として使える——。

「ほう」

男は大仰な仕草で感心してみせた。

「この若旦那、顔色ひとつ変えないね。相当な度胸だ」

「なーに、女にいいところを見せたいのさ」

久太郎の背中で、だれかが陰気な含み笑いをしている。

「つまり、痩我慢よ。若旦那、痩我慢は大怪我の因（もと）だぜ」

「とにかく、御用をうけたまわりましょう」

言いながら久太郎はお袖にすこし離れているようにと目で合図した。

「いったい、なんだとおっしゃるのです？」

「おれたちは水戸の浪士だ」

太い声の男が言った。

「攘夷のための資金を都合してもらいたい」

「なぜ、このわたしに？」

「おなりの大店の若旦那とみたからさ」

「それで、いかほど？」

「おまえさんがいま懐中（ふところ）に持っているだけでいい。ただし、鐚（びた）一文残らず申し受けたいものだね」

「ふふん」

久太郎は鼻で笑った。

「攘夷のための資金とは方便、ほんとうは、茶屋の支払いに窮したため、つまり、あなた方はていいのいい追い剝ぎでしょう?」

「この野郎、やさしく言えばつけあがりやがる……」

太い声の男がぱちんと刀の鍔を鳴らした。

「つべこべ吐かすと斬るぜ」

「どうぞ」

久太郎は右手を懐中に滑り込ませた。懐中の奥深くに、手拭いに包んだ『音玉』があるはずだった。音玉を火鉢の火にくべて先手をとり、連中の怯む隙に庭に飛び出そうと、久太郎は考えているのである。座敷の中で、四方からかこまれている——このままではどう考えても不利だ。

「どうぞ、ときたか」

太い声の男は杖がわりに立てていた刀を、腰に差し、右手を柄に添え、

「それならやはり斬らずばなるまいな」

言いながらかすかに腰を左に捻った。久太郎は右手で摑んでいた音玉を火鉢の中へ落した。

「……妙な真似をしやがる。いま、なにを捨てた?」

「音玉です」

「音玉?!」

太い声の男はぎくりとなり、すぐに三尺ほど飛び退いた。とたんに、ぱーんと甲高い炸裂音が起った。池の白鳥がばさばさと羽音をさせながら飛び立った。音玉は径二寸。ほとんどが鶏冠石、音は馬鹿でかいが、それだけのことである。久太郎は火鉢の傍に坐ったまま、音玉をもうひとつ懐

中から取り出した。

「……こんどのは畳に叩きつけただけで炸裂します。その上、音だけではない。直径一尺の立木が吹っ飛ぶほどの威力がある。さて、どなたの足許に投げましょうか」

むろん、それは前と同じ音玉だから音がするだけであって、立木が吹っ飛ぶというのは嘘だ。が、そうとは知らぬ男たち、雪の庭に我さきに飛び降りた。久太郎はその後を追ってゆっくりと庭の雪の中に立った。

三

初冬の夕陽が湯島天神の境内のうしろに沈もうとしている。そのために、不忍池のなかに突き出るようにして浮んでいるこの弁天島の出合茶屋の庭には、青色の夕暮れが訪れかかっていた。夕暮れが青いのは降り積った雪のせいである。

庭から玄関先に出る枝折戸を背にして久太郎は立っていた。枝折戸を背中に背負っているのは万一の場合を考えて、であった。

《脱出口のめどをつけてから、全力をあげて敵と戦え》

鏡党の術はそう教えている。久太郎はその教えを忠実に守っているのである。

水戸の浪士と名乗った四人の男たちは裸足で雪の中に立ち、久太郎を半円に取り巻いていた。

（……そう大した相手ではないな）

男たちの裸足を見て、久太郎は思った。雪の中での斬り合いは裸足では足許に力が入らない。突っかけて行くにしても退くにしても、また跳ぶにしても、裸足では足にこめた力が逃げてしまう。

《雪中での闘いにはかならず己が足に下駄・足駄以外の履物を履かせよ》

これも鏡党の術の教えるところだった。久太郎は庭に降りるとき、踏み石の上に揃えてあった雪駄（せった）を突っかけている。竹の皮の草履の裏に皮を貼り、かかとに金物が打ってあるから、雪の上で動くには、四人の男たちの何層倍も有利なはずである。

「よぉ、若旦那……」

四人の中ではもっとも腕の立ちそうな太い声の男がにやりと笑った。

「おれたちを相手に立ち回りというのはちと無理だろうよ。おれたちはこれまでいずれも、人の一人や二人は斬ってきているのだ。悪いことは言わぬ。おとなしく財布を出しなよ」

「追い剝ぎに出っ喰わすたび、いちいち金を出していたら、こちらが立っていきません」

久太郎は腰から煙草入れを抜いた。これもいわば『鏡党の煙草入れ（きせる）』、なかに入っている煙管の吸い口と雁首を外せば、吹矢の筒として使える。矢の数は三本、こちらは刻み煙草を入れた袋の中だ。

「おう、おう、手前の生命（いのち）がいつ吹っ飛ぶかもわからないというのに、煙草を一服かね」

太い声の男が嗤（わら）った。

「図太いを通り越して、とんだ鈍（どん）だよ」

他の三人も太い声の男に和して嗤い声をあげた。

「しかし、あなた方は真実、水戸の浪士なのですか？」

訊くとみせながら、久太郎は煙管の吸い口と雁首を外した。

「そうだ。しかしそんなことを聞き出してどうする？」

「べつに聞いてどうするというあてもありませんが、いちおう伺ってみただけのことです」

刻み煙草のなかからそっと吹矢を三本取り出し、そのうちの一本を筒尻から押し込む。これでいつでも吹矢を放つことができる。ただ問題は風である。吹矢筒はせめて一尺はないと精度が落ちる。なのに煙管の長さは五寸足らず、風があっては落ちた精度がさらに落ちるおそれがあるのだ。むろん、敵の眼に命中させるのが吹矢のもっとも有効な使用法であるが、久太郎はそれは考えていない。相手の右手首、鼻の先、頬の肉、額、あるいは耳たぶや口を開いたところを狙って歯ぐきなど、吹矢が刺さっても大事のない個所へ打ち込む心算である。要は相手を仰天させ、戦意を喪失させればよい。そして、この男たちに邪魔されずに、お袖を品川鮫洲の土佐藩別邸に無事に送り届けることができればよいのだ。

「おれたちはいま、神田駿河台の鵜殿甚左衛門殿のところで御厄介になっている」

太い声の男はしきりに足踏みをしている。裸足で雪の上に立っているので、足が冷くてたまらなくなっているのだろう。このことも久太郎はちゃんと計算に入れている。凍えた足で斬り込まれても大しておそろしくはないのだ。身体に足がついてこぬにきまっている。打ち込みをたやすく外すことができるだろう。

「どうだ、若旦那、鵜殿屋敷に厄介になっているということでも、おれたちが水戸の浪士だというのがわかるはずだが……」

鵜殿甚左衛門は旗本、水戸の支藩宍戸一万石松平大炊頭の伯父にあたる。安政の大獄のときに水戸派とみられ、駿府町奉行を罷免され、いまは隠居の身であるが、あいかわらず水戸とは関わりが深く、屋敷にはいつも水戸出身の浪士がうろうろしている。

「念のために申しておく。おれは新見錦、神道無念流岡田助左衛門の免許皆伝者だ」

「ついでにおれの名前も聞かせてやろう」

新見錦と名乗った太い声の右横の、眼つきの鋭いのが陰気な声で、

「平間重助だ」

と言い、ぺっと雪の上に痰を吐いた。

「神道無念流斎藤弥九郎の免許者、平山五郎」

平間の右横の、がっちりした躰つきの男が顎鬚をむしっている。右端の、庭の垣にもっとも近いところに立って鼻毛を引き抜いていた痩せた男が、最後に名乗った。

「神道無念流百合本升三門人で目録者、野口健司……」

痩せた男が喋りはじめたとき、風が熄んだ。久太郎はすばやく煙管を咥え、痩せた男の口の中へ吹矢を吹いた。あッ、と唸って痩せた男が口を押えた。吹矢は久太郎の狙ったとおり、痩せた男の上の歯ぐきに突き刺さっていた。

「気をつけろ、この男、妙な術を使うぞ」

新見が太い声で叫び右手を懐中に突っ込んだ。この新見錦という男が、なぜ、手を懐中にしのば

せたのだろう、と心のどこかで訝(いぶか)しく思いながら、久太郎は刀の柄に手をかけようとしている平間と平山へ続けざまに二の矢、三の矢をかけた。平間は鼻の先を、平山は左の耳たぶを押え、雪の上に蹲(うずくま)った。

「……この野郎！」

新見が懐中から手を抜き出した。新見の手には短銃が握られている。しまった、この男からまず仕止めるべきだった、と久太郎は唇を噛んで、右の雪の上へ躰を投げ出す。ように見せて、途中で左へ躰を捻り直した。

だーん！

新見の手の短銃が上方へ跳ねあがるのが見えた。新見は久太郎が右へ躰を投げ出そうとしたときに、見込みで筒先を右に振っていた。したがって、久太郎が倒れる予定であったあたりの雪がぱっと舞っただけだった。

「貴様をどんなことがあっても殺してやる」

新見は短銃に新しい弾丸をこめている。

「そこを動くなよ」

久太郎はその隙に枝折戸を押して戸外(そと)へ逃れた。

四

だが、久太郎はそのまま一目散に弁天島から逃げ去ってしまう、というわけにはいかない。自分と同席していたという理由で、お袖が連中から無理難題を吹っかけられるだろうことは目に見えている。どのような方法をもってしても、久太郎はお袖を無事にこの弁天島から連れ出さなくてはならないのだ。

久太郎は茶屋の入口の前を横切り、庭とは母屋をはさんで反対側にあたる勝手口の方へまわる。勝手口の横に炭小屋があった。久太郎はその炭小屋の蔭に入った。そして雪駄を、前後をあべこべにして履き、常に携行している細紐でしっかりと足に結びつけた。

これは鏡党の術のうちのひとつで『雪遁法』というやつ。前後をあべこべにして履物をはき雪の上を普段のように前方に歩くだけのことであるが、雪上の足跡を追っている敵にはそうは見えない。履物が前後あべこべであるので、足あとが逆になり、自分たちの追っている者が自分たちの方へ逃げてきているように見えるのだ。

久太郎はこの雪遁法で茶屋の裏から、こんどは入口とは反対側のせまい庭を抜け、もとの庭へ出た。つまり、久太郎は茶屋をひとまわりしたわけである。

庭には四人組の男たちの姿はなかった。やはり、久太郎の雪駄の跡を辿って枝折戸から外へ出てしまったようだ。いまごろは、炭小屋の前あたりで、四人そろって首を傾げているはずである。

久太郎は踏み石から縁側にあがり、雪駄は懐中に入れた。座敷に入ろうとして、さっきまで開いていた障子がぴしゃりと閉っているのに気づく。

（……変だ。どうもあやしい）

そう思って、右の中指を舐め、たっぷり唾をつけ、障子に突き立て、穴をあけた。穴から中を覗くと、お袖が男から羽交い締めにされているところだった。

「じたばた騒ぐんじゃねぇ」

男が酒に酔っているようだった。呂律がだいぶ怪しい。

「あんまり騒ぐと殺さなきゃならなくなるぜ」

男は脇差を抜いた。

「おれは女に断わられると、殺したくなる性質でね」

お袖はさすがにぎょっとなり、動かなくなった。

「よしよし、やっとおれの言うことを聞く気になったか」

男は刀を左手に持ちかえ、右手で自分の袴を脱ぎにかかった。男の背がちょうど庭を向いている。久太郎はそっと障子を開け、躰を座敷の中に滑り込ませた。

「いい躰をしているな」

男は刀を咽喉もとに擬しながら、お袖の膝に割って入った。それから、お袖の胸許に右手を滑り込ませた。

「乳房もしことよく張っておるの」

右手を抜いて、こんどは着物の前合せの間に突っ込む。さすがにお袖が起き上ろうとした。

「おっとっと、往生際が悪いな」

男は刀を振った。

「おれの躰に生えている刀を股の間に突っこまれるのと、本物の刀を咽喉に突っこまれるのとどっちがいいのだね」

お袖はまた動かなくなった。

「ほ、結構なお湿り具合じゃないか」

男の手はお袖の、両足がひとつになるところを探りあてたようであった。

「いやだいやだと上の口ではいいながら、下の口は湿らせている。女はこれだからよくわからん」

男が膝をひとつ前へ進めた。お袖がうっと呻いた。

「さあ、それではそろそろまいるか」

男は刀を投げ出し、お袖におおいかぶさろうとした。久太郎は男の投げ出した刀にとびついた。

「な、なんだ、貴様?!」

男はお袖の股間に嵌まったたまま、久太郎を見上げた。

「お楽しみはいよいよこれからというときに、声も掛けずに入ってくるやつがあるか。無礼だぞ」

「無礼はそっちの方だろう」

久太郎は構えた刀を左から右へ払った。男の髷が飛んだ。

「ここはおれの座敷、この女はおれの大事な客だ」

「……貴様。さっきの若僧だな」

男は酒臭い息を吐きながら、久太郎を睨んだ。

「新見の短銃をかわすとは、なかなか出来るやつだ。が、しかし、おれの剣はかわせまい。おれは神道無念流戸ヶ崎熊太郎道場の免許皆伝、そればかりか、師範代まで勤めた男だ……」

男は後退り(あとじさ)し、立とうとした。が、酒の酔いで腰がふらつき、ずでんと畳に尻餅をついた。久太郎は男の酔態を見て、あれと思った。癇症らしく青筋の目立つ顔、腰のふらつき具合、そして、神道無念流戸ヶ崎熊太郎道場の師範代という台詞(せりふ)、みんな前にどこかでお目にかかっている。

「若僧、おれは、おれはな……」

「……芹沢さんでしょう?」

久太郎が言った。

「芹沢鴨さんじゃありませんか?」

再び立ち上ろうとしていた男が、おどろいてまた尻餅をついた。

「貴様、なんでおれの名を……?」

「久太郎ですよ」

「久……太郎?」

男は酔眼をしばたたきながら、久太郎を見ている。

「ほら、むかし、清河八郎さんや芹沢さんと水戸藩のこんにゃく会所に押し入った久太郎です。あのころ、たしかわたしは試衛館道場の住み込み弟子だったと思いますが……」

男はまだはっきりとは思い出せないらしく、しきりに首を捻る。そのたびにざんばら髪が右へ左へと揺れた。

「関宿(せきやど)では、芹沢さんに斬りつけられたこともある。覚えていませんか」

「おお、あの、武州上石原のこんにゃく屋の倅か！」

男は立ち上って久太郎に抱きつこうとして、また腰がぐらつき、三度目の尻餅をついた。

五

「しかし、あの弱虫の久太郎が新見たちを相手に互角に戦うとは信じられん」

芹沢鴨は畳の上にあぐらをかき、はあはあと肩で息をついている。

「あのころは弱すぎたのです」

久太郎はお袖のまくれあがった裾を直してやった。お袖はかなり長い間、自分が裾をはだけたままだったことにようやく気がつき、顔を赤くして起き上った。

「また逢おうな、お袖さん」

久太郎は母屋の方へ顎をしゃくった。

「近いうちにこっちから連絡をつける」

お袖は乱れた髪を、白い指でかきあげながらうなずいた。

「鯨海酔侯（げいかいすいこう）に例の進言をかならず頼んだよ」

鯨海酔侯とは山内容堂の雅号である。

「……はい」

小さい声で答えて、お袖は座敷を去った。

「いい女だな、おい」

芹沢鴨が舌舐めずりして、火鉢に手をかざした。

「何者だい？」

「お答えできません」

久太郎は煙草入れから前に吹矢筒として使った煙管をひっぱり出した。

「ほう。いやに高ッ飛車なものの言い方をするねえ」

芹沢は畳の上に放り出してあった脇差を拾って、腰の鞘におさめた。

「あんまりひとを舐めた口をきくと、おれはこの脇差をまた抜かなくちゃならなくなるぜ。ひとつしかない命だ。大事にした方がいいな」

久太郎は十年前に芹沢鴨と一緒に寝起きしたことがあるが、そのころすでに芹沢は居合の達人だった。十年前の久太郎なら、芹沢のひと睨みにたちまちふるえあがり、

「ええ、あの女は山内容堂のなにで」

と、すぐに小指を立ててみせるところだが、現在（いま）はだいぶ胆がすわってきているので、顔色ひとつ変えない。そればかりか、

（この芹沢鴨は水戸の藩校弘道館で武芸の修業をしたという。となると居合の流儀は別所左兵衛の無形（むけい）流だな）

などと思案をめぐらす余裕さえ出てきている。鏡党の党員にとっては、諸藩武芸流派を暗記するのも仕事のうちで、例を居合にとれば、相手がどこの藩の出身かわかれば、

仙台藩は心極剣流か心働流
会津藩は今井景流か神夢想気楽流
盛岡藩は一宮当流
平藩は片山伯耆流
八戸藩は溝口流
笠間藩は伯耆流か集成流
館林藩は常慎流か浅山流
沼田藩は片山流
加賀藩は山岸流
吉田藩は多宮流
新発田藩は当流
和歌山藩は紀州田宮流
彦根藩は伯耆流か新心新流
松江藩は不伝流
大洲藩は山井流か電撃流
延岡藩は林崎夢想流
柳川藩は景之流……

と、たちどころに流儀を言い当てることができるのだ。

「……と脅してもやはり顔色ひとつ変えないね。たいした度胸だ」

細い目をさらに細くして芹沢は腕を組んだ。それを見て久太郎も、芹沢もだいぶ腕があがったな、と思った。敵か味方かまだ定かでない相手の前で腕を組むのは咄嗟(とっさ)のときに不利である。組んだ腕をほどく分だけ立ち遅れてしまうからだ。

「それにしても芹沢さん、よいところでお目にかかりました」

久太郎は煙管の火皿に刻み煙草をつめた。もっともこの刻み煙草はただの刻み煙草ではない。じつはある細工がほどこしてある。くわしくは、これは、

煙草……………三〇
天鼠(てんそ)……………一〇
梧桐葉(ごとうよう)…………一〇
百足(むかで)の粉末………一〇
白檀……………五
木綿核(もめんかく)…………三
丁香(ちようこう)……………三
沈香(じんこう)……………三
黄牛糞…………三
銀石……………三

の割合で混ぜた眠り薬なのだ。煙草を吸うふりを装ってこれに火を点ずれば、白煙濛々(もうもう)とあが

り、その煙を吸った者はたちどころに眠ってしまうのである。

「……芹沢さん、朝幕一如というはやりことばをご存じですね？」

「ああ……」

芹沢は欠伸(あくび)をしながらうなずいた。

「外敵がこの国の東西南北に迫っている。勤皇だ佐幕だと揉めていないで、朝廷も幕府も一致団結して、この危機の秋(とき)を乗り切ろうという掛け声のことだろう？」

「その通りです。この『朝幕一如』を形としてはっきりと示すために、家茂様の上洛も決定しているようですが……」

「それがどうした？」

「そうなりますと、家茂様の京に於ける護衛が必要でしょう」

「うむ。京には勤皇の志士と称する連中がうじゃうじゃしていると聞くし、たしかにそういうものが要るかもしれないな」

「幕府と朝廷の上層部が朝幕一如を決めても、それが勤皇志士連の末端までは伝わらない、幕府と朝廷が手を握ったことを知らずに、志士のだれかが家茂様に斬りつけてくるということも考えられます。そこで、幕府の重臣の中に、江戸の浪士を京に差し向けてはどうかという声が高い」

「なるほど」

「これは一石二鳥です」

「……一石二鳥？」

「江戸の浪士を家茂様の護衛として京に送り出せば、江戸が静かになる。なにしろ、御用金を出せ、といって町家を荒す浪士が江戸から居なくなるわけですからね」

これは芹沢たちに対する当てこすりである。が、芹沢は久太郎のことばの底に隠れているその当てこすりには気付かぬ風で、火鉢の灰をじっと睨んでいる。

「どうです、芹沢さん、浪士募集があったら参加していただけますか?」

「……久太郎、おまえは一体なにものだい?」

芹沢が目をあげた。

「幕府の手先かね?」

「それにも答えられません。とにかく、そのときはあなた方の寄宿先の鵜殿甚左衛門様のところへお知らせにあがりますよ。どうかその節は色よいご返事を……」

と、そのとき、庭先に人の気配がした。

「どうもよくわからん」

新見錦の声がしている。

「やつの足あとがこの庭から右へ一筋、左へ一筋、都合ふた筋出ている。そのふた筋の足あとが、裏庭の炭小屋でひとつに合わさって……、そのあとの行方はわからない。どうも狐狸にばかされているようだ」

「それよりも足が凍傷になりそうだ。内部の火鉢で足を焙ろうぜ」

平間重助の声と同時に、障子が開いた。

六

「……あッ、野郎が座敷にいたぜ」

平間重助が久太郎をさして大声をあげた。

「おッ、たしかにやつだ」

新見錦が短銃の筒先を久太郎に向けながら、座敷にあがってきた。

「芹沢さん、その野郎、妙な術を使うぜ。気をつけた方がいい」

新見錦は芹沢の横へ来て踞んだ。むろん、久太郎には短銃を擬したままである。平間重助、平山五郎、野口健司の三人は、久太郎の背後にまわった。

「こいつ、野口の口と、平間の鼻の先と、平山の耳たぶに針を飛ばしやがった。芹沢さん、こいつはおれたちが片付ける。一歩さがって、高みの見物としゃれていてください」

「さっきの立ち会いはわたしの勝ちです」

久太郎はにっこり笑って、

「わたしはわざと吹矢の針の狙いを外してあげたのですよ。わたしが本気で狙えば、いまごろ三人とも、眼を押えて、雪の上を転げまわっているはずですが……」

「うるせえ！」

新見錦の持つ短銃の筒先がこまかく震えはじめた。

「勝負はこれからだ」

「とにかく、しばらく芹沢さんとの話を続けさせてください」

久太郎は短銃を黙殺した。

「芹沢さん、浪士党が結成されることになりましたら、ぜひ、その中核に。おねがいいたします」

「新見たちはおれの同志だ」

芹沢の目がすわってきた。

「その同志たちをおちょくったのは許せないね」

床の間の刀掛けへ右手をぐんとのばして、芹沢は大刀を摑んだ。

「もうひとつ、おれがさっきの女と首尾を遂げる寸前に、邪魔をしやがった。それも許せない」

摑んだ大刀を芹沢は左腰に差し、右膝を立てた。

「久太郎、おまえのおかげで、せっかくの酒の酔いがさめた。そのお礼におまえを極楽へ送り込んでやろう」

「試衛館が騒ぎますよ、わたしが斬られれば……」

これは自分がまだ試衛館の門人である、と芹沢に思い込ませるための嘘である。この嘘がやがてあることに結びつくだろうことを、久太郎は素速く計算している。

「芹沢さん、あなたは本気で試衛館一派を敵にまわすつもりですか」

「あんな芋剣法何千人敵にまわそうが、ちっとも怖くなぞあるものか」

芹沢の眼がさらに細くなる。まるで針を二本、横に並べて置いたようだ。

「おまえがどんな術を使うか知らんが、おれの居合は速い。さぁ、行くぜ」

「待ってください」

久太郎は煙管を掲げて芹沢を制した。

「わたしだって命が惜しい。金を百両も出しましょう。百両で許してくれませんか？」

「百両……？」

芹沢がふっと気を抜いた。

「ええ」

久太郎は火鉢の灰火に煙管の火皿を近づけた。

「なんなら、百五十両……」

言って大きく息を吸い込み、火皿を火につける。とたんに、火皿から白煙があがった。そのまま煙管を火鉢の中に捨て、躰を横にずらすと、いつも、右の薬指にはめている『鷹の爪』を己が前の畳に打ちつけ、ぐいと畳を引っかけながら持ち上げ、それを防壁にし、息をとめる。

『鷹の爪』は隠し武器の一種、指環の内側に頑丈な爪を植えたものである。一寸見(ちょっとみ)は、ただの指環だが、内側の爪が相手の皮膚を引っかき、肉を切る。木に登るときなどにも有効な道具となる。

どす！

と、鈍い音がして、畳に芹沢の刀が喰い込んできた。

ばん！

短銃の音がとどろき、畳を支える久太郎の右腕に重い衝撃がかかってきた。

久太郎は息をとめたまま、次々に、それも素速く、畳を鷹の爪で引っかけ、持ちあげ、宙に放り出す。芹沢たちはその畳に向って刀を振った。

が、そのうちに、どすんと床に膝をついて、目をこすりはじめた。火鉢にくべた眠り薬が効きだしたのだ。

久太郎は廊下へとび出し、後手で障子を閉め、深呼吸をした。背後の座敷からははやくも高鼾（いびき）の音が五人前。

「……久太郎さん」

庭の枝折戸のところに、傘がひとつ、開いていた。

「なんだ、お袖さんか」

久太郎は懐中から雪駄を出して、踏み石の上にぽんと置いた。

「まだ、いたのかい？」

「だって、心配で帰れやしないもの」

傘が近づいてきた。

「それでここから様子を見ていたの」

「それはご苦労さま」

久太郎は雪駄を突っかけて、庭におりた。灰色の空からは大きな牡丹雪。

「また、雪になっちまったな」

久太郎はお袖のかざす傘の中に入った。

「そのへんの駕籠屋まで送っていこう」

「あたし、帰りたくないわ」

お袖が久太郎にもたれかかった。

「どこか別の茶屋で飲み直さない？」

「おとなしくお帰りよ」

お袖は押すようにして枝折戸を出る。

「きょうのところはまっすぐに、さ」

「なにが、きょうのところはまっすぐに、よ」

お袖は傘を雪の上に投げ捨てた。

「わたし、いつだって、何事もなくまっすぐに帰ることになっているんじゃない」

お袖はざくざくと足駄で雪を蹴散らして去っていった。

七

不忍池の弁天島の出合茶屋で芹沢鴨と邂逅（かいこう）したあくる日、久太郎は小石川小日向の試衛館へ行った。行ったといっても、久太郎の店と試衛館とは通りをはさんで筋向、しょっちゅう行き来をしている仲である。

道場の練武床（れんぶゆか）では山南敬助と藤堂平助の二人がぽんぽん竹刀で叩き合いながら稽古をしていた。

沖田惣次郎がどてらを羽織ってぼんやりと二人の叩き合いを眺めている。

「寒いね」

声をかけると、惣次郎は、

「腹が空き切っているんだ。寒さより空きっ腹の方がよっぽど応える」

と、もの欲しそうな顔をして右手を久太郎の方へ差し出した。

「それにこのところ女ひでりだ。久太郎さんよ、女遊びの資金を貸してくれないか」

「またですか」

苦笑しながら、久太郎は懐中から財布をひっぱり出した。

店に出ているときはいつも、久太郎は試衛館の様子をそれとなく窺っているのだが、ちかごろどうもあまり流行っていないようだった。だいたい、道場の構えそのものが不景気である。羽目板はあちこち外れているし、軒は傾いているし、板葺きの屋根には、春になるとぺんぺん草が生えだす。よほどの物好きでもなければ、こんな道場に入門する気にはならないだろう。

また、試衛館は稽古が荒っぽい、という噂もあるようだった。試衛館の流儀である天然理心流は実戦剣法、あまり型は重んじない。腕の力や刀の重さを利用してぐいぐい押しつけて相手を斬り、あるいは仆すところに主眼がある。型なしの力ずく、これが「荒っぽい」という評判の因らしい。その上、実戦剣法である、といいながら、館主近藤勇はじめ主だった門弟たちにほとんど実戦の経験がないのが、世間から「看板に偽りあり」と甘く見られる原因になっている。これは「わたしは外科の名医です」といいながら手術を経験したことのない医師、「わたしは料理の達人です」とうそぶきながら包丁を持ったことのない板前、「わたしは稀代の名庭師です」といい触らしながら剪定鋏を持って庭木の前に立ったことのない庭師、「わたしは水泳の名手で」と豪語しながら水に入ったことのない水泳の達人と同じこと、信用されないのが当り前、試衛館の門を叩く者がすくないのは理の当然である。

加えて、試衛館には住み込みの門弟がべら棒に多い。土方歳三、沖田惣次郎、山南敬助、井上源三郎などは、久太郎が試衛館に居たころからの居候門弟だが、この連中が依然として近藤勇のかぼそい脛に喰いついている上に、藤堂平助を筆頭に四、五名、食客がふえている。

「これで足りますか？」

久太郎は沖田の掌の上に小判を一枚、落した。

「ああ」

沖田は立ちあがって、

「山南さんに藤堂さん、軍資金が入りました。今夜は神楽坂あたりの女子の肌でゆっくり温ったためてもらえそうですよ」

どてらを羽織ったまま、土間に転がっていた足駄を突っかけた。

「いつも悪いなあ。久太郎にはずいぶん世話になるっちゃ」

山南敬助は江戸に住むようになってもう十三、四年になるのに、まだ仙台弁まるだしである。

「惣次郎のお相伴をさせてもらいます」

藤堂平助は強い伊勢訛で久太郎に礼を言い、板の間に放り出してあった羽織を稽古着の上に引っかけ、沖田や山南の後を追って戸外へ出て行った。

久太郎は道場と母屋の中間にある座敷の前に立ち、障子の破れ目から内部を覗き込んだ。背中に赤ん坊を背負った近藤勇が書見台に向っているのが見える。

「……誰だい？」

書見台の上の書物に目を落したまま、勇が誰何してきた。

「歳さんか？」

「久太郎ですよ」

久太郎は破れ障子を押して内部に入った。

「子守りをしながら書見ですか。精が出ますね」

「なあに、赤ん坊を背負うと温ったかいものでね。お玉はつまり、懐炉のかわりさ」

勇は後手で背中の赤ん坊の尻を軽く叩きながら、久太郎の方へ向き直った。お玉は勇の長女だ。勇に似てごつごつした目鼻立ちである。

「いま読んでいるのは頼山陽の日本外史の第二十二巻……」

「二十二巻というと最終巻ですね」

「うん。この十日間で全巻一応読み通した」

「たいしたものです」

「いや、読み終えたところで売り払って米を買う都合がある。それで精を出しているところだ。惣次郎や山南などが早く読めとうるさい。おれがこれを読み終えて、金に換えるのをそわそわしながら待っているんだ」

「ゆっくりお読みなさいよ」

久太郎は破れ畳の上に坐った。

「惣次郎さんたちにはお金を渡しておきました。明日の朝までは帰りませんよ」

「すまんなあ」

勇は頭を掻いて、

「お礼にお茶でも一杯……といいたいところだが、湯を沸す薪も炭も切れている」

「かまいません。ところでおつねさんはお留守で……？」

「女房は金策のため外へ出ている」

「土方歳三さんは？」

「このところ上野広小路の松坂屋に住み込んでいる」

「というと？」

「師走大売出しの助っ人さ」

「なるほど。そういえば土方さんはむかし、松坂屋へ丁稚に入っていたことがありましたね？」

「うん。そのときの伝手で、ときどき、松坂屋へ帆待ち稼ぎに出かけているようだ」

「感心なお人ですね」

うなずきながら久太郎は懐中から帖面を一冊引っぱり出した。

「ところでおつねさんに申し上げる方がよかったのかもしれませんが、これがこの半期分の貸金の明細で……。大晦日にいきなり、この半期の貸金はこれこれですからさっそくお払いくださいますように、というのもなんですから……」

勇は帖面を手にとってぱらぱらとめくり、おしまいの、貸金総額三十八両三分、というところでにやっと笑った。

「ずいぶん用立ててもらったものだな」

「じつはわたしも驚きました。むろん、利息は勘定に入れておりませんよ。わたしは金貸しを業としているわけではない。勇さんは同郷の先輩であり、友だちです。ですから損得抜きで……」

「ありがたいと思っているよ、久太郎」

勇は背中の赤ん坊を揺りあげ、

「しかし、久太郎。この大晦日にはおそらく一文も払えないだろうぜ」

にわかに険のある眼になって、久太郎を見据えた。

八

「……それは困りますね」

久太郎も勇を睨み返した。

「こっちも勇さんからの返金を大いにあてにしているんですから」

勇の背中で赤ん坊が急にむずかり出した。大人たちの間の険悪な雲行きを察したものとみえる。

「そう凄まれてもない袖は振れないぜ」

よちよちよちべろべろばあ、と背中の赤ん坊をあやしながら、勇が言った。

「それじゃあ、三十八両三分に相当する働きをしてもらわなくてはいけませんね」

久太郎もべろべろばあと赤ん坊をあやした。

「つまり、ひと仕事請け負っていただきますよ」

「どんな仕事だ？」

「神田駿河台の旗本鵜殿甚左衛門の屋敷に、芹沢鴨という水戸浪士がいます」

「芹沢鴨？」

勇は首を傾げた。

「聞かない名だ」

「二年ばかり前、水戸藩徒目付の国友忠之助という手練れを斬って江戸に出、それ以来、ずうっと鵜殿の屋敷に居候している男で、神道無念流の使い手です」

「神道無念流か」

勇は顎の無精髭を撫でた。

「おれの天然理心流は八王子千人同心の捕物用棒術を源にしている。神道無念流の源も同じく八王子千人同心の捕物用棒術、いわば同じ流れの親戚流儀だ。それでその芹沢鴨をどうしろ、というのだ？」

「斬ってください」

赤ん坊が泣き出した。勇は立ちあがって、座敷の中をぐるぐると歩きまわる。赤ん坊は機嫌を直し勇の髷を引っぱっては、きゃっきゃっと笑い声をあげた。

「そいつを斬る理由は？」

鏡仁太夫からは、浪士たちにひと騒ぎさせろ、という指令が出ている。浪士たちが江戸市内で騒げば、腰の重い幕府の重臣たちも浪士隊の結成にすこしは気を入れるだろう、と仁太夫は考えているようである。しかし、むろん、久太郎はこのことを勇に話すわけにはいかない。そこで、

「はっきりした理由はいまは言えません。が、とにかく連中がいてはわたしの商いに差支えがあるんですよ」

と、曖昧に答えた。

「むろん、充分に懲らしめてくだされば、強いて斬らなくてもよいのですが……」

「そいつどれぐらい使える？」

「かなり使えます。それにどうやらやつは瘡（梅毒）っかきらしく、自棄を起しています」

前の日、弁天島の出合茶屋で芹沢鴨と正対したとき、久太郎は彼の歯ぐきの肉がいちじるしく痩せているのを見ていた。鏡党の者は医学をひと通り齧っている。それで久太郎は、痩せた歯ぐきから芹沢鴨は瘡にかかっているらしいと判断したのだ。

「……自棄剣法は強い、とむかしからいいますから、相当の使い手でしょうね」

「いやな仕事だな」

勇は久太郎をじろりと見下した。

「三十八両三分のお手当じゃ安すぎるぜ」

「では……」

久太郎は座敷の隅の文机に寄って、その上にぽんと財布を置いた。

「なかに十二、三両入っているはずです。財布ごと差しあげますが、いかがです？」

「すると借金と合せてざっと五十両か」

「そういう勘定になります」

勇がまたぐるぐる座敷を歩きまわりはじめた。

「……ひどい道場だ」

「道場というより、こりゃ馬小屋だぜ」

不意に道場の方で叫び声があがった。続いてばりばりと羽目板を引き剝がす音……。

勇がぴたりと足を停めた。久太郎は廊下に首を出して道場を窺った。高足駄をはいたまま練武床を闊歩している新見錦や、羽目板を剝がしている平間重助の姿が見える。

(昨日、蒔いた種子がさっそく今日芽を出したようだ)

そう思いながら、久太郎は首を引っこめ、勇に言った。

「もう仕事を引き受けて貰うしかありません。道場で暴れているのは芹沢鴨です」

「し、しかし、なぜ、連中がここへ？」

「わたしの後をつけてきたんでしょう」

「……連中、五人はいるな？」

「そんなところです」

「まずい。こっちはおれひとりだ」

「いや、こっちにも三人いますよ」

久太郎は右の人さし指で自分の鼻をさし示し、それからその指を勇の背中の赤ん坊へ向けた。

「こうなれば、わたしも逃げるわけには行きません。勇さん、赤ん坊をわたしに貸してくださいませんか」

勇は赤くなったり蒼くなったりしながら久太郎を見つめていた。

「……お、おまえ、正気か？」

「はぁ、なんとかかんとか……」

「このお玉も連中と戦うことができるといったが、それもほんとうか？」

「ほんとうですとも」

久太郎は勇の前に立ち、おぶいひもをほどき、それから後にまわって、赤ん坊を受け取った。

「勇さん、放っておくと連中、試衛館道場をばらばらにしてしまいますよ」

「……久太郎、お玉にもしものことがあったら、おれは貴様を生かしてはおかないぜ。わかっているな」

「わかっています」

うなずいて久太郎は床の間の刀掛けから刀を取り、勇に手渡した。

「では、わたしから先に出ます」

久太郎が廊下に出ると、赤ん坊が火のついたように泣きはじめた。抱かれ心地が悪いらしい。久太郎は「ばあ、ばあ」とあやしながら、道場に足を踏み入れた。

九

座敷から出た久太郎は左手でお玉をしっかりと抱き直しながら、廊下の隅に立てかけてあった雨戸用の心張棒を握った。心張棒の長さは三尺余、久太郎が鏡党で習得した杖術（じょうじゅつ）は、四尺二寸一分の杖を用いる神道夢想流や、やはり四尺を超える棒を振う柳生心眼流などと違い、半棒と称する三尺の棒を得物とする今枝新流を基に工夫されたもの、したがって、その心張棒は久太郎にはうってつけである。

久太郎は心張棒にぴゅっぴゅっと二、三度、素振りをくれてから、棒の竜頭（さき）でこんと床を叩き、棒から手を離した。棒は生命（いのち）を持ったもののように床から跳びあがりくるりと一回転し、久太郎の手へ戻ってきた。

「お、おい、久太郎、おまえ、いま妙な具合に棒を使ったな？」

勇が久太郎の横で目をまるくしていた。

「……おまえは棒を投げつけた。そしたら棒が鞠のように弾んで、またおまえの手に戻った。心張棒がまるで手鞠のようにみえたぜ」

「棒も使いようで、鞠になります」

久太郎はさきほどよりも強い力をかけて棒を床に打ちつけた。棒は、こんどは二回転して、久太郎の手におさまったが、手に戻る寸前、勇の左手を強く弾いていた。

「痛ッ……」

勇は左手の大刀を廊下にとり落していた。

「そして棒は、またとない飛び道具にもなるんです」

久太郎は棒を持った右手を背後にまわし、帯の間に、下から差した。まるで、久太郎の尻に固い尻尾が垂れ下っているように見えた。

「あの弱虫の久太郎が、どこでそういう妙な手妻(てづま)を覚えたのだ」

勇はぶつぶつ言いながら、大刀を拾った。それには答えず、久太郎はいっぱいにひろげた右手をお玉の目の前にかざしてあやしながら、道場に出た。

「……おッ、昨日の野郎だ」

久太郎の出てくるのを見て、さっそく新見錦が右手を懐中(ふところ)に滑り込ませようとした。久太郎はつつつと数歩近寄って、ぽんとお玉を新見に投げ渡した。これは上杉謙信幕下の武将、宇佐美良勝を祖とする兵法、越後流に『赤子はよく味方の危急を救うものなり。我に赤子あり、一対一にて敵と睨み合うとき、不意を狙い、敵に赤子を手渡すべし。いかに無情の徒といえど、人の子は人の子なり。赤子を突きつけられたるときは、何人も赤子を地に投げ捨てるを得ず、思わず手で抱きかかえるものなり』とあったものの応用である。

「な、なんの真似だ?!」

新見は懐中に滑り込ませようとしていた右手を引っぱり出し、それに左手を添えてお玉を抱きとめた。久太郎の右手はそのときすでに背後にまわり棒の中柄(なかつか)をしっかりと摑んでいた。そして、左膝を道場の床について低い姿勢になり、棒の竜頭を下段から新見の陰嚢めがけて突きいれる。

「うッ……」

となって新見は思わず、お玉を手離した。久太郎は低い姿勢のまま、お玉を左手で受けとめながら、己が陰嚢をおさえようとしている新見の左右の手首を、棒の両竜頭でしたたかに打ち据えた。お玉を受け渡しするほんのひと呼吸の間に、陰嚢と左右の手首の三個所を打たれた新見は、怪訝(けげん)そうな顔をして床に両膝をついた。が、すぐにその顔が苦痛に歪む。

「……芹沢さん！　こ、こいつを斬ってくれ！　この野郎を殺ってくれ！」

手首をぶらぶらさせながら、新見が絶叫した。

（……これでよし）

と、久太郎は思った。前の日、不忍池弁天島の出合茶屋で、久太郎は新見の短銃で危い目に遭っている。新見の短銃を封じてしまえば、ゆっくりと闘うことができる。

「……このーッ！」

そのとき、右から平間重助が刀をふりかぶったまま突進してくるのが見えた。久太郎はその平間の足許に棒を投げた。こんどは棒は跳ねず、一方の竜頭が床に吸いつき垂直に屹立した。平間は勢いで垂直に立った棒の上に乗る形になった。

「うわーッ」

叫びながら平間が横転した。つまり平間は屹立した棒に腰をおろすという恰好になり、そのさい、己が躰の重みでやはり陰嚢を痛めてしまったのである。平間と同時に床に倒れた棒を手を伸して拾い、

「さて、次は？」

と、久太郎は芹沢鴨を見た。

「……貴様、忍者か？」

芹沢は新見錦の方へまわりこもうとしている。

「じつに妙な業を使うじゃないか」

「おっと……」

久太郎は棒で床を叩いた。

「新見さんの懐中から短銃を抜こうというのでしょうが、それはおよしなさい」

「久太郎のいうとおりだ」

勇が芹沢と向い合った。

「短銃の助けがないと勝てねえとは、神道無念流の看板が泣くぜ」

「なんだ、貴様は……？」

芹沢が勇を睨み返した。勇は足でとんと床を鳴らし、

「近藤勇……」

「ほ、貴様が芋剣法と評判の天然理心流の親玉か？」

「そういうお前が、瘡(かさ)たかりの水戸っぽか……」

芹沢の顔がみるみる真ッ赤になった。

「瘡がたかろうと蠅がたかろうと余計なお世話だ。それより、貴様の門人には、神楽坂あたりの料亭の板前が多いそうだな?」

「な、なに?」

「天然理心流は、芋や大根や菜ッ葉を切り刻むときに大いに役に立つらしい。したがって門人に板前が多いという噂だが……」

「……黙れ!」

「天然理心流の『天然』は、天然のものである芋や大根や菜ッ葉を指していうのだそうだが、ほんとうかい?」

「ふん、瘡でどうせそのうちもげ落ちる鼻だ。おれがそぎ落してやろう。その方が手間が省けるんじゃないか?」

勇と芹沢は互いに悪口を投げつけながら、じりじりと間合いをつめて行く。

(……ここで二人に抜き合ってもらっちゃ困る)

と、久太郎は思った。勇と芹沢をけしかけたのは、どちらかをどちらかに斬らせるためではない。水戸の浪士たちと試衛館一派たちとの対立を世間に喧伝するため、火種のないところに火種を持ち込み、煙のないところに煙を立たせるためである。ことばをかえれば幕府の重臣たちが、

(浪士たちがまた騒いでいる。将軍膝下(しっか)の江戸で浪上たちに騒がれては幕府の威信にかかわる。連

中の騒ぎをなんとか鎮める方策はないものか)
と、思案するように事を運ぶのが、久太郎の仕事なのだ。久太郎はそこで思い切りお玉の尻をつねりあげた。

＋

「……勇さん」

火のついたように泣き出したお玉をゆすりあげながら、久太郎は勇と芹沢の間に割って入った。

「お玉ちゃんを頼みますよ。わたしがあやしてもとうてい泣きやまない。子守はやはり実の父親にかぎります」

「ど、どけよ」

勇が言った。

「これから、というときになぜ子守をしなきゃあならないんだ？　奥へ連れて行け」

「それでもお玉ちゃんの泣き声が聞えてきますよ」

「それがどうしたというのだ」

芹沢がいらついた声をあげた。

「いいから引っ込んでいろ」

「芹沢さん、このまま抜き合って、たとえあなたが勝っても、自慢になりませんよ」

「なぜ？」

「近藤勇は奥で泣くわが子の声に心を乱され、日頃の腕を充分に発揮できなかった、芹沢が勝ったのは、赤ん坊の泣き声という強い味方があったせいさ、と世間が噂するにきまっています」

「し、しかし……」

「改めて果し合いをする、というのはどうです。たとえば明後日の夜明け、場所は根津の清水観音の境内……」

喋りながら久太郎は自分の背後に殺気を感じ、右手の棒を後ろへ投げつけた。

「ぎゃッ」

悲鳴があがって、抜き身が道場の練武床に落ちる音がした。振り返ってみると、平山五郎が咽喉に手をあてがってしゃがみこみ、しきりに床に唾を吐いていた。

「相談事をしているときに、背後から襲おうだなんてずるいですよ」

言って久太郎は頭を掻いた。

「でも、鳩尾（みぞおち）を狙ったのに、咽喉に当ったとは、わたしもまだ未熟だなあ」

「けっ、気障（きざ）な野郎……」

芹沢が舌打をした。

「久太郎、貴様の言う通りにしよう。明後日の明け方、根津の清水観音の境内だったな？」

「ええ。せっかく果し合いをするのですから、あとあとまで評判になるようなすごいやつをやりましょう。こっちは、伊庭八郎さんなんかにも助太刀を頼むつもりです。芹沢さんの方も、これという助ッ人がおりましたら、遠慮なくお仲間にお加えになりますように……」

「久太郎、おまえ、果し合いとお祭をまちがえているんじゃないのか?」

「かもしれません」

久太郎はうなずいた。

「芹沢さん、それではぼつぼつお引き取りください」

芹沢は足音荒く、新見は両手をぶらぶらさせ、平間は股間をおさえ、そして平山は、咽喉をぜいぜい言わせながら、戸外(そと)に出て行った。

「鵜殿の屋敷には水戸の浪士のほかに、気の荒い博奕打(ばくちうち)なども大勢出入りしているといいます……」

久太郎はお玉を勇に手渡した。

「勇さんも加勢を集めた方がいいですよ」

「……おまえというやつはどうもおかしなやつだ」

勇がじろりと久太郎を見た。

「古着問屋の若旦那のくせに、棒をじつによく使う。五十両やるから自分に加勢してくれと言っておきながら、自分ひとりで連中を追い払う、おれの意向を無視して勝手に果し合いの場所と日時を決めてしまう……。おまえ、いったいなにを狙っているのだ?」

「勇さんを出世させたいだけですよ」

久太郎はしゃがんで心張棒を拾いあげた。

「そして棒を使うのは身を守るため、それもたいして使えるわけじゃありません」

棒を勇に返し、久太郎は試衛館を出た。通りを横切り、見世を抜けて裏庭に出た。

「……清河さん」

裏庭の土蔵の前で久太郎が小声で言った。土蔵の扉が開いて、蓬髪に不精髭の清河八郎がぬっと顔を出した。

「どうした？」

清河が酒臭い息を吐いた。

「そろそろ、あなたの出番ですよ」

「……出番？」

「はあ。明後日の明け方、根津の清水観音の境内で芹沢一派と試衛館一派が、果し合いをすることになりました」

「ふうん。……おれにどちらかへ助ッ人としてつけ、というのか？」

「まさか」

久太郎は手を横に振った。

「あなたは、芹沢鴨や近藤勇よりはるかに大物、助ッ人じゃ役不足ですよ。清河さん、あなたが仲裁に入るんです」

「仲裁だぁ？」

清河はふらっとなって扉につかまった。

「ど、どうやって仲裁する？」

「このたび、幕府は京の勤皇の志士を鎮圧するため、浪士隊を派遣することになった、諸君、命を無駄にするなかれ、それよりも浪士隊へ投ぜられよ……、というような口上を喋ってください」

「すっと、幕府はいよいよ浪士隊結成を決めた言うのかね？」

「はあ。明日あたり、そう決まるはずですよ」

「明日あたり？」

清河は両手で何度も顔を強く擦った。

「な、なんすてお前に『明日あたり』言うごとがわがる？　第一に、俺はいまだにお尋ね者だぞ。そげな所さ、のこのこ出はって行ったれば、すぐに取っ捕まんべ」

「清河さんに対する大赦も、明日あたり出るはず……」

「また『明日あたり』か……」

清河は首を傾げて、

「今日の久太郎は、奇体なことばっか言う。にこらかこらて、ぜんたい、お前、なにば考えで居るの？」

「にこらかこらて？　それどういう意味です？」

「うん。にこにこして言う意味……」

「……では、すこしくわしく事情を説明しましょうか」

久太郎は扉の間から土蔵の中へ入った。

十一

「清河さんがこの小松屋の土蔵や、近くの鷹匠町の山岡鉄太郎さんの座敷で、自棄酒を飲んでいるうちに、はなしの筋書はもうすっかり出来上っているんですよ」

久太郎は薄暗い土蔵の中央に置いてある大火鉢の傍に坐った。火鉢の灰の中には銅壺が埋めてあった。むろんその銅壺には銚子が差してある。清河八郎は銚子を抜いて、なかの酒を大きな湯呑にいっぺんに注ぎ、両手で囲うようにして湯呑を持った。

「山内容堂様や松平春嶽様があなたをはじめ勤皇派の志士たちに大赦をお与えになる。それと同時に、あなたは幕府から浪士隊の結成を依頼されることになる。これはもう決ったも同然で……」

清河は久太郎を見ながら湯呑の酒を舐めていた。

「浪士の取扱を命じられるのは表向きは松平主税助様ですが、これはむろん看板です。実権はあなたが握る。あなた以外に海千山千の浪士たちをおさえることの出来る人物はいないのですから、これは当然のことです」

清河はかすかに笑った。松平主税助は徳川家康の六男上総介忠輝の八代の後胤で、いってみれば将軍の親類である。別にきまった領地もなければ、捨扶持として僅かに二十人扶持を貰っているだけだが、格式は大名の上、いざというときには白無垢を着用、譜代大名の上席につくほどであり、講武所の剣術教授方としても名前はきこえている。その松平主税助よりも重い役目と聞いて清河はさすがに得意の色を隠せなかったのだろう。

「ひょっとすると、幕府は今までとは掌をかえすような厚遇で清河さんをむかえるかもしれませんよ……」

「厚遇……?」

「三百俵か四百俵で、幕府は清河さんを召し抱えようとするかもしれないのです」

清河は一瞬戸惑ったような眼付になった。久太郎は清河を「かなりの人物である」と評価している。世間はこの大男のことを「山師」とか「はったり屋」とか「羽前国からきた法螺吹き野郎」とか評している。たしかに、それらの評は当っていないわけではない。が、法螺も吹くが学問もあった。その上、人なつっこいところがあり、憎めない。おまけに胆力や行動力にも恵まれている。それに較べると、たとえば芹沢鴨は腕こそ立つが、人間としての魅力では、はるかに清河には及ばない。その器量の大きな清河が、「幕府が召し抱えるかもしれない」といっただけで戸惑った眼になるのは、やはりこの男が郷士の出身だからであろうか。

清河の横の文机の上には、だいぶ前から、

『清林院貞栄香花信女』

と書いた紙が載っていた。清河がつけたお蓮の戒名である。お蓮は、清河が甚左衛門町で小山実三郎を斬ったその日に捕えられて小伝馬町送りになった。牢中ではしかにかかり、一旦は下谷の庄内藩中屋敷の揚り屋に移されたが、この八月七日に死んだ。藩の獄医は脚気衝心が死亡の原因といっているが、世間はそうは見ていない。『酖毒』、すなわち毒殺されたと見ている。久太郎は世間の判断の正しいことを知っていた。なぜなら鏡仁太夫の口から直接(じか)に「党員がお蓮に毒を盛ったよ。仕事とはいえ、可哀想なことをした」と聞いたからである。ただし、これはつけ加えるまでもないことだが、清河は鏡党の存在すら知らぬ。お蓮を殺したのは幕府と庄内藩である、と信じている。その幕府が自分を召し抱えるかもしれないと聞いてにわかに戸惑ってしまう……。

(芹沢鴨も近藤勇も、幕府に仕官したいという気持だけで生きている。この清河も、やはり、心底に「幕臣」という身分にたいする憧れがあるのだ。お蓮を殺した下手人、とは思っていても、その下手人の幕府からの誘いはやはりありがたくないことはないのだろうな……)

そう思いながら久太郎は徳利から銚子に酒を注ぎ、銅壺に入れた。

「……清河さん、幕府からの誘いに乗ってはいけませんよ。それではお蓮さんが浮かばれません。それに、これまで勤皇の志士として行動していた清河さんに幕臣という肩書は似合いませんしね」

「わがって居(え)る」

清河は文机の上のお蓮の戒名にちらと視線を泳がせてから、湯呑の酒を一気にあおった。

「おらの役目は、いつかも久太郎が言(ゆ)ってたように、浪士隊を京さ引率して行(え)って、向うで勤皇浪士隊に看板ば塗りかえる、そういう事(ごど)だったな?」

「その通り。幕府は見事に飼犬に手を咬まれるということになります。お蓮さんも浮かばれますよ」

「ああ……」

清河は湯呑を膝の前に置き、文机の上から筆と紙を取った。そしてなにか書きはじめる。久太郎が覗くと、それは次のような詩であった。

還(また)ここに手を別ちて去る
豈(あに)婦児の悲しみ有らんや
任重くして　道遠し
剛毅　ただみずから期す

自分の書いた詩をしばらく眺め、清河はやがてそれをくしゃくしゃっとまるめて捨てた。

「……それほど思いつめる事(ごと)もなかっぺね」

「そうですとも。気楽にやってください」

久太郎は清河の湯呑に銚子の酒を注いでやった。

「さて、明後日の明け方の芹沢鴨一派と試衛館一派の果し合いですが、これはどうあってもうまくおさめてくださいよ」

「そっちの方は、あんまし自信は無(ね)ぇな」

清河はふっと気弱に笑った。

「近藤勇も芹沢鴨も、おら、よく知ってっけども、近藤はとにかく、芹沢は腕が立つ。あべこべに斬られちまうかも知ら無(ね)ぇよ」

「大丈夫ですよ」

「なんで？」

「だって、その場ですぐ浪士隊に参加せよ、小異を捨てて大同につけ、と説けばいいじゃありませんか。それに浪士隊に入隊すれば一人当五十両の支度金が下しおかれる、とでも付け加えれば双方とも刀は引きますよ。斬り合いをするよりは五十両もらうほうがだれだって気に入ります」

「五十両？　ほんとけぇ？」

「ああ、たぶんそういうことになるはずです」

「すっと、浪士が五十人集まれば、二千五百両のものいりだね」

「幕府にしてみれば安い買物ですよ。二千五百両で、江戸の治安を回復できますし、京では勤皇の志士たちの活動をおさえることができるんですから」

「……なるほど」

清河はまたぐいと一気に湯呑の酒をあおった。

十二

あくる日の午すぎ、小松屋に仁太夫が現われた。

「明日の明け方の、芹沢鴨一派と試衛館一派の果し合い、江戸市中の噂になっているようだよ。久太郎、さすがはうまく仕組んでくれたね」

仁太夫は古着を買付けにきた商人を装って、見世先に積みあげた古着を丁寧に吟味している。

「はあ。向いの試衛館の前に、朝から野次馬たちが集っているので、わたしもだいぶ果し合いが評判になっているな、とは思っておりました。で、噂をひろめたのは、鏡党の仲間たちで……？」

「まあな」

「それで、幕府のお偉方の動きはどうです？」

「狙った通りさ。このまま江戸市中に浪士たちを野放しにしておけない、一刻も早く連中を浪士隊に取り込み、京へ追っ払おうということに正式に決ったよ。むろん、清河八郎の大赦の件も、だ」

「それはよかった」

「そこで久太郎の新しい役目だが、浪士隊が江戸を発つときに、おまえも発て」

予想していたことである。久太郎はうなずいて、

「京は着倒れの街、古着問屋としては、どうしても京に出店が欲しい、そこで、その準備のために京へ、と隣近所には言い触らしておきましょう」

「うむ、それがいい。京へ着いたらさっそくふたつばかり仕事をやってくれ。ひとつは、清河八郎をうまく焚きつけて、浪士隊を勤皇党に看板替えすること……」

「わかっています」

「その浪士隊をこんどは朝廷側がもてあます。おそらく朝廷側は浪士隊に江戸へ戻るようにすすめるだろう。生麦事件以来、横浜に英吉利軍艦がちょろちょろしている、浪士隊はさっそくその英吉利軍艦に備えよ、とかなんとか適当な理屈をつけて、だ。いずれにせよ、これは勅諚、浪士隊は江戸へ戻らざるを得ない」

「それで……？」

「その際、近藤勇の試衛館一派と芹沢鴨の水戸浪士一派を、京に引きとどめるのだ」

「……なぜです？」

「それはやがてわかるよ。そのときに近藤勇と芹沢鴨を説得する理屈が要るが、そうだな、『近藤さんたちは幕府の召に応じて集まり、京へ来たはず。たとえ朝廷からどのような命があるにせよ、まず幕府からなんらかの沙汰のないうちは動いてはいけない。それが筋というものです』とでも言いなさい」

「……はぁ」

「連中を引きとどめるもうひとつの手は女だ。わかっているね？」

「ええ、やってみます。しかし、仁太夫さん、鏡党のさらに上に在る御方が、どうやら近藤勇と試衛館一派を京で活躍させ、それによって連中に名をあげさせてやろうとしているらしいことはわかりますが、なぜ、芹沢鴨一派も京に残そうとするんです？　なにしろあの二人は命のやりとりをしようというほど仲が悪いのです。もっとも、二人が不仲になる種子を蒔いたのは、このわたしですが……」

「争わせるのさ」

「な、なぜ？」

「試衛館一派の結束がそれだけ堅いものとなる。ただし機を見て、芹沢鴨一派は斬らなくてはならない」

「……斬る？」

「そうだ。そうすれば逆に結束は固まる。ただし、試衛館の連中に芹沢鴨を斬れるほどの手練はいないな。この仕事にも、おまえが一枚嚙む必要がありそうだよ」

仁太夫は見世を出ていってしまった。

（……いったいこれほど仕組んで近藤勇と試衛館一派を出世させようと目論んでおいでの御方とはだれなのだろう？）

久太郎は土間にぼんやりと突っ立ったまま考えていた。

（近藤勇たちを出世させたい、というそれだけのことでこんな大がかりなことを企むのはどうもおかしい。一度、その御方に逢ってみたい。いや、ぜひとも逢う必要がある……）

腕を組み、土間に目を落しながら、そんなことを思っているところへ番頭の武七が顔を出した。

「若旦那、お客様ですよ」

「お客？　だれだい？」

「若旦那にお目にかかったら名を名乗るとおっしゃってます。ちょいときれいな娘さんで……」

「ほう」

「どうやら、武家の娘さんらしいですよ」

古着の山をまわって見世の外へ出てみると、細面の、涼しそうな眼の娘が、風呂敷包を抱くようにして立っていた。年の頃は二十一、二か。

「小松屋の久太郎ですが、どちらさまで？」

訊くと娘はあたりを憚るように見まわしてから、

「お桂と申します」

と答えた。

「山岡鉄太郎の妹です」

「あ、そうでしたか。どうぞ内部(なか)へ……」

「兄に言いつかってまいりました。清河様に大赦が下ったそうです。それで、あの方を家へお連れするようにと……」

「それはそれは」

久太郎は大仰に驚いてみせた。

「清河さんがとびあがってよろこぶことでしょう」

「あの方はいまどこに?」

「土蔵の中で、銚子を相手にぶつくさいっておりますよ。つまり、酒を飲んでいます。ちょっとお待ちを。わたしがお連れしてまいります」

「いいえ、わたしがまいります。着替えも持ってきておりますので……」

娘は足早やに土間の奥へ消えた。

(清河さんも手が早い……)

と久太郎は思った。

(山岡家へ隠れている間に、いまの娘ともう出来てしまったらしい)

それにしてもいまの娘はだれかに似ていた。久太郎はさんざん首をひねった末、お蓮の顔を思い出した。お蓮も細面の、涼しそうな眼を持っていたはずである。

久太郎は庭に出て、清河とお桂と名乗った娘の出てくるのを待った。だが、二人は待てども待てども、土蔵から姿を現わさなかった……。

上洛

一

清河八郎が大赦になってひと月半ばかり経った文久三年二月八日の午前、久太郎は神田駿河台近くの船宿の二階から往来を眺めながら、酒を舐めていた。船宿の二階でのんびりと盃を傾けているからといって久太郎はこれから、舟を仕立てて神田川を下り、柳橋から大川をさかのぼって吉原へ繰り込もうなどとしているのではない。

久太郎は手甲脚絆をつけていた。傍には振り分けにした道中行李なども置いてある。

久太郎は、その日、小石川伝通院内の子院・処静院の学寮である大信寮から京に向けて発つ浪士隊が通りかかるのを待っているところなのである。近くに浪士隊の責任者である鳩翁鵜殿甚左衛門の屋敷があり、間もなく浪士隊はその鵜殿屋敷に立ち寄るはずだった。甚左衛門は己が屋敷の門前で浪士たちに訓示を与え、そして共に上洛することになっている。

《八日の午前、お茶の水の船宿で待て。その前を浪士隊が通ることになっているから、待つにはお誂え向きのところだ。わたしもいい頃合いにそこへ行く》

鏡仁太夫からこう連絡が入ったのが前日の午後、それからすぐ久太郎はここへやってきて、前の夜は神田川の水の音を子守唄がわりに眠った……。

久太郎の背後でひと声、鶯が啼いた。猫の額よりもまだ狭い船宿の庭に白梅と紅梅が一本ずつ立っていたはずだが、その梅に鶯がやってきたのだろう。

（今年は、梅を江戸で観て、京で桜を眺めることになりそうだな）

酒の肴の豆腐のあんかけを口に運びながら久太郎は思った。

（浪士隊の結成から出発まで、予想していたよりもずっと早く進んだ。よくても江戸を発つのは桜の花の散る頃になるだろうと踏んでいたが、それは大はずれだったな）

久太郎はあんかけで甘ったるくなった口を辛口ですすいで、このひと月半のうちに起ったことを思い返してみた。

近藤勇の試衛館一派と芹沢鴨一派との果し合いは江戸市中の評判になった。むろん、これは鏡党の連中が噂を広めたからであるが、その評判は江戸市中の浪士対策を担当する老中板倉周防守（すおうのかみ）を慌てさせたようである。彼は『浪士隊を結成して市中の浪士をそれに吸い上げ、一刻も早く江戸から追っぱらってしまおう。でないと類似の騒ぎがさらに頻々と続出するにちがいない』と考え、ちょうど果し合いの行われる日に、浪士隊結成へ重い神輿をあげたのだった。

果し合いは清河八郎の仲裁があって、結局は行われなかった。「一文にもならぬ命のやりとりはつまらぬからよせ。それよりその命をおれに預けてはくれまいか。幕府は命ひとつにつき五十両は出してくれそうだぜ」という清河の説得に近藤勇一派も芹沢鴨一派も二つ返事で乗ったからである。

清河はそのまま浪士隊の世話役になったが、いいときに仲裁に入ってくれたというので近藤や芹沢たちには信用があるようである。また清河は陽気な法螺吹き、うまい話を次から次へと吹いて歩くから、いまのところは浪士たち全般に人気があった。だから隊の表向きの責任者は鵜殿甚左衛門ということにはなっているが、実権はほとんど掌中にあるといっていい。——というわけですべて事は鏡党の書いた筋書きどおりに運んでいる。

「昨夜(ゆうべ)からここに泊り込みだそうだね」

背後で襖が開(あ)いた。

「なかなか用心がいい」

鏡仁太夫が入ってきた。垢のついた木綿の綿入れに向う鉢巻、右の眉毛の上に大きなおできが出来ている。衣服による変装は鏡党の者がよく使う手だ。

(……ははん、仁太夫さんは今日は船頭に化けたな)

久太郎はそう合点して仁太夫に軽く頭をさげた。

(おできは梅干をにかわかなんかで貼りつけたものらしい……)

仁太夫は窓際に寄り、久太郎が細目に開けておいた往来側の障子を、いっぱいに開けはなした。

「久太郎、京での役目、もう飲み込んでいるね?」

「清河八郎をうまく焚きつけて、入洛(じゆらく)したとたん、幕府の浪士隊を朝廷側の尊皇党に仕立て直し、染め直してしまう。これがわたしの役目ですね?」

「そう。京へ着いたらすぐに、清河が学習院に建白書を上(たてまつ)るように、仕組むのだ」

「学習院?」

「もとは公家子弟の学塾だった。が、いまでは、草莽微賤の者が何か意見を建言するときの取次所のような役目を果している」

「わかりました」

久太郎はうなずいた。清河はもともとが勤皇の士、しかもいまでは愛妻のお蓮を殺したのが幕府だと信じているから、これはやりやすい仕事である。

「充分に勝算はあります」

「うむ。ところで久太郎、たとえば『われわれは幕府の手の者にはあらず、尊皇攘夷の大義を抱く志士の連合なり。万一皇命を妨げる者あれば、幕臣といえども刺す決心に御座候』というような清河の建白書を受け取った公卿どもはどうすると思うかね？」

「よくぞ言った、とよろこぶはずです」

「さあ、それはどうかね」

仁太夫はにやりと笑った。

「わしはかえって浪士隊をもてあますと思うよ」

「なぜです？」

「京の西本願寺においでの慶喜公が、公卿どもに惜しみなく金品をばらまいておられる。つまり幕府は公卿どもに袖の下を使っているわけでね、この鼻薬がきいて連中はいまのところは相当に軟くなっている。もっといえば勤皇の志士などというものは連中にとっては煙ったい存在なのだ。その志士がいっぺんに二百余名もふえる、これは公卿どもにとっては有難迷惑……」

「そ、そういうものですか」

「そういうものさ、政事なんてものは」

仁太夫は久太郎の箸で豆腐をはさみ、ぽいと口の中に投げ込んだ。

「おそらく、公卿どもはにわか勤皇党の浪士隊に、江戸へ戻るようにと申しわたすはずだ。江戸で諸君らの尊攘之大義を活用したまえとかなんとかうまいことをいって、京から追い払うだろう」

「まるで邪魔者扱いですね」

「そう。浪士隊は朝廷にとっても邪魔者になる。それはとにかくそのときは、いいかね、久太郎、近藤勇の試衛館一派だけは江戸へ戻らせてはならんぞ」

「……はあ」

「ありとあらゆる手を使って、試衛館一派を京に引きとめておくのだ。連中が名をあげるには京にとどまるのが一番だ。いま、この六十余洲は京を中心にして揺れている。揺れている所には騒ぎが起る。試衛館の連中にはその騒ぎが要るのだ」

正直にいって、仁太夫の言っていることは久太郎にはちんぷんかんぷんである。将棋の試合じゃあるまいし、この人生、いったいそう先の先まで読み抜くことができるものだろうか。

「わたしの言うことをあまり信じてはいないようだね」

仁太夫は久太郎の心の中をずばと読み当てた。

「まあいい。そのうちに思い当ることがあるだろうさ」

二

往来で犬が吠え出した。

「おっ、浪士隊だ」

仁太夫が窓際に寄った。久太郎も仁太夫と並んで往来を見おろした。久太郎は数日前、清河と会って、それとなく浪士隊の編成を聞き出している。

「十人で一隊。その一隊を三つ合わせて一組だ」

と、清河はそのとき言っていたが、いま、久太郎の見下している浪士隊の行進はその編成どおりのようである。十人が二列になって次々に駿河台に向って通り過ぎて行く。そして十人ずつの集団が三つ通るたびに、背中に四十貫前後の荷を積んだ馬が一頭あらわれる。つまり一組につき荷役用の馬が一頭、あてがわれているわけだ。

浪士たちは誰もが腰に長刀をぶちこんでいた。が、その長刀もぴんからきりまでさまざまだった。鞘の塗りの剝げたのを差したのがいる、かと思えば金無垢拵(ごしら)えの立派なものを腰に帯びているのもある。服装(みなり)はさらに千差万別、木綿の黒紋服に野袴、そして打裂(ぶっつあき)羽織という定法(じょうほう)どおりの拵えがぴん、半天に股引がきり。

芹沢鴨一派は行列の後半にいた。試衛館の連中は芹沢の組の次に窓の下を通り過ぎて行った。そして清河八郎は行列から半丁ほど遅れて、たったひとりでぶらりぶらりと歩いてきた。水色模様の着物に紫の羽織、朱鞘の四ツ谷正宗を落し差し、赤い印籠を前にぶらつかせるという、いつもの恰好である。

「……どうだ、久太郎。幕府の重臣たちが、浪士隊を邪魔者扱い、厄介者扱いしていることが、連中の恰好からもわかるだろう？」

仁太夫は障子を閉めた。

「本来なら、揃いの羽織ぐらいは作ってやるべきところなのに、重臣たちは連中を江戸市中から追っ払えればそれで充分と考えているから、羽織までは考えが及ばない。というより手を抜いたのだ」

「羽織を揃える暇がなかったんじゃありませんか」

久太郎は道中行李を引き寄せた。

「なにしろ、浪士隊の結成されたのが四日前、幕府が上洛の命令を出したのが二日前ですから……」

「暇がなかったんじゃない。幕府の重臣たちにはやる気がなかっただけさ。久太郎も、たまには日本橋の越後屋呉服店で羽織を誂えてみなさい。目の前で羽織を縫いあげてくれる。むろん、仕立賃は目の玉がひっくりかえるほど、高いが……」

「ではいつか一着仕立ててみますよ。こんど江戸へ戻ってきたときに……」

道中行李を肩に引っかけて立ち上ったとき、襖が開いた。

「おそくなりました」

入ってきたのはお袖だった。お袖も旅装である。

「久太郎さん、途中でわたしを置いてきぼりにしたりしちゃいやですよ」

「……あ、あのう」

久太郎はお袖と仁太夫を半々に見ながら、口をぱくぱくさせている。

「こ、これは……」

「わたしの細工だよ」

仁太夫は眉の上のおできを剝がしてむしゃむしゃと喰い、酸(す)っぱそうに口を曲げた。やはり、おできは梅干だったのだ。

「お袖を京まで連れて行きなさい」

「……な、なぜです？」

「京でお袖を島原に売るんだね。お袖が京での、鏡党の本陣となる。鏡党からの司令はすべて島原の全盛の太夫であるお袖のところへ届く仕掛けだ」

「全盛の太夫……？　いくらなんでも、そう簡単に太夫になんかなれますか？」

「廓の沙汰も金次第さ。遊女を太夫に格付けするのは、廓の常連の連中だ。その常連に金を撒け。格付け常連は十人もいない。百人や千人もいるならことだが、十人程度なら金の工面はつくだろう……」

「しかし、どうやって？」

「それは自分で考えなさい」

仁太夫が廊下に出て行った。

「……土佐のご隠居とはどうはなしをつけたのです？」

久太郎は畳に坐った。

「お袖さんをよく手ばなしたものだなあ」

「逃げ出したの」

お袖も久太郎に寄り添うようにして坐った。

「逃げ出した……？」

「そう。あのおじいさんときたら、ひどいことするんだから」

お袖は左袖を上に押し上げた。お袖の白い腕のあちこちに赤いみみず腫れができている。

「あのおじいさん、おたのしみの前に、わたしを馬の鞭でびしびし打つの。躰中にみみずが這っている。仁太夫さんが手引きをして連れ出してくれたのよ。もっと見せてあげようか」

お袖が胸許を押しひろげようとした。

「ま、まあ、それはまた後で……」

あわてて久太郎は手を振った。

「それより、もう出掛けなくちゃあ。浪士隊は今夜は蕨宿泊まりだそうだ。そうゆっくりもしていられない」

「じゃあ、今夜ね」

お袖はにっこり笑った。

仁太夫はいったいなにを考えているのだろう。久太郎は心の中で首を傾げながら廊下に出た。お袖のいるところを京の鏡党の本陣にする――はたしてそれだけの理由で、山内容堂の愛妾を自分に押しつけたのだろうか。そうではないだろう。なにしろ仁太夫のことだ、これにはほかになにか狙いがあるにちがいないのだ。

勘定をすませて戸外(そと)に出た。すこし風が出てきたようである。風はまだ冷たい。久太郎はぶるぶるっと身ぶるいをひとつし、お袖と並んで歩きだした。

三

八ツ(午後二時)、久太郎は例の鏡党の術のひとつである速足で、お袖を乗せた四人担ぎの早駕籠をせかせながら、板橋から二里八丁の蕨宿に入った。人家の数二百余の、中仙道第二の宿駅である。

「どうしてそんなに急ぐの?」

旅籠(はたご)の二階に落ち着いたお袖はしきりに腰を撫でている。

「駕籠が大揺れ。おかげでわたしはあちこちへ躰をぶっつけて、いたるところ脹れあがってしまったじゃない」

「愚図々々していると野宿ということになってしまうから、急いだのさ」

久太郎は窓から往来を眺めおろしている。

「浪士隊は二百三十余名の大人数だ。道中先番宿割より先にここへ到着していないと、宿にありつけなくなる」

道中先番宿割とは、本隊に先んじて宿場に入り、宿を手配し、頭数の割り振りをする者のことで、団体で旅行するときには必ず、この仕事をする者が要るのだ。

「野宿するよりは揺られる方がまだましね」

久太郎の説明に納得したらしく、お袖はうなずいた。

「あとで按摩さんに脹れているところをさすってもらうわ」

「おれがやってあげるよ」

久太郎は目顔でお袖に横になるように言った。

「導引鍼灸、ひと通りは心得ているつもりだ」

導引や鍼灸を習得することも、鏡党の者にとっては必須の仕事だった。たとえば、頭を剃り落して白木の杖を引き摺り、盲人を装って笛を鳴らしながら、目標の寝所に入り、相手を扼殺するときなどに、導引鍼灸術は役に立つ。また、自分の躰の調子を自分で整備するのにもこれは使えるのである。

「うれしいわ」

お袖は座布団に腹這いになった。久太郎はお袖の背中を静かに手で押しまわってから、

「……まず風門が凝っているね」

と呟いた。

「ここが凝り出すと風邪を引く」

「……昨夜は鏡町に泊ったのよ」

お袖はもううっとりとした表情になっている。

「おっかさんにも逢ったわ」

「ほう」

「おっかさんから聞いたけど、久太郎さんは鏡党の者の、若手のぴか一なんだってね」

「さあねぇ」

適当に答えながら久太郎はお袖の背中をさすっている。が、目は窓越しに往来に向けられていた。

「どうしてなの?」

「……なにが?」

「試衛館に居たころの久太郎さんは、はっきり言って意気地なしだった。なのにどうしていまはそんなに出来るの?」

「天然理心流よりも鏡党の術の方がおれに適ったのだろうなぁ」

「ふーん」

お袖はしばらく考え込んでいたが、やがて首を捻って、

「じゃぁなぜ鏡党に入ったの」

と、久太郎に横顔を見せた。

「どんなに働いてもあなたの名が揚るわけじゃないでしょう」

「まぁね。個人の名前どころか、鏡党の名も一切世間には出ない」

「つまらないとは思わないの?」

「べつに」

「いったいなぜなのよ。なぜ、久太郎さんは鏡党?」

「うん、近藤勇や試衛館の連中、それから、芹沢鴨や清河八郎なんていう奴等が憎くてね、あいつ等に勝ちたいと思った。それが入党の第一の理由だろうな」

「第一の理由……? すると第二の理由というのもあるわけね」

「第二の理由というのはとても説明が難しい……」

久太郎の、鏡党入党の第二の理由は、ひとつの光景だった。はじめて鏡町を訪ねたとき、久太郎は老人も若者も男も女も、ひとり残らず、活き活きした表情で夜業(よなべ)をしているのを見た。そのときのすがすがしい印象を、久太郎はいまも忘れていない。自分もこの人たちと同じように活き活きして一生を送りたい、久太郎はそのときそう思ったのだ。

「なぜ、浪士隊と京へ行くの?」

「そう、他人にやたらにものを訊くのはよしなよ」

久太郎はお袖の足の指を揉みはじめた。

「嫌われるぜ」

「だって仁太夫さんが、こんどの仕事でわからないことがあったら、道中で久太郎にでも訊くさ、といってたわ」

「仕事……というとお袖さんも鏡党に入ったのかい?」

「そう。久太郎さんと一緒になるには鏡党に入るより方法がないって、おっかさんに聞いたの。だから……」

連れあいの口から外に秘密が洩れることをおそれて、鏡党の者は党員以外の人間を亭主や女房にすることを禁じられている。噂では江戸城の御庭番たちも鏡党と同じやり方をとっているらしいが。

「近藤勇たち試衛館一派の名を天下にとどろかせ、そのことによって連中が旗本に取り立てられるようにすること。それがおれの仕事だ」

「どうして?」

「わからない。上の方の方針だそうだ」

「上の方って?」

「これも謎。ただ、おれなりにあ
る見当はつけているがね」

「というと……?」

「たぶん上の方というのは弾左衛門のことだろうと思う。そして近藤勇や土方歳三は同じ階級の出身なんだ。だから上の方はそのために二人に肩入れしているんじゃないか……」

急にお袖が黙り込んだ。どうしたのだろうと思って久太郎はお袖の顔を覗き込んだ。お袖はうるんだ目で久太郎を見て、

「……親指を嚙んで」

と、言った。

「そうされるととても感じるの」

「いまはそんな暇はない」

久太郎はお袖の足を畳の上に放り出した。

「……久太郎さん」

お袖が恨めしそうな声をあげる。

「どうしていつもわたしから逃げるの」

「そういうわけじゃない」

久太郎は往来に顎をしゃくってみせた。

「近藤勇が歩いている。どうやら近藤勇が浪士隊の道中先番宿割役を仰せつかっているらしいんだ。こいつはおもしろい」

「なにがおもしろいんだか、わたしにはちっともわからないわ」

ぶつくさいいながら、お袖は手巾(てぬぐい)を持って部屋を出て行った。どうやらお湯にでもつかるつもりらしい。

四

近藤勇のほかにもうひとり宿割役らしいのがいた。勇が「池田さん」と立てているところをみると上役だろう。

「池田さん、ついてませんね。この旅籠もいっぱいですよ」

勇は久太郎の目の下から、往来の真中でふんぞりかえっている上役らしい侍に声をかけた。

「この宿の民家に分宿するほかありません」

「困ったな」

勇の上役らしい侍が苦い顔をして腕を組んだ。

「六番隊の隊長殿がまた文句を言うぞ」

「芹沢鴨のことですか」

「そうだ。板橋の駅を出るとき、おれはやつに、どうしても旅籠を手配してもらいたい、と一本釘をさされているんだ。民家に泊るのは、飯盛女が抱けないからつまらないそうだ」

「では、今夜はこのひとつ先の浦和駅に泊ることに予定を変えてはどうです? この蕨から浦和までたったの一里十四丁、ほんのひとまたぎですよ。浦和の方がここより旅籠の数が多いと聞いています。ひょっとしたら旅籠に空きがあるかもしれない……」

「それも困るそうだ」

勇の上役らしい侍がいっそう苦い顔になった。

「おれは瘡かき病気持ちだ、今日は蕨までしか歩けない、とこうも言っていた」

「池田さん、あの芹沢鴨がひとりで道中しているんじゃないんです。ほかに二百三十名の同志もいっしょです。あの男ひとりを立てていては道中はなりませんよ」

「それはわかっている。がしかし、わしはどうもあいつが苦手でねぇ」

「とにかく、あなたが道中先番宿割役、そしてわたしはその手伝役。あなたが決めてください」

「うむ。では、今夜はここに泊ることにしよう。鵜殿甚左衛門殿も第一夜は蕨泊りがよかろうとおっしゃっていたことでもあるし、な」

「わかりました。この辺の民家を虱つぶしに当ってみます」

「おっと、近藤……」

「なんです?」

「今夜は民家に分宿だということを芹沢鴨に言うのはおまえの役だぞ」

「……はあ」

「わたしはそこの茶店で茶など喫している。民家を確保したらすぐ戻ってくるのだ」

「わかっています」

「もうひとつ。年頃の娘のいる民家はこっちで断われ。芹沢がそういう民家に泊りたがるだろうし、そのときにもし、やつが娘にでも手を出したら、浪士隊の評判は一日目にして地に堕ちてしまうからな」

勇の上役侍は斜め向いの茶店に入った。勇はしばらくその後姿を睨みつけていたが、やがて足許に転がっていた古草鞋(わらじ)を思い切り蹴とばし、それから往来を板橋の方角へ引っ返して行った。

(芹沢鴨はみんなの鼻つまみ者になっているらしい)

久太郎は窓の敷居に顎を載せて遠くの空を眺めた。人家の向うに田や畑がひろがっていて、そこから幾条もの煙がどんより曇った春の空に向って、ゆっくりと垂直に立ちのぼっていた。百姓たちが作物の育ちをよくするために籾殻を焚き、その灰で土を肥そうとしているのである。

（もし、この道中で勇が芹沢を斬ったらどうなるだろうか。たぶん勇は処罰されることはあるまい。むしろ、隊の上層部は吻と胸をなでおろすはずだ。そして、乱暴者芹沢を斬った男として、いい評判も立つだろう）

勇が道中先番宿割役だということは願ってもない好条件だ、と久太郎は思った。私闘で勇が芹沢鴨を斬るならば浪士隊の上層部も黙ってはいないだろうが、勇には「宿割役」という肩書がある。これを上手に利用すればはなしはすんなりと行くのではないか。つまり、勇の決めた宿割について芹沢が文句をつける、勇がそれを役柄上たしなめる、そしてそれが斬合いに発展すればいいのだ。勇と芹沢は一度は果し合い寸前まで行ったぐらいで、犬猿の仲である。二人の間に小さな火種をひとかけら投げ込んでやるだけで、ぼうっと火が付き、あとは放っておいても大火事になってしまうことはたしかだ。

「……よし。明日か明後日、ひとつその火種を仕掛てやろう」

久太郎は呟いた。

「ただし、剣術の腕前では芹沢の方がずっと上だ。必ず勇が勝てるようにするには……」

「なにをぶつぶついっているの、久太郎さん」

糠の匂いがして、お袖が部屋に入ってきた。

「お袖さんにここ二、三日のうちに一芝居打って貰うことになるかもしれないよ」

「一芝居……？」

「たとえば俄病人になるとか、その程度のことだがね。やってくれるかい、お袖さん?」

「いやよ」

「ど、どうして」

「お袖さんだなんてさん付けで呼ぶうちはどうしてもいや」

お袖が久太郎に凭(もた)れかかるようにして坐った。

「お袖と呼んでくれるのならはなしは別だけれど……」

「わかったよ、お袖さん……、いやお袖、これからはさん付けはよすよ」

「ことばだけじゃだめ」

お袖は立って押入れを開け、布団を引っぱり出した。

「躰で他人じゃないことを証拠立ててくれなくちゃ」

久太郎も立って布団を出すのを手伝った。そして押入れが空(から)になったところで、逆に敷布団を敷いた。次に鏡党の円形手裏剣を四つ五つと押入れの板壁に突き立てた。

「ど、どうしたの?」

お袖は目をまるくしている。

「押入れの中で抱き合おうっていうの?」

「これが鏡党の同衾(どうきん)法なんだ。不意に踏み込まれても、ここならひと呼吸かふた呼吸は時が稼げる」

「その手裏剣は?」

「まさかのときに曲者に投げつける」

「鏡党ってへんな党……」

笑いながらお袖は押入れに入ってきた。

五

浪士隊が蕨宿に泊ってから一日おいた二月十日の午後、久太郎はお袖を連れて本庄宿に入った。本庄宿は中仙道第十の宿駅で家数千を超える。蕨よりも五倍は大きい。

「……近藤勇に芹沢鴨を斬らせるのは、この本庄あたりがいいかもしれないね」

宿内の飯屋で遅い昼食をとっていた久太郎が思いついたようにお袖に言った。

「どうやら今日あたり、あんたに仮病を使ってもらうことになりそうだよ」

「仮病？　お安い御用よ」

お袖はにっこり笑って久太郎を見た。蕨宿から名実ともに久太郎と夫婦（めおと）になれたので、お袖は機嫌がいいのだ。

「それでどんな仮病を使えばいいの？　差し込み？　それとも癌腫？」

「癌腫はちっと大袈裟だな。差し込みがいいだろう。おれが合図したらそのへんに泡を吹いて倒れてくれないか」

「泡を吹く？　手妻使いじゃあるまいし、そんな器用な真似は無理よ」

「できるさ」

久太郎は道中行李に顎をしゃくった。

「その中に油紙に包んだ阿蘭陀渡りのしゃぼんが入っている。白湯(さゆ)を貰ってそいつを融(と)くんだ。おもしろいように泡が出る……」

「その泡を口のまわりに付けるのね？」

「頼む」

「やってみるわ」

お袖はさっそく道中行李に十文字にかけた紐をほどきはじめた。

「……でも、なぜこの本庄あたりが事を仕掛けるにはいいの？」

「幕府の直轄領だからさ。そしてこの先だんだんと幕府直轄領はすくなくなって行く。仕掛けるならここだ」

「幕府の直轄領だとなぜいいの？」

「浪士隊もいわば幕府の直属、その浪士隊に揉めごとが起ってもすべては穏便に済む。いやひょっとしたらここの役人ども、見て見ぬふりをしてくれるだろう。同じ揉めごとが大名の領内の宿場ではそうはすんなりと片が付かない……」

「そういうことか、なるほどねぇ」

お袖は小さな油紙包の中から褐色の塊をとり出し、形のよい鼻の下に持っていった。

「……いやな匂い」

「なれれば結構いい匂いだぜ」

「なぜ、こんなものを持ち歩いているの」

「どこかに忍び込むときに役に立つ。そいつを融してしゃぼん水を拵え、たとえば雨戸や障子の下にそっと流し込むんだ」

「……なんかのお呪(まじな)いなの？」

「呪いではない。そうすると雨戸や障子が音を立てずに開(あ)くんだ」

「へえ」

「宿内の様子をちょっと見て廻ってくる。ここで待っていておくれよ」

久太郎は飯屋を出て往来をぶらぶら歩きはじめた。道中先番宿割がすでに宿の割り振りを終えており、旅籠の軒には、たとえば、

『鵜殿鳩翁隊のうち新見錦隊様御宿』

と記した紙が春の風にひらひらと舞っている。

（やはり浪士隊では恰好がつかないらしいな）

久太郎はまず宿の東を見てから西へ向った。

（それに鵜殿鳩翁たち隊の上層部は、浪士隊という呼び名が、京の勤皇派の浪士たちの神経に触るのではないかと考えたのだろう。それで隊名を改称したのだ）

宿の西の外れに『清水屋』という旅籠があった。部屋数せいぜい四、五室の、小さな構えである。軒に、

『鶴殿鳩翁隊のうち芹沢鴨隊様御宿』

と書いた紙がブラ下っている。その紙をすこし離れたところからしばらく眺めていた久太郎は、

「よし！」と小声で呟いて飯屋に引き返した。

「さぁ、浪士隊の本隊が到着するまでに一芝居打とうか」

久太郎はお袖の手を引いて表に出て、西を指さした。

「西の外れに清水屋という旅籠がある。おまえはその前で、いきなり腹を押えて地面にしゃがみ込むんだ」

「それで？」

お袖は左の掌の上にのせたしゃぼんを右手でせっせとこすっている。

「その後のことはおれにまかせておけ」

久太郎は歩き出した。

「おまえはただただ苦しがっていればいい」

陽はだいぶ西に傾いている。ふだんのこの時刻なら、往来に旅籠の客引きが出て、

「泊まらせい！　泊まらせい！　座敷は綺麗で、相宿もございません。ねぇ、この先にはよい宿はありませんよ」

などとやかましく呼びたてはじめる頃なのだろうが、往来はひっそりと鎮まりかえっている。今夜はこの宿の旅籠を浪士隊がすべて予約してしまっているはずで、客引きはやることがないのだ。

「あんた、そろそろいいかしら？」

清水屋の手前でお袖が小声で久太郎に訊いた。

「あたし、差し込んじゃうわよ」

「……うむ」

久太郎は点頭した。とたんにお袖は地面に蹲み込んだ。お袖の口のまわりは、いつの間に細工したのか、しゃぼんの泡だらけである。久太郎はお袖を抱きかかえるようにして清水屋の土間へころがり込んだ。

「……お客様、せっかくですが、座敷はございませんので」

久太郎とお袖に帳場から声がかかってきた。見ると、四十五、六の丸顔の男が帳場で中腰になっている。

「座敷はひとつ残らず売り切れでして」

「芹沢鴨隊長の座敷はどこです?」

久太郎は草鞋を脱ぎ、お袖を背中に背負い直した。

「隊長さんは階段を上ってすぐの八畳間ですが、それがなにか……?」

「そこを借りますよ」

久太郎は階段を一気にかけのぼって、座敷にお袖をおろした。

「困ります!」

丸顔の男が追ってきた。

「今夜はどなたもお泊めできません」

「ご亭主ですか?」

「……へ、へえ」

「三、四日、お世話になりますよ」

久太郎は用意しておいた金を丸顔の男に握らせた。二人がひと月逗留してもまだ余るほどの金額である。男は目を剝いて、

「あ、あのう……」

と、唸っている。

「ひとまずそれが今夜の分で……」

「し、しかし、この座敷は浪士隊の方にお貸ししてありますので……」

「それはよく知っておりますよ。しかし、病人に野宿させるわけにはいきません」

久太郎は手巾でお袖の口のまわりの泡を拭き取った。

「ひとつよろしく……」

「よろしくといわれても困りますねぇ」

丸顔の男も懐中から手巾を引っぱり出して額の汗を拭いた。

「なにしろ相手は二本差しでしょう。下手をすればこっちの首がとびます。そ、そうだ、このひとつ先の新町宿に笛木屋という旅籠がある。そこの亭主とわたしとは義理の兄弟の間柄、無理はききます。駕籠でご病人を笛木屋へお運びになったらいかがで……」

「いまは動かせません。そんなことをしたら病人の命にかかわります」

「と、おっしゃってもあなた、こっちも命にかかわる一大事で……」

「はは一ん、ご亭主は浪士隊との約束を気にしていらっしゃるんですね。しかし、そのことでしたら心配はいりませんよ」

「といいますと？」

「浪士隊の道中先番宿割役の近藤勇はわたしの知人です。彼とはつい今しがた、話をつけてきました」

「近藤様と話がついている……。それ、ほんとうですか？」

「どうしても気になるようなら、近藤勇に逢ってたしかめられたらいい」

久太郎は押入れから布団を出しながら、

「軒に貼ってあった『芹沢鴨隊様御宿』の紙も剝がしてしまいなさい。病人は今晩ひと晩は唸り通すはずです。そうなると傍迷惑、今晩はここを借り切りましょう。むろん、それ相応のお礼はさせていただくつもりですが……」

久太郎は敷いた布団にお袖を移した。

「むろん、ここを借り切ることについても、近藤勇との話はついておりますがね」

「そ、それなら結構で、へえ」

丸顔の男は久太郎の手渡した金を握り直した。

「あなた様と宿割役様との間で話がついているのでしたら、もうなんにも申し上げることはございません。こっちにしましても二本差しのお客はあんまり有難くはありませんのでして、へえ。あなた様のようにもののわかったお客様の方が千層倍も有難い。……ところでお客様のお名前は？」

「江戸小石川小日向の古着問屋で、小松屋久太郎です」

「……それでお医者をお呼びしましょうか？」

「もそっと様子を見ましょう」

「では……」

丸顔の男は障子を閉めて去った。

六

半刻ばかりたったころ、急に戸外（そと）が騒がしくなった。

「近藤、これはいったいどういうことだ。貴様はなぜ六番隊を宿割から外したのだ」

どすのきいた嗄（しわが）れ声が久太郎とお袖のいる二階にまで聞えてくる。嗄れ声の主は疑いもなく芹沢鴨である。この芹沢をだれかがしきりになだめているが、これはおそらく近藤勇だろう。ただし、男の言っていることは久太郎にははっきりとはわからない。

「……なにかの間違いだ？　たしかめてくるからしばらく待て、だと？　その間、われわれは外で寒風に吹きさらしか。ふん、それで貴様、よく道中先番宿割役が勤まっているな。近藤、いかにも待ってやろう。だがお土産にその町人の素ッ首を下げて降りてくるのだぞ。それができぬときに、おれが貴様の首を申し受ける。さあ、早く行け！」

芹沢鴨の語調には、傍にいる隊員たちに強がっているような調子があった。芹沢が隊長を勤める六番隊には、土方歳三や沖田惣次郎や山南敬助など、試衛館一派が大勢編入されている。芹沢が勇に罵詈雑言を浴びせかけているのはおそらく試衛館出身の隊員に対する牽制の意味もあるのだろう、と久太郎は思った。

「どうやらこっちの筋書に嵌ってきたようね」

お袖が掌に隠したしゃぼんにそっと唾を塗る。

「だいぶ揉めているみたい」

唾を塗ってこするうちに泡が出る。お袖はその泡を口のまわりに付けた。まるで唇に紅を差すときのように浮き浮きした仕草である。

「壁を向いて布団をかぶっていなさい」

久太郎は煙管に針をこめて口に啣える。むろんこの煙管は吹矢の筒になるのである。階段を駆けのぼってくる音がして障子が開いた。

「お客さん、嘘を言っちゃあ困りますね」

亭主が蒼い顔をして久太郎を睨みつけた。

「宿割役の近藤様にお客さんのことを申し上げましたら、小松屋の久太郎という男は知っているが、その久太郎となんの約束もしていないとおっしゃっておりましたぜ。とにかく、いまここへ近藤様がいらっしゃいますからね」

「……こんなところでおまえと逢えるとは思ってもいなかったな」

亭主を押しのけて勇が入ってきた。

「ときに病人がいるそうだが？」

「家内の具合がちょっとね」

久太郎は勇に軽く頭をさげた。

「そこで勇さんの名前を出したのだけど、ずいぶん迷惑をかけてしまったようです」

「芹沢がおまえの首かおれの首のどっちかがほしいそうだ。どうするね？」

「いっそ芹沢さんの首をもらってしまったらどうです？」

「芹沢の首をもらうだと？」

勇は立ったままである。

「どういうことだ、そりゃ？」

「この清水屋を借り切ったのは自分の友人でしかも病人連れ、とても首を斬るわけにはいかない。かといって自分の首をやるのも惜しい。直ちに代りの宿を見つける故、今日は勘弁してもらいたい、とこう芹沢に詫びるんですよ」

「やつはおそらく承知しないだろう」

「そこで勇さんが居直る。そんならもう勝手にしろ、とね」

「お、おい、久太郎、おまえなにを言い出すんだ」

「そこで芹沢と勇さんの斬り合いということになる」

「勝負は見えてる」

勇は苦笑した。

「やつの方がはるかに腕は立つ。口惜しいが、これは事実だ」

「二対一でも、ですか？」

久太郎は手に持った煙管で自分の鼻を指し示した。

「勇さんにはこのわたしがついておりますよ」

七

「おれの助太刀を買って出ようというのかね、久太郎」

近藤勇は窓に背中を凭(もた)せかけながら久太郎を見ている。

「おまえが妙な術の使い手であるらしいってことは知っているが、どういうやり方でおれに加勢してくれるつもりなのだい？」

勇は障子を三寸ばかり右手で開けて、右手に持った大刀を鼻の前に掲げている。

（おかしな仕草をするものだ）

と久太郎はわずかの間、首を傾げていたが、すぐにその仕草がなにを狙っているのか思い当って、

（へえ……！）

と、心の内で感嘆の声をあげた。勇は背中にも眼を持っていたのだ。勇の大刀の鞘の部分に、幅五分、長さ二寸の、長方形の鏡が嵌め込んであるので、その鏡の部分を鼻の先に持って来れば、勇

は右肩越しに往来の芹沢鴨たちの様子を観察できるのである。

久太郎の所属する鏡党は、その党名からも見当がつくように、鏡を大いに活用する。現に、仮病を使って布団に潜り込んでいるお袖の枕許の、久太郎の道中行李の中には、竹筒の上下に二枚の鏡を取付けた『蹻見鏡(きよつけんきよう)』(いまでいえば潜望鏡ということになるだろうか)、日光を反射し合って味方と通信を交すための手鏡などが入っていた。この手鏡は通信用に使うだけではなく、時には武器としても役に立つ。たとえば、太陽の陽光の下で敵と立ち合う場合、鏡党の党員は自ら好んで太陽と向い合う位置に立つ。どのような兵法書にも、

《陽の下で立ち合うときは太陽を背負うこと》

と記してあるが、鏡党員はこの逆を行くわけだ。敵は、

〈われまず地の利を得たり〉

と思わず安堵するが、鏡党員はそこにつけ込む。懐中から手鏡を出し、敵の眼に陽光を照り返し、目眩ましをかけてやるのである。そして、一気に相手の懐にとび込み、勝負をつける。また手鏡は、たとえば膝頭に叩きつけたりするとたやすく割れて、刃渡り四寸の短刀にもなるよう細工されている。だから、敵に目眩ましをかけながら鏡を割って相手の懐にもぐり込み、その鏡の短刀で相手の咽喉(のど)を突き刺すことも可能である。

また、久太郎の携帯している煙草入れの蓋の裏にも鏡が貼ってある。これは変装するときの便宜と、背後の様子を盗み見するための必要を考えての細工である。勇の大刀の鞘の鏡は、いってみれば久太郎の煙草入れと同じ役目を果しているのだろう。

（……勇さんはおれが考えているより、ずいぶん用心がいいようだ）

久太郎はすこし勇を見直した。

「おい、久太郎、たとえばおれと芹沢鴨が立ち合うとすると、おまえはおれにどう加勢してくれるのだね？」

「ええ、そのとき、わたしはこんな具合に煙管で一服つけますよ」

久太郎は襟にいつもさしている吹矢針を一本、煙管の吸い口に入れ、床の間の達磨の掛軸に向ってぷっと吹いた。

ぷす。

小さいが鋭い音がして、軸の中の達磨は左眼に針が立っていた。いつか弁天島の出合茶屋で、芹沢鴨たちを相手に実験済みである。久太郎には一発で芹沢鴨のどちらかの眼を潰せる自信があった。

「……わたしが芹沢の眼を潰したら、勇さんが打ち込めばいい。それなら芹沢に勝てるでしょう？」

「勝てるが、しかし、ちとやり口が汚いぜ」

「でも、負けるよりはましでしょう。とにかく現在(いま)はどんな汚いやり口ででも、芹沢を仆(たお)すことです。浪士隊の幹部は芹沢をもて余している。その芹沢を斬れば、勇さんに対する上層部の信任はずいぶんと厚くなるにちがいない。芹沢にかわって六番隊の頭(かしら)にもなれますよ」

「……六番隊を乗っ取るのがそんなに大したことなのかい？」

「と言うところをみると、勇さんの狙っている魚はもっと大きいんですね」

勇はにやりとしただけで黙っている。

「しかし、勇さん、はじめっから大魚は釣れませんよ」

「……久太郎」

勇の顔から笑いが消えた。

「おれに肩入れしてくれるのは有難いが、そのお返しになにをおれにせがむつもりだ。そこんところがどうもわからねぇ」

「なんにも……」

「嘘をつけ」

「勇さんがわたしの幼馴染だからです。それだけのことですよ」

勇はまたしばらくの間、久太郎を見つめ、やがて大刀を腰に差しながら階段をおりて行った。

「お袖、そのままそうやって布団を引っかぶっていなよ」

言いながら、久太郎はもう一本、吹矢針を煙管の吸い口に入れ、窓際に寄った。そして、障子の隙間を五分ほどにせばめる。芹沢鴨に顔を見られたくはなかったからだ。

芹沢は往来の真中に突っ立って旅籠の奥を睨み据えている。久太郎との直線距離は四間ぐらいか。いつでも吹矢を打てるように、久太郎は両頰を空気でいっぱいに脹らませて狙いを定め、そのままで待つ。鏡党で修業していたころ、久太郎は神田明神社のお囃(はや)し連中のなかの笛の名人から、特別の呼吸法を習った。その名人は、鼻で空気を吸いながら、同時に口から空気を吐いて笛を吹くことができた。だから彼はどんなときにも息を切らすということがなかった。久太郎はその呼吸法を盗んで身につけている。だから、呼吸は鼻にまかせ、口の中にいつまでも空気を留めておくことが出来るのだ。

「……近藤、どう話がついたのだ?」

芹沢が吠えた。勇が旅籠から出て、芹沢の前に立った。

「芹沢さん、その町人には重病人の連れがいる。どうにも動かせないのです。直ちに代りの宿を手配しますから、しばらく待っていただけないでしょうか」

「すると貴様、町人にまるめ込まれて、おめおめと尻尾を巻いて戻ってきたのか」

芹沢の顳顬(こめかみ)に青筋が立った。

「鵜殿鳩翁隊の道中先番宿割役の貴様が、隊員のために宿も確保できないというのか。いったい何の為の宿割役だ?」

「面目ない……」

勇は芹沢に向って何度も叩頭(こうとう)した。勇の平身低頭ぶりを見ていられなくなったのだろう、近くで様子を窺っていた土方歳三が、

「その町人とおれが話をつけてこよう」

と、駆け出そうとした。

「土方、貴様の出る幕じゃない!」

芹沢は歳三を睨みつけて、

「おれは六番隊の隊長として宿割役の近藤を詰問しているのだ。土方、貴様は六番隊の隊員、いわばおれの部下だ、部下が隊長を差しおいて口を出すことはない」

「し、しかし……」

「芹沢さんの言われる通りだよ、土方」

勇は芹沢に向って相変らず頭を下げながら、手を振って土方を制している。

「町人は全く関係がない。町人を立ち退かせることのできなかったおれに一切の責任がある」

土方がぶつぶつ呟いて隊列に戻った。

「……芹沢さん、以後はこのようなことのたえてないように役目を勤めることを誓います。どうか今日は目をつむっていただきたい……」

勇はまだ詫びている。

「いや、許せん。地面に両手を突いて詫びるならとにかく、ほかのことではどうしても承服はできないね。その首を貰うぜ」

芹沢は羽織を脱ぎ捨てた。

「近藤、抜け。おれと貴様の勝負、根津の清水観音以来、預りのままになっていたがね、いい機会だ、ここで決着をつけよう」

久太郎は煙管を咥え直した。風はない、いまなら百発百中だ。が、このとき、芹沢の前に、勇が両膝を折った。

「芹沢さん、おっしゃるように地面に手を突いて詫びます。どうかひとつ、お許しいただきたい……」

久太郎は啞然として煙管を宙に浮かせた。

（……勇さんはおれを信用していないのだろうか？）

芹沢も驚いたようだった。勇が拾って差し出した羽織をひったくるようにして奪ると、

「この弱太郎め。まるで話にもなにもならねぇ」

すたすたと東に向って歩き出した。

「おい、六番隊ついてこい！　宿割役がこうあてにならねぇんじゃ、こっちの才覚で宿を探すほかにねぇようだ」

芹沢のあとに六番隊三十名の隊士たちが続いた。

八

「……勇さん、どうしたんですよ」

久太郎は階段を降りて、旅籠の下駄を突っかけて戸外へとび出した。

「わたしを信用できなかったんですか？」

「信用はしていた」

勇は袴の泥を払い落している。

「そのうちにきっとおまえの力を借りる。そのときは頼むぜ」

「……なぜ、いまじゃいけなかったんです？」

「獲物を肥らせてる都合がある」

「芹沢が獲物ですか？」

「ああ」

勇はうなずいて、見世先で成行きをへっぴり腰で窺っていた旅籠の亭主に、水を一杯くれ、と頼んだ。

「芹沢先生は隊の憎まれものだ。がおれは先生を大悪党に仕立てあげるつもりでいる。憎まれものを仆せば、まぁよくやったぐらいの評判しか立たない。だが相手が大悪党ならこれは大した評判になる。よくぞやった！　というようなものだ」

ここで亭主の持って来た薬罐の水に、勇は咽喉をならした。

「だからおれはこれからも芹沢先生の下風に立つ。さんざんにおだてあげて先生には勝手放題をしてもらう。だれもかれもが先生に我慢がならなくなったころに、料理をする。久太郎、どれだけ出世できるかは、どれだけ鴨に恵まれるか、そしてその鴨を見事に肥らせるかにかかっているんじゃないかね。おれはここ数年、日本外史ばかり読んできたが、そのときに教わったのはこのことさ。悪玉がいればこそ善玉が目立つ。良い評判を摑もうと思ったら、悪い評判の持ち主を叩けばいいのだ。どうだい、こういう考え方は？」

「……見事ですよ、勇さん」

久太郎は溜息をついた。

「それに、たしかに芹沢先生は勇さんの鴨には打ってつけです。なにしろ先生の名前が鴨ですから」

「……勇さん、じれったいやら口惜しいやらで、おれ、居ても立ってもいられないや」

上背のある、若い男がこっちへやってくる。

「鵜殿鳩翁先生の宿の前で、芹沢のやつ、勇さんの悪口を大声で並べたてている」

男は沖田惣次郎である。久太郎は見世の内部にさがった。久太郎はこの男が昔から虫が好かない。腕は立つが、小狡くて小生意気で、それにすこし高飛車なところがある。加えていまは顔を合わすと拙いのだ。

「土方さんも山南さんも腹に据えかねて、いっそわっと斬りかかろうといっている。それで……」

「注進に来てくれたのか」

「そうです」

「放っとけ」

「しかし……」

「放っとけって。それで芹沢先生は自分で六番隊の宿舎を探す、と言っていたが、見つかったか?」

「まだです。しかし、まぁそのうちにだれかが見つけてくるでしょう。隊員が十人ばかりそのために走りまわっていますから。じつは、おれもそのひとりで……」

「ふーん」

勇は大きな口を右手でゆっくり撫でながらなにか考えていた。がやがて、その右手でぽんと額を

叩いて、

「惣次郎、おまえこれからまっすぐ芹沢先生のところへ飛んで帰って、こう焚きつけろ。いいか、野宿をしましょうと言うんだ」

「野宿……ですか？」

「うん。近藤勇への面当てのために六番隊は今夜、野宿をする。おまえ、うまくそう持ちかけるんだ」

「同じ六番隊に、試衛館出ではないけれども、親しくしているやつがいます。そいつに進言させましょうか」

「そうしてくれ」

「しかし、春の野宿は辛いな。寒いですよ」

「そこだ。大がかりに焚火をたけばいい。この本庄宿の住人たちが、すわ火事?! と勘ちがいするような大焚火を、な」

沖田はぽかんとして勇を見つめていた。が、久太郎には勇の企みのおおよその見当はついていた。勇は鴨をまたひとまわり大きく肥らせようと目論んでいるのだ。

九

本庄宿の中心になっているのは金鑽（かなさな）大明神社だが、その金鑽大明神の真向いに近江屋という屋号

の旅籠があった。久太郎が泊っている旅籠とは桁ちがいに大きく、間口が八間もある。入口には、

『鵜殿鳩翁隊本部』

と大書した奉書紙が春風に煽られてひらひらと揺れていた。

早目に夕飯を済ませた久太郎は宿の下駄を突っかけて近江屋の前に立った。

「……なんだ、貴様は？」

見世先に床几（しょうぎ）を据え、その上に腰を下して表の往来を睨んでいた男が悪い目つきをして戸外（そと）へ出てきた。本部付の宿直（とのい）だろう。

「清河八郎さんはこちらで？」

久太郎は軽く頭を下げた。

「江戸小石川小日向の小松屋でございますが、清河さんにちょいとお目にかかりたいので……」

「清河殿に何用だ？」

「清河さんとは、江戸では十日に一度はお目にかかって世間話をしていた仲でございます。たまたまこの宿を通りかかりましたところ、清河さんがここにおいでと聞きましてね……」

ここで久太郎は懐中へ手を入れ、財布を取り出した。

「ちょいと酒代の御献金に」

「酒代……？」

「へえ、隊員の皆様に銚子を一本ずつ。なにしろ旅先ですので、これぐらいのことしかできませんのが残念でございますよ」

久太郎は手早く財布を男に手渡した。

「そのなかには十一両ばかり入っております。うち一両はあなた様がお取りくださいまし」

「で、ではここで待て」

宿直の男が内部(なか)へ戻った。

しばらくして往来に向った二階の窓のひとつががらりと開いた。

「……久太郎、奇遇だなす」

窓から顔を突き出して清河が大声をあげた。

「構わね、どんどん上って来(こ)」

久太郎が清河の部屋の前に立つと、襖が内部から開いて、二十七、八の年増女がぽっと上気した顔でお膳を持って出てきた。部屋のなかには座布団が三、四枚散らばっている。

「これは悪いことをしてしまった」

久太郎は後手で襖を閉めた。

「お楽しみの最中にお邪魔しちまったようですね」

「なになに、ちょうど嵌め終えたどこだったたんだ。まぁ、棒みてえに突っ立ってねで、座布団ば敷け」

「他人(ひと)が楽しんだすぐ後の、生温(なまあったか)い座布団に坐るのはどうも気色が悪い」

久太郎は畳に直接(じか)に坐った。

「でも、飯盛にしてはなかなか美(い)い女だったじゃないですか?」

「……顔も美いが、いい金も取る」

清河は久太郎の鼻先へぱっと右手をひろげ、

「五百文だ、それもちょんの間で。べら棒だと思わねが？」

「そりゃたしかに高いですね。ところで清河さん、例のものは出来ましたか」

「例のもの……言うど？」

「京へ入ったらすぐ国事参政の詰めている学習院に上書を奉呈することになっていたでしょうが……。この浪士隊は大樹様（将軍）の護衛として上京したのではない、じつは尊攘の道をまっとうするためのものだ、という文面の上書ですよ」

「久太郎、そりゃまだ書いで無。んだって無理だべす、江戸ば発ってまだ三日しか経ってねのだもの」

「清河さんほどの文才があれば草稿ぐらいは、女を抱きながらでも書けるはずですよ」

「……そりゃお前、夕立ちさ出ッ喰わした山伏だべ」

「夕立ちに出ッ喰わした山伏……、なんです、それは？」

「夕立さ出ッ喰わした山伏はかぶるものが無がら、手さ持ってた法螺貝ば頭さかぶる。つまり貝かぶる……」

清河は自分の放った冗談を自分で受けてケラケラと笑い転げた。

「馬鹿なことを言ってないで草稿ぐらい作っといてくださいよ。そうだ、これから一緒にどうです？」

久太郎は用意してきた矢立を抜き、清河の前に置いた。

「……紙が無えぞ」

「そのへんにいくらでも散らばっているじゃないですか」

久太郎は畳の上に散らばっていた紙のなかから大して汚れてなさそうなやつを三、四枚拾って清河に差し出した。

「お、おい、久太郎、それは俺がなにの後始末ばつけたバッチィ紙だぞ」

「いいじゃないですか、どうせ草稿なんですから」

「んでも気合いが入らねぇでねぇの……」

「大切なのは紙や筆じゃないでしょう、清河さん。問題は言葉でしょうが。言葉でどう学習院の公卿たちの心を揺さぶるか……」

「そりゃわがって居る」

清河は紙の表や裏を点検し、注意して重ね、それを膝の上にのせた。久太郎は矢立の筆に墨を含ませ、清河の手に持たせた。

「……謹んで上言し奉り候。書き出しはこんなところだべかな」

清河はぶつぶつ呟きながら、小さな字を紙の上に並べはじめた。

「……今般私ども上京仕り候儀は、大樹公において上洛の上、皇命を尊戴し、夷族を攘斥するの大義、ご勇断遊ばされ候御ことにつき、草莽中これまで国事に周旋の族は申すに及ばず、尽忠報国の志これ有る者、既往の忌諱にかかわらず、広く天下に御募り相成り、その才力をご任用、尊攘の道ご主張遊ばされ候御趣意につき、まず以て私どもを始め御召しに相成り、その周旋これ有るべくとの儀に候間、其の御召しに応じ罷(まか)り出で候……と」

清河はここで筆の柄の尻を咥えて考え込んだ。すかさず久太郎が助け舟を出す。

「……右につき幕府の御世話にて上京仕り候えども、禄位等はさらに相受け申さず候」

「お、おい、久太郎、それじゃぁちっと強(き)つすぎ無(ね)ぇか？」

清河は筆を止めた。

「なにもそごまで言(ゆ)わなくたって……」

「公卿の心を惹くにはこれぐらいの意気のいいところを見せないといけません。でないと勅宣が貰えませんよ。それに幕府が金を呉れなけりゃぁ、そのかわりにどこかが……」

「呉(け)っぺがね？」

「ええ。……ただただ尊攘の大道のみ相期し奉り候間、万一皇命を妨げ私意を企て候輩(やから)、これ有るに於ては、たとい有司(ゆうし)の人々たりともいささか用捨(ようしゃ)なく刺斥(しせき)仕りたく一統の決心に御座候間、威厳を顧みず言上仕り候……」

「俺(おら)、殺される」

清河は筆を放り出した。

「浪士隊の連中のほとんどは徳川さ忠誠を誓うつもりで居(え)る。ところが『皇命を妨げ私意を企て候輩』があればこれを斬る言(つ)うごどは、もし徳川が攘夷ば断行し無(ね)えときは徳川を……そのう……」

「そうです、清河さん、そのときは徳川であっても斬るんです」

「やっぱ隊員に殺される」

「しかし、ここまで強く言い切らないと、くどいようですが、勅宣は下りません。徳川には後足で砂をかけた、しかし勅宣は下りないというのでは、清河さんは宙ぶらりんになってしまいます。それこそだれも味方がいない。徳川に思い切り砂をかけてやるんです」

「うーん」

「清河さん、お蓮さんを殺したのはだれです。幕府と庄内藩じゃなかったのですか。清河さんには徳川に砂をぶっかける立派な理由があるんですよ」

「……しかし、俺は殺される」

呟きながら清河は紙を懐中に捩じ込んだ。

「久太郎、俺、二、三日、考えてみるよ」

十

久太郎が清河の部屋を出ようとしたとき、往来に面した障子窓が不意にぼうっと明るくなった。

「……火事だ！」

「明神様から火が出た！」

往来でだれかが叫んでいる。久太郎は障子を開けた。真向いの金鑽大明神社の境内で、なにかが燃えていた。よく見ると、火を噴きあげているのは井桁に積み上げられた材木の塔。周囲に立っている人影が時折、火の中に樽を投げ込み、そのたびに焰は五、六丈も夜空を這いのぼった。

「油樽ば投げ込んでるな、危ぇ事」

清河は額に皺を寄せた。

「久太郎、今夜は明神の祭かなんかかね。あの大きな焚火は祭の行事かなんかかね？」

「いや、芹沢鴨隊です」

「芹沢？　な、なんで芹沢が？」

「宿割から洩れたんですよ。近藤勇さんの手落ちで……」

「あいやァ」

「それで芹沢さんはすねているんでしょうね。近藤さんを困らせようとしているんです」

「いがにも芹沢のやりそうなこったなぁ」

清河は両腕を組んで境内の焚火を睨んでいた。境内からだれかが往来にとび出してきた。

「火事ではない！」

芹沢の声だった。

「野営の焚火だ。宿割役の手落ちによって、われわれ六番隊三十名の泊る宿がない。それで仕方なく野営することになった。ひょっとしたら境内の立木に火が移るかもしれぬ。また、火の粉が飛んで、この宿駅のどこかが燃え出すかもしれぬ。が、その責任はわれわれのものではない」

往来の真中に仁王立ちのまま、芹沢は手を挙げて近江屋を指した。

「すなわち、責任は隊本部、とくに道中先番宿割役にある。いいか、宿場の者、文句があれば宿割役に言うことだぞ。われわれは一切受付けない……」

　芹沢は近江屋に向ってかっと唾を吐き、境内に戻って行った。

「こりゃなんとかしなければ無（ね）」

　清河が廊下へとび出した。久太郎もその後に続いたが、階段を降りかけて足をとめた。土間は浪士隊の幹部たちでいっぱいだったからだ。幹部たちに取り囲まれるようにして近藤勇が立っていた。皆が蒼い顔なのに、勇はにこにこしている。

「近藤、なにがおがしいの。にたらにたらしてる時（どき）でねぇべ。早ぐ詫びて来（こ）。なんなら、この清河が一緒に付えでってもええよ」

「清河さん、その必要はありません」

　勇の声にはすこしも慌てたところがなかった。

「だいいち、さきほどわたしは地面に手をついて芹沢さんに詫びを入れているんです。そこまでしても勘弁してくれないんだから、これはもう仕様がない……」

「しかし、仕様がないとおさまり返って居（え）でも、火は消えねぇぞ」

「いや、消えますよ。芹沢さんは火を消さざるを得なくなる。もうしばらくの辛抱です」

「な、なんで芹沢が火ば消さねばなんなぐなるんだべ？」

「ここから一里半の倉ヶ野宿に越中富山藩十万石、前田淡路守利同（としあつ）様の御行列が御宿泊になっております。そしてさらにここから二十七、八丁の立石新田には、その御行列の道中先番がおります。火の手を見て、道中先番が駆けつけてくるはず。わたしには逆えても、芹沢さんは富山藩には逆えません。なにしろ、富山藩は加賀の支藩、逆えば加賀百万石を敵にまわすことにもなりかねない……」

あちこちで吻と安堵の声があがった。

「二十七、八丁は、馬に鞭を当てればほんのひとッ走り、間もなく富山藩の道中先番がやってくるはずです」

「近藤、それ本当が？」

「もちろんです」

勇は大きくうなずいた。

「今日の午後、ここ本庄宿に着くとすぐ、馬を借りて、倉ヶ野の先まで様子を見に行ってきました。たえず、先のことへ先のことへと頭を働かせる、これが道中先番宿割役の任務ですから、倉ヶ野の先まで見ておくのも仕事のうちというもので……」

夕景、六番隊に所属している沖田惣次郎に、

〈芹沢に焚火をさせろ〉

と、勇が言っていたのは、富山藩の道中先番という絶好の火消し役が近くに控えていることを承知していたからだったのか。久太郎は心の中で唸った。

汚い手にはちがいないが、なかなかやるではないか。近藤勇の剣術は芋の域を出ないが、脳味噌の働き按配はぐっと冴えている。処世術においては達人といってもいいだろう。この勇を京でどう守り立てていこうか、その方策はまだ立ってはいないが、しかしずいぶんおもしろくなりそうだ

ぞ、と思いながら、久太郎は凝と勇を見おろしていた。

はさみ討ち

一

三月六日の夜、久太郎は京郊外壬生（みぶ）の郷士前川荘司（しょうじ）邸の母屋の縁の下に潜り込んだ。前川邸には浪士隊の最高幹部たち、鵜殿鳩翁や山岡鉄太郎などの幕府役人が投宿しているのだが、この夜は全員総出で島原遊廓に出かけてしまっていた。久太郎はその留守を狙って、梁上（りょうじょう）の君子、ならぬ縁の下の君子をきめ込んだわけである。

前川邸にはよく吠える雑犬が飼われており、この夜の久太郎にとってはこの犬が最大の敵だったが、これは肉団子数個で手なずけた。鏡党の者は己れの小便を少量肉に混ぜて犬に与える方法を常用するが、この方法が奏効し、犬は一声も吠えず、縁の下に忍び込む久太郎を見逃してくれた。

土間の横の十二畳間まで這って進み、持ってきた竹のへらで直径（さしわたし）五寸の穴を掘り、久太郎は腰を穴の真上に置いて、腹這いの姿勢のまま動かなくなった。この穴は、いわば便壺である。尿意を催したときは一物をひきずり出すだけでよい。ひきずり出しさえすればちょうどそこが穴の上、そのまま放尿する。大便の場合は――もっとも、鏡党の者は必要があれば四、五日、排便を止めておく修業を積んでいるので、ほとんどその必要はないのだが――躰を反転させ、臀部を穴にあてがう。

腹這いの姿勢をとるのは、背中に『亀の甲』と呼ばれる薄い鉄板を背負っているからだ。縁の下に潜んでいることが露見し、上から、たとえば槍で突かれたとき、亀の甲が久太郎を守ってくれるはずになっている。なにしろ床上には講武所剣術教授方佐々木只三郎はじめ腕の立つ連中が大勢いる。床下潜伏は久太郎のもっとも得意とするところではあるが、相手が相手だけに大事をとって鉄板を背負っているのである。

また、腹這いの姿勢で床下に潜伏しているのは、三つの利点があるからで、まずこの姿勢をとるかぎり（後頭部に目が付いているならとにかく）、ごみやほこりが目に入るということがない。つぎに急に行動を起さなければならなくなったときは、当然、四つん這いの姿勢をとることになるが、長時間にわたって仰向けになっていると、四つん這いに直ってもしばらく勘を狂わせたまま動きまわらなくてはならぬ。さらに腹這いの姿勢をとっていれば、睡魔に襲われたとき、ただちに土を舐めることができる。土を食することは睡魔封じの妙薬なのだ。

と、まあこのような理由から、鏡党の者は床下潜伏時は腹這いになっているのである。

鵜殿鳩翁たちの帰りを待ちながら、久太郎は、

（……この半月のあいだの浪士隊の動きは、こっちの書いた筋書にぴったり嵌ってきている）

と、考えていた。

浪士隊が京に入ったのが先月の二十三日の午前であるが、京郊外の壬生村に落ち着くと同時に、清河八郎は例の上書を隊士全員の前で読み上げている。そのときの清河の気魄はおそろしいまでにすさまじく、反論を申し立てる隊士はひとりとして居なかった（久太郎はこのときも、集りのあった新徳寺の床下に潜っていたのだ）。つまり、この清河の上書朗読によって、将軍護衛のために上

洛したはずの浪士隊は、あべこべに尊皇攘夷の精鋭隊に早がわりしてしまったわけである。あくる二十四日早朝、上書は学習院に奉呈され、受理された。そして三月三日、鵜殿鳩翁に対して、「今般横浜港、英吉利軍艦渡来、昨戌年八月、武州生麦に於て、薩人斬夷の件より、三ヶ条申し立てあれども、聞き届け難き筋に付、その旨、仰せつけに及ばれ候間、すでに兵端を開くやも計り難きによって、その方召し連れ浪人ども、すみやかに東下致し、粉骨砕身、忠誠に励まるべく候也」という勅諚が下った。浪士隊は江戸に戻って英吉利との戦いに備えよ、というわけである。

ここまでは思惑通りだったが、ここから先がじつは難しい、と久太郎は思う。鏡党の元締である鏡仁太夫から、

「どんなことがあっても近藤勇と試衛館一派を京に残すこと。そして、勇たちに京で名を挙げさせること」

という命令を久太郎は受けている。これを実現するために、いつどこに、そしてだれに、どんな仕掛けを施せばよいのか。

その策を立てるには、いま浪士隊の内部がどういう具合になっているかを知っておく必要がある。久太郎が前川荘司邸の床下に腹這いになっているのは、むろんそのためだった。

前庭に寝そべっていた例の駄犬がごそごそと立ち上った。桜の頃には珍しく空には冴えた十二夜の月がかかっていて、その光が駄犬の背中に降るように照っている。

(……三人ばかり戻ってきたようだ)

久太郎は門を入ってくる草履の音からそう判断し、じりっじりっと前庭の方へ這って行った。

「……なぁ、近藤、明日はちょいとしたことが持ち上るぜ」

白緒の草履が庭の真中にぽつんと一本立っている柿の木の横でとまった。

「われわれ浪士隊が江戸へ引き返すのを機会に隊の編成が根っ子から変るのだ」

「……というと？」

黒緒の草履が白緒と向い合った。黒緒の主は近藤勇だ。

「浪士隊取扱役が鵜殿の爺さまから、この高橋精一郎さんに代わる」

「そうですか。それはおめでとうございます」

「なにがめでたいものか」

黒っぽい鼻緒の草履が柿の木の前をゆっくり行ったり来たりしている。この黒っぽい鼻緒が講武所槍術（そうじゅつ）教授の高橋精一郎だな、と久太郎は思った。では白緒はだれか。

「京に着いた途端にとんぼ返りでみんな脹（ふく）れっ面（つら）をしている。脹れっ面の連中をどうなだめすかして江戸へ運ぶか、考えただけで頭が痛む……」

「幹部も代わる」

白緒が言った。

「速見又四郎、高久保二郎、依田哲二郎、永井寅之助、広瀬六兵衛、そしてこのおれの六人が浪士出役（しゅつやく）だ」

「はぁ、これはまたおもしろい人選ですね、佐々木さん。みなさん揃って反清河派の急先鋒だ」

白緒はすると佐々木只三郎か、と久太郎は胸の内で呟き、さらに一層高く聞き耳を立てた。

「反清河どころではない」

佐々木只三郎の白緒の草履がぽんと柿の木を蹴った。

「おれたちは明日のうちにも清河を斬る気さ」

「清河を斬れば、情勢は一変する」

高橋精一郎の黒っぽい草履があいかわらず柿の木の前を右に行き左に行きしている。

「たとえば、浪士隊は江戸へ引き揚げずにすむかもしれない。そうなれば、おれも賑れっ面の有象無象どもに世辞面で対する必要もなくなる」

「そりゃいい。わたしもたった半月で京女とさよならするのは辛い、と思っていたところです」

「また、清河を斬れば、おれたち六人は一千石の旗本になることができる」

佐々木只三郎の白緒の草履が一回ゆっくりと近藤のまわりを回った。

「これを東本願寺においでの松平春嶽公が、今日の午後、直き直きに約束してくださった。『浪人扱い老中の板倉周防守にきっとそう取計わせよう』と、こうおっしゃってくださったのさ」

「そこで近藤、じつはこれから言うことが、今夜の話の眼目なんだが、おまえさんも千石取の旗本になるつもりはないかね？」

ここで高橋精一郎の黒っぽい鼻緒の草履の動きが、ぴたりととまった。

二

「……すると、わたしに清河さんを殺れと言ってらっしゃるんですね？」

しばらくしてから、近藤勇が言った。

「殺れば旗本になれると、こう……？」

「うむ。そのことについては、おれと佐々木が責任を持つ」

「おまえには、土方や沖田なんていう腕の立つ仲間がいる。一度にかかればわけはないと思うぜ」

近藤勇がこんどは柿の木の前を行きつ戻りつする。

「……これはちょっとでかい山です。ちょっと考えさせてください」

「べつに考え込むようなことじゃないと思うがねぇ」

「というより、これはむしろおれたちの務めだろうよ」

佐々木と高橋の草履が久太郎の目の前へやって来、ぶらぶらと揺れはじめる。二人は縁側へ腰を下したのだ。

「反清河派で幹部をかためるようおっしゃったのも、清河を斬ることができたなら、その幹部に千石やるとおっしゃったのも春嶽公なのだよ、近藤。つまり後楯は途方もなくでかい。そう、悩むことはないだろう？」

「さァ、近藤、せっかく見込んで打ち明けたんだ。その下駄面を、うんとひとつ縦に振れよ」

「……むろん、わたしは清河さんの豹変を憎んでいますよ。それに関白からどんな御沙汰があったにしろ、関白の命で江戸へ戻るのは筋ちがいだとも考えています。なにしろ、わたしは幕府の召集に応じて馳せ参じたわけで、関白の召集に応じたわけじゃないんですから……」

「それこそ正論……」

「近藤、おまえ、今夜はとてもいいことを言うじゃないか」

佐々木と高橋はさかんに勇を持ち上げた。

「近藤、頼まれてくれ」

「この大任を果せるのはおまえしかない」

「わからないのはそこなんだな」

勇が縁側へ寄ってきた。

「いったいなぜわたしなんです?」

「おまえが冴えているからだよ」

佐々木が言った。

「たとえば中仙道本庄宿での、芹沢鴨に対するおまえの態度、あれなぞは冴えていた。言ってみりゃ金持喧嘩せず、大人(たいじん)の器量だった」

「それから、おまえの仲間、これも粒ぞろいだ」

「高橋さんにそう言ってもらうのはとても光栄ですが、しかし……」

「棟梁の器量、そして仲間の技倆、これを買っているんだ。が、近藤……」

「はぁ?」

「ここまで頼んでいるのに、それでも引き受けないというのなら、こっちにも覚悟があるぜ」

高橋は庭へ下りた。

「大事が洩れるのを防がねばならない。つまりおれたちはおまえを斬らなくちゃならないよ。佐々木、長押(なげし)におれの槍がある。取ってくれ」

「よし」

佐々木の足が久太郎の視野から消えた。が、消えたのはほんの一瞬、すぐに今度は三本足で庭に下りるのが見えた。むろん三本足のうちの一本は槍の柄(え)である。

「さァ、近藤、まず、この高橋精一郎が相手だ。抜きな」

高橋に槍が渡った。からん、と音がして槍の鞘が地面に落ちた。

「ちょ、ちょっと待ってくださいよ」

勇は柿の木を楯にして、

「だれもいやだとは言ってやしません。ただ、考えをまとめようとしていただけですよ」

「いや、もう頼まん」

「佐々木さん、止めてください。講武所の槍術教授が相手では、こっちは命がいくつあっても足りゃしません……」

おかしな具合にはなしがもつれてしまったな、と久太郎は思った。なんだかしらぬが変だった。勇が「否」とはっきり返答したのならとにかく、諾否をまだ考えている最中である。そこへいきなり槍を突きつけるとは、少々子どもっぽすぎるのではないか。おかしい……

とおッ！

高橋の草履が不意に久太郎の方を向き、ぴかっと槍の穂が月光を受けて閃くのが見えた。反射的

に久太郎は右へ転がって、最初の一突きを外しながら、

（狙いはこのおれだったのか！）

と、高橋の眼力に舌を巻いた。それにしても、高橋はいつ自分が縁下に潜んでいることに気付いたのだろうか。

高橋が叫んでいる。

「佐々木、裏庭へまわれ！」

「近藤はおれのかわりにここに居ろ。おれは真上から攻める」

高橋の足が久太郎の視野から消えて、かわりに勇の足が正面に立った。背後を振り返ると、すでに裏庭には佐々木の白緒の草履があった。

（……講武所の教授が二人も相手とは、こいつは大事（おおごと）だ）

久太郎はいつ突き下されてくるかわからぬ槍を避けるために、右へ左へと床下を転げまわりながら考えていた。

（どうやらここは幻術を使って逃げる一手だ……）

三

久太郎の頭上で、どすっ！　という重く鈍い音がした。槍で畳を突き刺す音のようである。

（高橋精一郎がさっそく上から槍で攻めてきたのだな）

久太郎は思わず首を縮めた。が、縁の下の久太郎のところへは槍の穂先は伸びてはこない。〈槍の高橋〉といえば江戸では三歳の童子も知っているほどの達人、これも槍の名手の実兄山岡紀一郎と共に、重さ十五斤の重槍で一日千回の突きの稽古をしたという噂もあり、その噂が真実であれば、畳と床板をひと突きで貫いて、久太郎を脅かすのはお茶の子のはずである。なのになぜ、高橋の、槍の穂先が床下へ突入してこないのだろう。

ばたん。

庭に畳が降った。

（……なるほど）

久太郎は頭の上の座敷から庭へ畳が舞うのを見て、高橋の狙いを合点した。

（やつはおれをひと突きで仕止めようとしているのだ。畳と床板を重ねて貫くとその分だけ力が殺がれる。床下のおれをうまく穂先で仕止めても、傷を負わせるだけで終ることも考えられる。高橋はそれを避けようとしているのだ。畳を全部取り除き、間にあるものは床板一枚だけにして力の殺がれるのを最少限におさえ、一気におれを串刺しにするつもりなのだ。それにしても、重い畳を槍で引っかけて庭へ飛ばすとは、呆れたやつだ。力があるだけじゃぁ畳は飛ばせない。ずいぶん槍の扱い方を心得ているようだ。さすがは〈槍の高橋〉だ……）

感心しているうちにも、高橋は四枚、五枚と、頭上の座敷の畳を庭へ投げ飛ばしている。

（……それではこっちも戦さの支度に取りかかるとするか）

呟きながら久太郎は懐中から、長さ九寸、幅三寸ほどの薄い板を、四枚、取り出した。四枚のうち三枚まではなんの変哲もないただの板木である。がしかし、おしまいの一枚が変っている。真ん中へんに直径一寸の穴が空いていて、その穴の外側には、長さ二寸ばかりの円筒がくっ付いているのである。

久太郎は、四枚の板の両端の切れ込みを組み合せ、手際よく真四角の「底のない箱」を拵え上げた。

これを鏡党では『写絵箱』と呼んでいる。円筒状のものは凸目鏡と凹目鏡を組み合せた写絵目鏡、目鏡の手前に、絵具で妖怪変化を描いた玻璃板を挿み、箱の中に光源を置くと、玻璃板の上の絵が写絵目鏡で五十倍にも百倍にも拡大され、前方に巨大な虚像を浮び上らせる仕掛になっているのだ。むろん、この写絵術は鏡党の独創、一手専売である。

写絵箱を組み立て終えた久太郎は、太くて短い蠟燭を二本、絹糸をふた巻き、火打石、付け木を一本、懐中から出して、手早く自分の前に並べ、前方を眺めた。

前庭の向うに白壁がある。

（……写幕はあの白壁。あそこしかない）

うなずいて、蠟燭を取り上げ、その尻に穿たれた二本の穴にそれぞれ絹糸を通す。絹糸の先端には吹矢用の針がついているから、穴を通すのは容易い。

久太郎は、次に、煙管を二本、取り出して、吸口と雁首を外し、手早く針をこめ、口に啣えてぷっと吹く。

針に先導された絹糸がするすると伸びて行き、やがて、白壁と久太郎の潜む縁の下とを繋ぐ。

（……よし）

久太郎は襟を探って玻璃板を一枚、抜き出し、それを写絵箱の写絵目鏡の手前に挿み、火打石を打った。

「……高橋さん！　床下の賊が火を起していますっ！」

前庭の柿の木を楯にして久太郎の動きを監視していた近藤勇が大声をあげている。

「賊は火を放つ気らしい」

「騒ぐな、近藤」

久太郎の頭上で高橋精一郎が言った。

「火を放つ前にこっちの槍が賊の息の根をとめているわ」

高橋は座敷の畳をすべて庭や、座敷の横手の土間へ投げ飛ばしてしまったようである。槍で畳を突く音、畳が庭や土間に落ちる音、どちらももう聞えていない。

「……高橋、なにをしているのだ！」

佐々木只三郎が裏庭で焦れている。

「早く槍を突きおろせ！」

「そうあわてることはない」

高橋が久太郎の頭上をゆっくりと歩きまわっている。

「それにしても妙な賊だ」

「なにが妙なのです？」

前庭の近藤が訊いている。

「高橋さん、どうしたのです？」

「賊のやつ、さっきからひとつところを動かぬ」

「それがどうして妙なのです？」

「たいていの賊なら、おれの槍を避けるために絶えず床下を動きまわるはずだ。それがこの賊、すこしも動かぬ」

「床下で腰を抜かしているんじゃないんですか？」

「その逆だろうな」

「と、いいますと？」

「床下の賊、何の使い手かは知らないが、己れの技倆に相当自信がありそうだ」

頭上の高橋と前庭の近藤との会話を聞きながら、久太郎は付け木の火を蠟燭に移した。高橋は床下の賊、つまり久太郎にお世辞を使っている。こういうときがいちばん危い。頭上の美辞麗句に一瞬でもうっとりしたら、槍が降ってくるだろう。高橋はそれが狙いで巧言を弄している。つまり、これは一種の心理戦なのだ……。

「とおーっ！」

頭上で高橋が雷鳴のような声をあげた。同時に、久太郎の背中に稲妻のように槍の穂先が突き立った。久太郎は、前述したように背中に亀の甲を付けている。亀の甲とは鉄板製の防具である。この亀の甲が高橋の槍を喰い止めてくれたので、むろん久太郎は無傷だが、しかし、槍の勢いに押

されて久太郎は前へつんのめる。つんのめりながら、久太郎は、

「ぎゃーっ！」

と、自分でもぞっとするような声をあげた。知らない人間が聞いたら、おそらく断末魔の絶叫と誤認するにちがいないような凄じい声である。

久太郎はなおも「ぎゃぁ、ぎゃぁ」と喚きながら、二本の絹糸を握った右手を下から上へあげる。そのはずみで、蠟燭が絹糸の上を白壁に向って滑り出した。

「……な、なんですか、あの火は？」

前庭の近藤が叫んだ。

「火が宙を飛んで行く……」

蠟燭は白壁にぶっつかって、ぼうと燃えあがる。前庭一帯、一瞬は白昼のような明るさになった。

「賊は妖術使いらしいぞ！」

高橋が庭に飛び降りた。

「佐々木、こっちへ来い！」

裏庭の佐々木が久太郎の横の土間を走り抜けて行った。

四

ところで、壁に衝突して燃え出した蠟燭には仕掛がほどこしてあった。上部の二、三分はごく当

り前の蠟であるが、下部は、蠟と白蛇（はくじゃ）と竜脳を水銀（みずがね）で練ったもので出来ている。したがって衝撃を与えると上部の火が下部に移り、盛大に燃え上るのだ。

　白壁の火が燃え尽きるのを切っ掛けに、久太郎は、もう一本の蠟燭を写絵箱の中に置いた。こっちは底部に硝子・硫黄・木炭の三種を混合して作った黒色火薬が仕込んであるから、燃え尽きる寸前に爆発を起し、写絵箱を木端微塵にしてしまう。つまり鏡党の党員は証拠を残すことを嫌うのである。

　白壁の上に、身の丈一丈ほどの侍の姿が浮び上った。

「……やっ?!」

　高橋たちが侍の姿を見て、数歩、後退する。蠟燭には樟脳と甘汞（かんこう）が混ぜてあるから光度は強い。白壁の上の巨人侍はまるで生きているように鮮明である。

「とおーっ！」

　高橋が白壁めがけて槍を繰り出し、

「やっ、やーっ！」

　佐々木は刀を青眼に構えながら、白壁に寄ったり、またそこから離れたりしている。

　久太郎は、襟からもう一枚、玻璃板を抜き出し、それを手早く巨人侍の玻璃板と差し替えた。

　白壁の上に裸女が現われた。裸女は右膝を立てながら、それを右へぐいと開いていた。したがって股間の繁みがはっきりと見えている。

「……美い（い）女ですねぇ」

近藤勇は構えていた刀をだらりと下げ、白壁に二、三歩、近づいた。

「高橋さん、あそこが見えますよ。すごい上付きだ。あれぐらい上付きだと、さぞや具合がいいだろうなぁ」

「戻れっ、近藤！」

高橋が叫んだ。

「相手は妖術使いだ。でれでれしているとひどい目に遭うぞ」

「……しかし、高橋、どうもおかしいぜ」

佐々木が刀を構えながら首を捻っていた。

「近藤の言うようにたしかにふるいつきたいような美い女だが、ちっとも動かん」

「そう言えばさっきの侍も同じだったな。まるで絵に描いたような侍だった……」

久太郎はさらにまた玻璃板を替えた。こんどのは前髪の若者に年増女が白い太股をからませている媾合図である。

「……ああ、おれはもう一度、島原へ戻りたくなったなぁ」

近藤が溜息をついている。

（……ぼつぼつ仕掛が暴露そうだ）

久太郎は裏庭の方へじりじりと後退をはじめた。

（……このへんで引き揚げよう。今夜は忍び込みに来たというより、なんだか写絵大会を催しにやって来たような気分だなぁ）

裏庭の塀を乗り越えようとしたとき、久太郎は背後に爆発音を聞いた。光源の蠟燭の黒色火薬に火がついいたにちがいない。

賀茂川に架かる葵橋の東詰、下鴨神社の前に、小さな団子屋がある。この団子屋が、京での久太郎の隠れ家だった。つまり、陽のあるうちは、久太郎は団子屋の亭主というわけである。

亀の甲を外して縁の下に押し込み、裏口から内部に入ると、お袖が火鉢に肘をついて猪口を口に運んでいるところだった。

「おや、来てたのかい」

お袖は京に着いた日の夜から、島原に女郎で出ている。

「するとなにかいい話を聞き込んできたのだね」

「べつに」

火鉢の前に坐った久太郎にお袖は猪口を突き出して、

「どう？」

「うん。……べつに用もないのに、島原から葵橋へ京を斜めに駆け上ってきたというわけか」

「そうよ。久太郎さんに逢いたいばっかりに千里の道も遠しとせず、さ」

「ご苦労さま。で、どうだい、島原は？」

「廓だもの、女が居て、男が来る、やがて男は帰って行く……、この繰り返し。吉原と同じよ」

「島原に身を沈めて今日で何日目だ？」

「……半月」

「馴染みが出来たか？」

「妬けるんでしょ」

「ばかな」

「いくら女郎でも、一旦は抱寝をした女房、その女房がまたどこかの男と寝る、三百文ぐらいは落したような心持がするでしょう？」

「京ではお互い鏡党の党員だ。しかも、おれは上司でおまえは手先、手先がどんな男どもとつき合っているか、それを知っておくのはおれの仕事だよ」

「なんだ、つまらない。わたしはてっきり、久太郎さんが焼餅をやいてくれているのかと思った……」

お袖は久太郎から猪口を取り上げて、ひとつふたつみっつと続けざまに酒を口に流し込む。

「それでどうだ、馴染は出来たか？」

「痩せても枯れても吉原で全盛をとったことのある袖ヶ浦さんですよ、わたしは。来る客、来る客、みんなわたしにぞっこん……」

「たとえばどんな客がいる？」

「そうねぇ、いちばん熱くなっているのは横山主税さんかな」

「横山主税……？　何者だい？」

「会津藩の公用方だって。この京に会津藩兵はちょうど一千いるが、自分はその一千のうちでは四番目か五番目ぐらいに偉い、ってよく自慢してるわ。この人は二日に一度はきっと顔を出してくれる……」

「……会津藩公用方か」

会津藩主の松平容保(かたもり)は現在(いま)の京都守護職である。一千の藩兵を京に入れているのは、むろん皇城鎮護のためだろう。

「……会津藩の公用方ねぇ」

久太郎はまた同じ言葉を呟いた。自分でもよくわからないのだが、心のどこかにこれが引っかかっている。

「会津藩公用方となると、その御仁、あるいは使いでがあるかもしれないな」

久太郎は腕あぐらを組んで凝(じっ)と考え込んだ。

五

「でも、その会津藩公用方の横山主税って人、どうもちょいとした嘘つきらしいのよね」

お袖は長火鉢の猫板の上の、久太郎の猪口に酒を注いだ。

「わたしは島原の揚屋町の『鶴雪』っていう揚屋(うち)へよく出るのだけれど、鶴雪の主人のはなしでは、京にいる会津藩兵一千のうちで、その横山さん、一番目か二番目に偉いんだそうよ。それをわたしには四、五番目だなんてごまかしちゃって……」

久太郎が腕あぐらを組んで考え込んでいるばかりで一向に猪口に手を出さないので、お袖はかわりに猪口を飲み干した。

「一番目か二番目に偉い自分が三日にあげずの廓通い、たぶんそれがすこし照れくさかったのかしら」

「あるいはね」

久太郎は肴がわりの大根の漬物を一切つまんで口の中に放り込んだ。

「それで一番目か二番目というと、その横山という御仁は家老かなにかなのかい？」

「そう、去年までは江戸家老だったというはなしよ」

「なるほど。江戸家老ならたしかにこれは偉いやね」

「感心してないで、すこしお飲みよ、久太郎さん」

お袖が銚子をつきつけてきた。久太郎はその酌を受けながら、近藤勇たちの試衛館一派をその横山主税と結びつける手はどうだろうか、と考えた。久太郎の団子屋にやってくる京雀たちの噂によると、京の守護職の松平容保は近ごろかなり攘夷派にはきびしいらしい。去年の暮、会津藩兵一千を率いて入京したときは、穏やかな公武合体論者であったのが、このごろにわかに変ったという。原因は先月の二十三日（どういう因縁か、この二月二十三日に浪士隊も入京しているのだが）三条大橋の制札場に、西京の禅寺、足利家の菩提所である等持院から持ち出された足利尊氏、義詮、義満の木像の首がさらされたという事件にあるようで、下手人は言うまでもなく尊攘の浪士たちだが、とにかくこのときから、容保のやり方が変ったらしいのだ。

(……変るのが当然だな)

と、久太郎も京雀たちの噂ばなしを耳にしたとき思ったものだ。足利将軍木像の首を河原にさらすということは、〈いまに徳川将軍の首も同じようにさらしてやる〉と言っているのと同じだからである。容保は尾張徳川家の分家である高須松平藩三万石の六男であり、そして養子に入った先の会津藩は〈徳川将軍への忠勤が皇室への忠義に通じる〉を家訓としている。容保がこの木像事件に腹を立て、それ以後、京市内の尊攘の浪士や、その背後に控えている長州藩に対して鋭い目を配るようになったとしてもこれは当り前ではないか。

(……といっても、京都守護職の本務は皇城鎮護だ。それに京都所司代や町奉行所というものがある以上、会津藩兵が直接に尊攘浪士狩に乗り出すわけにもいかないだろう)

久太郎は自分の思いつきを肴に猪口を舐めていた。

(そこで、会津藩に手の者を雇うように仕向けるというのはどうだろう。浪士隊が江戸へ引っ返すことは決っているが、近藤勇と試衛館一派を京に残し、そして連中を会津藩の手の者にする……。うん、これはいい)

久太郎は思わず右手で膝を叩いた。そのはずみで左手の猪口の酒が膝にこぼれ落ちる。あらあら子どもみたいにぽたぽたこぼしたりしてしようのない人、というような顔付きでお袖が布巾で久太郎の膝を拭いた。

(会津藩は近藤勇たちを使って思う存分、尊攘浪士狩ができる。そして近藤勇たちには滞京費用の心配がなくなる……)

「……どうしたの。久太郎さん、なにをにやにやしているの？」

「うん、ちょいとしたことを思いついたのでね、しめたとひとりでににやにや笑いが飛び出しちまったらしいんだ」

「ちょいとしたこと？　いったいどんなことを思いついたのさ」

「お袖、横山主税という御仁におれを引き合わせてくれないか」

「いいわよ。でも、横山さんはいつも一刻ぐらい居るとすッと神輿をあげてしまう。島原からこの葵橋へわたしの使いが着くころには横山さんは帰ってしまっているわ。そこんとこをどうするつもり？」

「明日から毎日、おれが島原へ出張って行くさ。島原口の出口の柳あたりで団子を売っている。横山さんが見えたら、出口の柳まで使いを出してくれればいい」

「……うれしい」

お袖が火鉢の向いから久太郎の横へまわりこんできた。

「明日から、その気になればいつでも久太郎さんの顔を見ることができるんだわ」

よしよしとあやすようにやさしくお袖の肩を叩きながら、久太郎は銚子を猪口の上に傾けた。空っぽだった。

「もう酒は切り上げて、寝ようよ」

お袖が久太郎の膝に乗ってきた。どこかで鶏が啼いている……。

六

あくる日の午過ぎ、団子やたれを入れた箱を五枚重ねて背負い、久太郎は葵橋東詰の店を出た。

「……おや、今日は行商で？」

隣の茶店の亭主が小首を傾げて、久太郎を見送る。〈下鴨神社の前〉という恰好の場所に自分の店があるというのになにもわざわざ行商に出なくてもいいだろうに、物好きなお人じゃ――、隣の亭主の口吻(くちぶり)にはそう問うているような調子があった。

鏡党の者は、どんなことがあっても目立ってはならない、ということを金科玉条としている。普通に着て、普通に食べ、隣近所とは普通のつきあいをする、これが鏡町を離れて、他人の中で暮すときの、鏡党の者の鉄則なのだ。

その意味で、隣の亭主の首を傾げさせたのは、鏡党の者としてはまずいやり方だった、と久太郎は思った。しかし、久太郎はいま拙速を重んじたい、と考えている。あと数日で浪士隊は江戸へ発(た)つ、そのときまでに、近藤勇たちを会津藩の手の者としなければならない。久太郎はだから隣の亭主が自分をどう思おうが知ったことではないと割り切っているのだ。

ぶらりぶらりと京の町を斜めに横切って、一刻ばかり後、久太郎は朱雀野(しゅじゃくの)の島原に着いた。島原遊廓は江戸の新吉原に似せて作ってあるが、規模は新吉原にくらべずんと小さい。入口の大門(おおもん)も新吉原のそれの半分ぐらいの構えであった。遊廓の内部(なか)で団子を売るには手続が要る。

それを嫌って久太郎は、門の横の出口の柳の前に見世を出した。

見世を出すといっても、団子とたれの入った箱を首から前に吊り下げ、ぼんやり突っ立っているだけだから、気楽なものである。

遊廓の紅燈に灯が点るまでにはまだずいぶん間がある。遊客の姿もほとんど見当らぬ。それからの小半刻に、団子は二本売れただけだった。団子を買ってくれたのは十二、三の女の子、手に「軽粉大風子」と書いた袋を握っていた。軽粉大風子とは、天竺に野生する植物の種子から製した黴毒の妙薬である。ただ、これをあまり多量に、また長期間にわたって使用すると、耳が聞えなくなる。

大門の近くに耳の不自由な年老いた女乞食たちが数人、凝と坐って情け深い客のくるのを待っている。女乞食たちの前身はおそらく、瘡たかりの女郎だろう。軽粉大風子を飲みすぎたにちがいない。

「……まさか、あんたがその軽粉を飲むんじゃないだろうね？」

久太郎は薬袋をしっかりと握りしめながら、団子を頬張っている女の子に訊いてみた。

「……うん。これ、うっとこの天神はんが飲みはるの」

女の子が答えた。

「天神はんに頼まれて買うてきたところなんよ」

天神とは太夫の次に位する女郎のことである。

「けどな、うちも大きゅうなったら、これ、飲まなあかんわ」

女の子は誇らし気に言った。

「来春から、うち、禿(かむろ)で見世に出るんどっせ。おっちゃん、もう一本おくれ。ぎょうさんたれつけておくれなはれな」

久太郎が団子にたれを塗っていると、

「やあ、久太郎で無ぇが？」

羽前訛が近づいてきた。見ると声の主は清河八郎で、着流しに楊子を咥えている。しまった、と思ったがもう遅い。女の子に団子を手渡しながら、久太郎は照れかくしににやっと笑った。

「江戸でも指折りの古着問屋の若旦那が、京では団子の立ち商いすか。世の中言(つ)うのはわがんねもんだね？」

「……ちょっと事情がありましてね」

「どういう事情だべなァ。団子ば齧りながら聞かせで貰うべが」

清河は久太郎の目の前にぬっと右手を突き出した。

「餡ころ団子ば一本呉(け)ねべが」

「見逃してくださいよ」

久太郎は団子に餡を塗りながら、

「いつかそのうちに理由(わけ)はおはなししますから」

「いつかそのうち？　さぁ、どうだべな。おら、その『いつかそのうち』まで生きて居(え)られっかどうがわがらねぇよ」

清河は団子を受け取って、先端(さき)の一個を前歯で咥えた。

「間もなく死ぬようなことを言いますね。どうしたんです？」

「おら、狙われで居んだ」

すると、高橋精一郎や佐々木只三郎が、前夜、近藤勇に清河暗殺を持ちかけていたが、それがもう清河の耳に入っているのか。

「……だ、だれに狙われているというんです？」

「芹沢鴨よ」

久太郎はえッとなって目を剝いた。

「ほんどだがらね、これは」

清河は串をぽいと投げ捨てて、

「高橋精一郎と佐々木只三郎が芹沢鴨ば口説えだらすいよ」

「し、しかし、まさか……」

「いや、おらの腹心の隊員がす、芹沢が口説がれで居っとき、隣座敷さ居合わせで、ちゃんと聞いでるんだてば」

清河は襟に刺していた楊子を抜いて、歯をほじくりはじめた。

「それはいつのことです？」

「一昨日のことす」

高橋精一郎と佐々木只三郎の、浪士隊の最高幹部は、そうすると、清河八郎を消そうとして二組の暗殺団を用意していることになる。二組で清河をはさみ討ちにしようとしているわけだ。

「おらがこげな風に島原さ流連して居んのも芹沢鴨ば避けるためなのす。大門の門番さ銭んこば握らせである。芹沢が大門ば潜ったら、すぐおらの居る座敷さご注進つう仕掛よ」

いい仕掛だな、と久太郎は思った。島原遊廓は南北百三十三間、東西九十九間を、幅一間半の堀でかこまれており、出入口はただひとつ、大門があるだけである。暗殺者もこの大門を潜って廓内に入るよりほかに方法はない……。

「……待てよ」

清河がいきなり久太郎の前から一間ばかり跳び退いた。

「久太郎、お前、まさか芹沢さ頼まれで、おらば殺りさ来たんじゃ無ぇべね？」

「な、なぜ、わたしが芹沢鴨の手先になる必要があるんですか。だいたいわたしは芹沢が嫌いです。清河さんも憶えているはずだ、わたしが、十年前、関宿で芹沢に斬られたことを……」

「う、うん。そう言えばそげな事があったけもんな」

うなずきながらも清河は久太郎との距離を縮めない。依然として久太郎を警戒している様子である。

「……どうもお前は怪しい奴だてば。大店の若旦那がなんで団子ば売って居んだ？　それにお前は妖しい術は使うし……。それがら、この島原で天神ば張って居る袖ヶ浦、あの女ばいつかお前、自分の嬶だ言って居だが、お前はその嬶ばまた女郎にしてる。ぜんたい、あんたあの女のなんなのさ。どうも怪しい事だらけだ」

清河が京で殺されてはいけない。久太郎はまずそう考えた。清河が居なくなれば、浪士隊は江戸へ帰るという方針をがらりと変えるにちがいない。結成当初の、京の尊攘浪士の鎮圧というところへもう一度戻るのは明らかだ。鏡党の党首である鏡仁太夫から、久太郎は、

「近藤勇と試衛館一派のみを京にとどめておけ」

と言いつかっているが、清河が京で殺されてしまっては、それが覚束なくなる。

「清河さん……」

久太郎は言った。

「清河さんは、すくなくとも京では決して殺されやしませんよ」

「な、なんでだね？」

「わたしが全力をあげて清河さんを護衛しますから……」

「お前がおらを？」

「そうです。清河さんにはどんなことがあっても浪士隊を引率して江戸へ戻っていただかなくてはならないんです」

清河は豆鉄砲を喰った鳩のように、大きく目を見開いている。その清河を久太郎は目で廓内へ誘いながら、

「相談しませんか？」

と言った。

「むろん、暗殺よけの相談ですがね」

七

島原遊廓の大門を潜り、右へ折れると下ノ丁である。下ノ丁を真っ直ぐ奥へ突き当ったところに、小さな空地があった。空地では男の子が三人ばかり、脚に細紐を結えつけて逃げられないようにした雀を玩具にして遊んでいた。空地の隅では女の子がひとり、

〽ひいふうのなにはら杓子
　割ったら吹く吹く
団子小豆が煮える
お月はん　お月はん
今年のおべべは何々ござる
裏は桃色　表は鹿の子
鹿の子づくして
ちょっと百ついた……

かぼそい声で歌って、手鞠をついていた。

久太郎は女の子の横に積んである材木の上に団子の入った五枚重ねの箱を置き、

「ここならどこへも話は洩れないでしょう。どうです、材木に腰をおろしては？」

と、清河八郎を誘った。

「ああ……」

清河は材木の上に深く腰をおろし、腰から抜いた大刀を股の間に立て、その大刀に両手で縋るようにして久太郎を見ている。

「芹沢鴨一派のほかにも、清河さんを狙っている連中がいるんですよ」

久太郎が言うと清河は、

「おらの素っ首にゃずいぶんと高え値段が付えで居るんだな」

にやっと笑った。

「おらもう狙われてばっか居るもんで、魂消る気力も無えってばさ。だけっとも芹沢の他におらば狙ってる言うのは誰だべ？　後学のために聞いで置ぐべがねす」

「……近藤勇と試衛館一派です」

「へえ、近藤がなんでおらば狙う？」

「報酬が千石取の旗本、つまり近藤勇もなにものかになりたいわけですね。依頼主は浪士隊取扱の高橋精一郎に、同じく浪士隊出役の佐々木只三郎……」

「芹沢の黒幕が高橋に佐々木、近藤ば操って居んのも高橋に佐々木。二人とも、よっぽどおらが憎いみてぇだ」

「……どうします？　大人しく討たれてしまいますか？」

「馬鹿こけ。まだまだ死にたく無ぇ」

「じゃあ、わたしに委してくれますか」

「な、なにば委せろ言うの？」

「なにもかもです」

「たとえばどげな風に？」

「まず、これから宿の新徳寺に戻ってください」

「そ、そんで？」

「じっと座敷に坐っていていただく」

「どうもお前の言ってる事ァよぐ判らねは。そげな事してらばまるで殺されるのば待ってるみてでねぇが」

「そうなんです。芹沢と近藤に仕掛けさせるんです。で、仕掛けてきたところをわたしが防ぐ」

「防げっか、ほんとに？」

「かならず」

久太郎はひとつ胸を叩いて請け合い、

「防ぐだけではなく、手ひどく返り討ちにしてやります。二度と狙って来ぬよう懲らしめてやりますよ」

「どげな手ば使うのだ？」

「これでもわたしはちょいとした手妻師なんですよ」

久太郎は雀を玩具にして遊んでいた男の子たちを手招きした。

「その雀をおじさんに譲ってくれないか?」

「そら譲ってもええけどな……」

いかにも餓鬼大将面した子どもが雀を両手で包みこむようにして持って久太郎の傍へ寄ってきた。

「……これ捕えるのにえらい手間がかかっとる。そやさかい安うはないで」

久太郎は五枚重ねの団子箱に四文銭を十枚ばかり入れながら、

「団子が二十本入った団子箱一枚にこれだけの銭をつけてやろう。どうだい?」

「おっちゃん、それほんまかいナ」

餓鬼大将の目の色が変った。

「……嘘ついとるんやないの?」

「ほんとうさ」

久太郎は団子箱を餓鬼大将の鼻の先につきつけた。

「さァ、持って行け」

「おーきに、ごっつぉはん」

餓鬼大将は久太郎に雀を渡すと、両手をいっぱいにひろげて団子箱を受け取った。そして箱を地面に置き、さっそく仲間の子どもたちと団子征伐にかかる。

「けんど、おっちゃん、その雀、どないするつもりや」

「逃してやるのさ」

久太郎は雀の脚の細紐をほどきながら言った。

「ただしただ逃したんじゃつまらない。逃がす前に雀の首をはねる」

子どもたちがゲラゲラ笑い、

「そんなわけのわからんこと言うて、あほかいな」

と、餓鬼大将はたれで汚れた口のまわりを手の甲で拭いた。

「首の無い雀が飛ぶか、あほくさ」

「それが飛ぶ」

久太郎は左手で雀をしっかりと摑み、右手を懐中に忍び込ませた。男の子たちは団子を喰うのを忘れ、女の子は手鞠をつくのをやめ、そして清河はにやにやしながら、久太郎の一挙手一投足を見守っている。久太郎は懐中に隠した匕首を逆手で抜き、みんなの目の前でそれを包丁を握るときのように順手に持ちかえた。が、このとき、匕首と同時に懐中の奥から雀の頭の剝製と血袋とを掌に隠すのを忘れなかった。

なんとはなしに勘が働いて、隠れ家の葵橋東詰の団子屋を出るときに、久太郎は勝手の棚の上から、この雀の死首と血袋を懐中に突っ込んだのだったが、それが、いま、役に立ちそうだ。

ところで、雀の死首や血袋を「武器」にするのも鏡党独特のやり方だ。血袋は小指ほどの大きさの魚の浮袋に紅水を入れたもので、強く握ると袋が破れて紅水がとび出す仕掛けになっている。紅水で濡れた雀の死首はたったいま切られた生首のように見え、これを投げつければたいていの者はぎょっとし、たじたじとなる。だから逃げを打ったり、次の動作へ移ったりする時を稼ぐことができるわけだ。

また、茶店や食物屋で敵らしいものに取り囲まれたりした場合、己の前の皿に死首をそっと載せ、店の者に突きつけ、

「これ、この店では客にこんなものを喰わせるのか」

と、騒ぎ立てるきっかけにも、これはなる。騒ぎを起したらあとは逃げる。敵はあっけにとられて予定していた行動をとれなくなるはずである。

さらに、人ごみの中で、ある人間の懐中からなにかものを盗るときも雀の死首と血袋は有効である。すれちがいざま、たとえば娘に死首を投げつける。娘は悲鳴をあげ失神する。人が騒ぐ。標的は一瞬騒ぎに気を取られる。その瞬間を狙って標的の懐中を抜くのだ。が、それはとにかく、今、久太郎は左手に摑んだ雀を魚板(まないた)がわりの材木の上に載せ右手の匕首を頭上にかざしている……。

八

……そして、匕首を振りおろしながら、久太郎は左手の親指と人さし指で、すばやく巧みに、生きている雀の首を雨覆(あまおおい)――肩の部分にあたる翼――の下へ捻り込む。捻り込まれた首はたやすくは元に戻らないから、雀はちょうど首を失ったように見えるのだが、そこへ匕首をおろし、右の掌に隠していた死首を魚板がわりの材木の上にポロリと落す。むろん、死首が血袋の紅水で化粧されていることはつけ加えるまでもない……。

文字にすると、久太郎はずいぶんゆっくりと右の、一連の動作をしたように思われるが実際はあっという間、瞬きひとつするかしないかの間の動作である。

「きゃあ……！」

女の子が手鞠を投げ出し、泣き出す。男の子たちはごくりと音をさせて、生唾を呑み込んだ。

久太郎は雀を宙へ投げ上げた。雀はあいかわらず首を雨覆の下に突っ込んだまま、大門の上を廓の外へ、ばたばたと飛び去った。

「……あの雀、長くは保たない」

久太郎は餓鬼大将の肩をぽんと叩いて、

「だから廓の外を探してごらん。どこかに落っこっているから」

真に受けて、男の子たちはわーっと喚声をあげながら駆け出した。女の子も手鞠を拾ってその後を追った。

「あれはほんとに首なし雀だったのがね？」

清河は死首をいじくりまわしている。

「この首ぁ、ほんとにあの雀の首だべが？」

「そんなことはどうでもいいじゃないですか」

久太郎は清河から死首を取り上げ、懐中に仕舞った。

「とにかくわたしは首の無い雀を見事に飛ばしてみせました。どうです、わたしの手妻の技倆を信用する気になりましたか？」

「ああ、なったなった……」

清河は二度も三度も首を縦に振った。

「魂消た男だでば、お前は」

「では、委せてくれますね」

「えがす。こっちからも頼みでえ。げんども、どげな手でおらば刺客から守るつもりだべは？」

「いまの手で行きます」

「……言うど？」

「清河さんの居る座敷に、一方から芹沢一派、別の方から近藤一派が踏み込む。そして清河さんの首を斬り落す」

「お、おいおい……」

「ところが首を斬り落されたはずの清河さんがすっくと立ち上る。そして、傍の首を拾って小脇にかかえ、グハハハハと笑いながらスタスタと立ち去る」

「ほ、ほんとにそげな事、できるのがねし……？」

「工夫はしてみます」

「んでも、なんでそげに手のこんだ真似ばすんの？」

「刺客たちにやる気をなくさせるためですよ。死んだはずの人間が自分の首を抱えて大笑いしながら引っ込む……、もうばかばかしくて二度と清河さんを殺ろうだなんて思わなくなるはずです。それを狙っているんですよ」

「どうもわから無」

清河は久太郎の顔をじっと見つめて、

「なんでまたお前はおらにそげな熱心に肩入ればすんのだべな」

「それは前に説明したはずですがね。清河さんにはどんなことがあっても浪士隊を引率して江戸へ戻っていただかなくてはならない……」

「それにしても、すこし熱心が過ぎるんで無えのすか？」

これには答えず、久太郎は地面に蹲み込んだ。そして、地面を帳面がわりに団子の串で、丸や三角や四角をいくつも描き出した。

「なにやってんの？」

「仕掛けを考えているんです。清河さんの首が落ちたように見える仕掛けを、ね」

「で、考えついたべか？」

「難しい……。今夜一晩かかるな」

久太郎は串を捨てて立ち上った。

「清河さん、新徳寺へ戻るのは明日にしてください」

「ああ……」

「じゃあ、また明日……」

久太郎は団子箱を担ぎ、下ノ丁を大門に向ってぶらぶら歩きはじめた。陽は西山に傾いて、気の早い揚屋の軒には紅燈が揺れている。

（……おっと、このまま葵橋へ戻っちゃまずい）

大門を出ようとして急に足が停った。

（おれがこの島原で団子を売っているのは、会津藩公用方の横山主税という侍に逢うためなんだ。しかし、横山は今夜、果して袖ヶ浦のところへ来るつもりだろうか）

考えている久太郎の背中へ、

「……団子屋のおっちゃん、いったい今までどこに居てはったん？」

声がかかった。声のする方を振り向くと、禿（かむろ）がひとり灯（ひ）の入っていない提灯を持って立っていた。提灯には『鶴雪』と書いてある。

「目印のこの提灯ささげて、うち、ずうっとここに立ってたんどっせ」

「鶴雪というと袖ヶ浦の……？」

「あい」

禿がうなずいた。

「大門の外の出口の柳んとこに、団子屋はんが出てるさかい、呼んできておくれ、そう言いつかって出てきました」

すると横山主税が鶴雪に来ているのか。

「ほな、どうぞ」

禿は廓の大通りを西へ向って歩き出した。久太郎はその後へ続く。一丁ほど行くと左に折れる道があった。その道へ入る曲り角に建つのが角屋（すみや）である。角屋から西（つまり左手）に入ったところが揚屋町で、その真中あたりに、『鶴雪』という軒燈が見えた。

（……清河さんのために仕掛けを考えなくてはならない。横山という侍にも逢っておく必要がある。今夜は忙しくなりそうだ）

久太郎は団子箱をゆすりあげながら、角屋を左へ折れた。

九

「横山様、兄の久太郎でございます」

島原揚屋町の鶴雪の二階座敷へ久太郎が腰をかがめながら入って行くと、長火鉢のこっちに坐っていたお袖が、向い側の町家の旦那風の拵えの壮年の男に甘え声で言った。

「兄の話を聞いてやってくださいな」

「ご清遊のさまたげになるようなことはいたしません」

久太郎は畳に額をこすりつけた。

「話を終えましたら、すぐに退散いたします」

「兄妹(きょうだい)という触れ込みだが、ちっとも似てはおらぬな」

横山主税は久太郎とお袖を半々に見くらべながら盃を舐めている。

「はんとうのところは、その方、お袖の間夫(まぶ)かなんかだろう」

江戸家老が長かったせいだろう、横山主税は江戸ことば、会津訛のかけらもない。

「どうだ、図星だろう?」

「わたしたちが似てないのは父親がちがうせいなんです」

お袖は長煙管をひとくち吸いつけ、吸い口を袖で拭いて横山に差し出した。

「横山様、そんなわけだから妬いちゃいやですよ」

「べつに妬いてなどいないさ。その方たちにかわってほんとうのことを言ってみたまでよ。それで話とは?」

横山はぷうっと紫煙を久太郎に向って吹きかけた。

「はい。横山様は近藤勇という名をお聞きになったことがございますか?」

「いや、聞かぬ名だね」

「では芹沢鴨は?」

「それも知らぬ」

「両名とも旧鵜殿鳩翁隊の隊員でございます」

「というと、あのならず者の集りの……?」

「はい。入洛(じゅらく)したとたん、隊の実権を握る清河八郎の、学習院への尊皇攘夷上書の提出によって江戸へ引き揚げることになっておりますが……」

「清河という男、どうやらとんだ山師のようだ」

横山は長煙管で火鉢の縁をぽんと叩いて、苦い顔になった。

「やつめ、幕府の老中職を見事に欺しおった」

「隊員の中には清河をこころよく思っておらぬものが大勢ございまして、この近藤勇や芹沢鴨は、そういった隊員の最たるもので……」

「それで……」

「近藤も芹沢も、内心では隊を脱けて京に留りたいと考えているようです。鵜殿鳩翁隊の結成の目標は、京での将軍護衛と公武合体策に弓を引く長州派浪士の鎮圧でしたが、両名は京に残って、この当初の目標をなんとか成就したいと思っているわけで……」

「志は買うが、二人でいったいなにが出来るというのだ」

「いや、正確には二人ではございません。両名には合せて十名ばかり仲間がおります」

「十名でもすくない」

横山は興味のなさそうな顔をしている。

「十名前後の人数でなにができる？」

「長州派浪士の鎮圧には充分でございます」

京守護職の会津藩主松平容保が、長州派浪士の跳梁(ちょうりょう)を苦々しく思っているらしいということを、久太郎は知っていた。だが、京守護職の主務は皇城鎮護であり、長州派浪士の鎮圧ではない。松平容保は手を出したくとも手が出せぬ。久太郎はそこにつけ込むつもりなのである。

「近藤や芹沢たちが長州派の攘夷浪士のうちのだれかひとりをこっぴどく痛めつける。そうやって攘夷浪士たちの度肝を抜く。これなら十名でできますし、見せしめにもなるはずですが……」

横山は黙って盃を口に運んでいた。

「いってみれば、会津藩がやりたくても出来ない仕事を、近藤たちにやらせてはどうかということで。ただし、残念ながら近藤らには滞京の資金がありません。そこで……」

「会津藩にその資金を負担しろ、というのだな？」

「ご明察の通りで。資金さえあれば連中は清河とは袂を分つはずです」

「しかし、なぜだ？」

横山は久太郎を睨み据えた。

「なぜ、その近藤や芹沢が直接に頼みにやってこないのだ」

「きまっているじゃありませんか、そんなこと……」

お袖が笑いながら言った。

「近藤さんや芹沢さんには、島原に女郎で出ている妹がいないからですよ。だからこねのつけようがないんです。そこへいくとわたしの兄さんは、会津藩公用方を馴染にもつ女郎の妹がある……」

「なるほど」

横山はうなずいた。

「それで、その連中、腕は立つのかな」

「近藤は天然理心流試衛館の館主です」

「天然理心流？　聞いたことがないが……」

「とにかく神道流流派の当主です。決して下手ではありません」

「もうひとりの芹沢という男はどうだ？」

「これは出来ます。神道無念流戸ヶ崎熊太郎道場の師範代まで勤めた男ですから……」

「おしまいにもうひとつ訊きたいが……」

「なんでしょう?」

「その方は近藤や芹沢の何なのだ?」

「友だちです……」

「その連中の、つまり一味か?」

「一味ではありませんが、時によっては連中に助太刀することもある、と思います」

久太郎は手を伸ばし、長火鉢に突き立ててあった火箸を一本取った。そして、お袖に、

「布巾を天井へ投げあげてみてくれないか」

と、命じた。

お袖はうなずいて、長火鉢の猫板の上の布巾を勢いよく宙へ抛りあげる。途端に久太郎の右手が下から上へ小さく鋭く動いた。

とん。

天井板が鳴った。見あげると、布巾は火箸で天井板に釘付けになっている。

「わたしの技倆はこの程度でございます。近藤や芹沢はこのわたしの仲間、二人の技倆を、わたしのお技倆からご推量くださいますように……」

言いながら久太郎が頭をさげる。横山は苦笑した。

「気障なやつだ。で、その連中の滞京費用、一日にいくらあればよいと思うかね」

「……一両二分もあれば充分でございます」

「すると月にざっと四十五両か」

「はあ。節約すれば、十日に一度は、一同揃って伏見撞木町あたりで女ぐらい抱けると思いますが……」

「よし」

横山がうなずいた。

「明後日あたり、その近藤と芹沢に黒谷の光明寺内の会津本陣に来るように伝えてくれるか」

「ありがとうございます」

深々と頭をさげながら久太郎は、ぱんと強く両手を打ち合わせた。その音を待っていたように、天井板に布巾を縫いつけていた火箸が宙で一回転して落ちてきた。そして火箸は畳に垂直に立った。そのあとを布巾がふうわりと落ちてくる……。

十

鶴雪を出た久太郎は大門に向ってゆっくりと歩いていた。

（……近藤や芹沢たちの滞京資金は、おそらく会津藩が出してくれることになるはずだ。だから、このことについては、はなしはすべて片がついた。だが……）

と、久太郎の歩調はさらに遅くなる。ひとつ心にひっかかることがあるのだ。

（だが、もうひとつの智恵がうまくまとまらない……）

浪士隊の最高幹部である高橋精一郎と佐々木只三郎の内命をうけて、近藤勇と芹沢鴨は清河八郎の命を狙っている。清河暗殺の報酬は《千石取の旗本》である。近藤も芹沢もこの報酬に惹かれて、いまごろは脳味噌を振りしぼって計画を練っているにちがいない。だが、清河の暗殺が成功してはまずいのだ。清河が居るから、浪士隊は江戸へ引き揚げるのである。彼が居なくなれば、当然、浪士隊は京に留まることになる。《浪士隊を江戸へ、そして近藤勇と試衛館一派を京に残す》というのが久太郎の仕事だが、清河暗殺が成功しては、この仕事が覚束なくなる。久太郎はなんとしても清河が暗殺されるのを防がなくてはならないのだ。しかし、その方策が立たぬ。

「会津藩があなたがたの滞京費用を負担してくれそうです。だから暗殺計画は中止なさい」

と、近藤と芹沢を説得する手は、むろん考えられる。が、二人にとって、滞京し、勲功をたて、出世する、という手続きを踏むより、清河を殺して一気に千石取の旗本になる方がずっと魅力的であるだろう。だから説得は愚である。となるとどうしても暗殺を不首尾に終らせる必要があるのだ。それも、二度と清河を暗殺しようなどと企てぬように手ひどく失敗させることが大切だ。そうすれば、近藤と芹沢は仕方なしに《滞京》という次善の策にしがみついてくるはずだ。

（……おれは、清河にもこう約束した。「近藤や芹沢たちがあなたの首を斬る。すると、首を斬られたはずのあなたが自分の首を抱いて、ひょこひょこ退場する。そういうまかふしぎな手を考え出しますよ」と。もし、このような幻術ができればすべてはこっちの思うまま、近藤や芹沢たちは仰天し、呆れ果て、二度と清河に手を出そうとはしないだろう）

しかし、鏡党で教わった日本手妻や幻術をいくら思い出し、それを組合せても、これという工夫が思いつかない。

（やはり、首を斬り落された清河が己れの首をひろって退場というのは無理かしらん）

大門を出た久太郎は島原の廓と向い合った柳町の黒板塀沿いに歩いて行く。もうあたりは暗い。黒板塀が夜の闇をいっそう暗くして、そのあたりは鼻をつまれてもわからぬほどの暗さである。

「……ちょいと」

「遊んで行かへん？」

「安おっせ」

「やさしゅうしてあげまっさかいな……」

暗闇の中から女の押し殺したような、湿っぽい声がしている。廓へ来る客、あるいは振られて帰る客を咥え込もうと、むしろ一枚で商売する女たちが猫撫で声で啼いているのである。

「ねぇ、あんた。あたいの好みぴったりやわ」

不意に久太郎の目の前に女の白首が現われた。黒っぽい着物を着ているらしく首から下は見えない。白粉（おしろい）をべた塗りにした首から上だけが黒板塀の前に浮びあがっている。

「どないしたん？」

女の白首が左にすこし傾いた。

「あんた。あたいの顔に見とれとるの？」

白首は久太郎にゆっくりと近づいた。

「それとも、あたいの顔、初恋の人に似てるとでも言うの？　まあ、どっちでもええわ。あたいを抱いとくれやっしゃ」

「ちょっと動かないでいてくれ」

久太郎は両手を突き出して白首を制した。

「そのまま、そのまま……」

「けったいなお人やな」

白首は動かなくなった。

「見るのは無料(ただ)や。けど、長う見とるんやったら、銭貰(ぜぜ)わなあかんな」

「金はやる。だから動くな」

久太郎は、白首のまわりをぐるぐるとまわりだした。

「なんぼくれはるの？」

「百文でも二百文でも好きなだけくれてやる」

まず、暗いこと、これが大切だ、と久太郎は思った。そして、見せたいところは白く、見せたくないところは黒くする。そうすれば、白い部分は浮き上って見え、黒い部分は周囲の闇と溶けあって見えなくなる。

（……近藤と芹沢には、夜、清河を狙わせるよう仕向けよう）

久太郎の脳裏に、幻術の仕掛けが見えてきた。

（そしてその前に、清河が刺客を待ちうける部屋の壁を黒く塗っておく。……清河以外の人間に、清河の着衣を着せて、顔を黒い布で隠す。つまりこれが清河の胴体だ。一方、清河には黒い着物を着せ、顔に白粉を塗らせる。これは清河の首だ。胴体の上に、清河は首をのせて刺客を待つ……）

久太郎は懐中から銭を摑み出し、白首に差し出した。

「おまえのおかげで幻術の種を思いつくことができた。ありがとうよ」

「へんなお人やな……」

白首は久太郎の掌の上の銭に手をのばしてきた。手にも白粉を塗っているらしく、白首の手はふんわりと宙に浮いていているように見える。

十一

島原遊廓の外で白首の女と逢ってから、久太郎は壬生の新徳寺の清河八郎の居室へ行き、床の間に黒布を貼った。貼り終ると徒歩で島原へ引き返し、清河を揚屋から呼び出した。

「用意は整いましたがね、清河さん」

久太郎は袖を引っぱって清河を大門の外へ連れ出した。

「どうです、今夜あたり、近藤や芹沢に討たれてしまうというのは……？」

「ん、よかべ」

清河は久太郎と肩を並べて廓前の通りを北に向って歩きはじめた。

「どうせ一度は連中に討たれねばなんねぇのだ、こういう事は早え方がええ。だども久太郎、まさか討たれっぱなしつう事（ごど）はねぇべな？」

「仕掛けはしてあります」

「どげな仕掛けだべあ？」

「わかりやすくいえば二人一役ですね」

「……二人一役？　一人二役つうのはよく聞くども二人一役は初耳だ」

「つまり、清河さんとわたしの二人がかりで清河八郎という一個の人間を演じるのです」

　話しながら久太郎は背後の足音に聞き耳を立てていた。大門を出たときから、だれかが後をつけてきている。近藤勇一派のものか芹沢鴨一派のものか、それはわからないが、とにかくだれかが清河を張っていたらしいのだ。久太郎は声を低くした。

「つまりですね、清河さんは清河さん自身の首から上、わたしは清河さんの首から下を、分担して受け持つわけです。これがつまり二人一役の真の意味で……」

「俺（おら）とお前（め）が手分けして俺（おら）になるつうわけかね？」

「そうです」

「そげな事（ごど）が出来っぺがね？」

「部屋の中が暗ければ、案ずるより生むが易しですよ。まず、清河さんには首から上を白塗りに、首から下には黒い着物を着ていただく。そしてわたしはその逆、清河さんのいま着ておいでの着物を頭からかぶるように身につけます」

「そんで？」

「清河さんの着物を着たわたしの頭の上に、清河さんは首をのせる。刺客が斬りつけてきたら、清河さんは畳の上を転がってください。刺客には首が転がったように見えますから……」

清河がなにかに躓(つまず)いて二歩三歩空足(からあし)を踏み、前へ軽く身体を泳がせた。久太郎の話に気をとられて石に足を引っかけたらしい。

「あとはわたしが立って、清河さんの首を持って部屋から出ます。刺客にはこれが、胴体が首を拾って戸外に出るように見えるはずです」

「まったく魂消たことば思いついたもんだ」

清河はやたらに首を振りながら歩いている。

「しかし、刺客ども、そげな手でごまかされっぺがねぇ」

「向うも怖いんですよ。それに興奮している、みんな頭に血がのぼっている。だから縄の切れっぱしを放り出せば連中には蛇に見えます。馬糞を差し出せば饅頭に見えます。大丈夫ですよ」

「よし」

清河はうなずいた。

「とにかく久太郎の言う通りにやらかしてみっぺさ」

壬生の新徳寺は寺宿を兼ねている。清河の部屋は裏庭に向って開いた八畳間だった。部屋に入ると、久太郎と清河は灯りを点けずに身支度を整えた。そして黒幕を貼った床の間の座布団に久太郎が正座をし、その上に清河が頭を載せた。

「……しかし、ほんとに俺達(おらだち)二人が一人の人間に見えっぺがね」

清河が首を捻る。

「見えなければこりゃとんだ猿芝居だべ」

「ためしてみましょう」

久太郎が大きくぽんぽんと手を叩いた。

「寺奴に茶を持ってくるように言いつけてみたらどうです。寺奴がわたしたちの二人一役に気づくかどうか、ためしてみればいい」

「うん、そうすべ」

清河はここで大声をあげた。

「寺奴！　ちょっと来ォ！」

間もなく廊下の板が鳴って障子が開いた。

「あのう……」

寺奴は十三、四歳の少年である。

「……なんぞ御用で？」

「茶を一杯持ってきて呉ねべが？」

「へ」

寺奴は障子を閉めかけたが、ふと気づいて、

「灯りをつけましょうか？」

と、訊いた。

「これでええの」

清河が答えた。

「考え事ばしてんだがら」

「へい」

寺奴はうなずいて障子を閉めた。

「どうです、なにも気づかなかったでしょう?」

久太郎は襟の中に埋めておいた首をのばした。長い間、首を縮めているとやはり疲れるようである。

「きっとうまく行きますよ」

「うん」

廊下を再び足音が近づいてきた。寺奴が茶を運んできてくれたのだろう。久太郎は急いで襟の中へ首を埋めた。清河もあわてて背後から久太郎の頭の上に顎を乗せた。

部屋の前で足音が止り、やがて静かに障子が開いた。

「……清河よ、ちょっと話があってやってきたんだが、入っていいかね?」

寺奴の声ではなかった。それは芹沢鴨の嗄れ声である。

十二

「話だと？」

久太郎の頭の上で清河が言った。

「黴毒の特効薬の名前ば教えて呉ろとでも言うのがね？　それなら帰った方がええって。俺、黴毒にだけかがった事はまだ無ぇのす。んだがら特効薬の名前なぞなにひとつ知らねぇのだ」

「おれの話というのはそのことではない」

芹沢は久太郎と清河の前に右膝を立てて坐った。右膝を立てたのは居合抜きに斬りつけようという用意のためだろう。

「おまえの本心を聞きたくてやってきたのだがね」

「浪士隊を尊攘一色に仕立て直したのは本心からのことですか？」

声と共に庭に面した障子も開いた。入ってきたのは近藤勇と沖田惣次郎である。同時に廊下からもう一人。こっちは暗くて判然としないが水戸浪士のだれかだろう。

「本心だったら何だ言うの？」

「斬らなくてはなりませんな」

近藤は芹沢の右隣に立った。

「おれたちは幕府に召し抱えられたのです。そのおれたちが幕府に弓を引く尊攘浪士に早変りするわけには行かない」

「そんで……」

「いつかの学習院に提出した上書を撤回してもらいたいのです。浪士隊はあくまでも幕府の傭兵である、この筋を通してもらいたい……」

「口先だけは恰好の良ごと喋ってやがる」

清河は鼻っ先で軽く笑った。

「千石取の旗本さ出世したいばっかりに俺の暗殺ば引き受けだ癖にきれいごどば並べるんでねぇよ。なに筋だ、笑わせるんでねぇてば」

清河は羽前訛でぽんぽんと啖呵を切っている。だが、そのじつ清河はがたがた震えていた。清河の震えが久太郎の背中にはっきりと伝わって来るのだ。

「それに、江戸を出るときから犬と猿みてぇに仲の悪かった近藤と芹沢が、よくも協力し合う気になったもんだて。それも千石取るためかね。近藤に芹沢、筋だの主義主張だの持ち出して恰好つけんのはやめろって。出世のためなら古くからの仲間でも斬るのだ、とはやく正直に喋ったら討たれてやらねでもねぇよ」

「だまれ、この羽前訛野郎……」

沖田が一歩前に出た。

「あんたの羽前訛を聞いているといらいらしてくる」

「沖田、でかい事ばくっ喋んなって。そういうお前は白河の出だべさ。白河訛もあんまりきれいなもんでは無え」

「……こ、この口へらずめ」

「おっと落着けって。どうせならひと思いに首ば刎(は)ねで呉(け)なんしょ。失敗(しくじ)るで無えぞ」

沖田は左に捻っていた腰を右へ素速く捻り直した。横撲(なぐ)りに清河の首を狙ったわけだ。が、それより一瞬早く、久太郎は頭を低くさげ、清河は顔を引いていた。沖田の刀は、したがって空を打っただけである。だが、清河はもう斬られてしまったことにしてしまおうと決めたらしく、後へ引いた顔をとんと畳につけた（久太郎から見れば、清河は四つん這いになって顔を畳の上に立てたわけだ）。

「おっ、沖田、見事にやってくれたなぁ」

清河はうれしそうな声をあげた。

「いまぐらい上手にやられると、はぁ痛くもなんともねぇ」

「お、おれはまだどこも斬ってない」

沖田は刀をぶらさげておろおろしていた。

「おれはなんにもしていない」

「いや、沖田は俺(おら)を斬ったのす。だから首と胴体がこの通り生き別れになってしまって居(え)んだてば」

これ以上清河に喋らせてはまずい、と久太郎は考えた。近藤たちの眼がこの暗闇になれたら仕掛けが見破られてしまう。久太郎は首をちぢめたまま立って、清河の顎に手を引っかけぐいと持ち上げ、床の間のすぐ横の障子を蹴倒して廊下を走った。

「……首と胴体が逃げた！」

「追えッ！」

廊下から裏庭に降りたころ、ようやく背後で近藤や芹沢たちの騒ぎ立てる声があがった。久太郎は清河と新徳寺の向いの壬生寺の境内に駆け込み、墓地の墓石の間で着換えをした。

「久太郎、首と胴体が離れたときの連中の顔ば見たか？」

清河は着換えの間中、くすくすと笑っていた。

「目の玉ばまんまるにして居だよ」

「ああ、これで清河さんは近藤や芹沢には二度と狙われることはないでしょう」

「んだな」

「もっとも近藤や芹沢以外の浪士隊員はどうかわからない。気を付けてくださいよ」

「わがってる」

清河はうなずいて墓地の西へ歩き出した。清河は遠まわりして五条七本松から島原へ戻ることになっているのだ。久太郎は大店の若旦那風の服装で墓地を東に向った。

「……だれだ？」

壬生寺を出ようとしたとき、闇の向うから声が飛んできた。

「江戸の古着問屋で小松屋と申します。このあたりに郷士の八木さんの屋敷があると聞いてやってまいったのですが……」

久太郎は声のした方へゆっくりと近づいて行った。

「八木屋敷にお泊りの近藤勇さんにお目にかかろうと思っているのですが、暗くて道に迷いました」

「……小松屋というと、久太郎だな？」

近藤の声が久太郎のすぐ横手からあがった。

「へい、久太郎で……」

「おれだよ。おまえの探している勇だよ」

近藤が顔を近づけてきた。

「おや、これはこれは……」

久太郎は何度も点頭（てんとう）して、

「じつにいいところで逢いました。お元気でやっていらっしゃいますか？」

「それがあまり元気よくないのだ」

「久太郎さんよ、おまえさん、ここへくる途中で清河八郎に逢わなかったかね？」

たったいま久太郎に向って「だれだ」と誰何（すいか）したした声が近づいてきた。声の主は沖田惣次郎のようである。

「さあ……」

久太郎は首を傾げて、

「だれにも逢いませんが。なにかあったので……？」

「大ありさ」

近藤が言った。

「清河八郎を沖田が斬ったのだが、清河のやつ、落ちた首を自分で抱えて逃げやがったのだ」

「勇さん、おれは斬ってませんよ」

沖田が近藤に怒鳴るように言った。

「やつの首が勝手に落ちたのだ」

「なるほど」

久太郎は鹿爪らしくうなずいてみせた。

「それは清河さんの幻術に引っかかったのです」

「幻術？」

「清河さんは修験道幻術の使い手なんです。清河さんの生地は出羽国庄内清河村、修験道の一大聖地である月山や羽黒山からはそう遠くはない。そのせいかあの人は幻術を使うのです」

「ほ、ほんとうか?!」

もちろん嘘である。が、久太郎は口からの出まかせで清河を幻術の達人に仕立てあげた。近藤と芹沢が二度と清河を狙わぬようにするには、清河を幻術家として売り込むことがもっとも効果的だと久太郎は考えたのである。

十三

「清河が幻術家だろうが、おれたちはやつの首を斬り落さなくてはならない」

言いながら近藤勇は通りの北と南へ鋭い視線を放っている。清河八郎がまだその辺の暗がりに息を圧し殺して潜んでいる、と近藤は信じているようだった。

「でないとおれたちはのし上ることができない。手ぶらで江戸へ帰らねばならなくなるのだ。いいか、久太郎、清河を斬れば千石取の旗本になれるんだぜ。浪士隊の浪士取扱の高橋精一郎さんとそういう約束ができているのさ」

「千石取の旗本なんて小さい小さい……」

久太郎は通りを北へ歩き出した。壬生寺の門前から北へ百歩も歩くと近藤たちの宿舎である郷士八木源之丞の屋敷だ。

「もっと大きなところへ目をつけなさいよ」

「もっと大きなところ、だと?」

「そうです」

「京に残ってひと暴れするんですよ」

「夢のようなことを言ってやがる」

久太郎の背中へ沖田惣次郎のぶつぶつ声が聞えてきた。

「浪士隊本隊と離れて京に残れば、おれたちはただの浪人ものだ。金もない、頼るべき筋もない。

したがって暴れようがない……」

「それがじつは頼りになる筋があるのです」

近藤と沖田の足が停った。

「あなたがたの有力な後楯が見つかりましたよ」

「そ、それはどこのだれだい？」

近藤は久太郎の襟を摑んでゆすぶった。

「言ってみろ、久太郎」

「宿舎に入りましょう」

久太郎は近藤の手を払いのけ、通りの西側にある八木邸に入って行った。

「そこにいるのは勇さんかい？」

八木邸の向いの前川荘司の屋敷の小門から人影がひとつ現われた。

「四条通りまで探しまわったが清河のキの字も見つからない。やつはまた島原へでも逃げ込んだのじゃぁないかね」

その人影は土方歳三だった。

「どうだろう、これから島原へ行ってみては……？」

「清河は放っとけ」

近藤が土方の肩を叩いた。

「小松屋の久太郎が妙なはなしを持ち込んできているんだがね、歳ちゃん、まず久太郎のはなしを聞いてみようじゃないか」

長い敷石道の奥に門があった。門を入ると右手が母屋である。左手は狭い細庭を隔てて隣屋敷の塀になっている。

「おれたちの宿舎は母屋の奥の畠の中の離れ座敷だが、芹沢たちが戻ってきているかもしれない」

近藤は右手の母屋へ顎をしゃくって、

「母屋を借りよう」

「しかし、母屋にも人がいるでしょう?」

「八木家の人たちはみんな逃げ出してしまったよ」

土方が戸を開けた。

「毎晩のように酒盛りだ。だれだって逃げ出すさ。とくに芹沢はひどい……」

土間の左手は小さな座敷になっている。土方は座敷に上ると、どっかとあぐらを組んだ。

「どこから見つけてくるのか、女気を切らしたことがない。しかも人目を憚らずに女を抱く。大きなよがり声をあげる。これじゃァだれだってまいってしまう」

沖田が灯を点し、近藤が久太郎と正対して坐った。

「それで久太郎、おれたちの後楯になってやろうとおっしゃる奇特なお方は、どこのどなたさまなんだい?」

「京の守護職の会津中将様です」

近藤たちはぽかんと口を開けて久太郎を見つめている。

「会津中将松平容保様のお気に入りの重臣に横山主税とおっしゃる方があります。去年までは会津藩の江戸家老、現在は京における会津藩の公用方ですがね、この横山様とお目にかかって近藤さんたちのことをお願いいたしました」

「そ、それで首尾は……？」

「上乗でした。近ぢか、黒谷光明寺の会津本陣にたずねて来るように、とおっしゃっておいででした。おそらく近藤さんたちは会津藩御預りということになると思いますよ。お手当も出るでしょう」

「ど、どれぐらい出る？」

「さぁ、それはわたしにはわかりません。近藤さんが横山様に逢って決めればよいことですが、働き振りがよければたまに島原で遊ぶぐらいは出してくれるのではないでしょうか。それよりなにより近藤さん、いま京でもっとも羽振りのよい会津藩が後楯です、思う存分のことがやれますよ」

「思う存分、なにをやれるというのだ？」

「洛中の浪士、暗殺者は千名を超えるといわれます。その勢いは町奉行所もおそれをなすほどで、与力や同心も手が出せぬような有様。むろん、会津藩もその連中を大っぴらに始末することができない。浪士や暗殺者のなかには堂上人と繋っているのもおりますから。それに会津藩兵には浪士狩をしている暇がない……」

「……というと？」

「会津藩は目下、兵制改革のまっ最中なんです。洋式兵制を取り入れるのに昼夜の区別もないほどでね、会津藩別邸として幕府から与えられた洛東聖護院三万七千坪の土地を練兵場に、毎日、鉄砲の練習です。となると浪士狩の仕事は自然、近藤さんたちの一手専売となる。思う存分やれる、といったのはつまりそういう意味です。まず、しょっぱなに大物の浪士を二、三人、斬ってごらんなさい。たちまち近藤勇と試衛館の名があがる。これは千石取の旗本になるよりずっと分がいい。千石取ればたいていはそこで出世はおしまいです。しかし、名が売れれば、そのうち、むこうの方から三千石、五千石と声が掛ってくる」

「……むこうの方?」

「つまり幕府のことです。どうです、近藤さん、幻術使の清河八郎を追っかけまわしているよりはずっとおもしろそうな仕事じゃありませんか?」

近藤は久太郎には答えず、土方歳三と沖田惣次郎を物問いた気な目つきでかわるがわる見ていた。

十四

やがて、土方と沖田が近藤に向ってかすかに、にやりと笑い返した。近藤はうなずいて久太郎の方へ向き直った。

「よし、明日でも会津本陣へ顔を出してみよう」

「わたしもお供しますよ」

久太郎は懐中から四つに畳んだ奉書紙を出し、近藤の膝の前にひろげて置き、

「ところでそのとき持って行く嘆願書ですが、どうせなら、こうやって雁首のそろっているところで書いておいたらどんなものでしょう」

と、矢立てを奉書紙の上に載せた。近藤は矢立ての筆をとって、それをしばらく宙に浮ばせている。とっさのことなのでなにを書いていいのか見当がつかぬらしい。そこで久太郎は前から考えておいた文章を低い声で唱えはじめた。

「……今般、外夷切迫の儀につき、世上混乱、恐れながら上京の上、天朝をご守護奉り候は勿論、ならびに大樹公御警衛を以て、神州の穢れを清浄せんが為に、御下向の儀、勅命にもとづき、攘夷仕り候は同志一統の宿願にござ候」

近藤は久太郎の言葉を忠実に奉書紙の上に文字にしている。

「近藤さん、あとはご自分でお考えになりますか？　それとも……」

「つづけてくれよ、久太郎。ここで見放すなんていうのは殺生だぜ」

「では……」

久太郎は先を続けた。

「しかるところ、大樹公御下向なきに、一統、東帰致すべき旨おおせつけられ、承知かしこみ奉り候。しかし東帰の上すぐさま斬夷致し候儀候わば、大悦至極にござ候得ども、平に退去の儀、一統、忍ばざるところに候間、何卒、大樹公、御下向迄、御警衛仕り度、志願候間、恐れ乍(なが)ら、これ迄もひそかに御城外夜廻り仕り、寸志の御警衛申し上げ候愚意お汲み取りになられ、御下向相成り

候迄、めいめい退去、延引の程、御許容相成り候わば、有難き幸せにござ候……」

沖田がしきりに首を捻っている。そこで久太郎は、

「あなたは剣の虫だという評判ですが、学問はからっきしだめ、日本外史もまともに読んでいないようですね」

と、冷やかした。

「そこでこれまでのところをざっと説明しますと……、将軍家が二条城にご滞在になっているにもかかわらず、漫然と東帰、すなわち江戸に帰らなければならないとは残念である。それも江戸へ帰って直ちに攘夷の先鋒でも勤めよ、との仰せならまだしも、ただ帰っておれ、では甚だ不本意である。これまでも二条城の外廻りなどをして、将軍家のために粉骨砕身を怠らなかったつもりであるが、この志を汲まれて、なにとぞ将軍家が江戸へお戻りになるまでは御警衛を申し上げることをお許しいただきたい。……とまぁこんなところですが」

「はやく先を教えろ」

近藤が筆の軸の先で久太郎の膝を突っついた。

「沖田にはあとでおれが説明しておくからさ」

「……では。もとより無蓙の私共申し上げ候も恐れ入り候得ども、これまでの御厚命、心魂に徹し有難く存じ候間、命を捨て報国の心願に候。もし、御日延し、お聞き済み相かなわずば、又ぞろ身を隠し、浪々の身に相成り、天朝ならびに大樹公の御守護奉り、攘夷仕るべく候。何とぞ愚意の趣き、お取次仰せ上げられたく、よって連名を以って願い上げ奉り候。……こんなところでどうで

す？」

「いい！」

土方が叫んだ。

「聞きとどけられない場合、浪々の身となっても天子と将軍を守る、というところが泣かせる」

「では、あとは連名の上、血判を捺しておいてください」

「よし」

近藤がふたたび筆を構えた。

「まず、おれからだ」

「待ってください」

久太郎は近藤を制した。

「芹沢鴨が連名の筆頭にくるべきです」

「芹沢?!」

「そう。芹沢一派五名も京へ残るんですから」

「連中と組むのは真ッ平だ」

近藤は筆を放り出した。

「あんな連中と組むぐらいなら江戸へ帰った方がまだましだ」

「理由はふたつあります」

久太郎は筆を拾って、

「近藤さんの一統は総勢八名、八名では会津の横山さん、気抜けがしてしまう。十名以上まとまった方がいかにもそれらしい……」

「しかし……」

「もうひとつ。嘆願が通ったところで芹沢一派を一気に仆す」

三人が目を剝いた。

「たとえば隊規にそむいた、という名目でひとまとめに粛清するんです。あの人たちは酒や女に弱い。理由はいくらでも見つかりますよ。粛清はいい結果を生みますよ」

「そうかねぇ」

「身内にそこまできびしいということはよほどの高潔の士たちが集まっているのだろう、という評判が立つ。それからこわもてします……」

「なるほど」

近藤がにやりと笑った。

「それは手だ」

「……だれだ、内部に居るのは？」

玄関の戸が勢いよく開いた。

「八木家のお人かね？」

芹沢鴨の声だった。近藤たちが刀を引き寄せる。久太郎はそれを制して、

「近藤さんたちです」

と、答えた。

「なに、近藤？」

襖が開いた。芹沢は女の手を引いていた。年の頃は二十六、七か。受け口の美い女だ。

「ふん、何の相談だ？」

「芹沢さんの噂をしていたところです。聞えたでしょう？」

「この女の口を吸うので手一杯でね、悪いが聞えなかったぜ」

「それは残念でした。ほめていたのですよ」

久太郎は嘆願書を両手で持って芹沢の顔の前に立てた。

「会津中将様があなた方を預かってもよいとおっしゃっていますのでね、近藤さんが嘆願書を書き終えたところです。で、連名の筆頭はやはり芹沢さんしかいないだろう、と話していたのですが……」

「なかなか結構な文章じゃないか」

嘆願書を斜めに読んでから芹沢が言った。

「ところで酒はないか？」

「生憎ありません。が、しかし、芹沢さん、どうです、この話に乗りますか？」

「そのまえにこの女に乗らなきゃならぬ」

芹沢は女の手を摑み直した。

「そっちのはなしに乗るのは、こっちに乗ってからだ」

芹沢が出て行った。しばらくの間、近藤たちは身動きひとつしなかった。いずれも額がとろりと光っている。脂汗だな、と思いながら、久太郎も凝(じっ)としていた。

水戸納豆

一

裏庭の柿の木のあちこちになる実の色が日毎にその濃さを増し、見世の前を流れる加茂川の水も冷たくなった。久太郎はこのところずうっと外へは出ず、下鴨神社の前、葵橋東詰の団子屋で、参詣人に団子を売りながら静かに暮している。

そんな秋のある日、大原の行商人から買った紫葉漬で、湯漬（ゆづけ）を掻き込んでいると、

「久太郎さんはまだ生きている？」

と、あまく澄んだ声がして、島原遊廓鶴雪のお袖が顔を出した。

「生きているか、とはご挨拶だな。ごらんのようにちゃんとこうして紫葉漬で御飯（おまんま）をいただいているじゃないか」

「ここんとこふた月ばかり、久太郎さんは島原へ姿を見せていないからね。ちょっと毒づいてみたのさ。島原には飽きて祇園へでも場所を変えたの？」

「まさか。ずっと商売に熱中してたのだよ。毒づくのはいい加減によしにして、どうだ、紫葉漬で飯を喰わないか。この紫葉漬、初物なんだぜ。それに色が美しくて味が気深い。ちょうどおまえのようだ」

「それじゃともぐいになっちまうじゃないか。あたしはお団子でいいわ」

お袖は店の前の床几（しょうぎ）に腰を下した。久太郎は皿に団子を四串のせ、ごまとくるみのたれをかけ、それをお袖の横に置いた。店の前を加茂川が流れている。一町ほど下流でその加茂川は高野川と合流し、そこから鴨川になるのだが、合流点の堰からあがる水の音がのどかに聞えてきている。

「ところでお袖、今日はなんの用だ？」

「あんたとわたしは夫婦（めおと）も同様でしょ。夫の顔を見に来たに決っているじゃないか」

お袖は団子のごまだれを小さな舌の先で舐めながら恨めしそうな目つきをして、久太郎を睨んだ。

「ああ、わたしも女郎勤めなぞ早くやめて、団子屋のおかみさんになりたいわ」

「そのうちに、きっとお望みのようになるさ」

久太郎はお袖のために茶を入れてやった。

「だがいまはだめだ」

「どうしてさ」

「仕事が終っていないからだよ。おまえも鏡党の党員のはずだ。そのへんの事情はよくわかっているだろう」

お袖は急に黙り込んで団子を片付けるのに熱中しはじめた。

「お袖、島原からこの葵橋までてくてくとのして来たのにはなにかわけがあるはずだ。おれの顔を見にきただけではないのだろう？」

「近藤勇が久太郎さんに逢いたいんだってさ」

お袖はお茶で口の中を洗いながら言った。

「相談に乗ってもらいたいことがあるそうだよ」

「いまを時めく新選組の近藤勇が、このおれに相談ごとだって？」

「そう」

「はて、なんだろう」

と、久太郎は首を傾げたが、心の中では（とうとうきたか）と思った。情勢としては、いまこそ近藤から相談をもちかけられていいころなのである。

半年前、近藤と芹沢とを、京都守護職の会津中将（松平容保）の公用方横山主税に引き合せた久太郎は、近藤に、

「火急の用があれば島原遊廓の鶴雪のお袖に連絡を」

と、言い残して姿を消したのだが、それ以後の「新選組」――久太郎には近藤や芹沢たちがどのような理由と思い入れで、この名を自分たちの集りに冠したのかはわからないのだが――の売れ方はたいへんなものだ。

まず五月、新選組は大坂の大商鴻池善右衛門を脅して二百両せしめている。

七月。大坂に出張した新選組は、鍋島河岸と蜆橋と北新地の住吉楼の三箇所で大坂角力の大関小野川喜三郎部屋の力士たちと衝突し、力士を五名殺している。

八月、新選組は葭屋町一条通の糸問屋大和屋庄兵衛方の土蔵に大砲を打ちかけ、土蔵を全壊せし

めている。これは隊費借用を断られた腹いせである。

　が、いずれの場合も主役は芹沢鴨と水戸一派だった。久太郎の見世へ子どもたちが「壬生浪ごっこ」に打ち興じながら団子を買いにくるが、たいていの子どもは芹沢鴨になりたがるようだ。芹沢鴨になり損ねた子は、

「ほな、わたいは錦山になるわ」

　と、新見錦の真似をする。近藤勇になりたい、などと言い出す子どもは滅多にいない。そんなことを目にするたびに久太郎は、

（近藤勇はきっと焦っているだろうな）

　と、思った。

（試衛館派と水戸派ではじめたつもりが、いつの間にか水戸派のみに光が当るような具合になってしまっている。近藤にとってこれは腹の立つことにちがいない。そしてその劣勢を盛り返すためになにか策を立てようとするにちがいない。そのとき、近藤はきっとこのおれに相談を持ちかけてくるはず……）

　と、久太郎はこう考えていたところだったのである。

「よし、わかった」

　久太郎はお袖にうなずいてみせた。

「今夜にでもおれが島原へ出向くよ。帰りがけに壬生へ寄って、近藤さんに、詳しいことは鶴雪で、と伝えておいとくれ」

「あいよ」

お袖はにっこりして立ち上った。

「鶴雪で、ということは、今夜はわたしのところに泊ってくれるということね?」

「ああ。ことによったら、四、五日、流連させてもらうかもしれないぜ」

「うれしいわ」

お袖はもう街道の方へ駆け出している。

「そうときまったら新しい夜具を入れとこうっと」

お袖は橋の袂にたむろしていた辻駕籠の中に、このごろめっきり脂がついて丸くなった躰を滑り込ませた。

二

お袖は団子を一本、喰い残していた。久太郎は床几に腰を下してその一本を舐めはじめた。橋の袂に侍がひとり立ってこっちを眺めている。床几から橋の袂まで小半丁ばかりあり、侍の顔はしかとはわからない。が、どうもはじめて見る顔のようだった。

久太郎と視線が合うと、侍は急に目をそらし、賀茂川の流れを覗き込んだ。

「……はてな?」

と、首を傾げながら団子を齧っていると、

「もし……」

久太郎の耳許で嗄れ声がした。

「……ん？」

と、横を向くと乞食がひとり立っていた。額に五、六本、皺が刻まれている。その皺には垢がたまり、まるで刺青をほどこしたようである。

「団子を一本恵んでくださらんか？」

銭をくれ、というのならわかるが、商売物をくれという乞食は珍しい。

「団子が好物で……」

いいだろう、と久太郎は思った。どうせ今夜からしばらくのあいだはここには居ない覚悟である。団子を放置してくさらせるのも能のないはなしだ。久太郎は奥に入って皿に団子を七、八串のせ、砂糖醤油のたれをかけて、床几の傍へ戻った。

「さァ、腹いっぱい喰うがいい」

床几の上に皿を置いた。

「たれはほかにもいろいろある。醤油のたれに飽きたら遠慮なくいいえ」

「へ、こりゃどうも」

乞食は口を大きく開けて団子を頰張った。久太郎はその乞食の前に立って再び葵橋の袂へ目をやった。例の侍はまだいた。賀茂川の流れを眺めている振りを装っているが、全神経をこっちに集中してなにか探っているらしいことが久太郎にはよくわかる。

（……やつはだれなのだ？　そしていったいなにを狙っているのだろう？）

と、不意に久太郎は首筋の真うしろにちくりと痛みを感じた。とっさのうちに防衛本能がはたらいて、久太郎は身体を沈めようとした。が、金縛りにでもかかったように身体が動かない。いつの間にか久太郎の帯はうしろから乞食の手で摑まれてしまっているのだ。

「……動くな」

乞食が殺した声で言った。

「動けば団子の竹串がおまえの首を深く刺す。そうなると命はない」

たしかに乞食の言う通りである。久太郎は凝（じっ）としていた。

「……真っ昼間から島原の女郎が訪ねてくる。乞食に団子を山ほどくれてやる。これでは、団子屋を片手間にやっております、と触れて歩くようなものだ。団子屋になり切らなくてはいかん」

「あ！　鏡党の親方ですね？」

久太郎は吻（ほっ）とした。

「鏡仁太夫どのですね？」

「それに隙だらけだ。団子の竹串は使いようによっては刀や鉄砲にまさる殺人凶器になり得るということを忘れているからこういうことになる」

乞食は久太郎をとんと前に突き放した。

「この不肖の弟子め！」

「申しわけありません」

久太郎は頭を掻いて、

「それにしても見事に化けましたね」

「鏡党の術のなかでも変装術は特に大切だ」

鏡仁太夫は地べたに踞み込んで二本目の団子を平らげにかかった。

「一人で二役も三役も四役も兼ねることができる。つまり、たとえこちらが一人でも四役を兼ねることができれば、味方が四人、つまり加勢が三人ふえたのと、これは同じことなのだ。わかるな？」

「はあ……」

「もっといえば、一人で千役を兼ねることができるならば、一人で千人の敵と互角にたたかうことができるわけさ」

「机上の計算ではそうなりますね」

「いや、実際でもそうなる。また、そうなるように変装術をきわめなくてはならない。そうだ、ひとつ、芹沢鴨一派を変装術で仆してみろ」

久太郎は絶句した。ずばりずばりとものをいう鏡仁太夫の癖にはなれているつもりだが、こう簡単に切り出されてはやはり度胆を抜かれてしまう。

「新選組をいまのまま放っておくと近藤勇が全くかすんでしまう。上の方の御方も気を揉んでおられる。この九月のうちに新選組から水戸一派を排除してしまうのだ。お袖が近藤のことづてを持ってきたようだが、近藤の相談ごともおそらく芹沢のこと、どうやって芹沢を仆すか、ということだろう」

「……お袖のはなしもお聞きになっていたので？」

「うむ」

鏡仁太夫は三本目の団子に手を伸した。

「鏡党の党員としての腕はすこし落ちたようだが、団子はなかなか上手に作っておる」

「おそれ入ります」

「上の方の御方も当の近藤も芹沢を除くのはいまだ、と同じ考えを抱いている。これこそ機運というものだ。変装術で芹沢一派を仆しなさい」

「し、しかし、どうやって？」

「それは自分で考えるのだね」

「――」

「つけ加えるまでもないことだが、近藤勇が芹沢鴨を殺（や）ったということが世間にはっきりとわかってもいけない。また、芹沢の死が近藤と無関係であるということになってもまずい。近藤が殺ったような、それでいて殺っていないような、微妙でうまい殺し方をするように、な？」

「はあ」

「これだけは念を押しておくが、近藤に直接（じか）に手を下させてはならない。刀を抜き合えば近藤は芹沢の敵ではないのだから……」

「わかりました」

「ところで久太郎……」

鏡仁太夫は団子を葵橋に向けて振った。

「あの男、おまえにずいぶん興味を持っているらしいね」

「はあ。わたしも気にしていたところです」

「何者だと思うかね？」

「それはわかりません。なにしろ、はじめての男ですから」

「久太郎……」

鏡仁太夫の声にふたたびきびしいものが加わった。

「鏡党で観察術というのを教わったはずだ。右の中指に筆だこのあるものは学者か祐筆か番頭などという初歩から、声の質で持病を言い当てるという奥義まで、おまえは究めたはずだろう。その観察術であの男の正体を読み当ててみなさい」

そこで久太郎は床几に坐り直し、葵橋の袂を睨んだ。賀茂川の流れを眺めるのに飽きたのか、侍はいま石を拾って流れに向って投げ込んでいる——。

三

久太郎は、結局、鏡仁太夫から直伝の、観察術を発揮することができなかった。というのは、観察の的である葵橋袂の侍が久太郎の店へすたすたと歩き出してきたからである。

「……久太郎、あの侍はどうやらやはりおまえになにか用事があるらしい」

鏡仁太夫は菰を抱いて立ち上った。

「わしはこれで姿を消すよ。だが、わしの言いつけたことは早急に実行に移せよ」

「……はぁ？」

「愚か者め、もう忘れたのか。新選組から芹沢鴨をはじめとする水戸一派を一掃する一件だよ」

「あ、ああ、わかっております」

「その方法は変装術で、という条件が付いていることも忘れるな」

「……はい」

久太郎が答えたときはもう仁太夫の姿は消えていた。久太郎の店の西側は賀茂川の川原に続く藪になっているのだが、仁太夫はその藪の中に飛び込んだようである。見ていると藪のひとところが上から下へ順に揺れて行く。仁太夫はおそらく背を屈めながら藪を漕いで川原に出るつもりなのだろう。

「……何やつだ、いまの乞食は？」

久太郎の横で声がした。例の侍が傍に立って鷹のように鋭い目で久太郎を見ていた。案外、老けている。六十は越しているかもしれない。

「ただの乞食でございます。団子を呉れと申しますので、一本やりましたところ、まずい味だなどと憎まれ口を叩いて姿を消しました」

久太郎は床几を差して、

「どうぞ」

と、掛けるようにすすめた。

「乞食が申すほどまずい団子ではございません。ご試食なさいますか？」

「団子を喰いに来たのではない。じつはおまえにすこしばかり聞きたいことがあってな。わしは大坂西町奉行松平大隅守様の配下の与力で内山彦次郎と申すものだが……」

道理で目付が鋭いはずである。だが久太郎はとぼけて、

「はて？」

と、首を傾げた。

「奉行所のお役人様が団子屋におたずねとはなんでございましょう。団子の粉の練り按配とか、たれの味付け法なら知っておりますが……」

「おまえ、近藤勇を知っておるな？」

内山彦次郎と名乗る老人はいきなりずばと斬り込んできた。

「さきほどここへ島原遊廓鶴雪の女郎でお袖という女が来ていたはずだ。わしは島原からここまであの女を尾行（つけ）てきておる。隠し立ては益のないことじゃぞ」

「はぁ。しかし、お袖がここへ来ることがなぜその近藤勇とつながりがございますので……？」

「昨夜、近藤勇は島原の輪違屋（わちがい）という見世に上っておる。そして、今朝、壬生へ帰った。その帰るさ、近藤は鶴雪へ寄っている」

「それで……？」

「近藤が逢ったのはお袖という女郎、つまりさっきの女だ。女は近藤が帰るとすぐここへやってき

た。近藤はおそらくおまえになにか言伝てか品物を托すために、中つぎにあの女を使ったにちがいない」

なかなか的確な推理である。久太郎は心の中で舌を捲いた。

「さあ、申せ。おまえは近藤からなにをことづかったのだ？」

「はい。なにもかもお見通しのようでございますから、正直に申し上げます。近藤さんはわたしに『逢いたい』と言っているようでございます」

「なんのために？」

「なんのためと申しますより、ただ懐かしいんでございましょうね」

「懐かしい……？」

「近藤さんもわたしも武蔵国上石原宿の出身、つまり同郷人でございます。故郷のはなしがしたくなったのでしょう。ついでに申しあげておきますが、内山様、お袖とわたしとは夫婦も同然の間柄、お袖は、近藤さんの言伝てを持ってきたというよりも、むしろそれは二の次三の次でございまして、じつはわたしに逢いに戻ってきたといった方がより正確でございますよ」

内山彦次郎はしばらく凝と久太郎の顔を睨んでいた。がやがてふっと目をそらし、

「嘘をついている顔でもなさそうだ」

と、呟いた。

「内山様、大坂西町奉行所ではなぜ近藤さんをお調べなのです？　差し支えなければお聞かせいただけないでしょうか？」

じめた。

「なにを愚かなことを……」

内山は佩刀をゆすりあげて、

「近藤の幼馴染にそのような大事を教えてやれると思うのか」

舌打ちをして葵橋の方へ戻って行った。久太郎はそのうしろ姿を眺めながら、見世先を片付けは

じめた。

四

その夜、久太郎は島原遊廓の鶴雪へ出かけて行った。鶴雪の二階の座敷にはすでに近藤勇が来ていて、相方の女郎に饅頭を喰わせてもらっているところだった。遊廓の座敷で女郎を相手に饅頭の献酬とはずいぶん垢抜けないはなしだが、なにしろ近藤勇は下戸だから仕方がないのである。近藤の膝の前には硯と紙が置いてあった。

「や、勇さん、しばらくでした」

座敷の敷居のところで久太郎が会釈をすると、近藤は片手を揚げて、

「ちょっと待っておくれよ」

と、言った。

「ここの主人に一筆書くように頼まれているのだ。まず、それを書き上げる……」

近藤は饅頭をむしゃむしゃと嚙みながら、さらさらと、

百行所依孝與忠
取之無失果英雄
英雄縦不吾曹事
豈抱赤心願此躬

七言の絶句を書いた。

「……昨夜、輪違屋で書いたのと同じやつさ。こっちは詩人ではないからね、頼まれるたびに同じ文句を使い廻すよりほかに手がないのだ」

近藤は照れ臭いのか、しきりに弁解をしている。

「百行依るところは忠と孝か……、廓で七言絶句を書くのはあまりいい趣味じゃないな」

久太郎は近藤の横に坐った。

「大真面目すぎますよ。場所柄を弁えないってやつだ」

「それは知っている。だがな、久太郎、大真面目に、というのはここの主人の注文なんだよ」

「ほう」

「おれの書いた七言絶句を、よく見えるところに掲げておくと、無銭飲食漢どもが近寄らぬようになるらしいのさ。つまり、『尊皇攘夷の志士でござい』と法螺を吹いて登楼し、無銭で女を抱こうという不逞の、貧乏浪人どもが島原には多いらしいのだ。で、そういう連中が、見世の入口におれの七言絶句が掛っているのを見ると、これはまずいというので、蒼くなって帰る。新選組のいきのかかっている見世で、しかも勤皇攘夷の志士を名乗ってただで女を抱いたりしては大変なことになる、一生、新選組につけ狙われる、とまぁそのように思うらしい。それでおれの七言絶句は珍重されているわけだが……」

近藤は七言絶句を書いた紙を女郎に持たせ、

「主人のところへ持って行け」

と、命じた。

「そして、手を叩くまでこの座敷に戻るのは遠慮していてくれ」

「……あい」

女郎が出て行った。とたんに近藤は久太郎の方へひと膝ふた膝近寄って、

「ところで、おまえにきてもらったのは他でもない。じつはちかごろ、芹沢一派がのさばって困っているのだ。

と、小声で言った。

「なんとか連中をおさえる手はないかね？」

「大掃除をしてしまったらどうです？」

「大掃除……？」

「ええ。昼に家を出てから、いまし方ここへ着くまでに、あっちこっちへ足を伸して新選組の評判を聞いてまわったのですがね、いい噂はあまりないようでしたよ、勇さん」

「……だろうなぁ」

近藤は弱気に呟いた。

「芹沢一派は都大路をそっくり返って歩いているし、その他の連中もしたい放題を仕出かしている。これで好かれちゃ不思議というものさ」

「だいたいが、新選組の人数がここしばらくのうちにずいぶん殖えましたね」

「ああ。まあ、それだけ新選組の名が揚ったのだと言えば言えるがね。諸国の脱藩者や浪人者が、新選組の名を慕って、日にひとりやふたりはきっと壬生の屯所をたずねてくる……」

「新加入の隊員には西国や九州出身のものが多いらしいですね」

「それも事実だ」

「西国や九州出身の隊員が、そう簡単に《政権は政府にゆだねるべきである。その上での朝廷と幕府との提携である》とする勇さんたちの主義に果して最後までついてくると思いますか？」

「……」

「西国や九州出身者は例外なく〝幕府ぎらい〟〝徳川ぎらい〟ですよ。連中をこのまま放っておくと、早晩、新選組の命取りになる。やがて幹部の命令に不平を言い、反抗する。それぐらいならいいが、そのうちに連中のなかに、勇さんたち幹部の寝首を掻こうとするやつが出てこないともかぎりませんよ」

「おい、おどかすなよ」

「べつに脅かしてなどいませんよ。未来を冷静に読むとそうなるのではないか、といっているだけのはなしで……。そこで、芹沢一派と西国や九州出身の隊員たちを一度に大人しくさせてしまう方法としては……」

「あるのか、そんな手が？」

「どちらかを斬り捨ててしまうのが一番です」

「……ど、どちらかを、だと？」

「そう、芹沢一派でもいい、西国九州出身の隊員連中でもいい、どっちかを大掃除して、この世からあの世へ掃き出してしまうのです」

近藤は小豆の餡の滓（かす）のこびり付いている前歯で爪を噛みながら考え込んでいる。

「たとえば、芹沢鴨一派を勇さんたちが殺ってしまう。それもただ殺ってしまってはだめ、隊規に反したという名目で、殺ってしまう。残された西国九州出身の隊員連中はどうするでしょうか？」

「隊規をおそれるようになるだろうな……」

「と同時に、勇さん、あなたをおそれるようになりますよ。そしてあなたが隊規そのものになる……。むろん、この逆、西国九州出身の隊員連中を始末するという手もありますが……」

「それには乗らないね」

近藤が言った。

「まだ、連中は雑魚ばかりだ。雑魚を何匹斬ったところで、芹沢鴨がいまの生き方を改めるとは思われない……」

「では、芹沢鴨を殺ることですね」

「どうやって？」

「と、勇さんが頭を悩ますことはない。勇さんが『芹沢鴨を殺る』と決心すればいいんです。そうすれば、やがて自然に芹沢は死ぬ……。いってみれば、天があなたの意志通りに動いてくれるんです」

「な、なにをおまえ、夢のようなことを言っているんだ？」

近藤は目をまるくして久太郎を見ている。久太郎はにこにこしながら、鏡仁太夫の言っていた「変装術」について考えていた。

（……たとえば、おれが芹沢鴨に変装し、破廉恥なことを次から次へと仕出かす。いまでも芹沢の行跡については批判が多いようだが、それに輪をかけるようなひどいことをどしどしやってのけるのだ。芹沢は怨嗟の的になる。そうなればこの近藤が殺らなくても、別のだれかが芹沢を殺るはずだ……。鏡仁太夫が『変装術』と言っていたのは、じつはこのことだったのではないか？）

いまや久太郎の顔いっぱいに微笑がひろがっている。

「お、おい、久太郎、なにがそんなにおかしいのだ？」

「そのうちに勇さんも心から笑えるようになりますよ」

久太郎は近藤の質問を外し、廊下に向ってぽんぽんと手を敲いた。

「それでは勇さん、わたしはこのへんで……」

立ちあがりかけて、久太郎は昼に訪ねてきた大坂西町奉行の老人侍の鋭い目つきを思い出し、

「ところで、勇さん、大坂の与力の内山彦次郎という年寄を知っていますか？」

と、訊いた。

「さかんに、勇さんのことをほじくり返していましたが……」

「……内山彦次郎？」

近藤は饅頭を摘んだ手をしばらく宙に浮ばせて考えていたが、やがて、

「ああ」

と、うなずいた。

「この七月、新選組が大坂で小野川喜三郎部屋の角力取と喧嘩をしたがね、内山彦次郎はそのときの取扱い与力だ。しかし、あの件はとっくに落着したはずだが……」

「気をつけた方がいいですよ」

久太郎は廊下に出た。

「だいぶ、執念深そうな老人でしたから……」

とんとんと音がして、近藤の相方の女郎が階段を登ってきた。それと入れちがいに久太郎は階下へ降りて行った。

五

座敷の、開け放した障子の向うに鴨川が見え、堰を流れ落ちる水の音が遠くなったり近くなったりして聞えている。その水の音を縫うように、隣りの芸妓の置屋から三味線の音がしていた。床の

間の香炉からかすかに煙が立ち昇っているのがのどかな感じである。

祇園新地の貸座敷『花ぎおん』の二階八畳の座敷で、久太郎は香の匂いをたのしみながら、新選組の局長の新見錦のくるのを待っていた。

その朝、久太郎は壬生の新選組屯所へ出かけて行き、四条堀川の太物（ふともの）問屋菱屋（ひしや）太兵衛の手代伊与吉として、新見錦に会っているのだが、久太郎はそのとき、彼にこう言った。

「主人太兵衛妾のお梅につきまして、新見様とぜひ内密におはなし申し上げておきたいことがございます。なにとぞ、本日正午、祇園新地の花ぎおんまで、お越しくださるわけにはまいりますまいか。お暇はとらせません。また、失礼ではございますが、差し上げたいものもあります……」

右の短い言葉の中に、久太郎は《誘い》をふたつ仕掛けている。まずお梅であるが、これは芹沢鴨の、現在（いま）の情婦（おんな）。芹沢は菱屋からだいぶ着物を買い込んでいるが、その代金はこれまで鐚（びた）一文払っていない。そこで太兵衛は、女を使いに出してやわらかく穏やかに催促しようと考え、妾のお梅を芹沢のところへやったのだが、このお梅が髪ゆたかに眼の涼しい二十四歳の美人、しかも十四歳のときから水茶屋づとめで磨きがかかっている。芹沢はたちまち惚れ込んで、借金を払うどころか、力ずくでお梅を己が太鼓腹の下に組み敷いてしまったのだ。この芹沢の理不尽な行為は新選組のだれもが知っている。いや、新選組ばかりではない、京雀までが、

（……ひどいはなしやないかいな）

と、噂し合っている。筆頭局長芹沢のこの乱行に同じ水戸出身の新見錦が頭を痛めていないはずはない。だから《お梅のことで》と持ちかければ、新見錦はすっ飛んでやってくるにちがいない。

久太郎はそう懐勘定をしていたのである。が、正午をとっくに過ぎたのに新見錦はまだ姿を見せていない……。

もうひとつの誘いは《差し上げたいものがある》という言葉である。久太郎が内偵したところでは、新見は目下祇園の妓に狂い、金に困っている。金をちらつかせればやはり一も二もなく三四とこっちの話に喰いついてくるはずだ、と久太郎は踏んでいたのだ。

(……どうしたのかしらん)

久太郎は腕を組み、柱に背中を寄りかからせ目を閉じた。

(新見は直接に四条堀川の菱屋へ行ってしまったのだろうか。だとしたら、伊与吉という手代のいないことがばれてしまう。そうなると仕事の手順をはじめから組み替えなくてはならないが……)

久太郎は欠伸をひとつして、うとうととなった。

……と、しばらくして、久太郎は肩をだれかにとんとんと小突かれて、目を覚した。

「……もうし、お客はんどすえ」

白粉で顔を塗り固め、玉虫色に光るほどこってりと唇に紅をさした大年増が、久太郎の目の前にいた。

「や、これは……」

久太郎は坐り直して上座を見た。小さいが白眼の多いねちっこそうな目の男が大きな口を「へ」の字に結んで腕あぐらを組んでいる。頬が脹んでおり、ひどい痘痕面である。

「新見様、居眠りなどしておりましてまことにあいすみません」

久太郎は畳に額をこすりつけた。

「しかし、まぁ、よくお越しくださいましたなぁ」

「おくれてしまった。すまん」

新見はあぐらをかく。身のこなしに隙のない男のようである。なるほど、神道無念流岡田助左衛門の免許皆伝者だけはある、と思いながら、久太郎は顔を世辞笑いと愛想笑いでいっぱいにした。

「なんのなんの、お忙しい新見様をこんなところへお誘いした手前の方が無茶というもので……」

「ところで、さっそくだが、そっちのはなしを聞かせてもらおうか。じつは近くの貸座敷に人を待たせてあるのでな、ちと急ぐ」

おおかたこっちの差し出す金をあてにして、馴染みの妓(おんな)でも呼んであるのだろう。心のうちでは久太郎、そう見当をつけたが、むろん顔には出さず、

「ちょっと、座を外していてんか」

白粉べた塗りの妓に小さく顎をしゃくった。

「へぇ。ほな、なんぞご用がおましたら、手(てぇ)、鳴らしておくれやっしゃ」

妓が出て行った。

「新見様……」

久太郎は畳を膝で漕いで、新見と三尺ほどのところまで摺り寄る。

「手前ども主人太兵衛、このところ、寝込んでおります。つまり、言うところの恋患いのようなもので……」

「ご主人、よほどお梅さんに参っているようだな」

「へ。なにしろ主人太兵衛は、あのお梅さんの躰にだいぶ金を注ぎ込んでおりまっさかいに……」

久太郎はときおり言葉に上方弁をはさみ込む。《関東のお方と話をさせていただいておりますので、手前も関東弁でお相手を。しかし、上方生れの地はやはり隠すことはできないものでございますねぇ》という、これは芝居心、べつにいえば鏡党変装術の初歩なのである。

「……やはり諦め切れませんようで」

「それで、その方のはなしとは？」

「芹沢鴨様は他の者の意見はがんとして受けつけないが、ただ、新見様のおっしゃることはよく容(い)れるという噂、そこでどないでっしゃろ、意見料として百両さしあげまっさかい、新見様から芹沢様にひとつ……」

「意見をしてくれ、というのか？」

「へ。手付けに五十両、持って参じましたが、どないなもんでっしゃろ」

「百両とは安いぜ」

新見はにやにやしながら顎をなでまわしている。

「それに手付けだとかなんだとか、頼み方がすこし姑息すぎはしないか。なんにもいわずポンと二、三百両、おれの前に積んでみろ。そうしたら、考えないでもないがね」

「菱屋の内証はじつは火の車なんでございます」

久太郎は声をかすかに慄(ふる)えさせて、哀れっぽい感じを出すように努めた。

「五十両を作るのにどんなに苦心いたしましたことか。新見様、わたくし、じつは怖しいのでございます」

「なにが」

「主人太兵衛は気の小さい男でございます。けど、気が小さいだけに、かっとなったらなにを仕出かすかわかりまへん。新見様はご存知かどうか知りまへんけどな、菱屋は会津中将様と特別の関わりがございましてな……」

「なに？」

新見錦の目がちかっと光った。

「へえ、主人太兵衛の末の妹が、これがすこぶるつきの別嬪はんでございますが、会津藩公用方の横山主税様のなにで……」

久太郎は右の小指をぴんと立てた。がむろんこれは口から出まかせだ。

「放っておくと、横山様のところへ駆け込まぬものでもありません。そないなことになりますと、会津様御預りの新選組に……」

「災難がかかるというのか？」

「へ。会津様から新選組へは月々三百両のお手当が出ていると聞いております。そのお手当が減るかも知れまへん」

「貴様、お手当の額をどこから……」

「ですから、主人太兵衛の妹からでございます。新見様、こんなことを申し上げてはなんでございますが、ちかごろの新選組の評判、まことに香しくない……」

「なにィ？」

「ま、ま、お平に。市中の夜警としましては新選組のほかに見廻組がございます。この見廻組には旗本の次男三男の腕の立つところが揃っておられまして、育ちがいいだけに礼儀に厚く、そこへ行くとあなた様方は、なんやしらん、山猿の集ったのと同じ……」

「こいつ！」

新見錦は刀を引き寄せた。

「わ、わたくしがそう申しておるのではございません。世間がそう言っているのでございます」

久太郎は大仰に怯えてみせた。

「ま、そ、そんなわけで、会津様も新選組をもて余しているというもっぱらの噂、そんなときに、筆頭局長の芹沢様のことが大っぴらになりましては、そのう……」

「わかったよ、伊与吉」

新見錦はうなずいて、

「いかにも芹沢さんに意見をしてやろうじゃないか。手付けの五十両、貰おう」

「へ、ありがとうございます」

久太郎は何度も叩頭しながら、懐中から財布を出し、

「……では失礼ではございますが、わたくし、直接にあなたさまの懐へ……」

と、摺り寄り、財布を新見の懐中にねじ込むと見せて、えい！　と鳩尾に鋭い突きを喰らわせ

る。新見は顔に笑みを泛べたまま、ゆっくりと前にのめって、畳の上に突っ伏した。久太郎は手早く、新見の羽織を剝ぎ取った。羽織は浅黄地の袖へだんだらを染め抜いた新選組の制服である――。

六

半刻後、六角堂近くの扇処・宮脇売扇庵へ、

「……新選組のものだが、扇を二百本ほど誂えたい」

と、大声で言いながら、赤穂義士が討入りに着たものとよく似た派手な羽織を引っかけた男が現われた。目を細めながら白眼にし、口を「へ」の字に結び、頬が脹れており、顔中、痘痕だらけの男だ。

「……あっ、あの人の顔、うち知っとる。新選組の新見錦いわはるお方よ」

店番の若い娘の売子が、傍の朋輩に小声で囁いた。

「あのお人、局長はんや。局長はん言うたら壬生浪のなかでも一等、えらいんやて」

むろん、入ってきたのは本物の新見錦ではない。新見錦に変装した久太郎である。

「……おこしやす」

売子が久太郎に寄った。

「あのう、なんぞ……」

「扇を二百本、欲しいと申しておる」

「へ、おおきに」

「届先は壬生の新選組の屯所、新見錦」

「へえ」

売子は（どう、うちのゆうた通りやったやろ？）と朋輩に目顔で誇りながら、註文控の上に筆を動かす。

「……で、あのう、新見様、扇になにかご註文は……？」

「白扇だ」

「へえ」

「二百本」

「へえへえ」

「一本一本に『誠』という字を入れてくれ」

「へえ。『誠』という字……。そいでほかには？」

「さらに註文がふたつある」

久太郎は店に入る前に道端で拾った棒っ切れで肩をとんとんと敲きながら、

「ひとつ。代金は請求しないこと」

と、大声を張り上げた。その拍子に口許の痘痕がひとつ、ぽろりと取れて土間に落ちた。鏡党の変装術では、大きな痘痕は小梅干を、小さな痘痕は煮小豆を、それぞれ膠（にかわ）で肌に張りつけることになっている。大声をあげ、口のまわりの皮膚を大きく動かしたために、膠が剝げて梅干の皮がひとつ取れてしまったらしい。売子はただ目をまるくして、久太郎を見つめていた。

「ふたつ。これからは寒さに向う故、煽ぐと暖かい風の起る扇がほしい。ぜひ、それにしてもらいたい」

「……そ、そんな扇、おますかいな」

売子がようやく口をきいた。

「そ、それに、無料で扇を二百本やなんて、無理や、無体や、無茶どっせ」

「ほう……」

久太郎はぐいと左手をのばして、売子の尖った、小さな顎を下から上へ持ち上げた。

「可愛い顔をしている割には、ずけずけとものをいう小娘だな。よし、気に入った。壬生へ来い。妾にして可愛がってやろう」

「いやや！」

売子が首を振って、久太郎の手から自分の顎を外した。

「うち、いやどす」

「こいつめ！」

久太郎は右手の棒を斜めに振りあげて、

「女子供と思って手加減していればつけあがりおって」

と、飾り台の上の扇を横に払った。

「ひぇーっ！」

売子は黄色い声をあげ、十本ほど、扇が宙に舞い上る……。

「主人を出せ！」

喚きながら久太郎は見世の中に飾られている扇を片っぱしから叩き落してまわった。

「ここの主人に新選組局長の新見錦が、客あしらいを教えてやろう！　主人を連れてこい！」

七

「……ちょ、ちょっと、お待ちくだされや」

奥から転がるようにして小柄な老人が見世へ飛び出してきた。総白髪で皺だらけだが、眼だけは大きく、その上炯々と光っている。

「店の者がなんぞ不都合なことでも……？」

「その方が、この売扇庵の主人か？」

「へ、まぁ……」

「へ、まぁ、とは煮え切らぬ返答だな」

「ここの隠居ですわな。息子はいま外へ出とうりまっさかい、かわりにわてがこないに這って参じましたんやけどな」

「よし、爺い、これからはあんたが相手だ。いいか、この店の者は、はじめ、どのような扇でもお申しつけください、と言っておきながら、おれが、それでは代金を払う必要のない、煽げば暖かい風の起る扇を、と註文を出すと、そういうものはない、とほざいた。さぁ、どっちが無理だ？　どっちが不都合だ？」

老人がにゃっと笑った。大きな眼が針のように細くなる。

「なにがおかしい」

久太郎はここでまた大声をあげた。

「おれは壬生浪、新選組局長の新見錦だ。甘くみると大怪我をするぞ」

「……酔ってはりまんな？　ちゃいますか？」

老人の大きな鼻がぴくっと一回、上下動した。

「たしかにおれは微醺（びくん）を帯びておる。が、それがどうした？」

久太郎は祇園新地の貸座敷で新見錦に変装しながら、妓（おんな）に銚子を運ばせ、その中味を着物や羽織にたっぷりと注がせている。むろん、〈新選組の局長のひとりである新見錦は、お天道様の照っている昼日中（ひるひなか）から酒を喰い、狼藉を働いている〉という悪評を撒くための、これは工作のひとつである。

「ええ、こら、酔って悪いか？」

「悪いことはおへんが、新見様、その扇子のご註文、この老人が引き受けまひょ」

こう出てくるとは意外だった。平あやまりにあやまって、なにがしかの金子を握らせてくる、そして新見錦の名前だけは生涯忘れず、その悪口を世間にこっそりと垂れ流す……、久太郎はそういう式次第になることを予想していたのだ。

「ほう、代金を払う必要のない、煽げば暖かい風の起る扇が、ここにはあると申すのか?」

「……へ」

老人は白髪頭をひとつ大きく縦に振った。

「おます。そやけど、その扇子は使い方が大事で……」

「というと?」

「脇にかんかん火のおきた火鉢を置いといてもらわなあきまへんな。で、その火鉢の向うから、ぱたぱた煽ぎます。すると暖かい風が起りますよってに……」

「おれは頓智問答をしに来たわけではない!」

久太郎は手にした棒切れで、横手の飾り台の扇を叩き落した。

「新選組はそれほど暇ではないのだ」

「代金は……」

老人は暢気(のんき)に喋り続ける。

「会津中将様のほうへ直接(じか)に掛け合いますよってに、新見様からはいただきまへん」

ついさっきまで、久太郎の剣幕におびえて慄えていた売子たちが、袂で口を覆い、笑いをこらえていた。売子たちは、自分の店のご隠居はんがほぼ完璧にこの酒臭い壬生浪をやりこめている、ということを知っているのだ。

(……おもしろい)

と、久太郎は思った。この売扇庵でさらに乱暴を働くのも手だが、新見錦が扇屋の隠居に軽く言いこめられてすごすご尻尾をまいて退散した、そういう噂をのこすことの方がよりよいのではないか……。

そこで久太郎はいくらか吃（ども）った口調で、

「く、く、口のへらない死に盛り野郎だ」

と、悪態を放って、売扇庵を出た。

「おーきに。おやかまっさん！」

久太郎の背中を老人の声が追いかけてきた。つづいて売子たちの笑い声があがる……。「おやかまっさん」とはむろん客が辞去の際に、長い間、おやかましゅうございましたという意味で発する挨拶語だ。それを店の者が口に出すということは、言うまでもなく皮肉である。つまり、久太郎扮する新見錦はからかわれているのである。

（……うまく行った）

久太郎は心の中で呟きながら、店の前を半円に取り巻いている弥次馬の中へ割って入った。弥次馬の中にひとり美（い）い女がいた。明らかに芸者（それしゃ）上りの中年増、形のよい唇に紅を厚目に塗っている。

「……来い！」

久太郎はむずと女の手首を引っ摑んだ。

「おれの情婦（おんな）にならんか。贅沢をさせてやるぞ」

高処（み）の見物のつもりが一瞬のうちに蛇に頭を啣（くわ）え込まれた蛙、女はただ口をぱくぱくさせている。

（……新見錦を演ずる、これは余禄だ）

と、思いながら、久太郎は女をぐいと引き寄せ、その口を吸った。

「……会津中将から頂戴する月々三百両のお手当て、そっくりおまえにやる。どうだ、新見錦の妾にならんか」

「お、お金で誑すなんて、えげつないやり方や」

女は引き攣ったような声を出した。

「い、いやや。放してんか」

「まず、着物をこしらえてやろう」

数軒先に呉服屋があった。

「おまえには、新見錦の妾にふさわしい恰好をしてもらわねばならん」

久太郎は女を引き摺って、呉服屋に入った。

「おい！　急ぎの仕立てだ」

「へ、へぇ……」

目の前に居た番頭株らしいのが久太郎を看て、怯え顔になった。

「あのう……」

「この女に、一着、すぐに着物を仕立ててくれんか」

「すぐにと申されますと、二日か三日で……？」

「いや、たった今、おれの見ている前で縫うのだ」

「け、けど、店にはいま手がおへん」

「こっちの知ったことか。寸法は……」

久太郎は脇差を抜き放っておいて、女の手をぐいと前に引いた。不意を喰って女の躰がとんとんとんと前に泳ぐ。

「寸法はこんなところだ」

言いながら久太郎は女の腰のあたりを脇差で撫でるように斬った。帯が切れて、女の前がはらりとはだけ、つづいてお腰がすとんと土間に落ちた。久太郎は帯とお腰の紐をいっときに切っていたのである。

女は数呼吸の間、前をひろげ、白い下腹部をあらわにしたまま、呆っと突っ立っていたが、やがて、

「あッ」

と、小さく鋭く叫んで土間にしゃがみ込んだ。

「……見たぞ」

久太郎は弥次馬たちにも届くように大声をあげた。

「見たが、案外、毛の薄い女だ。おれは薄いのは嫌いだ。新見錦の妾は毛の濃い、そして情も濃い女でなければならん」

……それから久太郎は、瀬戸物屋で棒を振り廻し、貸本屋の棚を棒で突き落し、砂糖屋の砂糖壺

に水を流し込んだ。団子屋の店先では、娘をうしろから押え、喰いしばった口を団子の串で抉じ開けて、その口の中へ団子を十本ばかり押し込んだりした。つけ加えるまでもなく、久太郎は、狼藉を働くたびに、大声で、

「……おれは新選組局長の新見錦だ。文句のある者は屯所へ出かけてこい！」

と、喚き立てるのを忘れなかった。

八

祇園新地の貸座敷花ぎおんの二階へ駆け戻ると、本物の新見錦は依然として昏々と眠ったままだった。久太郎は新見の胸の上に、借用した着物と羽織を掛け、顔の化粧を落した。

「……なんや知らん、面妖なお人やな」

妓が赤銅の盥を久太郎の横に置いた。

「新見はんが眠ってはる間に、新見はんに化けて、いったいあんた、なにを……」

「しっ！」

すばやく懐から小判を一枚つかみ出し、久太郎はその小判を妓の口に当てがった。

「……おまえさんの口は人並み外れて大きいようだが、いくら大きくとも、この小判で塞がらないような口ではないだろう」

「……へ」

妓はうなずいた。

「うち、口は大きいけど、お喋りやおへん」

「いいかい、おれはずーっとここで、この新見さんの介抱をしていたことにしてくれよ」

「小判一枚じゃいややな」

妓は久太郎に擂り寄って、

「……下の口にもなんか当てがってんか。下の口も塞いでおくれ、ねぇ」

「……ま、まぁ、それは後で、だ」

「……つまらんなぁ」

妓は洗い落した顔料で泥を溶したように濁った盥の水を持って座敷を出て行った。久太郎は新見の右手の指に五十両入りの財布の紐を引っかけておいて、えい、と活を入れる。

「……や、やや？」

新見が起き上った。

「な、なぜ、おれは着物を脱いで寝ているのだ？　まてよ、おまえがこの財布をおれの懐中に押し込んだところまでは覚えているが……」

「へえ。そのとき、あなたさまは、うっ！　と唸ってお倒れになりましたので……」

「おれが、か？」

新見が首を傾げた。

「……はて」

「胃が痛い、とおっしゃって、それっきり気を失われておしまいになりました。いやぁ、心配いたしました」

「胃が痛い、か」

新見は腹を撫でながらよろよろと立って、着物を身につける。

「そういわれれば、たしかに鳩尾のあたりが重い。押すと痛む」

「なにか持病でもおありになるのでございませんか？」

「……いや、べつに」

新見は帯を締め、羽織を肩に引っかけ、財布を懐中に捩じ込んだ。

「身体はいたって頑丈なほうだが、どうもふしぎだ。それで、おれはどれぐらい寝ていた？」

「小半刻ばかりで……」

「小半刻？　……そいつはしまった。じつは近くの貸座敷に妓を待たせてあるのだ」

新見は刀を摑んで廊下へ飛び出した。

「新見様、主人太兵衛の想い女、お梅さんの一件、なにとぞよしなに」

「わかっている。お梅をおまえの主人の許へ戻してやればいいのだろう。芹沢さんに意見をしておく」

「ありがとうございます」

「では、また、な」

「あ、ちょっと」

「なんだ、まだなにかあるのか?」

「お忘れもので」

久太郎は床柱に立てかけておいた棒切を取って、新見に差し出した。

「……なんだ、これは?」

「新見様がここへお持込みになった棒でございますよ」

とはむろん嘘で、それは新見に化けた久太郎が、あちこちで狼藉をしてまわったときに握っていた棒切である。六角堂からこの祇園新地まで、久太郎はかなりの速足で戻ってきた。がしかし、鏡党の速足の術で闇雲に駆けてきたわけではない。弥次馬の中の足の早い連中がなんとか蹤いてくることのできる程度の速足で駆けたのだ。だれかに新見錦が祇園新地にいることを知ってもらうことが必要だからである。蹤いてきた弥次馬はおそらく新見錦が祇園新地にいることをさっそく言い触らすだろう。それを聞いて見廻組がおっとり刀でやってくるかもしれぬ。ひょっとしたら、新選組のだれかが駆けつけてくるかもしれない。そのとき、この棒切はまたとない証拠となるはずだ……。

「……新見様はわたしにこうおっしゃいましたよ。どうだ、この棒、鉄扇がわりにじつに恰好だろう。といっても町人のおまえにこの棒のよさはわかるまいが……」

「そ、そんなことを言ったかな?」

新見はしきりに首を捻りながら、久太郎から棒を引ったくった。

「……べつにたいした棒じゃないぜ」

「とにかく新見様がそうおっしゃいましたので」

「どうもへんだな。今日は朝からずうっとなにか悪い夢でも見ているような心持だ」

棒で肩を叩いて新見は階段を降りて行った。久太郎は廊下に両膝を揃えて坐り込んだままの姿勢で耳を澄ませていた。

（……思惑通りに事が運べば、新見が露地へ出るとすぐに、ひと騒ぎが始まるはずだが）

からからと格子戸の開く気配がした。とたんに久太郎が期待していた通りの声が露地からあがった。

「……新見さん、恥を知ってください！」

若い男の割れ声である。

「よくも新選組の『誠』の旗をどぶ水に漬けてくれましたね」

その声には聞き憶えがあった。

（沖田惣次郎だ！）

久太郎は首を伸して全身を耳にした。

九

「なに？　このおれが新選組の『誠』の隊旗をどぶ水に漬けただと？」

新見錦の濁み声が祇園の路地に響き渡った。

「沖田、相手を見てものを言えよ。他のことは知らないが、局長のこのおれ、新選組の名を汚すような真似はこれっぽちもしたおぼえはないぜ」

久太郎は、廊下から、座敷のなかの、路地に面した窓に駆け寄り、細目に障子を抉じ開けて、隙間をこしらえた。そして懐から手鏡をとり出し、左手の親指と人さし指でその手鏡を摘むと、障子の隙間からそっと戸外へ突き出す。角度を調節しているうちに、手鏡の中に窓の下で揉めている数人の男たちの姿が浮び上った。

ひとりは言うまでもなく新見錦である。新見錦を取りかこんでいる男たちは、いずれも、新選組の隊服であるだんだらを染め抜いた羽織を着用していた。久太郎は、新見錦も、また、だんだらを染め抜いた羽織を着た男たちも、たがいに相手に気をとられて頭上の自分に全く気づいていないことを手鏡の中にたしかめると、もう二寸ばかり障子の隙間を拡げ、その間から首をぬうっと戸外へ伸し、眼下を眺めおろした。

新見錦と正対しているのは沖田惣次郎だ。その右横に山南敬助が立っている。そして沖田の左横には土方歳三がいた。土方はにやにや笑っている。

「言い逃れは無用です！」

沖田は激昂して刀の柄を盛んに叩いた。

「新見さん、あなたが売扇庵で乱暴を働いていたとき、おれたちは売扇庵とは目と鼻の六角堂でちょうど茶を飲んでいたのですから」

「ま、ま、待て」

新見錦が右手の棒をあげて沖田を制した。

「おれは六角堂の近くに売扇庵という店のあることも知らんぞ」

「聞いてください！」

沖田が逆に新見錦を制した。

「だれかが茶店の前を『売扇庵で新選組が暴れているぞ』と触れて行ったので、おれたちは茶店を飛び出した。売扇庵の前へ着くとあなたはもう先へ行っていた。残っていたのはお店の土間に散らばった扇子と『狼藉者は新選組局長の新見錦だ』という声……」

「おれは知らん！」

「まぁまぁ、そげな大声ば立でねでもえがす」

山南敬助が仙台訛で沖田のあとを引き継いだ。

「んで、聞いて回っと、そこら辺の店は軒並み、その新見錦つぅ痘痕面の男に荒されで居だんだえば。んだがら、俺達、道々、『こっちさ、痘痕面の、酒臭え、棒ッ切れば持った男ば見掛げながったべがねす』と聞ぎながら、とうとう此処さ辿りついたわけなのっしゃ。いさぎよく泥ば吐いだらなじょだっぺね？」

「泥を吐きたくとも吐く泥がない！」

新見錦はじれったそうな声をあげた。

「おれは小半刻前に、この貸座敷花ぎおんへやってきた。二階の座敷で……」

新見錦が久太郎が首を出していた窓を振り仰ぐ。むろん、久太郎はすでにその気配を察して、首を引っ込めていた。

「……ある男と用談中に、急に腹に痛みを覚え、つい今し方まで臥っていた。それだけのことだ」

「強情だな、あなたという人も……」

土方歳三がそのへんをゆっくり歩きまわっている。

「新見さん、あなたがたしかに狼藉を働いていたという証人がこっちには何十人もいるんですよ」

「し、しかし、おれはこの花ぎおんを一歩も動かなかったのだ」

「すると、新見錦という男がこの世に二人、居ることになる」

土方は新見の前に立ち止まる。顔にはあいかわらず人を馬鹿にしたような薄笑いを泛べている。

「この花ぎおんの二階の座敷で臥っていた新見錦と、六角堂界隈で乱暴を働いた新見錦と、二人居ることになる。どっちのあなたが本物です？　それとも新見さん、あなたは分身術でもお使いになるんですかね？」

このとき、向いの貸座敷の一階の窓から女のくすくす笑いが起った。

「うち、見てたんよ」

窓にはふたつみつ、妓の白塗の顔があった。

「……新見はんがその棒ッ切れ担いで、戻らはるところ、ちょうど見てましたん」

白塗の顔の中に新見錦の馴染みがいるらしかった。

「新見はん、嘘吐いたらあかんえ」

「けど、新見はんは嘘吐きや」

別の妓が聞えよがしの黄色い声を張りあげた。

「今度、きっとまた座敷に呼んでやる、いつかそう言わはったけど、これ空手形やった」

「だ、だまれッ！」

新見錦は向いの貸座敷の窓めがけて、右手の棒を力いっぱい投げつけた。妓たちはきゃあきゃあと大仰な騒ぎ声をあげながら、窓から顔を引っ込めた。

「なるほど。新見さんは六角堂界隈でもそうやって女子どもに乱暴をなさったわけですか」

土方は窓に当って路地に転がった棒を拾いあげた。

「このことを芹沢、近藤の両局長に報告しておきましょう」

土方はもう三条大橋の方へ歩き出している。山南と沖田はそれぞれ新見錦に冷たい一瞥を浴びせかけて、土方の後に従った。

「……おい、待て！」

新見錦が叫んだ。

だが、もう土方たちは路地から姿を消してしまっていた。

「……なぜ、このおれが女子どもを相手に暴れまわらなければならんのだ」

新見錦は花ぎおんの入口の前をぐるぐる回りながらぶつぶつ呟いている。

「なぜ、このおれが……」

新見錦の動きが不意に止った。

「まさか、あの伊与吉が！」

首を引っ込めようとしたが遅かった。上を仰いだ新見錦の視線がぴたりと久太郎の顔を捉えている。

「伊与吉……」

「へ、へい」

仕方がない。久太郎はぺこりと下に向って会釈をした。

「……なにか？」

「貴様、ほんとうに四条堀川の太物問屋菱屋太兵衛の手代か？」

「へい」

「嘘をつけ！」

新見錦の右手が左腰へ這って小柄を摑んだ。

「おれの懐中に五十両を忍び込ませると見せて、鳩尾を突いたな。そしておれを気絶させてその隙におれに化けて……。狙いはなんだ？　いったい、貴様、なにものだ?!」

新見錦の右手が左腰からぴゅっと上へ伸びる。久太郎は首を引っこめた。とん！　久太郎の横の柱に小柄が突き立った。

「惜しゅうございましたね、新見さん」

久太郎は柱から小柄を引き抜き、

「おっとこいつはお返ししますよ」

と、小柄を下へ抛り投げた。そのとき、久太郎は普通に抛り投げると見せて、じつは手首を強くきかせた。小柄は流れ星のようにすばやく飛んで新見錦の羽織の裾を入口の柱にしっかりと縫いつけていた。

「……貴様できるな？」

新見錦が黄色い歯を剝いた。

「へぇ」

と、久太郎は答えた。

「おとなしく白状いたしましょう。わたしは津川流や根岸流の長い手裏剣から、燕尾剣の義尾流、柳生流の四枚羽根、そして知新流の短い手裏剣まで一通り齧りました。ついでに申し添えますと、琉球のかんざし投げもちょいと……」

「そ、そこを動くな！」

怒鳴りつけながら新見錦は羽織を脱ぎ捨て、花ぎおんの内部へ駆け込んだ。久太郎はいつも肌身はなさず携帯している細い麻縄を懐中から出し、縄の真中あたりを手早く柱に結えつけた。結び方は鏡党結縄術のうちのひとつの『引き解け結び』、これは一端に数人がぶら下っても平気であるが、別の一端をとん！　と強く引くとはらりとほどけるという結び方である。両端を地上に垂らしておいて、久太郎は猿よろしく麻縄を伝って路地に降り立った。縄の一端を引いてほどいたとき、二階の座敷の窓から新見錦が顔を出した。

「……や、貴様、いつの間に?!」

新見錦の肩がはげしく上下に動いている。急いで二階に駆け上ったので呼吸が切れたらしい。

「名、名前だけでも明かせ」

「ですから、四条堀川の太物問屋菱屋の手代伊与吉で……」

久太郎は手早く縄をたたみ、懐中に仕舞った。

「では、ごめんくださいまし」

行きかけて、ふと立ち止まり、

「……おっと、芹沢様に、主人妾のお梅さんを菱屋に返すよう、なにとぞご意見のほどを」

あとは鏡党の速歩術であッという間に久太郎は真昼の路地を出た。

十

その夜、久太郎は島原遊廓の輪違屋で近藤勇と会った。

「……なんだ、乱暴を働いた新見錦とは、久太郎、おまえだったのか」

久太郎から一部始終を聞き終えた勇は、しばらくのあいだ、低い声で、くっくっと笑っていた。

「土方たちから報告を受けて、一応、軽く、新見を問いつめてみたのだが、やつはしまいに、天狗にだまされた、と泣き声になったぜ。しかし、その天狗がおまえとは……」

「で、他の隊員たちは天狗の存在を信じておりましたか?」

「だれが信用するものか」

勇は下戸なので酒のかわりに薄切りの羊羹を舐めている。燗番の妓は手持ち無沙汰とみえて、長煙管（ぎせる）を櫓（ろ）がわりにこくりこくりと船を漕いでいる。

「だれもかれも、酒の勢いをかりて六角堂界隈を荒しまわったのは、新見錦本人だと信じているぜ。天狗はやつの苦しまぎれの嘘にちがいない、ともね」

「それはよかった……」

久太郎もつきあいで羊羹を左の手の平にのせた。

「さて、あとは勇さん、あなたの料理次第ですよ」

「しかし、どう、料理すればいい？」

「新選組の名誉を損ったかどにより切腹、詰め腹を切らせるのです」

切腹という言葉に驚いたのか、うつらうつらしていた妓がはっと目を覚し、煙管をぽんと、畳の上に取り落す。

「……切るかねぇ」

「ですから、切らせるのです」

「だが、久太郎、なぜまた新見錦なのだ。あいつの肩書は局長だが、すこしばかり威張りたいだけの、別にどうということもない男だぜ。おれの狙いは……」

「芹沢鴨でしょう？」

「わかっていますよ」

久太郎は小声になった。

「ならなぜ新見を？　これはすこし寄り道じゃないのかい？」

「分断作戦です」

「分断……？」

「水戸派は結束が固い、と聞いています。いわば連中は水戸納豆。こっちの豆とあっちの豆との間が何本もの糸でつながっています。豆は一個ずつ取り除かないといけません」

勇は腕あぐらをかき、目をつむって久太郎の話に耳を傾けている。妓はまた船を漕ぎはじめたようだ。

「それも除き易い豆から……」

「その豆が新見錦か」

「そういうこと」

「たしかにおまえのおかげで新見錦には〈隊の名を汚した〉という罪名を貼りつけることはできた。しかし、やつに腹を切らせたあとに、芹沢がどう出るか……」

「こわいんですか？」

「止直いってこわいね」

勇は苦笑した。

「新見の弔合戦を挑まれたらどうする？」

「芹沢さんはわたしがなんとかしますよ」

「というと？」

「芹沢鴨の腹心に佐伯亦(また)三郎という若者がいるでしょう？」

「おう、あの色白の二枚目……？」

「そう、長門出身の若者」

「佐伯は腹心なんてものじゃない。あの青年は芹沢の稚児だ」

「知っています。芹沢さんは情婦のお梅以上に佐伯亦三郎を可愛がっている。そこがこっちの狙い目で……」

「わからないなぁ。おまえの言っていることはおれにはどうもちんぷんかんぷんだ」

「勇さんたちが新見錦に腹を切らせる。それと前後して、芹沢さんには佐伯亦三郎を斬らせる……」

「お、おい、そんなことは無理だ。出来っこない相談だよ。芹沢と佐伯とは実の夫婦よりも仲がいいのだぜ」

「とにかく斬らせます。芹沢は自分の愛する者を斬ったことで頭がいっぱいで、新見錦のことなど、どっかへすっ飛んでしまう……」

「……」

「そうやって芹沢のまわりから一個ずつ豆を取り除いてしまうんです」

「まかせたよ」

勇はごろりと横になった。

「おまえのやりたいようにやってくれ」

勇は、船を漕いでいた妓の手をぐいと引いて倒し、その上にぐいと押し乗った。

「……せっかちなお人やなぁ」

妓は寝呆け声で言いながら、着物の裾を左右に開いた。

十一

新選組の局長のひとり新見錦に化けて京は六角堂界隈の商家を荒しまわったあくる夜、久太郎は新選組の壬生屯所の近くの、律宗の別格本山壬生寺の、東高麗門で、お梅のくるのをじっと待っていた。お梅とはむろん四条堀川の太物問屋菱屋主人太兵衛の妾で、現在は芹沢鴨の想い者の、あのお梅である。

その日の夕方、久太郎は、芹沢が腹心の部下の平山五郎や佐伯亦三郎たちを引き連れて島原遊廓へ出かけたところを見計って、芹沢の寝泊りしている郷士八木源之丞方の離れに次の如き文面の書状を投げ込んできていた。

「芹沢鴨様のことについて、ぜひお耳に入れておきたいことがございます。夜五ツ前に、壬生寺の東高麗門までお越しください。あなたのご存知の者より」

言うまでもなく、離れ座敷にお梅の居ることをたしかめてから、久太郎はこの書状を投げ込んでいる。お梅は書状を読んだはずだ。ただし、右の文面を真に受けてお梅がやってくるかどうか、これはわからない。きてくれれば儲けものである。来なければまた別の方策を立てればよい。

さっきから、音もなく雨が降っている。このところ、雲の重く垂れた、湿気の多い、いやにむしむしと暑い日が続いている。九月の気候としてはこれは常にもないことだった。しかし、いま降る雨は妙に冷たかった。久太郎にはその冷気が快い。そこで門の中へは入らずに、外で雨に濡れながら立っている……。

と、北の方から、がりっがりっと足駄の歯が地面を掻く音が聞えてきた。久太郎は塀にぴたりと躰をつけて、音のする方を窺った。〈新選組〉という文字の入った提灯がゆっくりと近づいてくる。提灯のあかりの中に、白い、丸い顔が浮きあがっていた。

「……おっとお梅さんですかい？」

久太郎は道の真中に飛び出して、躰をふたつに折った。

「さっき、離れ座敷に書状を投げ込みましたもので……。雨の中をわざわざどうもありがとうございます」

「わて、あんたははじめてや」

お梅は三、四間手前で立ちどまり、へっぴり腰で久太郎の方へ提灯を突き出している。

「わて、もういぬわ」

「まぁまぁ……」

久太郎は両手をあげてお梅の帰ろうとするのを引き止めながら二歩三歩前に出た。

「こっちの話も聞いてくださいましよ」

「いやや」

お梅は久太郎の進み出た分だけ後退した。

「書状に『あなたのご存知の者より』と書いてあったさかい、わて出てきたんどっせ。約束がちがいます。わて、いややいの」

「お梅さん……」

『なんどす？』

「芹沢鴨さんに男がいることを知っておいでで……？」

『はい。芹沢さんはお梅さんとその男と、二股かけているんですよ。妬けませんか？』

「オトコ？」

「……あんさんは佐伯亦三郎はんのこと、言うてはるの？」

「へい」

「そんなわけのわからんこと言うて、あんさんあほかいな」

「でもねぇ……」

「男に男がなんぼ出来ても女子は平気や」

「そういうものでございますかねぇ」

くだらない会話を交しながら、久太郎はお梅に気取られぬように、彼我の間を詰めている。

「それにしても、すこしは気が騒ぐでしょうが……」

「人を茶化すのもええ加減にせんとあきまへんえ」

ばかばなしを重ねた甲斐はあったようである。お梅は久太郎を〈正体不明だが、別に危険のない、お道化た男〉と考えたようで、左手に提灯をかかげ左肩に蛇の目傘を担いだまま、地面に蹲踞み、右手の手拭で足の踵の泥跳(どろはね)を拭いている。

「けど、あんたはん、そないなつまらんことで、わてを呼び出したんどすか?」

「いいや、これまでの話は、言ってみれば前座のようなもので。眼目の話はこれから申し上げますよ」

久太郎の耳は、南の方角、つまり島原の方角からだれか急ぎ足でこっちへやってくるのをはっきりと捉えていた。じつは久太郎、島原に居るお袖に命じて、同じ島原内の輪違屋で飲んでいる佐伯亦三郎に、次のような手紙をこっそり届けさせていた。

「このままでは、あなたは芹沢鴨に殺されてしまいます。その理由、また今後の方策についてお話し申し上げたく思いますので、今夜八ツ(午前二時)ちょうど、壬生寺・東高麗門までご来駕ください。あなたのよくご存知の者より」

足音のする方へ、久太郎はすばやく鋭い一瞥を投げた。提灯の腹に、輪がふたつ、ずらして重ねて描いてある。輪違屋の提灯に間違いはない。

「……じつは、芹沢さんのお稚児さんの佐伯亦三郎さんが……」

「亦三郎はんがなんぞ……?」

お梅が顔をあげた。提灯のあかりで、唇の紅が玉虫色に光っている。

「へい。お梅さんのことが好きだそうで」

「亦三郎はんがわてを?」

「そうなんですよ」

「そ、そんなことおへん！」

「なぜ？」

「わて、毎日、亦三郎はんとは顔を突き合わしとる。けど、亦三郎はんはいつもツンと横向いて……」

「お梅さん、そこですよ。惚れていればこそのつれない仕打ちというやつで」

「そ、そやけどな……」

「とにかく、わたくし、その佐伯さんに手紙を頼まれまして、ここに持ってきております。今夜の話の眼目はつまりそのこと」

「あ、あのう手紙と言うと……」

「下世話に言えば恋文で」

久太郎は懐中に入れておいた右手を、お梅の目の前へぬーっと突き出した。お梅はその手の中に亦三郎の恋文が握り込まれていると思ったのだろう、己が右手をすうっと伸してきた。そこを久太郎はむんずと摑んで、

「へっへ、うまく引っ掛りやがった」

と、悪を装った濁み声。

「おれは亦三郎なんて男は知らねえよ。あるところであんたを見初めてね……」

久太郎はぐいとお梅を引き寄せた。

「こういう仲になりたかったのさ」

「な、なにすんねん。あんさん、ひ、ひとをチョナブル気か?!」

「エヘヘ、おれはあんたを舐める気さ」

久太郎はくるりとお梅の背後にまわって、左手で女の細くて白い頸(くび)を締めながら、右手で襟もとをぐいと押しひろげた。

「あッ、大事(だいじ)やァ、だれぞ来てェ……」

「おっとそう騒ぎ立てると着物(おべべ)に泥がつく」

佐伯亦三郎は提灯の灯を消し、足駄を脱ぎ捨てて、こっちへ忍び寄ってきている。それを眼の端に入れておいて、久太郎は陽気な脅し声をあげた。

「なぁ、お梅さん、だいたいがそう騒ぎ立てても無駄というものだぜ。夜八ツの壬生寺の東高麗門、人っ子ひとり通るはずはねぇ。さ、観念しておれにあんたのお宝を拝ませておくれよ」

久太郎は右手でお梅の乳房をぎゅっと摑んだ。たいした役得、余禄である。

「ちぇすとーっ!」

このとき、佐伯亦三郎が横なぐりに刀を叩きつけてきた。

「や！　なにをしやがる！」

久太郎はわざと地面に転がり、

「他人(ひと)の濡れ場にケチをつけやがって……」

立ち上りながら、懐中の匕首(あいくち)を抜いて逆手に構える。

「新選組の佐伯亦三郎だ」

佐伯亦三郎は右手で刀を青眼に構え、すでに左手でお梅を庇っている。

「新選組の佐伯亦三郎……?!」

久太郎はのけ反るようにして驚いてみせた。

「ちぇっ、おれもよくよくついていてねぇ。佐伯亦三郎を騙ってその女をたらしこもうとしたのに、その本人が出てくるとは、エヘ、天地開闢以来のつきのなさだ。おれ、もうやめた。帰らせてもらいます」

久太郎は一目散に北へ逃げ出した。

十二

八木源之丞の屋敷の前で、久太郎は立ちどまり、胴に巻きつけておいた鏡党袴と頭巾とを引き抜いて、手早く着き、頭にかぶった。鏡党袴は、伊賀忍の着く伊賀袴とよく似ているが、ひとつだけ布地に火薬をたっぷりと滲み込ませてあるところがちがう。鏡党袴はいざというときには火玉としての役も果すのである。

袴と頭巾を着装し終えると、久太郎は八木邸の塀を乗り越えた。そして、母屋を左に見ながら畑の中を小半町ほど奥に入った離れへ走る。離れは六畳と四畳半と三畳と、それにわずかばかりの板敷の間。六畳に灯が点いていた。この六畳が芹沢とお梅の部屋である。久太郎は、板の間や畳に汚れの付くのをおそれて、膝で漕ぎながら六畳を通り抜け、三畳へ忍び込んだ。ここには佐伯亦三郎と平山五郎の小行李が置いてある。久太郎は「佐伯」と墨で大書してある小行李を開けると、自分の袂から小さく畳んだ紙切れを取り出し、それを小行李の底へ突っ込んだ。

（よし）

久太郎はうなずいて小行李に蓋をし、こんどは、板敷の間へまわる。そこにはこもかぶりがひと樽置いてあった。久太郎は腰にさげた莨入れの中から、小さくたたんだ畳紙の包みを取り出し、その中味を、こもかぶりの横にあった五合枡のなかへ落した。畳紙の中味は、いもりの黒焼、思乱散、西馬丹、起陰丹、いずれも媚薬である。次に久太郎は莨入れの筒から、線香を八本取り出し、六畳の行灯の火でその線香に火をつけると、戸外へ出て六畳の床下へ潜り込んだ。そして、地面に線香を立てる。八本の線香の内訳は、

契　香……一本
乱恋香……一本
女乱香……一本
男満香……一本
女悦香……一本
男悦香……一本
寝乱香……一本

どれも鏡党が精製した『惚れ線香』である。これだけの支度をしておいて、久太郎は莨入れから干し蓮根を出し、それを嚙みながら、お梅が戻ってくるのを待った。

（……おそらくお梅は佐伯亦三郎を連れて帰ってくるだろう。二人が一緒に帰ってくれば……）

これまでの支度が役に立つはずである。ところで久太郎はなぜ干し蓮根を噛んでいるのか。蓮根は鎮静剤、もっといえば精力減退剤なのだ。惚れ線香を吸ってかっかと下腹部に血の集まるのを、久太郎は蓮根を噛むことによって避けようとしているわけだ。

「……ほんのすこうし酒をたべて、あとはきれいにさよならしまひょ、ね？」

「そ、それはいけませんよ、お梅さん。お梅さんと二人っきりで、しかもこんなに夜おそく、酒を飲んだとなると、芹沢局長がなんと言って怒るか、……わたしはやはり島原へ戻ります」

畑の中をこちらへ男と女の声が近づいてくる。むろん男の声は佐伯亦三郎、女の声はお梅のものである。

「だんない、だんない。局長に知れても大事（だいじ）ない」

お梅の声がぐっと近くなる。お梅はきっと佐伯亦三郎の手をぐいぐい引いているのだろう。

「わても亦三郎はんも、例のけったいな手紙を持っとる。二人で酒をたべているところをだれぞに見つかったら、手紙を並べて説明しまひょ」

「……はあ。では、ひやで一杯きゅっといただきましたら、わたしすぐさま退散いたします」

佐伯亦三郎とお梅は、久太郎の目の前に足駄を脱ぎ、六畳に上った。お梅の足音らしいのが六畳から板敷の間の方へ動き、しばらくして六畳へ引き返す。酒を取って戻ってきたのにちがいない。

「離れには流しもかまどもないさかい、こういうときには不便やわ。湯呑に冷や酒やけどかんにんえ」

「いや、これで充分です」

「……あーっ、しみる。酒がはらわたにしみわたる」

「……はぁ」

「で、亦三郎はん、あんたはん、これからほんまに島原へ戻らはるつもり？」

「はい」

「戻ってなにしやはるのん？」

「酒を飲みます」

「その後になにしやはるのん？」

「……寝ます」

「わぁ、ひとつ抜かしはった。ずるいなぁ。ねぇ、寝る前になにしやはるの？」

「あ、あのう……」

「ねぇ、亦三郎はん、寝る前にお女郎はんとなにしやはりまんの？」

「お、お梅さん、いけません。手を放してください」

久太郎は床の下で、媚薬と惚れ線香の効き目の早いのに驚いている。

十三

冷酒に混ぜた媚薬と、縁の下に立てた八本の惚れ線香の効き目か、久太郎の頭上(うえ)の六畳のお梅と佐伯亦三郎の息使いがにわかに切なくせわしくなったようである。

「お、お梅さん、こんなところを芹沢局長に見られたら、わたしもあなたも命がありませんよ」

抗う亦三郎の声もいつの間にか上擦ってきている。

「そやかて、こんないいこと、途中で止すわけに行かへんもん。さぁ、亦三郎はん、気張っておくれやっしゃ」

と、お梅は気合をかけ、しばらく、頭上の声が途絶える。縁の下の久太郎は八本の惚れ線香の火を消した。これ以上、惚れ線香の匂いを嗅いでいると、自分のほうが保(も)たなくなる、鎮静剤がわりに嚙んでいる干し蓮根なぞ吐き捨てて頭上の六畳に躍り上り、佐伯亦三郎を押しのけて自分がお梅に挑みかかりたくなってくる、それで消したのである。

「……亦三郎はん、うちにもっとエゲツナイことしとくれやす。ね、うちを往生させとくれやす」

お梅が半泣き声をあげたとき、六畳の隣りの板敷の間の障子の開(あ)く気配がした。久太郎は頭上の睦み声に気をとられていたので、思わずびくりとなり、黴(かび)くさい土の上に平たくなった。

「なるほど、そういうわけだったのかい」

芹沢鴨の声である。

「おまえたちはそういう仲だったのかい」

「な、なんや、あんたか。いきなり入ってきたりして、うち、おどろいたわぁ」

「お梅、おまえもおどろいただろうが、こっちもずいぶん魂消(たまげ)たぜ。いくらなんでも、おまえがよりによっておれの稚児さんのこの佐伯とできているとは思わなかったからなぁ」

「局長ッ、見逃してください！」

佐伯亦三郎の、甲高い叫び声が聞えてきた。

「こ、これは、だれかの仕掛けた罠です」

「おっと、佐伯、逃げるなよ」

重い声がした。芹沢鴨の腰巾着の平山五郎の声のようである。

「逃げると斬るぜ」

「だ、だれかが島原の輪違屋で飲んでいたわたしのところに、手紙を寄越したのです。そ、それは、今夜の八ツに壬生寺・東高麗門へ来るように、という手紙で……」

「それでどうした……？」

「は、はい。それで、壬生寺までやってきますと、お梅さんが町人風の男に手ごめにされようとしているところで……。それでわたしはそいつを追っ払い、ここまで、お梅さんをお送りしてきたのです。あの手紙は、つまり、わたしとお梅さんとを怪しい仲に仕立て上げようというだれかの陰謀です」

「お梅を送ってきてくれたことには礼を言うよ」

かすかに煙草の匂いがしている。芹沢鴨が煙管でも啣（くわ）えているのか。あるいはまた、お梅が不貞腐れて一服つけたのか。そのどっちなのか、縁の下の久太郎にはわからない。

「……だがな、亦三郎、おれの女の上に馬乗りになるなぞは、あんまりおだやかじゃないね。それともなにかい、おまえの生れ育った長州のほうじゃぁ、人を送ると、その送ってやった人間の上に馬乗りになるという仕来りでもあるのか」

「……局長、あまり責めないでください。お梅さんとのことはほんの出来心で、局長からお梅さんを盗ってやろうなどというつもりはこれっぽっちもなかったのですから……」

佐伯亦三郎は泣いているようだった。久太郎は縁の下で、こいつはうまい具合に事が運んでいるぞ、と思ってにやりとした。お梅と亦三郎をくっつけて、芹沢鴨を怒らせる、ということを企んだのは言うまでもなく久太郎である。だが、その久太郎も、自分の計略がこれほど早く成るとは考えていなかった。二人の仲に芹沢鴨が気づくまでには、早くて二日、遅ければ五日はかかるだろう、と久太郎は踏んでいたのだ。

「泣くのはよせ、亦三郎。男に泣かれるとうっとうしくてかなわん」

「で、では許してくださいますか?」

「まぁな。お梅と亦三郎のうち、どっちが先に寝ようと誘ったのか、おれにはわかっているつもりだ」

とたんにひいーっと女の悲鳴。

「この売女(ばいた)にちがいないんだ、先にちょっかいを出したのは、な」

久太郎は縁の下から出て、四つん這いになったまま、六畳の内部(なか)を覗き込んだ。芹沢鴨がお梅の髪を引っ摑み、ぺっと唾を吐きかけている。

「なんだっておまえはそう谷地(やち)癖が悪いのだ」

「はなせ!」

お梅が手でばたばたと畳を叩いた。

「そういうあんたのは梅毒まら、まるで役にも立たんわ。いつもうちのお道具の前でお辞儀してさいならや。うちの内部(なか)へ入ってきたこと、いったい何べんあるの？　せいぜい二度か三度……。それじゃうち保(も)たんわ。他の男に手出(てえ)しても当り前やないか」

「やかましい！」

芹沢鴨はお梅の顔を畳に押しつけた。

「それ以上、なにか言ってみろ。おれはおまえを殺す……」

「……こ、こ、殺せ！」

お梅は畳の上に大の字になり、こんどは足をばたばたさせた。

「さぁ、殺せ！　殺してもらおやないか」

お梅の頬から血が流れている。畳でこすれて傷がついたのだ。

「ようし……」

芹沢鴨の右手が佩刀の柄にのびた。が、その顔をふっと淋しい笑いがよぎって、

「……やめた」

芹沢鴨はふらりと立ち上った。

「局長、どこへ？」

と、平山五郎が訊くのに、

「小便してくる」

と、答えて、芹沢鴨は板敷の間のほうへ姿を消した。

（あれ……？）

戸外の闇の中で久太郎は舌打ちをした。

（これでは泰山鳴動鼠一匹、だ。もうひと細工しないと、芹沢鴨は佐伯亦三郎を斬る気にはならないぞ）

久太郎は、そこで、六畳の平山五郎に向い、芹沢鴨の声色で、こう言った。

「平山、ひとつ用事を頼まれてくれ」

「……はぁ？」

平山がきょろきょろしながら縁側に出てきた。

「局長は厠へ行かれたのではなかったのですか？」

「いや、外で用を足しているところよ」

久太郎は闇を楯にとって答えた。

「じつはちょっと閃いたことがある。佐伯の小行李を調べてみてくれ。とくに底の方を念入りに……」

「はぁ。しかし、なんのために、です？」

「だから、閃いたのだよ」

「……わかりました」

平山の姿が三畳のほうへ消えた。お梅はゆっくりと起きあがって、乱れた髪を手で梳きあげている。佐伯亦三郎は六畳の隅で小さくなったままだ。

十四

「佐伯、おまえにもいまの局長のことばが聞えただろう？」

　小行李を抱えた平山が六畳へ戻ってきた。

「おまえの小行李を調べさせてもらうぜ」

「はい。でも、なんにも出てこないと思います。わたしはなにひとつ、やましいことをしてはいませんから」

「やましいことはしていない？」

　平山は小行李の中味を畳の上にぶちまけた。

「おまえも相当面(つら)の皮の厚い野郎だ。現に、局長の女に手を出そうとしていたじゃないか」

　財布や小布(こぎれ)や書物などを掻きまわしていた平山の右手が急に動かなくなった。

「なんだ、これは……？」

　平山の右手がゆっくりと一枚の紙切れを拾いあげた。それはさっき、久太郎がこっそり忍び込ませておいた紙切れである。

「……来る九月二十日巳刻(午前十時)、三条大橋下の河原にて待つ。桂小五郎」

　紙切れに記してあった文字を読み終えた平山の両の眼尻は、はやくもきゅっと吊り上っている。

「……貴様、長州の犬だったのか！」

「ま、ま、待ってください」

佐伯亦三郎が平山の手にすがりついた。

「そ、そんなものを、わたしもはじめてみました」

「とぼけるな！」

平山が佐伯亦三郎の頬桁を張り飛ばした。

「貴様のはじめてみるものが、なんで貴様の行李の中から出てくるのだよ」

「どうした、平山？」

芹沢鴨が戻ってきた。

「また、なにか新しい揉めごとか？」

「佐伯はどうも長州の密偵のようで……」

平山は紙切れを芹沢鴨に手渡した。

「この男、たいした大物と連絡を取りあっているようです」

「……なるほどな」

読み終えて芹沢鴨は紙切れを懐中にふところおさめた。

「佐伯が桂小五郎の部下だったとは意外だ」

「な、なにかの間違いです」

佐伯亦三郎は畳を叩いて喚いている。

「わたしは桂小五郎とは逢ったこともありません。さっきの、壬生寺への呼び出し状といい、その紙切れといい、これはだれかの……」

「陰謀か？」

「は、はい」

「では、だれの陰謀だ？」

「そ、それはあのう……」

「とにかく島原で飲み直そう。亦三郎、島原に着くまで、だれの陰謀なのか、考えておけよ。それにしても平山、大手柄だったな」

「……はぁ？」

「亦三郎の行李の中にいまの紙切れがあるということを、よくもまぁ嗅ぎ出したものだ。技倆(うで)のわりには頭の働き具合がもうひとつ冴えない男だと思っていたが、これで見直した」

「い、いや、そうじゃないでしょう。局長が佐伯の行李を改めてみろ、とおっしゃったんですよ」

平山は口を尖(とん)がらせた。

「それでわたしが言いつかったとおりにしたまでで……」

「お、おれが……？」

「はぁ」

「いつ、そんなことを言った？」

「たったいまですよ」

平山は戸外を指さした。

「そこで用を足しながら……」

「ばかを言え」

芹沢鴨は笑い出した。

「なにを寝呆けている。おれは厠で用を足していたのだぜ」

「しかし、たしかに庭の闇の中から局長の声がしたんです。ひとつ閃いたことがある、すまんが佐伯の行李を改めてくれないか、局長はそうおっしゃっていました」

「はて、解せないなぁ」

芹沢鴨は縁側に出て、闇の中を右から左へゆっくりと見まわした。

「おれが厠に入ったというのはたしかなのだが……」

「梅毒がとうとうアタマに上ったんとちがう?」

このときお梅が憎まれ口を叩いた。

「うちもあんたが庭でもの言うてるの聞いたわ。外で用を足したのに厠に入っていただなんて、あんたももう長いことないな」

芹沢鴨と平山五郎は首を傾げながら八木邸を出て、佐伯亦三郎を右と左からはさんでゆっくりと南へ歩き出した。島原遊廓の灯が南にぼんやりと見えている。道は、田ん圃のなかの一本道だ。

「新選組の隊員の中にわたしを妬んでいる者がいるんです」

佐伯亦三郎は芹沢鴨に向って必死で弁明している。

「自分で言うのもなんですが、わたしは局長に可愛がられております。それがやつには我慢がならない。それで、やつは局長とわたしとの間にくさびを打ちこもうとした。そのくさびが呼び出し状であり、例の紙切れだった……。庭からの声も、たぶんそいつの声色です」

「ふん……。新選組に、おれの声色をやるような器用な男がいるものか」

芹沢鴨は両手を前にぶらぶらさせ、猫背になって歩いている。

「それにな、おれの声は自慢じゃないが相当に甲高い。専門の声色屋でも、おれの声を真似るのはむずかしいのだ」

三人のあとを、半町ばかりおくれて蹤けていた久太郎は「専門の声色屋」という芹沢鴨のことばに、思わずくすりと笑った。鏡党の党員の中には、江戸で一番と評判の声色屋がいる。久太郎はその声色屋から声帯模写術を習得したのだ。

「いずれにもせよ、亦三郎……」

「……はぁ?」

「おまえはお梅に手を出した」

「しかし、それは……」

「おれはその現場をこの目で見たのだ。覚悟はできているだろうな?」

「覚悟といいますと?」

佐伯亦三郎が立ち止った。芹沢鴨の軀がわずかに沈んだ。はっとなって久太郎が目をこすったとき、もう佐伯亦三郎は道端に朽木のように仆れていた。ぐうっという音が久太郎のところまで聞えてきた。佐伯亦三郎が最後の息を吐き出したのである。

芹沢鴨が右手にさげた刀を、平山が懐紙で拭っている……。

武の舞

一

「佐伯亦三郎を斬ってから、芹沢鴨さんの様子がおかしいとは噂に聞いていたけれど、なんだ、芹沢さんに亦三郎を斬らせるように仕向けたのはあんただったのか」

九月初旬の雨の夜更、島原遊廓の『鶴雪』の二階で、お紬は長煙管の火皿に煙草をつめている。

「でもさ、亦三郎という若い人、この鶴雪にも近藤勇さんのお供で二、三度来たことがあるけれど、うっとりするようないい男だった。惜しいことをしたねぇ」

お紬は長火鉢の炭火に長煙管の火皿を突っ込んで、すぱと一服、喫いつけると、吸い口を着物の袖ですっと拭い、長火鉢の向う側に寝そべっている久太郎に差し出した。

「どう、あんた、一服やってみる?」

「うん」

久太郎はのろのろと起きあがって、長煙管を受け取り、

「亦三郎にはなんの恨みもないが、それがこっちの仕事だから仕方がない」

と、口に啣(くわ)える。

「しかし、それにしても、まったく因果な仕事だよ」

「でも、なんのために亦三郎を……？」

「おまえも鏡党の一員だ。そこで、こっそり話してやるが……」

「おっと、もうひとつ大事なことを忘れてる。久太郎さん、あたしはあんたの女房なんだよ」

「まぁさ。それで、亦三郎は芹沢鴨のオトコなんだ」

「オトコ……？」

「稚児さ」

「へえ……」

　お袖は炭火を弄(いじ)っていた手をとめた。

「そういえばそんな風な顔だったわね」

「さて、おれはその亦三郎と芹沢鴨の情婦(おんな)のお梅とをくっつけたわけだが、これは芹沢鴨には大痛手だ。なにしろ自分の可愛がっていた稚児と情婦がいっときに自分にそむいたのだから。芹沢鴨は亦三郎を斬ったものの、いまや酒びたりの半狂乱……。もっとも芹沢鴨を半狂乱にするのがこっちの狙いだったのだから、狙いは見事、図に当ったわけだがね」

「だから、それはなんのためなのさ」

「新見錦という男が、新選組にいる」

「三人の局長のうちのひとりね。知ってるわ」

「この新見は芹沢鴨の懐刀(ふところがたな)なんだ。新選組の実権を近藤勇に移すには芹沢鴨を斬るしかないが、その前に新見錦を始末しておきたい。それでね、ちかぢか新見錦は近藤勇たちによって処分されるはずだが、そのときに芹沢鴨がこれまでのような切れ者であってはあべこべに近藤派は芹沢鴨にやっつけられてしまう」

「そこで、新見錦が処分されたときに芹沢鴨が使いものにならなくなっているように、あんたがいろいろと仕組んだわけだね？」

「まあそういうことだ。おれの狙い通り、芹沢鴨は酒びたり。もうすっかり新選組なんぞ投げ出してしまっている」

「思う壺だね」

「まぁな」

「あんた、あんまり嬉しそうじゃないみたいね」

「うん。人を罠に嵌め込むのが、いまのところはおれの仕事だが、こいつはどんなにうまく行ってもすかっと気が晴れないのだ」

屋根を叩く雨の音がすこし強くなった。お袖は長火鉢の炭火の上に鉄瓶をのせ、猫板に急須と湯呑を並べる。

「なぜだろうねぇ？」

「なにが？」

「わたしたちのおえら方たちは、なぜ近藤勇さんにそう肩入れをするのだろう。近藤勇さんを新選組の総大将に担ぎあげることが、おえら方たちにとってどうしてそんなに大事なことなんだい？」

「命令だからおれは近藤勇のためになるよう動いているだけさ。くわしいことはなにも知らん。ただ……」

「ただ、なんだい？」

鉄瓶がちんちん鳴り出した。お袖は鉄瓶から急須に湯を注いだ。

「言いかけて口をつぐんでしまうなんて男らしくないわよ」

「これはおえら方たちの趣味、いってみれば道楽のようなものだろうな」

「道楽？」

「ああ」

久太郎はお袖の入れてくれた茶を啜りながら、

「鏡党をかげから操っているのは、あんまり大きな声じゃいえないが、弾左衛門殿であることはたしかだ。関東一円には弾家の支配を受けている人間が二百万はいるという噂だ。話半分に聞いても百万……、お袖、これはたいへんな数だぜ。しかも、弾家の、五十一棟（むね）の土蔵には、五十万両に相当する金銀財宝が眠っているというはなしもある。百万人に五十万両、これだけ揃っていれば、天下をくつがえすことだって、出来ない相談ではない。だがね、お袖……」

久太郎はお袖に湯呑を突き出し、茶をもう一杯注がせた。

「その弾家にも、目下のところ、手のつけられないことがあるのだ」

「な、なにさ、それは？」

「身分の枠だけは超えられない。ひとつふたつ例外はあっても、たいていの場合、水呑百姓の倅は侍にはなれない。ましてや大名などは絵に描いた餅だ。それと同じように、弾家の支配を受けている人間は、どんなに力んだところで大名にゃなれぬ。……だが、おえら方たちは、はっきりいえば弾家の差配たちは、この身分の枠をぶちこわしてやろうと考えた。そこで近藤勇を大名に……」

「近藤勇は弾家支配の者なの？」

「その先祖はそうなのさ」

「へぇ、初耳……」

「いってみればこれは、弾家差配の方たちの実験なんだ。弾家の支配を受ける人間に身分の枠がどれだけ超えられるかどうかという、これは実験なのさ。鏡党の任務はその近藤勇が動きやすいように地ならしをすることにあるらしい。このごろになって、おれはようやくそのことが飲み込めてきた」

「命を的に汗水垂らして働いても、それはすべて近藤勇のためか。つまらないはなしだねぇ」

「まぁな」

「で、弾家の差配人たちってどんな人たちなの？」

お袖は長火鉢の上へにゅうっと白い首をのばして、小声で訊いてきた。

「久太郎さん、あんた、これまで差配人たちに会ったことがある？　一度、会ってみたいものだねぇ」

「よせよせ」

久太郎は、首を横に強く振った。

「弾家の差配人なんて雲の上のお方たちよ。鏡党の、一介の党員がおえら方たちの顔なんぞ、ちらとでも拝めるものか。お百度を踏んだってお目通りはかなわないと思うぜ。それにあんまり弾家のことに詳しくなると、ふっ……！」

久太郎は口を尖らかして強く息を吹き、蠟燭を消す仕草。

「……この世から消されてしまうぜ」

「でもさ……」

「しいっ！」

久太郎は右手をのばしてお袖の口に蓋をした。

「廊下にだれかいるようだぜ」

二

久太郎は坐ったままで廊下側の襖へすばやく、そして滑るように移動した。もっと詳しくいえば、久太郎は両手を畳に突いてぴんと立て、腕の力だけで軀を持ち上げて移動させたのだ。これも鏡党の術のうちのひとつで、正式には『手歩法』という。衣摺れの音が立たぬので、目標へ気取られぬように接近するときに便利である。

久太郎は襖に手をかけて間合いを計り、やがて「えい」と襖を横に引き開けようとしたが、その一瞬前、向う側でだれかが襖を引いた。久太郎は気合いを外されて思わず横転した。

「台屋（だいや）の者（もん）でございます」

入ってきたのは、猫背の、小柄な老人である。

「あのうご注文の台の物をお持ちしたんですけどな」

台屋とは遊廓内の料理屋のことである。そして、台の物とは料理のことだ。老人は長火鉢の傍へ寄って、携えていた岡持の蓋を取った。

「貴様、立ち聞きしていたな？」

久太郎は後手で襖を閉めながら、老人を睨みつけた。

「また、たったいまの気合いの外し方はただの外し方じゃない、かなりの手練だ……。貴様、なにものだ？」

「と、お伺いを立てるようじゃぁ、おまえもまだまだ未熟だね」

老人は白い眉毛をぴっと引き剝がした。白い付眉毛の下から現われたのは濃いゲジゲジ眉である。

「や！　あなたは鏡仁太夫……」

「それに他人に聞かれて困るはなしをするときには、『唇話法』を活用しなければいけないよ」

「はぁ……」

「ところで、久太郎、新見錦が死んだよ。わしはそれを報らせにきたのさ」

「新見錦が?!　い、いつです？」

「今夜。いまから一刻ばかり前だ」

「どこで？」

「祇園の貸座敷『山の緒』の二階の二十畳の大座敷で、己が脇差を己が腹に突き立てた。いや、いやおうもなく突き立てさせられた、というべきだろうな。新見錦のまわりを、近藤勇、土方歳三、山南敬助、沖田惣次郎、永倉新八などが取り巻き、一刻半もねちねちと吊し上げたのだよ。とうとう新見錦は詰め腹を切らされた」

「芹沢鴨はどうしています？」

「壬生の八木源之丞邸の離れ座敷で、正体もなく酔いつぶれている」

「平間重助や平山五郎などの水戸派の連中は……？」

「右に同じ、芹沢鴨同様、ぐでんぐでんに酔っ払っている」

「すると水戸派の巻き返しは？」

「まず、あるまい。というのは近藤たち試衛館一派はじつにうまく新見錦を責めたのだ。前に新見は油屋の兼子屋を強請って隊費を徴発している。これは新選組の局中法度書の『勝手ニ金策致不可』という条項に背く、同じく法度書に『右条条相背候者切腹申付ベク候也』とある故、切腹せよと責め抜いたのさ。また、六角堂界隈の町家を荒しまわったのは法度書の『士道ニ背キ間敷事』に触れるのではないかという責道具も有効だったようだ」

「すると、わたしが新見錦に化けたこともまんざら無駄じゃなかったわけですね？」

「ああ、あれはなかなか見事だった」

仁太夫は長火鉢の猫板の上に、岡持の中の刺身や酢物を移しながら、

「そこで久太郎、今度はいよいよ芹沢鴨の始末だが、これをどうつけるかな？」

「長州の連中が芹沢鴨を叩き斬ったことにしようと思っています」

「長州か。なるほどな」

「芹沢鴨に佐伯亦三郎を斬らせたのも、じつはその伏線のつもりでした。つまり、もっと細かく申しますと、わたしの認めた偽手紙のせいで『佐伯亦三郎は長州の桂小五郎の密偵だった』という噂が立っております。そこで長州の連中が芹沢鴨をやった、と思わせることができれば、この噂はまた逆に生きて、こんどは『長州の連中が佐伯亦三郎の仇を討ったのだ』という新しい噂を生む因になるだろうと思うのですが……」

「噂か。噂に目を付けたところはさすがだ」

仁太夫は満足そうに頷くと刺身を一切れ、指で摘んで口に投じ、ぺろりと呑み込んだ。

「わしらのような陰の者には噂は百万の味方だ。よろしい、わしも明日から手伝ってやろう。長州の連中が新選組局長の芹沢鴨を狙っているらしい、という噂を都のあちこちにふり撒いておこう」

「明日にでも、芹沢鴨を襲ってみますよ。ただし、軽く、です。『佐伯亦三郎の仇！』と長州訛で怒鳴りながら。むろん、向うが抜いてきたら、さっさと逃げます」

「わたしもお客の耳にその噂をせいぜい吹き込むことにしますよ」

岡持の中の銚子を火鉢の銅壺に入れながらお袖が言った。

「ところで仁太夫さん、一杯やっていきますか？」

「おっと、おまえたちの邪魔をするほどわしも野暮じゃない」

仁太夫は空になった岡持を持って立ち上った。

「それでは、久太郎、芹沢鴨の始末はたのんだよ」

「はい。かならずこの旬日(じゅんじつ)のうちに」

「では、お邪魔さま……」

仁太夫はさっきの白眉毛を自前の眉毛の上にぺたりと貼り付け、もとの猫背の、小柄な老人に戻って廊下に出た。が、

「お袖……」

と、座敷の内部(なか)を振り返って、

「これだけは注意しておく」

険しい声になった。

「わしらのおえら方とはだれか、などと妙な詮索はよしたがよい。碌なことにならん」

「碌なことにならぬと言いますと?」

久太郎はお袖にかわって仁太夫にたずねた。すると仁太夫は、大きく口を横に引き、つぎにその口をつぼめ、廊下を風のように去った。仁太夫は鏡党の唇話法で、

「死・ぬ」

と、言ったのである。

三

「ところで、お袖……」

鏡仁太夫が去ってからしばらくの間、久太郎は長火鉢の猫板の上に並んだ刺身や酢の物を黙々と口に運んでいたが、そのうちなにを思いついたか、にゅうっと顔をあげた。

「この島原遊廓での、新選組の評判はどうだい？」

「べつに……」

お袖は長火鉢に右肘をつき、畳の上に置いた笑い本を左手でゆっくりとめくっている。笑い本とは、言うまでもなく春画本のことである。

「悪くもなければ良くもないわね」

「島原の遊女に入れあげて二進（にっち）も三進（さっち）も行かなくなっているなんて組員はいないか？」

「まさか」

笑い本の上に視線を落したまま、お袖は軽く笑い声をあげた。

「この節では、客も遊女もそんなに初心（うぶ）なものか。みんな大人ですよ。でも……」

お袖がはじめて久太郎を見た。

「輪違屋の糸里（いとざと）のところへ通い詰めている組員は、ひょっとするとそのうち首がまわらなくなるかもしれないわよ。かなりしつっこいみたいだから……」

「輪違屋の糸里……？」

「虫も殺さないような可愛い顔をして、まだ年も十八なんだけど、これがちょいとしたやり手でね、手妻使(てづまつかい)のように上手に客から金を巻きあげるのさ。あの組員、そのうちにきっとお尻に火が点くよ。それに、糸里には小金を貯め込んだ商人(あきんど)が上贔屓でくっついている。筑前藩御用達の桝屋という薪問屋だそうだけど、薪のほかに古道具なども扱っていて金廻りがいい。そこでその組員も対抗上、糸里にやりくり算段してお金をこしらえて注ぎ込む……」

「その組員の名前は？」

「えーと……」

お袖は小さく尖った顋に右手をあてがって、しばらく天井を睨み、やがて、

「わからない」

と、首を横に振った。

「そんなことよりさ、久太郎さん。もうぼつぼつしげろうよ」

「な、なんだい、その『しげろうよ』というのは……？」

「京の挨拶さ。なじみの客が芸妓と床に就く前に仲居さんが挨拶するの。『おしげりやす』って……」

言いながらお袖は足の先で笑い本を久太郎の膝の前へずらしてよこした。

「今夜はその手でしげってみない？」

笑い本には、角力(すもう)取が畳の上に大木のように立ち、芸者が角力取の肩に両手をかけ、両膝を腰に絡ませて喜悦(よが)っている絵が描いてあった。

「つまり、男が女をあそこで引っ掛けておいて抱くわけね。そして、男はのっしのっしと座敷の中を歩きまわる……」

「冗談じゃないや」

久太郎は立ち上った。

「おまえの尻を抱えて歩くほどおれも若くはない。ちょっと出かけてくるぜ」

「ど、どこへ行くのさ」

「輪違屋まで。その糸里って妓に逢ってくる。糸里に金をしぼりとられているという新選組の組員の名前を聞き出してくるよ」

「意地悪ぅ……」

廊下に出た久太郎の背中に笑い本が飛んできた。

「輪違屋で泊ってきたりしたら、もう承知しないから！」

「わかっているよ。すぐ戻ってくるさ」

久太郎は苦笑しながら、笑い本を長火鉢の前へ投げ返してやった。

輪違屋で久太郎は小半刻ばかり待たされた。糸里は、太夫、天神、端女郎とあるうちの最下位の端女郎である。

「……すぐに寝まひょか？」

端女郎だけに、入ってくるなり、すぐ帯を解きにかかる。

「いや、今夜は初会だ。寝るのはこの次にしよう」

久太郎は盃をさし出して、

「それより、どうだ。すこしはいける口なのだろう？」

「あれまぁ、あんさん、江戸のお人のようやけど、江戸のお人は堅いんどすな」

糸里は久太郎の左肩に首をあずけるようにして坐った。

「そやけどなぁ、初会や裏やとやかましゅう言うのは、江戸の吉原だけどっせ。この島原ではな、太夫はんは別やけど、あとは初会からぺこしゃんやらはっても構わんのよ」

「……おまえさんはどこの出だい？　すくなくとも京生れの京育ちではないな？」

「わぁ、わかるの、やっぱり？」

「うむ。京ことばにしてはどうもおかしい」

「近江の国の産どす。けど、あんさん、うちの生国を尋ねるために、わざわざうちを呼ばはったんどすか？」

「いや、酔わせて聞き出したいことがあったのさ」

久太郎は糸里の左手に盃をのせ、ゆっくりと酒を注いだ。

「無料で聞き出そうとは、もちろん思っちゃいない。そうだな、五両、進呈しよう」

「五両？」

盃を唇につけていた糸里が驚いて久太郎を見上げた。

「五両やったらうちなんでも話しますわ。さ、どんどん聞いておくんなはれな」

「おまえさんのなじみの客のことなんだがね」

久太郎は懐中から皮の財布を摑み出し、なかを探りながら、

「新選組の組員で、おまえさんにぞっこん惚れ込んでいるのがいるそうだが、その男の名は……？」

と訊いた。糸里が間髪を入れず、

「平間重助」

と答えた。

「でも、あんさん、平間重助はんの何どすの？」

「べ、べつに何でもない」

とさり気なくことばは返したが、久太郎は心の中でぞくぞくするような喜びを味わっていた。

さっき、お袖が「輪違屋の糸里という遊女に新選組の組員が夢中になっている」と言ったとき、「さっそく糸里に逢ってそいつの名を訊いてみよう」とすぐさま立ったのは、やはり「勘」というものだったろうか、なにかぴんとくるものがあったのだ。そのぴんが当った。平間重助は新選組の水戸藩出身者十三名のうちのひとりである。当然、芹沢鴨と近い。近いというより股肱の臣のようなものだ。平間重助をうまく使えば、芹沢鴨を料理するお膳立が割とたやすく出来るのではないか。

（……さっそく魚信があったぞ！）

久太郎はそう思ってぞくぞくしたのである。

四

「……その平間重助はときどき来るのか？」

久太郎は小判を五枚、糸里の膝の上にのせた。

「おーきに」

糸里は押し戴いて、一枚ずつ丁寧に帯に差し込む。

「ときどきなんて生やさしい通い方やおへんえ。毎晩、来やはります。それも来やはるとすぐうちのこしにしがみついて尻振らはるのんよ。うちもうカナンわ」

「すると平間重助はおまえさんに首ったけか？」

「そういうことになりまんなぁ」

「それで、尻振った後になにか話をするかい？」

「それが大きな法螺吹きはるんやわ。『いまに大金を手に入れて、おまえを身請けしてやる。そして身請けしたその後は、おまえを水戸へ連れて帰る』……」

「水戸へ帰る……？」

「へえ」

「なぜだろう？　やつも新選組の組員だ。皇城鎮護のために骨をこの京に埋める覚悟できたはずだろうに……」

「新選組が厭んなったんと違いますやろか。ときどき、腕や脛の痣を撫でながら、『……あの鴨の野郎、いまに見ていろ』と呟いてはることがおまんのよ。『どないしやはりました、その痣は？』とうちが訊くと、答えは『局長にまた折れ弓で叩かれた』……と、こないだす」

「それで、平間重助は今夜は来たのかい？」

「へえ。けど、お仲間の野口健司はんが血相かえて来やはって、平間はんを連れてかえらはりました。なんでも、新見はんが祇園で腹を切りはったとかで……」

「もうひとつ頼みがある」

久太郎は財布からさらに小判を四、五枚摑み出した。

「平間重助をこの座敷へ呼んできてくれないか」

糸里は久太郎の財布を見てごくりと咽喉を鳴らした。金に当てられたのか上気して血走った目がきゅっと吊ってきている。

「若衆を壬生の新選組の屯所へ走らせるんだ。駕籠を一丁つけてな」

「けど、平間はん、来やはりまっか？　新見はんが腹切らはったとこやさかい、壬生の屯所、きっと上を下への大騒ぎの最中やと思うのやけどな……」

「あと五両やろう。欲しくはないのか」

久太郎は糸里の襟首に小判を落した。

「ぶるるるる……」

糸里はくねくねと軀を振った。

「冷たくてええ感じやわぁ」

「平間重助を呼んできてくれたら、さらにもっと金になることが起るかもしれないぜ」

「へえ、もううち、こうなったらなんでもしまっさかい、どんと委せといておくなはれや」

糸里は四つん這いになってパタパタと廊下に出た。が、急に停って首を傾げた。

「なんやしらん、お狐さんにばかされてるような気分や。ぜんたい、あんさん、平間はんを呼ばはって何をしやはるおつもりどす？」

「金儲けの相談かな」

「で、あんさんの名は？」

「肥後藩士、宮部鼎蔵（ていぞう）」

「嘘や！」

「ほう、おまえさんは肥後勤皇党の党主で、この八月まで、列藩から徴した朝廷守護の親兵の総監だった宮部鼎蔵を知っているのかい？」

「うん」

糸里がうなずいた。

「一度、この輪違屋へあがらはったことがあるもん」

「それでは、小判が何枚貰えたら、このおれが宮部鼎蔵に見えるかな。一枚ではどうだ？」

「ちっとも似てへんなぁ」

「二枚では？」

「うーん。口許のあたりがなんとなく似てきやはった」

「三枚では？」

「目つきがそっくり」

「四枚ではどうだ？」

「ぼちぼち、宮部はんみたい……」

「五枚」

「どこもかしこも生き写しやわぁ」

「六枚!!」

「宮部はん、おこしやす」

お道化(どけ)た口調で大声で言いながら、糸里は廊下に両手をつき久太郎に向って頭をさげた。

「ほんま、お久しぶりどしたなぁ」

「よし。金はあとでまとめて呉れてやる」

ここで久太郎は声を低めた。

「ただし、やつには宮部鼎蔵からの呼び出しだ、とは言うなよ。そうさな、会えばわかる人からの呼び出し、とでも言っておけ」

「へ。ほな、さっそく手配してきますよってに、しばらく膝小僧(ひざぼん)かかえて待っといておくれやす」

糸里が階下(した)に去った。久太郎はごろりと寝ころんで肘枕、そのうち、くすくす笑い出す。鏡党の党員になって以来、口から出まかせの出鱈目をけろりとして吐くようになったが、わがことながら久太郎はそれがおかしくて仕方がないのである。口が重くてこ丶ん丶に丶ゃ丶く丶を足で踏んで練ることしか能のなかったのが、なんという変りようだろうか……。

(……おや?)

弛(ゆる)んでいた久太郎の頬が急に引しまった。

(隣り部屋でだれかがおれを看ている……!)

そうっと起きあがって正座した。

(だれだろう?)

すべての神経を隣り部屋との境の襖に集中しつつ、久太郎は腰の煙草入れを抜いた。そして、煙草入れの中の葉をひとつまみむしり取って指先で静かにまるめる。葉には鶏冠石と塩剝(えんばく)と砂糖が滲み込ませてある。火に投ずるとすさまじい音を出す。鏡党ではこれを『雷』と称しているが、緒戦に敵の度肝を抜くにはこれはなかなか有効な手なのだ。

『雷』の玉を三つこしらえたとき、境の襖が勢いよくがらっと開いた。

「とおーっ!」

甲高い掛声とともに、下帯ひとつの裸の男が白刃を構えてこっちへ雪崩れ込んできた。久太郎は頭を低くして白刃をやりすごしておいて、

「何者だい?」

と、誰何(すいか)した。

「会津藩お抱え新選組、井上源三郎ッ!」

全裸の男は刀を構え直した。

「宮部鼎蔵、覚悟！」

五

「新選組の井上さんとやら、まあお平に……」

身にまとうもの下帯ひとつというほとんど丸裸に等しい姿で刀を構えて、肩で息をしている井上源三郎に、久太郎はできるだけ穏やかな調子で声をかけた。おっつけ、この島原の輪違屋へ、久太郎の今夜の相方の糸里が、同じ新選組の組員の平間重助を案内し、戻ってくるはずである。平間重助には芹沢鴨暗殺の片棒を担がせるつもりでいるのだが、その勧誘の席を抜身をぶらさげた男にうろうろされてははなしがしにくくなる。そこでなんとかまるく納めたいと考え、久太郎は下手に出たのである。

「とにかく裸で道中なるものか、です。着物をおつけなさい」

「黙れっ、宮部鼎蔵……！」

久太郎の、着物をおつけなさい、ということばを、源三郎は悪くとったようだった。

「貴様は肥後勤皇党の党主、それだけでも見逃せぬところへ、近ごろはなんでも朝敵長州藩とひっついて、冤を闕下に雪ぐとか称し、兵を率いてしきりに入京の機会を狙っているそうだな。そうなるとなおのこと黙っては引き下れない」

「まぁまぁ、裸で長口上も風邪を引く因（もと）になる。せめて、羽織でも引っかけなさって……」

「動くな！」

源三郎はひとつ数えるごとに畳の目ひとつ、ぐらいの割合でじりっじりっと間合いをつめてくる。久太郎を頭から宮部鼎蔵と信じてかかっているから手に負えない。といっていまさら嘘でしたともいえぬ。久太郎はすこしいらいらしはじめた。

「また、貴様は長州の桂小五郎や吉田稔麿（としまろ）と、薩賊会奸（さつぞくかいかん）とか言う屁理屈を唱えているそうだな。なんでも、薩摩と会津は君側の奸賊ゆえ、京からこの両藩を駆逐し、天皇を奉じて倒幕の軍を起さねばならぬ、ということらしいが、これも聞き捨てならぬ。新選組は、貴様たちが奸賊呼ばわりしている会津藩のおかかえ、会津の敵は新選組の敵でもある。宮部、覚悟っ」

源三郎は自分の喚き声に自分で昂奮し、間合いのつめ方がますます早くなる。いまや、ひとつ数える毎に畳の目三つぐらいの割合。

（……『虚術（きょじゅつ）』を使うほかないな）

久太郎は決心し、右手の親指と人さし指と中指でこっそりと大豆粒ぐらいの大きさにまるめておいた煙草の葉を、そっと左手の薬指と小指との間に移し、なおかつ左手の親指と人さし指と中指で火箸を一本、摘んだ。そして、その火箸で長火鉢の灰の中の小さな燠（おき）を手許にかき集める。

「どうした、宮部？　急に下を向いて火鉢の灰なんぞ弄（いじ）くり出して？」

源三郎の刀が少しずつ上段に振り上げられて行く。

「怖じ気づいたか、この臆病志士め。さ、刀を構えろ」

源三郎はついに刀を大上段に構えた。

「構えろというに……」

「構えておりますよ」

いつの間にか久太郎の右手は懐中に滑り込んでいた。久太郎は懐中の右人さし指をぴんと立てた。

「どこからでも参られよ」

「な、なにを構えているというのだ?! 左手の火箸でおれと斬り結ぼうというのか」

「いやいや……」

久太郎は首を横に振って、

「わたしの武器は懐中に潜らせた右手に握られていますよ」

久太郎は右の人さし指を一、二寸、ぐいっと前に突き出した。

「ピストルですがね」

「ピ、ピストル?!」

思わずひるんだ源三郎の髻(もとどり)めがけて、久太郎は左手に持った火箸の先で火鉢の灰の上の燠を弾き飛ばし、同時に、同じ左手の薬指と小指との間に隠していた例の煙草の葉をまるめた大豆ほどの大きさのやつを火の上に落した。

ばぁぁん!

途方もなく大きな音がした。久太郎の耳が衝撃できーんと鳴った。……もっとも、煙草の葉には鶏冠石と塩剝と砂糖がたっぷりと滲み込ませてあるから、これは大きな音がしなければかえっておかしいが。

「み、み、宮部、卑怯っ！」

源三郎は刀をばたりと取り落し、両手で頭を抱えながら、畳へ崩れ落ちるようにへたり込んだ。

そして、

「……痛、痛、痛！」

と呻いてそこいらへんを転げまわり、やがて掠れ声で、

「お、おれ、死んじまう！」

と叫んだのを最後にあとはぴくりともしなくなった。

といっても、つけ加えるまでもなく、源三郎は本当に死んでしまったわけではない。源三郎はまず、久太郎の放った「ピストル」ということばに「？」となり、次に、久太郎の懐中がなにやらそれらしく脹れあがっているのに「！」となり、ばぁぁんという炸裂音に「!!」と総毛立ち、髻に潜り込んだ煥で肌の焼ける痛みをピストルの弾丸による痛みと錯覚し、結局、「おれはピストルに当たってしまったのだ」と誤解し、以上のすべての総和として、失神してしまったわけである。

このように、ひとつひとつ取り上げて調べてみればべつにどうということもない事柄を、ある企みのもとに順序よく配列し、因果関係を創り出し、相手の判断力を迷路に誘い入れ、敵に虚構を信じさせてしまう術を、鏡党では、

『虚術』

と名づけ、重く見ている。

久太郎が鏡仁太夫の許で修業していたころのこと、仁太夫がこの虚術の実験をして見せてくれたことがあった。実験台にされたのは党員のひとりで五助という男だった。五助は鏡党を脱けようとしたために死罪を言い渡されたのだが、仁太夫はこの男をもらいさげ、深く広い穴倉に連れて行き、大きな戸板に雁字搦めに縛りつけた。首を左右に振ったり、また、顔を右や左に向けることのできぬよう、頭をも縄で戸板にくくりつけた。自分はいったいどんな目に遭わされるのか、と生きた心地もない五助に、仁太夫は九寸五分をつきつけ、こう言った。

「これからおまえの左の手首の血の脈を切る。左の手首の下には小さな桶が置いてある。その桶が血で溢れるころ、おまえはおそらく死んでいるはずだ」

だが、仁太夫が切ったのは血の脈そのものではなく、血の脈の近くの、どうということのない個所だった。

「止めてくれ！　血を止めてくれ！」

と泣き喚いている五助からは目の届かぬところに仁太夫はもうひとつ仕掛けをしていた。仁太夫は大きな竹筒に小さな穴を明け、その下に桶を置いていたのだ。そして、彼は竹筒に水を注いだ。

ぽたん！　ぽたん！　ぽたん！

竹筒から一晩中、桶の中に水が滴り落ちた。そして、あくる朝、五助は死んでいた。つまり、五助は仁太夫の暗示にかかり、なんでもない水の音を、自分の血が左手首の下に置かれた桶に落ちる音と錯覚し、その錯覚によって殺されてしまったのである。久太郎がいま井上源三郎に対して用いた虚術も、原理としては右の実験と同じことである。

六

炸裂音を聞きつけて、遊女や遊客が十数人、廊下から久太郎のいる座敷をへっぴり腰で覗き込んでいる。

「お騒がせしましたねぇ」

久太郎は廊下の弥次馬たちに頭を下げながら立ち上り、源三郎の両足を抱えて隣座敷の方へ引きずって行った。

「この御仁が悪酔いしてわたしの座敷へ暴れ込みましたのでね、持ち合せていた火薬(ひぐすり)でちょいとからかってみただけです。どうぞ、お引き取りください」

隣座敷の夜具の上に、肩先あたりにまだ少女の面影を残した若い遊女が一糸もまとわず、ぽかんとした顔で坐っていた。が、久太郎が近づくとはっと気づいて夜具で胸を隠した。

「うち、なんもしらん。う、うちを殺さんといて」

「心配しないでいい」

久太郎は遊女に笑いかけた。

「おまえの客を運んできただけなのだから。だいたい、この男は死んではいない。自分で勝手に『おれは死んじまったのだ』と思い込んでいるだけさ」

久太郎はヨイショと掛け声を発して源三郎を抱き上げ、

「掛け夜具をめくっておくれ」

と、遊女に言った。

「この男、このままでは本当に風邪を引いてしまう」

「けど、うち、めくられしまへんのどす」

「どうして？」

「さっきの音できも潰してしもたんどすがな。ほいで、あのなァ……」

「どうした？」

「うち、粗相してしもたらしいわ」

遊女の頬がみるみる赤くなる。

「後生やさかい、内証（ないしょう）には言わんといとくれやす」

と、小さくなったところはまるで少女そのものである。

「口が裂けても言わないよ」

久太郎は源三郎を掛け夜具の上に置き、柏にした。

「これなら風邪は引くまい」

「けど、うち、どないしたらええの？」

「こっちの夜具を貸してやろう」

久太郎は糸里の座敷の押入れから掛け夜具を出して与え、源三郎の刀を鞘に戻し、間（あい）の襖を閉めた。

「……宮部はん、平間重助はんをお連れしましたけど」

廊下から糸里の声がした。見ると、糸里が平間重助を押すようにして座敷に入ってくるところだった。

「ご苦労だった。ご苦労ついでにもうひとつ頼まれてくれないか」

「へえ」

「しばらく階下へ行っていておくれ」

「おや、嫌われた……」

糸里は勢いよく襖を閉めて去った。

「平間さん……、そこでは話が遠い。こちらへ来ていただけませんか」

平間は上目使いで久太郎の様子を窺いながら、膝で畳を漕いで長火鉢の前へやってきた。返事をしないのは無口だからだろうか。それとも警戒心のせいか。おそらくその両方だろう。

「糸里がわたしの名を言っておりましたか?」

「……いや。会えばわかる人だ、とは聞いたが」

平間はまだ上目使いにじっと久太郎を観察している。

「……肥後の宮部鼎蔵です」

久太郎は軽く頭をさげた。

「以後、お見知りおきを。いや、糸里に会えばわかる人だ、と言わせたことはあまり気になさらないように。あれは嘘、方便です」

「そうかな？」

平間はもっそりと言った。

「たしかどこかであんたには逢っている」

平間の言うとおりだった。十カ月ばかり前、久太郎は芹沢鴨一派と上野の弁天島で剣を交えている。芹沢の一派の中にたしかに平間もいた。

「いや、お目にかかっているはずはありません」

久太郎は知らぬ振りを押し通す。

「これでもわたしは物おぼえがいい方でしてね。とくに人の顔は一度見れば二度とは忘れない」

「まぁ、いいだろう」

平間は口を開け、喰いしばった乱杭歯の隙間から、しっ！　と火鉢の灰へ唾を飛ばした。

「それよりも用件を聞こうか」

「しかし、おかしいですね」

「なにが？」

「あなたは新選組の組員でしょう。なのになぜ、長州と親しいわたしを斬ろうとしないのです？」

「糸里が、『どうやら金蔓様（かねづるさま）のご到来よ』と言っていたのでね、まず、儲け話を聞いてから、と思ったのだ」

しっ！　平間はまた灰の上に唾を飛ばした。

「たいした儲け話ではないようなら、そのときは断ろうと思っているがね」

「なるほど、筋は通っていますね。あなたに斬られずにすむように、とっておきの儲け話を申し上げることにしましょう」

久太郎はここで小声になって、

「百両であなたを売っていただけますか？」

「な、なに？」

「命を呉れ、と言っているわけではありませんから、誤解のないように。百両と引き換えに、あなたの仕草、その声、顔、それから、しっ！　と唾を飛ばす癖、そういったもろもろを、わたしに下されればいいのです」

「どうもよくわからん……」

平間は両の掌の汗を膝になすりつけて拭いた。

「まさか、おまえさんはおれを担ごうとしているのではないだろうな？」

「わたしの言う意味がわかっていただけないようですね」

久太郎はひとつ膝を進めた。

「よろしいですか。わたしはあなたになりたい、と言っているのです」

七

「簡単なことですよ、平間さん。あなたはわたしから百両を受け取って今夜のうちに京を発つのです」

この手の顔なら似せるのにわけはない、と思いながら久太郎は平間重助を説き伏せにかかっていた。

「あなたは相方の糸里さんと手に手をとって都落ちをなされればよろしい。ご自分の郷里の水戸へお戻りになろうが、江戸に潜り込んで商売をなさろうが、はたまた東北まで落ちのびて悠々とお暮しになろうが、あなたのお気の向くままで。とにかく京を捨ててくだされればよろしいのです。あとはこのわたしが……」

「おれになりすます、というのだな?」

平間重助は太いげじげじ眉の下の大きな目を細めて、久太郎をじっと見つめている。

「そういうことです」

久太郎はうなずいて重助を見返した。

「わたしは今夜から新選組組員の平間重助です」

「帰らせてもらおう」

重助が膝を立てた。

「おまえさんがこのわたしになれるはずはない」

「それがなれるんですよ」

久太郎は懐中から革の財布を取り出して、それを重助の前へ投げてやった。百両入りの財布はどすんと重い音をたてて畳の上をころがった。

「口中に綿を含めばあなたの頬に似せられる。そのげじげじ眉は黒油と墨を練ったものでなんとかなりそうだ。問題は目です。がしかし、これにも方策がないではないのですよ」

これまで久太郎は新見錦はじめさまざまな人間に化けてきている。現にいまは肥後の宮部鼎蔵になりすましているのだが、じつは変装こそ鏡党の党員の最大の武器なのだ。鏡党という党名からしてそうである。鏡は人間を活写して捉える、鏡党の党員も鏡と同じく他人を活写し、他人になりすます、鏡党という名称にはそんな意味がこめられているし、修業の大半も変装術や声帯模写術で占められていた。

「とにかくわたしはあなたになることができる。となると、この京にあなたがいてはことが面倒になる。なにしろ平間重助が二人いることになるわけですからね。それであなたに京から姿を消してほしいと申しあげているわけで……」

「それで、このおれになりすましていったい何をしようというのだね？」

重助は財布を拾ってその重さを計っている。

「芹沢鴨を斬るつもりですよ」

「ほう。新選組の中では芹沢局長に近い水戸派のおれによくもしゃあしゃあとそんなことが言えるな。おまえのはなしを断って、おれがおまえのことを芹沢局長に密告したらどうする？」

「あなたはそうはなさいませんよ」

「ど、どうしてそんなことがいえる？」

「あなたが芹沢鴨を憎んでいることは、とっくに調べがついておりますよ。あなた、毎日のように芹沢に折れ弓で殴られているそうではありませんか」

「よし、わかった」

重助は財布を懐中に捩じ込んだ。

「おれは京を出る。あとはおまえの勝手にするさ」

「念のために伺っておきますが、京を出てからどうなさいます？　水戸へお戻りで？」

「いや。盛岡へ行くつもりだ」

「ほう。でなにか見込がおありで？」

「姉が盛岡のさる商家に嫁いでいるのさ」

「すると刀を捨てて商人にでもなるというわけですか？」

「刀は捨てる。しかし商人にはならん。じつは養蚕でもやろうと思っておる」

「養蚕？」

「子どもの時分から蚕を飼うのが好きだったのだ」

「なるほど」

「蚕を相手にのんびりやるさ」

重助は立ちあがった。大刀は畳の上に置いたままである。

「おれになりすますなら、おれの刀があった方が好都合だろう。おれにはもう刀は不用だ」

「いただいておきましょう」

久太郎は重助の刀を引き寄せた。もとよりたいしたものではない。がしかし、重助が言うようにないよりはあった方がよかろう。

「糸里はどうなさいます？」

「遊女に蚕の世話が出来ると思うか？」

「さぁ、ちょいと無理でしょうね」

「向うで百姓の娘を女房に貰おう」

「それは結構……、しかし、あなた糸里さんに夢中だったはずです。よく諦めがつきましたねぇ」

「なにもかも白けてみえるのさ、いまのおれにはね。新見さんは近藤勇の一派のためにほとんど殺されたといっていい。だが、芹沢局長は酒に浸るだけで近藤一派と闘おうとはしない。こんな意気地のないはなしってあるかい。その意気地なしの芹沢局長におれはびくびくしていた。それでおれはいま自分にも腹を立てているところなのだよ。同様に、糸里に入れあげていた自分にも愛想を尽かしている……」

「わかりました」

「宮部さん、ご縁があったらまた逢おう」

重助は久太郎に深々と頭をさげて廊下の闇の中に姿を消した。

八

座敷の隅に糸里の鏡台があった。久太郎は燭台を持ってその前に坐り、鏡の蓋を外した。そして、懐中から小さな箱をとりだした。箱の中味は、蛤貝(はまぐり)に盛った髪油、同じく貝入りの紅や砥(と)の粉(こ)や眉墨の類、それに髪かきや刷毛(はけ)こきや髷(まげ)棒や剃刀などの化粧道具である。

「……平間はん、どないしやはったんやろな」

久太郎が眉毛を剃刀で落としているところへ糸里が入ってきた。

「うちの顔を見向きもしやはらんと、すいっとこの輪違屋を出ていきはった……」

「あの重助さんのことは忘れろ」

「へえ、そりゃもうあないな助平(でけすけ)のことなど、うちすぐに忘れてしまうわ、ちょろこいもんや。けどな、あんさん、あの助平(でけすけ)と仲ようすればお金が儲かる、とこう言わはったやろ。そやさかい、うちぎんばって仲ようしたろかいなア、とこない思うとりましたんや。それがすーっと……」

「出て行ってしまったのでなんだか気が抜けた？」

「へえ。なんやしらん、具合(ぐ)わるい気分やわ」

糸里は通りに面した窓の障子を開けてぼんやりと外を眺めている。

「これからはおれが平間重助さ。そのつもりで親切にしてくれれば、心付けははずむよ」

「うわぁ」

糸里が鏡のなかの久太郎の顔を見てすっとんきょうな声をあげた。

「あんさん、あの助平によう似てはるわ」

「似せようとしてずいぶん苦労しているのだ。似てくれなきゃ困る」

「けったいなお人やな。わしは肥後の宮部鼎蔵やと名乗ってみたり、新選組の平間重助に化けたり、いったいぜんたい、どういうつもりなんやろ」

「理由は聞くな」

「へー」

「それでどうだ、重助に似ているかい？」

久太郎は糸里に顔を向けた。

「へー、だいたいのところは似てはりまんな。けど、ほんまのこと言うと、目許と顔の輪廓が……」

「だめか？」

「あかんな。重助はんはもっとこうなんとなく全体に不潔やったわ」

「……よし」

久太郎はうなずいて、重助の残していった刀を抜いた。そして、糸里に、

「晒布を一反ばかりくれないか」

と、訊いた。

「それと焼酎か、金創膏をたのむ」

「晒布と焼酎？」

「うむ」

「なにしやはりまんの？」

「こうさ」

久太郎は刀を逆手に構え、刃先で左頬から斜め下へすーっと切り下げた。あっとなって糸里は息を呑む。

「傷の手当に顔に晒布を巻く。そうすれば顔の輪廓はごまかせるさ。さ、早く」

「へ、へー」

糸里の用意してくれた焼酎を晒布の小切に浸し、それで傷口を抑え、その上を晒布でぐるぐる巻きにした。

「糸里、これからおれはうんうん唸り声をあげる。だれかがその唸り声を聞きつけて入ってきたら、肥後の宮部鼎蔵と名乗った男が平間重助を襲ったらしい、と言え。くわしいことを訊かれたら、その場に居合わせなかったのでそれ以上のことは知らない、と答えておく……」

「へー」

化粧箱を片付けると、久太郎は畳の上にごろりと横になり、うんうん唸りだした。

しばらくして隣の座敷との間の襖が開いた。

「……ど、どうした？」

井上源三郎の声である。

「さっきまでこの座敷には宮部鼎蔵という男がいたはずだが……？」

こんどは懲りたのか、源三郎はこっちへは踏み込んでこない。

「宮部はんは帰らはったんどす」

「というとその男は？」

「平間重助はん」

「なに？」

源三郎は首をのばし、久太郎の顔を覗き込むようにして見た。

「新選組の平間重助か？」

「へー。平間はんは宮部はんに斬られはったんどっせ」

「……ま、まさか」

源三郎がこっちへ入ってきた。

「宮部にやられたことはたしかだ」

久太郎は源三郎を呻き声で迎えた。

「坐ろうとしたところへ抜き打ちしてきたのだ」

「お、おかしい」

「な、なにが？」

「こんなことを言っては悪いが、あんたは新選組の平組員だ。そのあんたを宮部鼎蔵ほどの大物がなぜ狙う？」

「どうも、おれを芹沢鴨局長と勘ちがいしたらしいのだ」

「……というと?」

「壬生の屯所へは、芹沢局長を、と呼び出しをかけてきたのだ。だが、芹沢局長は酒に酔っていて動けない。そこでおれがそのかわりに……」

「それならわかる。それで呼び出しをかけてきたとき、やつは堂々と宮部鼎蔵を名乗ったか？」

「いや、使いの者はこう言っていた。『水戸藩の孫田忠七というお侍さんが島原の輪違屋で芹沢局長のおいでを待っておられます』と。孫田忠七殿とはおれも二、三度お目にかかっている。それで『芹沢局長はぐでんぐでんで動けぬ故、また明日にでも』と申し上げておこうと思い、おれはここへやってきた。しかし、孫田殿はおいでにならず、かわりにやつが、宮部鼎蔵が坐っていたわけだよ。それで『はて、孫田どのは……？』と言いながら坐りかけたところを斬られた……」

「おれはやつにピストルでやられたぜ」

源三郎は頭をさげ、脳天を久太郎に向けて突き出した。

「ぐぢゃぐぢゃに崩れているだろう。ピストルの弾丸がかすった痕だぜ、それ」

源三郎は久太郎の『虚術』に引っかかったことにまだ気づいていないようである。

「おれは気を失って倒れた。平間、おまえはその後に来たんだよ」

「そ、そうだったのか。いやア、ピストルでなくてよかった」

「うむ……」

源三郎は重々しく頷き、腕を組んだ。

「それにしても、長州や肥後の連中が京に潜入し、新選組を狙い出したとは、これは大事だ。よし、近藤局長に報告してこよう」

「近藤局長はどちらで？」

「この島原の『木津屋』においでだ。ほら、いま局長は木津屋の深雪太夫とわけありでさ……」

「あ、そうでしたな」

「平間、とにかくここを動くなよ。宮部が口を封じにまたおまえを狙うかもしれない。襖を閉めて誰も入れるな」

「い、いや、じつは近藤局長にお目にかかってお話ししたいことがあるのだ。壬生の屯所では芹沢局長以下水戸派の連中の目があってなかなかそんなことはできやしない。が、木津屋なら水戸派の出入りすることもなし、安心して申し上げることができる……」

「申し上げるってなにを……？」

「芹沢局長のことだ」

「ふん」

源三郎がにやりと笑った。

「平間、おまえ、水戸派から近藤派へ鞍がえしようというつもりだな？」

「ま、まぁな」

「新見錦さんが切腹した夜に、そんなことを言い出すとはおまえもなかなか聡いやつだ」

「い、いや、前から考えていたことなのだよ。源三郎、近藤さんのところへ連れて行ってくれ」

久太郎はよろよろと上半身を起し、源三郎に頭をさげた。

九

　陰気な秋の夜更の小雨の中を、輪違屋から同じ島原遊廓の木津屋まで、久太郎と井上源三郎は傘を差さずに歩いて行った。傘の要るような降り方でも、また距離でもないのである。

　木津屋の構えは小さい。二階に二座敷あるだけだ。通りから見て右手の座敷は暗く、左手からは灯りが夜の闇の中へ滲むように洩れている。

「……太夫、太夫、深雪太夫！」

　源三郎が通りから、灯りの点っている座敷へ直接に声をあげた。

「……ちょいと太夫?!」

　障子に女の影が映り、すぐにその影が障子を三寸ばかり開けた。

「そちらへ上っていいかどうか、これに聞いてみてくれませんか？」

　これと言うときに源三郎は右手の親指をぴんと立て、障子の隙間に向って威勢よく突き出した。これとは言うまでもなく近藤勇のことだろう。すると障子の隙間からこっちを見下しているのは、勇の相方の深雪太夫か。なるほど、と久太郎は感心した。さすが十三人の島原太夫衆のぴか一という評判にたがわぬ立ち姿。無造作にぽつんと立っているだけだが、心持ち後へ引いた腰のあたりに品のいい艶っぽさが漂っている。

「むろん、お邪魔のようなら出直しますが……」

深雪太夫は首だけを内部へ捻ってひとことふたことなにか言い、それから顔を前に向き戻して、軽くひとつ首を縦に振った。

「ありがたい。では、すぐにそちらへ……」

源三郎は障子の隙間にお辞儀をし、頭をさげたまま久太郎に「入れ」と顎の先を振っている。久太郎はうなずいて格子戸を横に引いた。

上り框に、若い男がひとり、刀を肩に担ぐようにして腰をおろしていた。鋭い視線を久太郎の面上に放っている。

「な、なんだ、こいつは？」

男は久太郎の後の源三郎に訊いた。

「妙な白覆面なぞしやがって」

「平間重助だよ、新八」

源三郎は久太郎の背中を押した。

「顔を斬られたのだ」

「ほう。で、だれに？」

「肥後の宮部鼎蔵」

「……まさか」

新八と呼ばれた若い男は苦笑し、ぺっと土間に唾を吐いた。

「宮部鼎蔵が京に居るはずはない」

「それが居たのだ。たったいま、それもそこの輪違屋の二階の座敷に、な。じつは、このおれも、宮部鼎蔵にピストルで狙われた」

　源三郎は久太郎を押しのけて、新八の前に立ち、腰をかがめて脳天を彼に見せた。

「弾丸がおれの頭の天辺をかすった。どうだ、その痕があるだろう。ピストルの弾丸傷は刀の切傷よりも痛むと聞いていたが、事実その通りよ。ずっきんずっきんと、脈の打つのに合わせて痛みやがる」

「火傷の痕とよく似ているな」

「痛さは火傷の十層倍よ。だからいいか、新八、油断するなよ。宮部鼎蔵がひとり居たということは、京には長州や土佐の連中がすくなくとも三十名は潜入しているという証拠になる」

「……？」

「というのは、ほれ、よく言うじゃないか。勝手で油虫を一匹見つける。するとそれはその三十層倍の、つまり三十四の油虫が潜んでいるということの徴候(しるし)だ、と……」

「長州や土佐の連中と油虫とをいっしょにするやつがあるものか。油虫が迷惑するぜ」

「とにかくそういうわけだ、抜からず見張れよ、新八……」

「……む」

　土間をあがるとすぐのところに、狭くて急な階段があった。こんどは源三郎が久太郎の先に立って階段をのぼった。

「局長、平間重助が局長に申しあげたいことがあるそうで……」

源三郎は廊下に片膝をつき、座敷の内部（なか）へ声をかけた。

「つまり、重助は芹沢の一派からこっちへ鞍がえをしたいと、こう……」

「馬鹿野郎、屋根の上にいる人間に話しかけるときみたいな大声を出すな。なにもかも島原中に筒抜けになってしまうじゃないか」

勇は深雪太夫の膝を枕に、長々と寝そべり、目を細めていた。深雪太夫に耳かきで耳をかいてもらっているのである。

「しかし、いったいなんでおまえたちが狙われたのだ。このおれや芹沢鴨を狙わずに、なぜおまえたちなんだい？」

「いや、重助は芹沢と間違えられたのです。それからわたしは、隣座敷の妓（おんな）が『宮部鼎蔵さま』と言っているのを聞きつけ、こっちからやつを狙ったわけで……」

「そこをピストルで逆襲されたわけか」

「そういうことです」

「……重助」

勇は細めていた目を大きく見開いて、久太郎を看た。

「こんどはおまえの話を聞こうじゃないか」

「はあ、おれ、輪違屋の二階で糸里という馴染みの妓と盃のやりとりをしてっと、いぎなりなにががぴかっと光って……」

久太郎は声音は重助に似せつつ、極端に水戸言葉を多用した。鏡党の党員は方言に詳しい。たとえばここに『親譲りの無鉄砲で子どもの時から損ばかりしている』という文章があるとしよう。鏡党の党員はこれを瞬時のうちに『親譲りの無鉄砲で童(わらし)ん時がら損ばかりしてる』と津軽弁に、『親がらの無茶(むっちゃ)で童(わらす)の時(どき)がら損ばりすてる』と南部弁に、『親譲りの無鉄砲で童(わらし)の時(じき)がら損ばしてる』と秋田弁に、『ねっからの無鉄砲(がむしゃら)で子どもん時から損ばっかししてる』と宇都宮弁に、『譲りもんの無鉄砲(むてっこ)で子どもの時から損べえしてる』と高崎弁に、『親ん似て無鉄砲(やんちゃ)もんでちちゃい時(とっ)から損ばっはりしとる』と越中富山弁に、『親譲りの無鉄砲(むてっぽー)で小(ちい)せぁー時から損ばっかりしてーる』と駿河弁に、『親譲りの無鉄砲でなー、子どもん時から損ばっかりしてんねーん』と和泉(いずみ)弁に、『小(こん)いときから無茶しいで損ばっかしや』と須磨明石弁で、『親譲(えず)ーの無鉄砲(もってぼ)で子どもん時から損ばっかーしとー』と出雲弁に、『親譲りの無鉄砲者(おーてつぼすもん)でのー、小(こま)ー頃から損ばっかししちょるんじゃがのー』と長州弁に、『親譲りの無鉄砲(てんぼー)な者(もん)で、子どもの時から損ばっかりしゅー』と土佐弁に、『親からの無鉄砲者(とつぱもん)だけん、で子供ん時分かる、損ばっかしとったい』と肥後弁に、『親譲りの無鉄砲者(ぼっけもん)で子供(こどん)の時(とっ)かー損ばっかいしちょっ』と薩摩弁に、『親譲(うやんれー)からぬ、無鉄砲(やまぐやたく)とぅ、子供(わらび)しーんから損(すん)ぶかーんさっくん』と琉球弁に読みかえることができる。

かつて鏡仁太夫について鏡党の術を習得していたころ、一日の三分の一に近い時間を仁太夫が方言術にさくのを見て、久太郎はよく心の中で、「無駄なことを」と舌打ちしたものだが、やはりその修業は無駄ではなかったのだ。

「……あッ言(ち)ー間もねぇ、顔ば斜(はす)に斬られだ。創痕(きずあと)は死ぬまで消ね(けー)」

「宮部鼎蔵に斬りつけられたときのことを聞いてるんじゃない。なぜ、おまえが芹沢鴨を見限っておれの尻尾にくっつく気になったのか、それを話せ、といっているんだ」

「別に深い訳はねー」

「やめろよ、その水戸弁は……」

ばん！　と勇が畳を平手で打った。

「おまえ、今夜はいやに訛ってるぜ」

「どーもすんません。なにすろ、いきなり斬りつけられて腰抜しちまったもんだがら……」

「ちえッ、まだ訛ってやがる」

勇がまた畳を打ち、深雪太夫がはじめてくすりと小さく笑った。

＋

「……今夜、新見錦が腹を切った。いや、近藤さんたちに無理矢理切らされたといっていいでしょう」

しばらく呼吸を整えてから、久太郎は自分の言葉から水戸訛を抜いた。

「てっきり、これはひと揉めするな、とわたしは睨みまして……」

「ちょっと待て。ひと揉めするとはどういう意味だ？」

「つ、つまり、芹沢派と近藤派の斬り合いがはじまるのではないかと考えていたのです。ところが芹沢鴨にはその度胸がない。酒を喰ってお梅を抱くばかり……」

「芹沢に愛想がつきた、というのか?」

「はぁ。それに、このごろのわたしはなにかというと芹沢にいたぶられており、その恨みもあって、宗旨を替えようと決心したのです。手土産がわりに芹沢の首を……」

「……なにィ?」

深雪太夫の膝から勇がゆっくりと軀を起した。

「芹沢の首がどうしただと?」

「はぁ、じつは持ってこようと思ったのです」

「お、おまえな、そういう大変なことを軽々と口に出しちゃいけないよ。いくらなんだって、芹沢の首を手土産の菓子折にたとえるやつがあるものか」

「し、しかし、わたしは浪士隊発足以来、平山五郎と並んで、芹沢の懐刀といわれているようですし、事実、その通りでした。土産がなければあなたから水戸派の間者と思われても仕方がない。わたしの心底をなにか土産で言いあらわしたい。それには芹沢の首が……」

「どうも臭い。それにおれはおまえの、そういう軽佻浮薄な口のきき方が気に入らないね。帰りな」

勇がまたごろりと寝転んだ。

「信用ならねぇ」

「そ、それでは困ります」

久太郎は膝で畳を漕いで一間ばかりも勇に近づいた。

「心底を打ち明けた以上、いまさら芹沢派には戻れません」

「でかい口をきく野郎は嫌いだよ。いくら口に年貢かからねぇからといっても、駄法螺を吹くのはたいていにしろ。だいたい、そんなに言うならなぜ芹沢の首をぶらさげて来ない？」

「芹沢は酔ってます。正体をなくしているところを斬っても、わたしの手柄になりますか？」

「この野郎、おれがおまえにものを訊いているんだぞ。おまえがこっちにものを訊くという法はねぇだろう……」

そのとき、深雪太夫の顔に「あッ！」という愕きの色が泛(うか)んだ。それはごくかすかな顔色の変化だったが、久太郎はそれを見逃さなかった。久太郎は斜め前方へ頭から一回転して跳び起き、深雪太夫の右手を、己が左手でぎゅっと摑む。摑んだのと同時に、背後で畳を叩く刀の音がした。振り返ると源三郎が、振りおろした刀を畳から引き抜こうと躍起になっている。

「不意打ちは汚いや」

久太郎は深雪太夫の右手をなおもしっかりと押えている。深雪太夫は右手に耳かきを持っていた。そしてその耳かきの先端は、当然のことながら、勇の耳の穴の中に隠れていた。

「刀を鞘の宿へ帰してやりなさいよ。でないと、おれは太夫のこの右手を思い切り下へ押す」

「源三郎ッ……！」

勇は久太郎の目の下で首をちぢめている。

「か、か、刀を捨てろ。でないとおれの耳を耳かきが……。は、はやくしろ、ばか！」

「ち、ち、ちっ。おれの動きがどうして貴様に知れてしまったのだろう」

舌打ちをし、首をかしげながら、源三郎は刀を鞘に納め、廊下に戻った。

「この深雪太夫の花の顔が鏡になってくれたのさ」

久太郎は深雪太夫の右手から自分の左手を静かに離した。

「それにしても、近藤さん。あなたの想い者の太夫の小さくてやわらかな手を、ご挨拶もなしにいきなり握ったりしましてすまぬことでした」

「……きざなやつ！」

勇は起きて顔をしかめた。

「しかし、おまえ、相当できるね。顔の傷に晒布を巻き、そのために使えるのは片目だけのはずなのに、よくも急場を切り抜けることができたものだ。おまえ、おれの尻尾にくっついてきてもいいぜ」

「それはどうも」

久太郎は元の場所に戻り、勇に頭をさげた。

平間重助になりすました久太郎が壬生の屯所へ帰ったのはそれから半刻ばかり後、長い秋の夜もそろそろ明けようかという頃合いになっていた。壬生の屯所へは何度も忍び込んでいるから、久太郎は迷わず重助の部屋へ入る。が、入ったとたん、だれかがいきなり久太郎へ蚊帳を投げつけてきた。

「お、おれだ、平間重助だ！」

と叫んだが、そのだれかはかまわずに、次々に何枚もの蚊帳をちょうど投網でも打つように投げてくる。

「晒布を巻いているのは、顔を肥後の宮部鼎蔵に斬られたためだ。決して怪しい者ではない……!!」

蚊帳の攻撃をかわして逃げ出すことは、むろん、できないことではない。が久太郎には、しばらく平間重助として通してみようというつもりがあったので、蚊帳に巻かれるままになっていた。

「平山、野口、そのお調子者をここへ引き出せ!」

しらじら明けの庭先に、折れ弓を構えた芹沢が立っていた。だれか、すなわち平山五郎と野口健司が蚊帳ごと久太郎を芹沢の前へ運び出し、そして蚊帳を剝ぎ取った。

「……あ、あのう、これはいったいどういうことで?」

と、久太郎は芹沢を見上げたが、とたんにぴしりとその肩へ折れ弓が喰い込んできた。

十一

久太郎は打ち据えられた肩を手で押え、首をまわして芹沢鴨を見上げた。

「局長、ひどいじゃありませんか。なぜ、おれが、この平間重助が、局長に折れ弓で叩かれなくちゃならないんですか?」

「なぜだと?」

芹沢の、折れ弓を握った手がぶるぶると震えだした。

「あんなことをしておいて、貴様は、なぜおれに叩かれなくちゃならないか、と訊くのか？」

「重助、おまえ、局長に斬り殺されても文句は言えないはずだぜ」

久太郎の前に立っていた平山五郎が、か̶っぺっと唾を吐きかけてきた。

「なのにぬけぬけと、なぜと理由を訊きやがる。おまえも相当にとぼけているね」

「とぼけているというより図々しいんだよ、こいつは」

横にいた野口健司が久太郎の肩を足で強く押した。

「だいたいが女を口説く面かよ。口説く前に鏡と談合するがいいのだ、この蛙野郎！」

押されて倒れながら、ひょっとしたら自分はたいへんなやつの替え玉を志したらしいぞ、と久太郎は思った。平間重助はなにかよくないことを仕出かしたらしい。その重助を問詰するために芹沢鴨たちは手ぐすね引いて待ち構えていたのだ。しかし、平間重助はいったいなにを仕出かしたというのだろう。それがわからないうちは反応のしようがない。久太郎は三回、四回と続けて腹部を狙って蹴ってくる野口健司の足を、目立たぬように巧みに肘で防ぎつつ、口ではひいひい悲鳴をあげてそのへんを転げまわった。

「お梅を手ごめにしたのは、まぁ許せないこともない」

芹沢鴨は久太郎の左手の甲に折れ弓を立て、ぐいぐいと体重をのせてきた。

「だがな、お梅を『一緒に逃げよう』とそそのかしたのは許せないね」

どうやら平間重助は芹沢鴨の情婦であるお梅に手を出したらしい。島原遊廓の輪違屋の糸里に通いながら、一方では仲間であり、上司でもある芹沢の情婦にまで色目を使うとは、平間重助もなかなかやるものだ。

「つまり、一緒に逃げようということは一種の脱党宣言だ。これは許せないよ」

「局、局長……！」

放っておくと折れ弓の先で手の甲に穴があきそうである。久太郎は空いている方の手で芹沢の折れ弓を取り除け、地面に直接に正座をした。

「お梅さんを口説いたのは事実です。が、それはいわば刺客を欺く計略で……」

「刺客……?!」

「はあ。さきほど自室で臥っておりますと、この庭先でひそひそ声がいたしまして、聞きなれない声なのでじっと耳を澄しておりますと、『芹沢はいま寝ている。さあ踏み込んで斬ってしまおう』『いや、あれは芹沢ではない。ただの隊員、ただの雑魚だ』と、揉めておりました」

「……ほ、ほんとうか、おい？」

芹沢は蹲踞んで、久太郎の、晒布を巻いた顔をのぞき込んだ。

「まあ、しばらく黙っておききください。わたしは咄嗟に、局長になり澄してやろうと思いつきました。局長になり澄して刺客をおびき寄せ、斬りつけてくるところを外して生け捕りにしてやろう、と考えたわけです」

「そ、それで……」

「お梅さんの布団にもぐりこみました。といいますのはその前にその刺客のひとりが『こっちの座敷で寝ているのが芹沢の妾のお梅だ。いま京に鳴り響いている性悪の尻軽女よ』と言うのを聞いていたからです。お梅さんと寝れば、刺客たちも、わたしを局長だと信じるだろうと思ったわけで……」

自分でも呆れるぐらい、思いつきの出鱈目が口をついて出る。久太郎は自分で自分に感心しながら、先を続けた。

「ただし、お梅さんに騒がれてはこっちの計略が暴露てしまいます。また、お梅さんに理由を話す暇もありません。そこで一緒に逃げましょうと、一見夜這いの如き形をとったわけです。これなら話は早いですからね」

「するとうちのこと、好きでもなんでもなかったんやね？」

座敷からお梅がふらふらと庭へおりてきた。

「そんなら、うち、なんもあんたを抱き返すことなかったんやわ」

お梅は芹沢から折れ弓を取って、ひとつぴしりと久太郎の背中を打った。

「あんたのことば、うち、すこしは本気にしてたんぇ。うちに言い寄ってくる男がまだいる、ちゅうことは、うちはまだ女として立派に通用するんやわ、そう思うと、うちうれしかった……。なのにあんたはそれが嘘やったいわはる。くやしい……」

「おい、野口。お梅を寝床へ連れて行け」

芹沢はお梅を野口健司の方へ押した。野口はよろよろしているお梅を抱きとめ、軽々と肩に担ぎあげて座敷へ戻った。お梅はずいぶん深酒をしているようである。

「そ、それで重助、お梅と寝てからどうした？」

「起きて島原へ出かけました。刺客どもはわたしをてっきり局長と信じ込んだようで、島原へ着くなり襲ってきました。そのときに顔を斬られまして……」

久太郎はここで晒布を巻いた顔を前に突き出した。

「いや、不覚でした」

「すると、おれはおまえに礼を言わなければならんな」

芹沢はお梅の捨てて行った折れ弓を両足で踏みつけた。

「こんなもので打ったりして悪いことをした。それで、その刺客は何者だったんだい？」

「残念ながら取り逃してしまいました。が、肥後の宮部鼎蔵とか名乗っておりました」

宮部鼎蔵はいわば倒幕派の大立者であり、どちらかといえば〈文の人〉である。刺客などになるわけはないのだが、芹沢は、

「ううむ」

と、大きくうなずき、

「おれも連中に狙われるようになったか」

かえってにこにこしている。

「同じ新選組の井上源三郎も宮部と遭遇しております。源三郎はピストルで射たれていますよ」

「死んだのか」

「いや、脳天を擦(かす)っただけでした」

「惜しいことをした」

舌打ちをして、芹沢は座敷にあがった。

「重助、ここへあがって酒を飲め」

「いや、酒は傷にさわりますので……」

「では、寝め」

「局長……」

久太郎は縁の近くまで膝で歩いて、

「新見さんの仇討はどうなさいます？」

と、芹沢を見上げた。

「近藤勇は島原の木津屋で、深雪太夫の膝を枕に寝ております。護衛は永倉新八ひとり。放っておく手はないと思いますが……」

「たしかに新見はおれの大事な仲間よ。しかし、それだけのことだ……」

「そ、そんな！　それでは新見さんが可哀そうじゃありませんか。それに近藤勇は次に……」

「おれを狙ってくるというのかい？」

「はあ」

「あいつはそこまで馬鹿じゃない。あいつは自分が三多摩の百姓だということを心得ているはずだ。土百姓は剣を振りまわすことはできても、政事はできない。おれなしでは、新選組は外部に向って口がきけないのだ」

言っていることは威勢がいい。だが、芹沢の口調には勢いがなかった。この男は所詮、負け犬だな、と久太郎は思った。

「今年の春までの連中は野良犬同然、その日の飯の種にまで困っていた。それがいまはどうだ？　どいつもしゃきっとした着物を着て、島原に通っている。すべておれのおかげじゃないか。おれが会津様と五分と五分で口をきき、月に何百両もの金をせびり取ってくるからじゃないか。そのおれを斬れるものなら斬ってみろ。だいたい、連中にはこの芹沢を斬る理由がない。だが、ここで新見の仇討だなどと騒ぎ立ててみろ。どうなる？」

「近藤勇一派に局長を斬る理由を与えてしまう……、そうおっしゃりたいので？」

「うむ。いましばらくは仏様のようににこにこしているさ。そして、今年のうちに……」

「今年のうちに……？」

「逆にやつを斬ってやる」

芹沢はぴしゃりと障子を閉めた。平山五郎は久太郎の肩のあたりに付いた泥をぽんぽんと叩き落し、

「重助、おまえはもう寝ろ」

と、妙にやさしい声で言った。

「近藤勇を斬るときは、おまえに一の太刀をつけさせてやるからな」

久太郎は重助の部屋である三畳間に這いあがり、湿った万年床の上に軀を横たえ、そしてはじめて吻(ほっ)と息をついた。敵中に変装して入り込むために鏡党の術は、出家、商人、乞食、知人、敵の形

と五つの方法があると教えている。この五つのうちでもっとも難しいのは、言うまでもなく敵の形、つまり敵のひとりになり澄すことであるが、久太郎はいまその敵の形に成功したのだ。

隣の座敷から硫黄の匂いがしている。硫黄を焙ってその匂いを嗅いでいるのは芹沢鴨、硫黄の煙で黴毒(ばいどく)の治療をしているのだ。

「……無駄なことだがねぇ」

呟きながら久太郎は、垢のこびりついた掛布団をかぶった。

十二

まる半月、平間重助になり澄した久太郎は壬生の八木邸の離れの三畳間で、寝たり起きたりして過した。顔の傷もすっかりかたまって、もう晒布を巻いている必要もない。晒布をとってからは口中に綿を含み、げじげじ眉を貼り、膠(にかわ)をあちこちに塗って皮膚を引っぱり、平間重助に似せている。〈刀で顔を斜めに斬られた〉、だから〈顔の感じが多少変って当然である〉という思い込みがみんなにあるせいだろう、晒布の下から現われた顔を芹沢たちは別に怪しんではいないようである。

九月十八日の夕方、冷たい雨の降る中を、土方歳三がふらりと離れに現われた。

「……芹沢局長は留守だな?」

久太郎の枕許に坐ると土方は低い声でたしかめるように訊いた。

「はあ。土方さんもご存知のように、局長は午(ひる)から会津様のところへこの月のお手当金を受け取りに行っておいでですから。帰りにはまっすぐ島原へ向かわれるはずです」

「うむ。で、お梅は……？」

「四条堀川の太物問屋菱屋へ戻っていますよ。いまごろは主人の太兵衛に抱かれているころでしょう」

「あの女、芹沢局長と菱屋とのかけもちをまだ続けているのかい？」

「はあ。芹沢局長の黴毒が思わしくないんですよ。で、局長としてはお梅の軀を弄るだけ。弄られて火のついた軀を菱屋の主人が抱くわけで……」

「やるねぇ、あの女も」

「はあ」

「ところで……」

土方は久太郎の耳に顔を寄せて、

「近藤局長から伝言がある。いつまでも愚図々々するな……、近藤局長はこう言われておったぞ。わかるな？」

「わかります」

「それで見通しは……？」

「今夜にでも」

「お、おい。安請合はよせ」

「いや、この半月、念入りに計画を練っていたのです。けっして安請合をしているわけではありません。そう、芹沢局長を今夜はここへ帰るように仕向けてください」

「それで?」

「芹沢局長がこの八木邸に戻って小半刻ほど経ってから、ちょっと覗いてみてくださればいい。おそらくそのときまでに仕事は済んでいるはずですから……」

「よし。抜かるなよ」

土方は立ち上り、ふっとかすかに笑って久太郎を見下した。

「仕事に成功すれば、おまえは副長にはなれるはずだ。近藤局長がそうおっしゃっていたぜ」

「それはどうも……」

土方が出て行くとすぐ、庭に足駄の音がした。

「……ただいま」

お梅の声がして、障子が開(あ)いた。

「あ、はやかったですね」

久太郎は寝返りを打って障子の方を見た。お梅は右手に手洗い桶を持ち、左手に大きな薬罐をさげて立っていた。

「へ、菱屋はん、留守どした」

「そうですか。しかし、せっかくお梅さんがきてくれたのに留守にしていたばっかりに逢えなかったと知って、菱屋のご主人、きっとあとで残念がりますよ」

「それはどうやろな」

お梅は縁側にあがり、右手で裾を持ちあげ、泥のついた足を手拭で拭いている。お梅の脛は目に沁むような白さだ。この女、おれの部屋へあがってなにをしようというのか。久太郎は心の中で思案しながらお梅の仕草を眺めていた。

「……むしろ菱屋はん、うちが留守のあいだに訪ねたと聞いて、ほっとしやはるんとちゃいますやろか」

お梅は手洗い桶に薬罐の湯を注ぎ、その中へ、べつの新しい手拭を漬けた。

「菱屋はん、どうやらうちが鼻についてきやはったみたい。……そうそ、重助はん、起きて裸にならはったら?」

「え?」

「軀、拭いてあげるよってに……」

はじめてお梅は正面切って久太郎を見て、艶っぽく笑った。

十三

「重助は、これ見とうみ」

お梅は久太郎の背中を拭いた手拭を肩越しに突き出してよこした。

「重助はんのお背中、脂でぎとぎとやわ」

たしかに手拭が薄黒く汚れている。

「どうも」

久太郎は前を向いたままの姿勢で軽く頭をさげた。

「それにしても、お梅さんにこんなことをさせてすまないね。それにこんなところを芹沢局長に見つかったら大変だ。そろそろ仕舞いにしてくださいよ」

「うち、かめしまへん」

手拭を持ったお梅の手が久太郎の背中から腰のあたりへさがって行く。

「それにうち綺麗好きやさかい、これからいっしょに寝るお人がきたない軀してはるの、いやなんどす」

おれはどうもお梅に口説かれているらしいぞ、とぴんときて、久太郎は軀を固くした。鏡党の党員は女を怖れる。いかに諸武芸の達人でも女を抱いていては敏捷さを欠き、そこを敵につけ込まれることになる。さらに相手の女がくの一の術の使い手だったりしたらコトだ。相手の膣筋がこっちを縛る捕縄に早がわりしてしまう。蟻の穴から堤防が崩れるように、女の穴から大きな計画が潰えることも多いのだ。それに、お梅の態度が気になる。おずおずしたところが微塵もない。頭からこっちを飲んでかかっている。これはどういうことなのか。

「おや、どないしやはったん。えらい気を張らはって」

お梅の手が久太郎の股間へ滑り込んできた。

「あんまり気ばって力むとからだにこたえまっせ」

「なにものだ、貴様は?」

いきなりお梅の手を引き寄せ、膝の下に組み敷こうとしたが、お梅はもう六尺近くも跳び退いて、濡れた手拭を両手で左右に真一文字にぴんと張って、顔の前に突き出していた。その構えに針で突いたほどの隙もない。

「あんたこそなにものなの？」

口調も京都弁から関東者のそれに変っている。この女も自分同様、北は津軽弁から南は琉球弁まで自在に使いこなせるにちがいない。ということは、四条堀川太物問屋菱屋太兵衛の妾お梅とは真っ赤な嘘、自分とは同業の者か。それにしてもこの女の流儀はなにか。根来流か、忍甲流か、甲陽流か、芥川流か、はたまた直木流か、あるいは扶桑流か。

「あんた、平間重助じゃないね？」

「な、なぜ、そんなことがわかる？」

「重助の背中にはお灸のあとが七つばかりあったはず。だけどあんたにはない」

「こまかいな、観察が」

「だいたい、顔に晒布を巻いて帰ってきたときから怪しいとは思っていたんだよ。それに、おかずのたべ方がおかしい」

「ほう」

「重助は貧乏郷士の倅らしく貧乏性でね、いつもつまらないおかずを平らげてからご馳走にかかる癖があるのさ。たとえば膳の上にひじきの煮付けと刺身が並んでいるとすると、重助はまずひじきを食べる。そして、ひじきの皿が空になってから、刺身に取りかかる。それがあんたはまるっきり逆だものね」

「ますますこまかい」

お梅のはなしに聞き入るふりをしながら、久太郎はすこしずつ彼我のあいだをつめて行った。二間の距離がいまや一間半、すなわち九尺。鏡党の党員にとってこの距離はちょうど手頃である。助走なしで、しかも坐ったままでぽんと九尺を跳ぶことができる。並みの相手なら、ぽんと跳んで水月（みぞおち）に指を突き入れ、以後の情況を有利に展開できるだろう。

鏡党の党員は指さきを凶器にかえる稽古を積んでいる。まず半年のあいだ、砂の中に指さきを突っ込む。次に砂利が四ヵ月、さらに粘土が四ヵ月、そして地面を突いて四ヵ月。それから牛の生肉を引き裂く稽古、仕上げは死骸の肋骨をむしり取る稽古……。そんなわけで、久太郎の指は名工の鍛えた突き鑿（のみ）のように勁（つよ）く鋭利なのだ。

だが、お梅の持っている濡れ手拭が不気味だった。久太郎は濡れ手拭が使い方によっては小太刀以上の凶器になることを知っていた。そしてお梅はその使い方を心得ているはず……。

「あんた、なにもの？」

「おまえこそなにものだ」

「わたしが先に聞いているんじゃない。わたしに答えて、それからわたしの答を待つ。それが順序でしょうね」

「よし」

久太郎はうなずいた。忍びの者と忍びの者が名乗り合うのは稀である。たいていの場合、忍びの者は己れの出自を一切隠して行動し、死に瀕すれば自らの手で己が顔を砕き、後に手掛りをのこさぬようにする。だが、名乗り合う場合もないではない。忍びの者と忍びの者が一対一で闘い、どちらかが必ず死ぬときまっているような情況の下では、身分を名乗り合って、たがいに手向(たむ)けの花とすることがあるのだ。

「……江戸鏡党、鏡久太郎」

「……鏡党か」

お梅がかすかに点頭(てんとう)した。

「鏡党は、徳川将軍へ金を貸しつけているという弾左衛門配下の忍びの者、なるほど、新選組に侵入する理由はあるわね」

「で、おまえは?」

「秋芳党(あきよしとう)、秋本お梅……」

「……秋芳党だと?」

久太郎は目を剝いた。

忍びの術のもとは中国大陸である。推古十五年、大和朝廷は小野妹子等を第一回の遣隋使として大陸に派遣したが、その一行のなかに忍びの術についての文献を持ち帰ったものがいた。そして、この文献をもとにこの術を日本流に作り直したのが聖徳太子の志能便(しのび)(情報蒐集役)だった大伴(おおとも)細入で、これが甲賀の出身、すなわち甲賀流はここから始まるとされている。秋芳党も他の諸派と同じくこの甲賀から分れた流派だが、これまで中央にその名を現わしたことがなく、その存在を疑問視する者も多い。幻の忍び衆というわけだ。だが、いまここにその幻の忍び衆のひとりがいる！　久太郎の軀はさらに固くなった。

「秋芳党は中国山脈を本拠にしていたと聞いている。すると、長州の間者として新選組にもぐり込んだのだな」

「これ以上の詮索はおたがいに無駄なこと」

お梅は左手でぴゅっぴゅっと濡れ手拭をまわしはじめた。右手にはいつの間に頭から抜いたのか、薄刃を仕込んだかんざしが握られている。

たーっ！

久太郎は右へ三尺ほど跳び、さらに左へ五尺跳んだ。だが、右へ跳んだとき、右手に手拭が巻きついてきていた。思わず軀がよじれてお梅に背中を見せる。そこへかんざしが飛んできた。背中に丸太ん棒で殴られたような衝撃が加わり、左へ戻ったときはほとんど横仆しになっていた。が、仆れながら久太郎の左の親指はお梅の股間を深く鋭く突いていた。足の指も手の指と同じように鍛えてある。蟹を甲羅ごと押し潰したような音がして、お梅が前こごみになって畳に突っ伏した。お梅の股間から流れ出た鮮血がにゅるにゅると畳の上を四方へ這って行く。お梅の骨盤が砕けたのだ。

十四

背中のかんざしを抜き、血止め薬を塗った手拭を傷口に当て、久太郎は長い間、部屋の隅に腹這いになっていた。

（……手強い女だった）

何度となく呟きながら、久太郎は横にし布団を掛けておいたお梅を見た。

（あのとき、右足で蹴っていたら、膝頭で受けられていたろう。右手をとられて体勢が崩れ、窮余の策で左足で蹴ったのがお梅の虚を突いたのだ。おれは幸運だった……）

あたりはもうとっくに暗くなっていた。激しい雨の音がしている。芹沢たちの戻る前にお梅の始末をつけねばと思いつき、久太郎は立ちあがった。が、そのとき、離れへだれかが近づいてきた。

「……お梅さん、局長のお帰りだ」

庭から隣座敷へ呼ばわっているのは平山五郎のようだ。

「局長は、べろんべろんで、ここまで歩けない、今夜は母屋で泊るといっている。母屋へ行ってあげてくださいよ」

障子を乱暴に開ける音がした。

「お梅さん……、あれ、いない」

「うちはここどっせ」

咄嗟の思いつきで、久太郎はお梅の声色を使った。

「重助はんとこにいてまっせ」

「困るなぁ。局長がまた焼餅をやきますよ」

こっちの障子を平山が開けた。開けたところへ久太郎の右手の突きが迎えに出た。

「うっ」

と、呻いて平山が崩れ落ちるように仆れた。久太郎は平山を部屋へ引きずり込み、彼の脱いだ足駄をはいて母屋の方へ歩いて行った。

「……平山か?」

庭先から母屋へあがった久太郎に、廊下の向うの十畳間から芹沢が声をかけてきた。

「重助です」

「おう、おまえ、どうだ、おれの酒につきあわないか」

障子を開けてなかに入ると、芹沢が前に泳ぎながら、盃の酒を舐めている。酌をしているのは遊女のようである。

「こいつはな、平山のれこよ」

芹沢は左手の小指を立ててみせた。

「島原の『桔梗屋』の妓(おんな)で、吉栄(きちえい)……」

芹沢の酔眼が大きく開いた。

「ど、どうした、重助。血だらけじゃぁないか」

「はぁ、ちょっと理由(わけ)がありまして」

久太郎が芹沢の前に坐ると、血の匂いでもするのか、吉栄が、

「うわぁ、かなん」

と、鼻を袖で覆った。

「どんな理由だ？」

「それがあまり酒の肴にはならないような理由でして……」

「いいから、話してみろ」

「じつはお梅さんと揉めまして……」

「な、なに？」

芹沢が刀を引き寄せた。

「どういうことだ、それは。どうして揉めたのだ？」

「じつはお梅さんは長州の間者でした」

「長州の……？」

「はい」

「嘘をつけ！」

「いや、これは真実です。で、心得があるだけに、わたしの正体を見抜いておりました」

「お、おまえの正体だと？」

芹沢の眼がさらにひとまわり大きくなった。

「おまえは平間重助だろう。陰気で小心者の平間重助、その重助に正体もへったくれもあるか」

「いや、わたしは重助ではないのです。わたしも間者で……」

「だ、だれの？」

「近藤勇一派の、です」

芹沢が立ち上った。構わずに久太郎は喋りつづけた。

「そこでお梅さんと闘う破目になり、お梅さんはいま離れで横になっています、ただし、息はせずに……」

「こ、こ、殺したのか」

「はぁ」

「ひ、ひ、平山は？」

「同じように横になっています。しかしこっちは息をしていますが……」

「すると平山は……？」

「わたしにこんなことをされてしまったんですね」

「こんなこと？」

「つまり、こうです」

久太郎は芹沢の水月を指で突いた。芹沢はうっとなって右手で腹をおさえ、それからびゅうびゅうと汚物を吐きながらしゃがみこみ、そして畳の上に伸びた。

「ひいーっ」

と、吉栄が悲鳴をあげて這って逃げだした。久太郎は妓の着物の裾を膝でとんと押えた。

「あんたにはなにもしないよ」

「う、うち、帰らせてもらう……」

「いいから、酒の相手をしてくれ。それから、そこの簞笥をちょっと探してみてくれないか。晒布があったら出しておいてほしい」

吉栄に手伝ってもらって背中の傷に晒布を巻き、芹沢たちが酒の肴に持って帰ったらしい折詰を突っついていると、目の前の襖がそーっと開いた。

「……重助」

襖の隙間から土方歳三の蒼い顔がのぞいている。

「首尾は？」

「ごらんの通りです」

久太郎は芹沢の方へ顎をしゃくった。

「水月を突かれて気絶しているだけですが」

「平山は？」

「離れで伸びています。お梅は絶命……」

「よし。そのままでいろよ、そのままで」

「この女はどうします？」

「女もそのまま。口止め料にその女にもいくらか金を摑ませてやらねばならぬのでな」

土方はにやりと笑った。

十五

土方歳三が去ってから、久太郎はふと思いついて勝手へ行き、火吹竹を縦にふたつに割った。そしてそのひとつを容器(いれもの)にしてなかに鉄ひしを詰めた。この鉄ひしは鏡党の特製である。幅三分長さ二寸の鉄板の先端を、まず針のように尖らせて、反対側の端をたがねで三つに切って三方に開いてある。三方に開いたのはむろんひしの安定をよくするためである。針の先は釣針のようにもどりをつけてあるから突き刺ったら最後、抜くにはひと苦労も二苦労もしなくてはならない。

芹沢の気絶している十畳間に引き返した久太郎は鉄ひしの入った半割れの竹を、糸で天井に吊った。

「なにしてはりまんの?」

折詰をつっ突いていた吉栄(きちえい)が訊いてきた。

「つたぱたとよう動きはるお人どすな。それよりお酒でも飲まはったらどないだす?」

久太郎にも、自分がなぜ鉄ひしを天井に吊るつもりになったかよくわからない。なんとなく勘が働いたのである。もしかしたら鉄ひしは役に立たぬかもしれないが、しかし備えあれば憂いなしだ。鉄ひしを天井に吊り終えると、久太郎は吉栄の前に坐ってゆっくりと盃を口に運びはじめた。

しばらくして、縁側との境の襖が静かに開(あ)いた。入ってきたのは土方である。土方は襷がけ、袴の股立(ももだち)を高く取っていた。土方につづいて、沖田惣次郎や山南敬助や井上源三郎なども座敷に入ってきたが、いずれも襷がけだった。

「重助、ご苦労だったな」

土方が低い声で言った。

「近藤局長もよろこんでおられた」

「それはどうも……」

久太郎は坐り直して、

「近藤局長のお役に立てててわたしも光栄です。それで、土方さん、そこに伸びている芹沢さんと、離れで気を失っている平山五郎をどうなさるおつもりです？　髷を切って外にほうり出しますか。あるいは新見局長のときのように詰め腹を切らせるのですか……？」

「貴様の知ったことかよ」

久太郎の横に立っていた沖田惣次郎が長い舌で上唇をぺろっと舐めた。

「この卑劣なイヌめ」

久太郎は鉄ひしを天井に吊っておいてよかったと思った。この連中は明らかに自分を斬ろうとしている。

「重助さ、おめえの刀ばこっちさ渡して貰うっちゃ」

背後からは仙台訛、これは山南敬助だろう。

「さ、早ぐして呉さいよ」

「わたしをどうしょうっていうんです」

久太郎はゆっくりと立ちあがった。

「斬るんですか?」

「……さてどうなるかな」

土方がかすかに笑った。

「いずれにせよ、おまえは芹沢局長と平山助勤に抵抗した。これは放っておけない」

「約束がちがう!」

「大人しく前川邸へ来い」

また背後から声がかかった。井上源三郎の声のようだった。

「騒ぎ立てなければ腹を斬らせてもやろう。しかしじたばたすればここで始末をつけなくてはならなくなる」

ひーっ!

雲行がどんどん怪しくなり、口止め料を貰うどころか、命すら危いと察したらしい吉栄が悲鳴をあげて庭へ駆け出そうとした。その出鼻へ源三郎が足搦を掛ける。吉栄は前へ突んのめって畳で頬を擦りぎゃぁっと泣き出した。

「女、静かにしろ!」

土方が刀の柄を叩いた。

「八木家の者が目を覚す」

それでも吉栄は泣きじゃくるのをやめない。土方たちの注意がわずかであるが久太郎から逸れたようである。久太郎は(今だ!)と咄嗟に判断し、右手を高く突きあげ鉄ひしを吊っている糸を切った。

「重助、なんの真似だ?!」

沖田が右手を刀の柄に添えながら一歩踏み込んできたが、あっと呻いて畳に膝をつく。沖田はばらばらと畳にこぼれ落ちた鉄ひしのひとつを踏んでしまったようだ。

「鉄ひしだ！　気をつけろ」

土方が叫び、久太郎を包囲する四人の輪がひとまわり拡がった。そこへつけ込んで久太郎は庭へ走り出た。

じつは鉄ひしの散らばったなかを走るにはこつがあるのだ。むろん普通に歩いては鉄ひしを踏んでしまう。そこで足を摺って歩く。べつにいえば摺足で鉄ひしを蹴散らして前進するのである。

久太郎が庭へ飛びおりたとき、背後に女の悲鳴があがった。闇の中へ突っ走りながらうしろを見ると、吉栄が両手で宙を掻き毟るようにして、弓なりに軀を反らせているのが、久太郎の目に入った。隙を衝いて逃げ出そうとし、うしろから斬られたのだろう。

「おい、沖田！　重助が庭へ逃げだしたぞ」

土方の声が庭へ響き渡った。

「逃がすな！」

「おう！」

久太郎の行手に声があがった。久太郎ははっとなって立ち止まり、漆黒の闇の中を睨みつけた。黒い中に黒い影が五つ六つ潜んでいそうな気配だった。そこで久太郎は傍の松の木に寄り、そのまま幹に片手でしっかりと抱きついた。そして別の方の手で袖を持ち、その袖で顔を隠し、鼻息をとめ、口を大きく開いて呼吸をする……。

これは鏡党の術の『隠行の型』のうちの「物化(ぶっか)」。壁、塀、垣根、立木など、傍にあるものを用いて、そのものになるという術だ。顔を隠したのは、どんな闇の中ででも、人の顔は白々と光って見えるものだからである。口を大きく開いたのは息の音を抑えるためと、口から大量の空気を吸い込んで動悸を早く鎮めるためだ。つまり、傷を吹くときのように優しく静かに、しかし深く息をして呼吸をととのえるわけだ。

と、だれかがこっちへ近づいてきた。一旦、ものと化したからはどのようなことが起ろうとも、そのものになり切っている、というのが、この術の極意だった。久太郎は幹に貼りついたままで身じろぎひとつせず、そのだれかが自分の傍を通り過ぎて行くのを待った。

と、不意に背中がかっと灼けるように熱くなった。「痛っ」と思わず声が出かかるのを、久太郎は必死に抑えた。そのだれかは刀を抜き、それで前を右へ左へと払いながら前進して来、露払いの刀で久太郎の背中を薄く切ったのだ。

「……なんだ、松の木か」

そのだれかは久太郎のごく近くでそう呟き、ゆっくりと母屋の十畳の方へ歩いて行った。やがて、右から、そして左から、十畳の前に人影が集ってきた。その数は九つ。この九人は平間重助──つまり久太郎──を逃がさぬようにという用心で、庭のあちこちに散っていたのだろう。

「どうした、重助は？」

土方が九人に訊いている。

「……それが見つかりません」

だれかが代表して答えた。

「ちえっ！」

十畳から久太郎の獅嚙みついている松の木までおよそ十間。なのに土方の舌打ちがはっきり聞える。重助を逃したことが相当に口惜しいらしい。

「平間重助が乱心して、芹沢と平山を発作的に斬った。そこでおれたちが平間に詰め腹を切らせた。——この筋書が使えなくなってしまったな」

「追いましょうか？」

「まだこの近くにうろうろしているような愚図ではなさそうだ。芹沢と平山の水月に突きを入れて気絶させ、鉄ひしを撒いておれたちの追撃を断つ。そればかりか、おまえたちの前からも忽然と姿を消す。……重助というやつ、おれたちの思っていたよりははるかに出来る男だったようだ。あいつ、これまで腕が立つくせに馬鹿っぷりをしてやがったんだ」

十六

それからの土方たちの動きには無駄がなかった。まず、気絶していた芹沢を布団の上に横たえ、その上に六曲屏風をかぶせ、その屏風の上から沖田惣次郎と山南敬助と井上源三郎の三人が、ひとりが十突きぐらいずつ、刀で突いた。屏風をかぶせたのは血が飛び散るのを防ぐためらしい。

そこへ他の者たちが離れから平山とお梅を運んできた。お梅を芹沢と並ばせて横にした後、山南が平山に活を入れた。正気づいた平山が、あたりの異様な気配に仰天して立ち上り逃げようとしたところを、沖田が背後から横に払った。平山の首は宙に飛び、胴体の方は首が飛んでからも一、二歩前へ歩いた。この平山の胴体に吉栄を添寝させると、土方たちはあっという間に十畳から姿を消した。

久太郎は小半刻ほど松の木の下に留まり、それから庭の裏木戸を抜け、四条の通りへ出て、そこで駕籠を拾って、島原の鶴雪の袖ヶ浦の部屋へ戻った。

袖ヶ浦の部屋には鏡仁太夫が来ていた。袖ヶ浦に背中の傷の手当をしてもらいながら、久太郎は仁太夫に、その夜に自分のやったこと、そして見たことを語った。

「……これで、ようやく新選組は近藤勇など試衛館一派のものになったわけだな」

久太郎が話し終えると、仁太夫はそう言って満足そうに頷いた。

「ご苦労だった」

「しかし、土方たちのあのやり方はすこしむごすぎますね」

「なにが?」

「なにがって、芹沢や平山をあんな風に、虫でも殺すように始末していいものですか」

仁太夫は笑い出して、

「おまえだって同じ穴のむじなだろう。芹沢と平山を罠に嵌めたのは、久太郎、おまえじゃないか」

「し、しかし、わたしは土方たちが二人まで殺してしまうとは思ってもいなかったんです。いや、わたしがむごいというのは連中の殺害方法です。たがいに刀を抜き合せる、あるいは腹を切らせる、いくらでも他に方法があるはずだ。それにあまり手際がよすぎる。魚を料理するのとわけがちがうんだ。人間なら顔をそむけたり、すこしぐらいおどおどしてみたりしていいと思う……」

「殺し方が残酷なのは連中が弱いからだよ」

「……？」

「弱虫が揃っているんだよ。臆病なやつほど残忍なのだ。また連中の死体処理の手際のよさは、弾左衛門殿の配下として小塚原（こづかっぱら）の仕置場で、さんざん死人を扱っていたせいだろうよ」

　そういえばそうだった。十年ばかり前の試衛館は口に糊するために、土壇場を築き、その上に死人を置いて、刺客たちに新刀の試斬をさせ、首と胴のはなれた死人を埋める、そんなことばかりしていた。自分はその仕事がどうしても性に合わず試衛館を出てしまったが……。

「鏡党の役目はその弱虫や臆病どもの名を天下に知らしめること、そして弱虫の大将の近藤勇を大名にまで出世させることだ。なかなか気骨の折れる役目さ。ま、愚痴を言ってもはじまらん。上（うえ）の方の御方は近藤勇の大名姿を早く見たがっておられる。そのためにはもうすこし励まなければ……」

　仁太夫はここで坐り直した。

「これで新選組の内部（なか）は片付いた。久太郎、こんどは外部（そと）だ」

「……外部？」

「いまも申したように、鏡党の任務は近藤勇を大名にまで押しあげることだ。そのためには近藤勇は幕府のためにいくつかの勲功を立てなくてはならない。幕府のための勲功……、この意味はわかるだろうな？」

「つまり、幕府の命に叛いて、冤を闕下に雪ぐ、と言っている長州を叩くことですか」

「そう。おれたちが長州を叩き、その手柄を近藤勇と新選組に押しつけるわけだ」

「……どう叩くのです？」

「たとえば、長州の吉田稔麿を襲う。吉田でなければ、杉山松助……」

長火鉢の灰の上に火箸で仁太夫はいく人かの名前を書いた。

「……あるいは広岡浪秀、または佐伯靱彦、そして桂小五郎」

久太郎は仁太夫の書く人名を頭にしっかりと刻み込む。

「長州がやりにくければ土佐でもいい。野老山五吉郎、石川潤次郎、望月義澄」

「どれか一人に絞ってくれませんか。それじゃ相手が多すぎる」

「では、西木屋町の筑前藩御用割木屋の桝屋喜右衛門のところへなんとか入りこむことだ。この桝屋、じつは京における長州・土佐・肥後などの志士の連絡人なのだ。本名は古高俊太郎正順、輪王寺宮家の臣……。ここに入り込んで目標をしぼるがいい」

「どうやって入り込みます？」

「愚か者、なんのために鏡党の術を習ったのだ」

どうも仁太夫の前に出ると調子がおかしくなる。なんとなく師を頼ってしまうのである。しばらく考えてから、久太郎ひとつ思いついて、

「『ばったりの術』はどうでしょう?」

と、仁太夫に伺いを立てた。

これは目ざす相手の家の前で、ばったりと行き仆れになるとこからそう呼ばれている。家の者がとび出してくる。行き仆れ者は顔は真っ蒼、脂汗たらたら、そして虫の息。これは捨ててはおけない、ということになり、行き仆れ者を家に入れて看病する。行き仆れ者はやがて元気になり、そこを出て行き、あくる日あたり礼の品をさげてまた現われる。こうしてつき合いがはじまるわけである。

「よかろう」

仁太夫は大きくうなずいて立ちあがった。

「ただし、うまく仮病を使うように。腹痛やめまいぐらいでは古高は乗って来ないぞ」

「わかっています」

久太郎もうなずいて、

「じつはとっておきの病気があるんですよ」

と、仁太夫に片目をつむってみせた。

まさかり衆

一

鴨川の西の岸の木屋町には材木屋や割木屋が軒を連ねている。大坂の横割河岸一帯の材木問屋から、杉、松、檜、樅、栂などの、長さ二間の板割材が船でここの材木屋に運ばれ、六分板や四分板などに造材される。割木屋の役目は材木屋の造材によって生じた木ッ端板を薪にすることだが、むろん、薪の材料を材木屋だけに求めているわけではなく、京郊外の山村からも仕入れてくる。材木屋はなるべく木ッ端を出さぬように造材を心掛けるから、材木屋のみに薪の材料を仰いでいると、割木屋としては売るものがなくなってしまうおそれがあるのだ。

西木屋町四条上ル真町の割木屋『桝屋』はこのあたりでも屈指の店である。丹波から毎日、千本前後の雑木材を買入れ、それを裏の小屋でまたたく間に細分し、薪にする。まさかり衆も常時十数人いて、桝屋の前を通ると、それらのまさかり衆の、ぱしっ、ぱしっとまさかりで木を断つ音が威勢よくして、ときには話し声も消されるほどである。

たいていの割木屋には売人がいて、薪を背負って京の街を売り歩く。が、桝屋にはその必要がない。筑前藩や京所司代をはじめ、一条烏丸西の虎屋近江大掾や同所の二口屋能登掾などの大きな菓子司を常得意に持ち、ために売る心配がないからだ。どうしても桝屋の薪が欲しければ予約を申し込むほかはないが、その予約もたいていはけんもほろろの扱いを受けることを覚悟しなくてはならない。

久太郎は桝屋のまさかり衆に加わろうと狙っている。長州の桂小五郎や吉田稔麿、肥後の宮部鼎蔵らと桝屋の主人の喜右衛門が親しい、という鏡仁太夫の示唆があり、まずこれが真実かどうかたしかめなくてはならぬ。さらに鏡仁太夫は桝屋喜右衛門の正体は、どうも京における倒幕運動のひとつの拠点である輪王寺宮家の、古高(ふるだか)俊太郎正順(まさやす)という家来ではないか、とも言っていた。これについてもたしかめる必要があった。

むろん、どこのだれが倒幕派だろうと、また佐幕派だろうと、それは久太郎には関わりのないことである。ただ、久太郎には、武州の芋剣士にすぎない近藤勇を《天下にかくれもない近藤勇》に仕立てあげる、という上(うえ)の方から課せられた使命がある。もしも仁太夫の示唆してくれたことが事実であるなら、それを近藤勇の出世のために利用してやろう、それにはまさかり衆として桝屋に住み込むのがはやかろう、久太郎はそう考えているのである。

だが、桝屋の奉公人の抱え方はずいぶんきびしいようだった。まず口入れ屋を通しては絶対に人を雇い入れない。雇い人は喜右衛門の故郷である近江の坂田郡(ごおり)出身者に限っているらしい。

久太郎はそこで、師走も近いあるみぞれ降りの午後、とっておきの手で桝屋にもぐり込むことにした。団子の入った箱を背負って桝屋の前を通りかかり、いきなり地面に坐り込んでしまったのである。

「ど、どないしやはりました?」

泥まみれになってのたうちまわっている久太郎のまわりに、桝屋の店の者が二、三人集まってきたが、そのなかのひとり、十七、八の娘がこわごわ久太郎の顔をのぞき込んだが、あっとなって思わず息をのんだ。これはお美代という勝手働きの女中で、久太郎のいわばお得意さんである。久太郎はひと月も前から、桝屋に住み込むための下準備に、この西木屋町を日に一度は団子箱を担いで通ることにしていたのだ。

「い、いつもの団子屋はんやないか」

「へい」

久太郎は右手で腹を撫でながら、

「すみません。お店の前でこんなざまになっちまって、まことにどうも。……あ、痛っ！」

ときおり唇を嚙んでみせる。演技だけでは見破られるおそれがあるので、久太郎はついさっき、煙草の脂を少量舐め、瞼の裏に唐がらしをこすりつけていたが、その効がいま出て、顔は蒼白、脂汗はたらたら、涙は自分でもおかしくなるぐらいぽろぽろと流れ出している。ときどき、げっと吐き出したくなるのも煙草の脂のせいだろう。

「いつも、こないな具合にならはるの？」

「い、いや、はじめてです。この寒さのなかを腹になにも入れずに歩きまわったのがいけなかったのでしょうが……、うっ、痛っ痛っ痛っ……」

「あほかいな」

三十五、六の、番頭らしい男が笑い出した。

「団子をひとつふたつ摘んだらええのに。そしたら行き倒れにならんですんだんとちゃうか」

「は、はぁ。しかし、団子は商売物ですから……、あーッ」

久太郎は右手を腹に当てたまま、また泥の中を転げまわった。

「……番頭はん」

お美代が番頭に訊いている。

「もう、うち、よう見とられへん。お勝手の隅に団子屋はんを休ませてあげたらどないやろ。お勝手には火があるさかい暖(ぬく)といし、団子屋はんの痛みもおさまるかもしれへん」

「お美代はんはいやに親切やな」

番頭と並んで久太郎を見ていた丁稚がお美代にからかい口を叩いた。

「お美代はん、団子屋に惚れとるんやな。そやさかい、いつも団子買うとったんや」

「ほっちっち、かもてなや」

お美代は丁稚に打(ぶ)つ真似をしてから、

「な、番頭はん、ええやろ？」

番頭にひたっと大きな目を向けた。

「火に当らせるぐらいやったらええけど、長居させてはあかんぜ」

番頭はお美代に目配せをしながら、

「うちらの旦那はんは家の中に知らん人を入れると機嫌を悪うしやはる。わかってるやろ？」

念を押して見世へ戻った。

「団子屋はん、聞かはった通りだす。ひとりで立てますやろか」

お美代が踞んで久太郎の前に小さな肩を出した。

「なんやったらうちの肩に摑まって立ちはったらええ」

「ど、どうも、おそれ入ります」

久太郎は素直にお美代の肩を借りて立ちあがった。

「あ、あのう……」

「へー？」

「わたしは久太郎と申します」

「あ、うちは……」

「お美代はん、でしょう？」

「あら、団子屋はんは、ううん久太郎はんはなんでうちの名を……？」

「丁稚さんがあなたをそう呼んでいましたから。お美代……、いい名前だ。一度聞いたら忘れられない……」

「お、おーきに……」

久太郎の目の前にあるお美代の首筋が紅でも塗ったようにみるみる赤くなった。

男と女と遊ばんもん
金柑屋敷に傷がつく……

さっきの丁稚が久太郎のうしろを囃しながらついてくる。首を捻ってうしろを見ると丁稚は久太郎の団子箱を背負ってくれている。口は悪いが気はやさしい子どものようだ。

「……泥のついてない団子があったら、みなさんでたべてください」

久太郎が言うと丁稚はたちまち二人を追い抜き、歓声をあげながら見世へ駆け込んだ。

二

小半刻(こはんとき)ばかり竈(かまど)の前に坐らせてもらいながら、久太郎は勝手の出口を通して、まさかり衆の仕事振りを眺めていた。勝手の外、裏庭には木の根の台が十いくつずらりと並んでいる。木の根の台の前では「桝屋」の名入りの半纏を着た男たちがまさかりを振って木を薪にしていた。なかにひとり、屈強の軀つきをした男がひときわ大きなまさかりを松の根に叩きつけている。松の根は、いってみれば瘤のようなものでなかなか割れにくい。鉄のくさびを何本も打ち込み、力ずくでこなして行く。ほかの木ならこつで割れるが松の根にはこつもさることながら力が要るようだった。

「あんなー、つるつるはどうどす？」

お美代がうどんの入った丼を持って久太郎の横へやってきた。

「お昼の残りやけど……」

「腹の具合もいいようです。遠慮なくいただきます」

「どうぞ。そいであのう、これ番頭はんの言いつけやけど、具合がようなったらそのう……」

「出て行くように、とおっしゃっているんでしょう？」

「へー、野良犬追い出すようですんまへんな」

「とんでもない」

久太郎はふうふう言いながらうどんを啜って、

「番頭さんやお美代さんのご親切は骨身にしみておりますよ。ところで……」

一滴残らず汁を吸い、口を袖で拭いながら、

「……ご恩返しといっちゃぁなんですが、わたしに薪を割らせてはいただけませんか？」

「久太郎はんが薪を……？」

「ええ」

「そら、無理や。割って割れへんこともないやろけど、でも……」

「いや、じつはすこしばかり心得があるんです。というのは、わたしの家が湯屋で、毎日、薪を割って暮していたんですよ」

「ふうん。ほな、手斧でもお貸ししまひょか」

「いや、手斧ではおもしろくない。せっかくだから、松の根を割りましょう。大きなまさかりを貸してくれますか」

久太郎は立って裏庭へ出た。

「あかん、松の根はあかん……」

お美代が久太郎の袖を引いた。

「あのまさかり、目方だけでも三貫目はおます。素人にはとても扱えるものやおへん」

「大丈夫……」

「あかん」

揉み合っている久太郎の足もとで、どすッと地響きがした。見ると、例の頑強な軀つきの大男がまさかりを地面に立ててにやにやしながら久太郎を眺めている。

「お美代にいいとこ見せたがってけつかる。おれのを貸してやるさかい、まず、持ち上げてみやがれ」

「はぁ」

久太郎はまさかりを持ってみた。なるほど重い。

「どや、団子の串よりは重たいやろ。それ、振りかぶってみい。振りかぶって、もし足がぐらつかなんだらほめてやるわ。けどな、足がぐらつくようやったら、即刻、外へ叩き出してやるさかい、覚悟しいや」

鏡党では膂力（りょりょく）をたくわえるために薪割が日課になっていた。したがって久太郎にも自信がないことはないのだが、これほどのまさかりを振うのははじめてである。まるで金床（かなしき）を丸太の先に縛りつけ、それを振りかぶるようなものだ。久太郎は腹の底に力をため、一気にまさかりを持ちあげ、口の中でなにやらぶつぶつと唱えながら一呼吸し、次に息をとめてまさかりを木の根の台の上の松の根に叩きつけた。

ぐしゃ！

と、音がしてまさかりは木の根の台に一寸ばかり喰い込んでいる。松の根はふたつに割れていた。

「……ほう」

大男が唸り、

「そんなに器用にテズマみたいなこと、よー、おしやすなァ」

と、お美代が感嘆の声をあげた。

「この源はんは松の根割りの名人や。その名人でもくさびを三、四本、打ち込まんとよー割らんのに、ほんまにもう、よー、おしやした」

「まぐれだったかもしれませんよ」

久太郎は新しい松の根を台の上にひきずり上げた。そして、さっきと同じように口のなかでなにやら唱える。その文句は薙刀(なぎなた)の新当流の極意歌で、

眼意身手足扱
懸待浮沈揚柳
懸者心在待々
意在懸従懸渡
待従徒渡懸待

勝如揚柳靡風
勝則必夜刃但
在奇特神変在……

というもの。意訳すれば「勝つべき手だてをすべて尽せばいつも勝つ」。これを唱えつつ久太郎は松の根の瘤をよく読み、もっとも弱いところめがけてまさかりを叩きつける。

松の根はまた一度でぱっくりとふたつに割れた。

「あんた、何者や？」

三つ目の松の根を台の上にのせようとしたとき、勝手口から声がかかった。声の主は鋭い目をしていた。耳が半分つぶれかかっている。面ずれの痕だろう。

「わたしが桝屋喜右衛門やが……」

「団子屋でございます」

久太郎は丁寧に頭をさげた。

「じつはこちらさんの店先で行き倒れになりかけまして。みなさんのご親切がなければいまごろどうなっておりましたか……」

「あんたには武芸の心得がおありになるようやな。とりわけ薙刀術の心得が。ちがいまっか？」

「はぁ、じつはもと御家人の倅で。ちょいとたしなみました。もっとも父親が御家人株を売って湯屋をはじめましたので、それからは武芸はそっちのけ、もっぱら薪割ばかり……」

口から出まかせを並べたてるあいだ、喜右衛門はじっと目を細めて久太郎を見つめている。喜右衛門にも武芸の心得があるようだ。それも相当に。

三

「なるほど」

久太郎の即席の身の上ばなしを喜右衛門は信じたかどうかわからない。白い、一見柔和そうな顔をかすかにうなずかせただけだった。

「しかし、団子を売り歩くよりはこういった力仕事の方がやはりずっとおもしろうございますな」

久太郎はまた松の根を台の上に載せた。

「京の女子衆はみな世帯持ちの名人達人ばかり、団子をひと串押しつけるにも口を酸っぱくして口説かなきゃなりません。つくづく閉口いたします。そこへ行くと薪作りは単純でいい」

久太郎がまさかりを振りおろし、松の根がふたつに割れた。

「なぜ、京へ出てこられた？」

いつの間にか喜右衛門の語調が関東風になっている。親切心から久太郎の言葉遣いに適わせてくれているのか、あるいは他に特別な理由があってのことなのか、喜右衛門はまったく表情を変えないから、それはわからない。

長州を中心とする尊攘派はいまやほとんど朝議への窓口を閉されている。久太郎の上司である鏡仁太夫のはなしでは、この喜右衛門はじつは輪王寺宮家の家臣古高俊太郎で熱心な尊攘志士、公家たちの間に顔が広く、そこで尊攘派は諸卿への工作の取持ち役としてこの男を大いに重要視しているらしい。久太郎の役目は、この桝屋喜右衛門が真実そのような取持ち役を果しているのか、それを探りたしかめることが第一、そしてもしそうであれば、新選組を《天下の新選組》に仕立てあげるためにこの男の利用法を考えることが第二である。久太郎は第一の役割をさっそく果そうと思いつき、

「京に友人が出てきているのですよ」

と、得意気に鼻を動かして答えた。

「袖口を白く山形に染め残した浅黄色の羽織を着込み、髷の刷毛先を大きくして、さっそうと京の町をのし歩いている壬生浪、あの新選組に友人が大勢おりましてね。といいますのは、わたし、そのむかし、近藤勇の試衛館道場に門弟として住み込んでいたことがあるのです」

久太郎の背後でしていたまさかり衆の、まさかりや手斧の音が一瞬熄んだ。そして喜右衛門の頬がぴくぴくと二、三度、軽く痙攣したようである。

敵中に間者として潜り込む場合、『正』と『反』の二種類のやり方があることを、久太郎は鏡仁太夫から教わっている。『正』というのは、できるだけ怪しまれずに敵の手の者となる方法だ。別に言えば《この男は無害であり、しかも、こちら側に入れれば有益である》と思わせるのである。これに対して『反』は敵の猜疑心を逆用する。《この男は有害だ。ひょっとしたら敵のまわしものかも知れない。がしかし、こっちがうまく立ちまわることができれば、逆に敵の情報を摑めるはず

だ。この男の有害さは利用次第でこっちの力になる》と、こう信じさせるわけだ。

「……そのほか、土方歳三、沖田惣次郎、山南敬助、井上源三郎……、みんな試衛館で同じ釜の飯を喰っていた同輩です」

「おかしい」

「なにが、です？」

「それだけ大勢の友人がいるのに、あなたはなぜ新選組に加わらないのです？　いまの京では壬生浪は旭将軍木曾義仲のようなもの、だれもが肩で風を切って都大路を闊歩している。かつての同輩を頼って壬生の屯所へ行けばあなただってそうなれるはずでしょうに、なにがよくてこの寒空の下を団子箱を背負ってとぼとぼと……」

「もちろん、壬生の屯所へは何度も顔を出しております。いまでも、日参とまでは行きませんが、三日に一度ぐらいはかつての同輩たちの顔を見に行く。しかし、だめです。だれも『うん』と首をたてに振っちゃぁくれない……」

「ほう、それはまたなぜ？」

「女ですよ」

久太郎は、勝手口の横に積んだ薪の上に大根を並べて干しながら自分と喜右衛門の会話(やりとり)に聞き耳を立てているお美代に向って頭を掻いてみせた。

「わたしは女でよく失敗(しくじ)るんです」

お美代はぷんと横を向き、勝手口の中へ姿を消した。

「それはあなただけに限ったことではないでしょう」

喜右衛門は両手を背中で組み、下を見てなにか思案をしながら、久太郎のまわりをゆっくりと歩いている。

「口さがない京雀たちは壬生浪のことを〝さかりのついたイヌ〟だなんて言っているぐらいです。近藤勇は遊女と他人の妾を見ると目の色をかえる、土方歳三は京の娘を手ごめ同様ものにする、沖田惣次郎は童女趣味だそうです。六角堂の近くに住んでいるわたしの知人の五歳の女の子は、沖田にいきなり裾をまくられたことがある。噂はまんざら嘘ではなかったらしい。その人たちがあなたに向ってどうこう言えるものでしょうかねぇ」

「吉原の女に熱くなって試衛館の金を持ち出したことがあるんです」

久太郎は喜右衛門の耳に小声で言った。

「それで試衛館を叩き出されました。じつを言いますと、京へやってきた理由はもうひとつ別にあるんですよ。わたしに試衛館から金を持ち出させたその女というのが、いま島原にいるんでして
……」

「すると女の後を追って?」

「そういうことです」

「で、その女の名は?」

「『鶴雪』の袖ヶ浦……」

「ほほう」

「新選組に入れりゃ金の苦労もないでしょうが、団子を売ってたんじゃぁとても鶴雪にゃ上れませんや」

ぼやきながら久太郎はまさかりを振りおろしたが、そのとき、裏木戸を押して大柄な男がひとり裏庭へ入ってきた。年は二十四、五歳ぐらい。

「たったいま着いたところです」

声は澄んでいて大きい。

「京留守居役の乃美織江殿にお目にかかる前に一目、あなたに逢いたいと思って寄ったのです。それに明日すぐに江戸へ発ちますので……」

喜右衛門ははじめて顔色を変えた。目の色にも狼狽は隠せない。

「……しっ！」

鋭く言い、唇に人さし指を当てて大男を制した。

「どうしたのです、喜右衛門殿、ここにいるのはみな同志……」

「ま、まずはなかへ」

喜右衛門は大男に飛びつくように寄って背中に手をかけ、勝手口の方へ押して行った。

「さ、さ、吉田殿……いや、松里さん、とにかく話はなかで伺いましょう」

喜右衛門が「吉田」を「松里」と言い直した途端、大男の唇がきゅっと横一文字に閉じられ、目が光りだした。大男の目は、まさかり衆のひとりひとりに丁寧に注がれ、やがて最後に久太郎の上にぴたりと止った。

「……この男は？」

目を久太郎に据えたまま、大男が喜右衛門に訊いた。

「行き倒れの団子屋なんですよ。迷惑をかけたつぐないに、薪を割らせてくれというのでね、それでまさかりを貸したのだが……」

「それで？」

「たいした腕ですよ。松の根を一回で苦もなくふたつに割る」

「そうですか」

大男はもう一度久太郎を足の先から頭の天辺まで鋭い視線を這わせ、それから腰の佩刀を鞘ごと抜きながら勝手口へ歩いて言った。

「団子を売って歩くより、松の根を割っている方が性に合うなら、うちで働いてもらってもいい」

喜右衛門が言った。

「明日からでも出ておいで」

四

その夜、久太郎は島原の鶴雪に行き、二階の座敷で袖ヶ浦に逢った。桝屋喜右衛門はおそらく袖ヶ浦に、

「あんたをしつっこく追いかけている御家人がいるそうだが、本当かね」

と、訊きにくるはずである。そのときに、自分の話したことと袖ヶ浦の答が喰い違っていてはまずい、久太郎はそう考えたわけだ。

「あんたの新しい身の上ばなしについてはすっかりのみこんだよ」

袖ヶ浦は胸を叩いて請け合って、

「あたしも鏡党の女、ぼろを出すような下手はしないよ。それで、あんた、今夜は泊っていってくれるんだろうね」

「そうはいかないさ」

久太郎は座敷を出て、階段をおりる。

「どうしてなのよ」

袖ヶ浦が追ってきた。

「ここんとこ、ずうっとご無沙汰じゃないか！」

「鏡党の女にしちゃわかりが遅いよ」

久太郎は階段の途中で立ちどまって、小声になり、

「おまえに嫌われながら、おまえのあとを江戸から追ってきた元御家人の倅というのが、これから当分のあいだはおれの役どころなのだ。泊って行ったりしちゃ桝屋喜右衛門がおれの身の上ばなしを信じなくなるだろう？」

「す、すると尾行（つけ）られているの？」

「ああ。西木屋町からずーっと。相手は乞食なんだがね、これがじつにしぶとい。撒いても撒いて

も尾行てくる。そこでだ、袖ヶ浦。おれが外へ出たとたん、おれの背中に塩をぱっと投げつけるんだ」

「わかっているわよ」

袖ヶ浦は仏頂面でうなずいて勝手に入り、すぐに塩を右の掌に盛って出てきた。そして、表に肩を落して悄然と足を踏み出した久太郎の背中に、

「おまえの面なんぞ二度と見たかないよ。もうこれっきりにしておくれ！　でないと引きつけ起すからさ」

「くっくっく、まずい芝居だ」

久太郎が二、三歩、歩いたところへ後から笑声がかかった。ぎょっとなって振り返ると、菰を軀に巻きつけた乞食がひとりにやにやしながら立っている。

「貴様、何者だ?!」

「仁太夫だよ」

乞食が頭にかぶっていた汚い手拭を取った。たしかに仁太夫である。

「なんだ、人の悪い……」

「愚か者、白い歯を出すな」

「はぁ？」

「乞食に向って白い歯を見せたり、お辞儀をしたりする人間がどこの世界にあるものか。わしとおまえの関係がいっぺんに見抜かれてしまうぞ」

「わかりました」

「わしはおまえの後からついて行く。おまえに銭をねだる振りをしながら、だ。おまえは構わずに歩け」

「はい」

「それでどうだった。桝屋にはもぐり込めたか？」

「はぁ、明日から桝屋に住み込むつもりです」

久太郎は乞食姿の仁太夫を怒鳴りつけたり、追い返したりして演技しながら、その日、桝屋喜右衛門の裏庭で自分の見聞きしたことを手短かに仁太夫に報告した。

「……新選組に友人がいる、と言ったとたん、喜右衛門の口吻（くちぶり）が妙にしつっこくなりましたし、その大男が不意に入ってきたときの慌てぶりもちょっと異常でした。なにかありますよ、きっと」

「いま、おまえは、喜右衛門にその大男が開口一番『乃美織江殿に逢う前にこの桝屋に寄った』と言っていたと申したな？」

「はい」

「で、こんどはその大男に向って、喜右衛門が『吉田』と言い、あわてて『松里』と言い直したとも……」

「はい、申しました。が、それがなにか？」

「乃美織江がだれか、おまえにはわからないのか！」

仁太夫は舌打をした。

「河原町御池の長州屋敷の、京都留守居役だよ。そして、吉田が本名で通り名が松里となれば吉田栄太郎にきまっている」

「吉田栄太郎？」

「ちかごろは吉田稔麿と、いかめしく改名したそうだが、いいか、その大男は大物だよ。桂小五郎と並ぶ長州尊攘派の大立者だ」

「あの年齢で、ですか？　どう見ても二十五歳にはなっていない……」

「年齢と仕事とにそう密な関係はないさ。昨年の九月、京から東海道を九里下った近江の石部宿で、幕府の役人が四人、尊攘派に襲われて殺されている。すなわち、京都東町奉行所与力大河原重蔵、同森孫六、西町奉行所与力上田助之丞、同渡辺金三郎の四名。いずれも安政の大獄の際、尊攘派の捜査、捕縛、吟味で点数を稼いだ役人どもだが、この暗殺団の指揮者がだいたいのところ、この吉田栄太郎だと思われる。さらに、十月の万里小路家の家臣の暗殺事件、十一月の長野主膳の妾と息子が殺された事件、十二月の知恩院宮家の家士暗殺事件など、昨年の、主な暗殺事件には、すべて吉田栄太郎が一枚かんでいたと見られている。久太郎、これできまったな。桝屋は尊攘派と諸卿との取持ち役だということは、ほとんどたしかだ」

　久太郎の足はいつの間にか止まってしまっていた。桝屋の裏庭で黙々とまさかりや手斧をふるっていたあのまさかり衆は、ひょっとしたら尊攘派暗殺団の一統ではないか、と思い当ったからである。

五

文久四年は、二月末に、元治元年と改められた。この年号改元と前後して、京では、松平慶永が京都守護職に、松平容保が軍事総裁職になった。したがってその手兵である新選組の地位も「親方」の出世に引きずられていくらかは向上している。がしかし、その「仕事」といえばあいかわらず、酒くさい息を吐きながら都大路を肩で風切って歩くだけで、これはあまり自慢にはならない。

久太郎は桝屋の裏庭で黙々と薪を割りながら、桝屋喜右衛門のもとへ長州の吉田栄太郎が訪ねてくるのを待っていた。

《新選組に吉田栄太郎を討たせること》

これが鏡仁太夫と久太郎の決めたとりあえずの方針である。

《この計画が成功すれば、新選組は松平容保の意にも叶うはずである。また、過激な長州尊攘派を討つことは、新選組の世評を高めるのにも役に立つだろう。そしてそれよりなにより、碌な仕事ひとつしていない新選組の名前を大きく売り出すことにこの計画は大いに貢献することになるだろう……》

しかし、あれ以来、吉田栄太郎は桝屋に一向に姿を見せていない。

むろん、新選組に討たせるのは吉田栄太郎でなくてもいい。近く長州藩の京都留守居役に就任するらしい、という噂のある桂小五郎でもいいのだ。が、この桂小五郎の動きは機敏で、鏡仁太夫にさえその所在がはっきりとは摑めていないようだ。長州藩邸にいるな、と思うと近くの対馬藩邸に閉じ籠っているし、それではと対馬藩邸を見張っていれば、祇園で妓(おんな)の膝を枕に仮寝をしている。で、祇園に駆けつけてみれば裳抜けの殻、まるで要領を得ないのだ。むろん、桂小五郎は桝屋には姿を見せない。

(ここはひとつ気長に吉田栄太郎を待つ一手だ)

久太郎はそう考えて、毎日、まさかりを振っていた。三月はじめのとある夕方、西日を背中に浴びながら松の根にまさかりを叩きつけていると、お美代がやってきて、久太郎に言った。

「ちょっと話がおまんのやけど……」

「……話?」

「へえ」

他のまさかり衆の目をはばかるようにお美代は小さい声で、

「あとで味噌倉まで来ておくれやす」

「味噌倉というと、勝手の土間から地下へ降りたところにあるあの味噌倉か?」

「へえ」

「で、いつ?」

「暗くなって勝手の後片付けがすんだころ……」

「よし、わかった」

久太郎は桝屋に住み込んでいる。勝手の上が桝屋の使用人たちの部屋になっていて、そのうちのひとつの三畳間に寝泊りしているのである。他のまさかり衆はすべて通いだ。桝屋には久太郎を除いて十三人のまさかり衆がいるが、この十三人がすべて「通い」というのも臭いはなしである。久太郎は桝屋のまさかり衆を暗殺団ではないかと睨んでいるのだが、同時に彼等はひょっとしたら京の尊攘派の連絡員ではなかろうかとも疑っている。その証拠がこの「全員通い」という事実である。桝屋で得た情報を帰り道を利用して京の同志に伝え、そして同志から得た情報を、あくる朝、仕事に出て来て桝屋に報告する。おそらくそういう仕掛けになっているのではないか。いってみれば、この西木屋町の割木屋桝屋は、京に潜伏する尊攘派にとっての情報集散所ではないのか。まさかり衆はいずれも相当な訓練を受けているらしく、久太郎の前では、暗殺者としての、あるいは情報集散員としての素振りを露ほども見せないが、どうにも臭いのだ。

夕食を終えて小半刻ほどしてから、久太郎は勝手の土間に降り、下女たちの目を盗んで味噌倉への階段を駆けくだった。階段の数は十三、降り切ったところに厚い木の引き戸がある。引き戸を開けると黴くさい空気がした。味噌倉の広さはおよそ八畳、大小の桶がぎっしりと並んでいる。周囲の壁は漆喰のようだ。

倉の真中にお美代が蠟燭を持って立っていた。

「うち、近いうちに桝屋をやめて近江へ帰ることになったんどす」

「近江に帰ってどうする？」

「うちのはなしというのはそのこと……」

「……花嫁はん」

「お嫁に行くのかい？」

「へえ」

「そりゃめでたい」

「そないな情ないことといわはるお人、うちきらい」

「し、しかし、ほかに挨拶のしようがないもの」

「うち、この桝屋に居てるのがイッチええわ。できたらまさかり衆のひとりと連れ添って、いつまでもここの勝手で働いていていたい……」

お美代は手近な桶の蓋の上に蠟燭を傾けて蠟をたらしながら、

「久太郎はんには島原に好きなお女がいてはるそうやね？」

と、横目で久太郎を見た。

「袖ヶ浦のことか？」

「そうだす」

お美代は蠟の上に蠟燭を立て、それから久太郎に向き直った。

「ちんと答えとくれやす。久太郎はんはその女が忘れられんのやろ？」

「そんなことはないさ」

壁に背を凭れながら、久太郎は答えたが、ふと「はてな？」と思った。自分が凭れているのは、倉の奥の壁である。ほかの壁にはびっしりと味噌や漬物の樽や桶が置いてあるのに、なぜ、奥の、この壁の前にはなにも置いてないのだろうか。

久太郎は右の手を拳に握って軽く壁を叩いてみた。こんこんとよく響く。

（この壁の向うは空洞らしい！）

久太郎は腕を組み、思案した。

（ひょっとしたらこの穴倉からどこかへ抜け道が通じているのではないか）

お美代が久太郎の傍へ寄ってきた。

「あとが続かんとこ見ると、やっぱり久太郎はんはその女のことが好きなのやね」

「そうじゃないって。その証拠に、この桝屋に住み込んで以来、わたしは一度も夜、外へ出たことがない。そのことからもわかるだろう？」

「ほな、うちをどう思う？」

「お美代さんは優しい」

「ほいで？」

「きれいだ」

「ほいで？」

「近江へ帰ると聞いて、急に淋しくなったなあ」

「ほんま？　ほなら、この桝屋にずうっと居てなさいと言うて」

「……よし」

久太郎はお美代の手を握って、

「そのうちにわたしのかみさんになってもらおう」

と、言った。

「だから、ずっとこの桝屋に居てもらいたいね」

「うち、うれこいな」

久太郎の胸にお美代が顔を押しつけてきた。

「おーきに」

「ときにお美代さん、こっちの方角にはなにがあるだろうな」

久太郎は左手で背後の壁を指し示した。

「鴨川かい。それとも四条の橋かな？」

「こんなときになにを不粋なこといわはるの。そんなわけのわからんことゆうて、あほかいな」

「あるいは河原町通かしらん」

「そっちは北や。六、七間先はお隣りや」

桝屋の北隣りは大高又次郎の店である。大高又次郎は、赤穂浪士大高源吾の子孫で京では聞えた武具屋だ。久太郎は一度か二度、大高又次郎の顔を見ているが、恰幅のいい、色白の男で、年の頃は四十四、五、円満穏健に着物を着せたような好人物だった。その大高又次郎方へなぜ抜け道が通じているのか。大高又次郎も尊攘派の支援者なのだろうか……。

「……出よう」

久太郎は優しくお美代を押した。

「こんなところで密会しているのが知れたら、喜右衛門さんに叩き出されてしまう。堂々と行こう」

「……堂々と？」

「明日にでも喜右衛門さんにわたしたちのことを話す。そうして許しをもらって公明正大につきあうのさ」

「……旦那はんにはあんじょう言うてぇな」

「まかしておけ。お美代さんから先にここを出なさい。二人いっしょじゃまずい」

「ほな、蠟燭を持って上ってや」

「いや、蠟燭はいらない。ここでしばらくじっとしているだけだからね」

「……ほな、おやすみやす」

六

お美代が味噌倉を出て行ってから、久太郎はゆっくりと百を数えた。そして、数え終ると、壁に正対して耳を澄した。壁の向うからは物音ひとつしない。

こんどは壁に鼻を押しつけてみる。木の香がした。

(周囲の壁は漆喰、ここだけが板。こいつは絶対にわけありだ)

木の壁の右側を押してみた。壁はびくともしない。そこで左側に寄りかかって軀の重みをかけた。

ぎーっ。

壁の左側が向う側へ動いた。さらに力をこめて押すと、くるりと壁が半転し、久太郎の目の前に暗い穴があらわれた。鏡党の党員は猫のように夜目がきくのだが、さすがに穴の向うまでは見通しがきかぬ。腰をかがめ、ひろげた両手で穴の壁を探りながら、久太郎はそろりそろりと奥へ進んで行った。

六、七間先で穴は直角に折れていた。その角を曲ると、正面にひとつ小さな穴が見えた。その穴からは灯が洩れている。そっとその穴に触れてみると、それは板戸にあいた節穴だった。

板戸の向うから声がしている。久太郎は直径五分ほどのその節穴に右の目を近づけて行った。

節穴の真向いに桝屋喜右衛門の顔があった。その隣りが大高又次郎の丸い顔である。

「……宮部鼎蔵どののお考えもわれわれと同じで、第一が朝議の獲得ということにある。つまり、公卿をこっちの味方につけようというわけさ」

喜右衛門が低いが、しっかりとした声で喋っている。

「そのためには、宮部どのや桂小五郎どの、あるいは吉田稔麿どのなどを公卿たちに引き合せなくてはならぬ。そこで京においでの桂小五郎どのはよいとしても、北陸においでの宮部どの、長州に帰られている吉田どのに入洛を要請する必要がある。そこで近々、まさかり衆のうちの数人に京を発ってもらうつもりだ。まさかり衆はいつでも発てるよう心掛けておいてもらいたい」

「ところで、古高さん、例のイヌはどうしてます？」

大高又次郎が桝屋に訊いた。

「健在ですかな？」

「よく働いているようです」

「シッポは出しましたか？」

「それがなかなか。これがじつによく出来たイヌでな、大高さん、こっちの撒いた餌には見向きもしない」

「ほう……」

「しかし、今夜、蒔いた餌にはどうやら喰いついたらしいですよ」

「というと？」

「うちにお美代という勝手働きの女がおりましてな……」

「知ってます。あの娘はなかなかの美人だ」

「このお美代に因果を含めて、イヌを味噌倉に引き入れさせたのです。やつがこっちの睨んだ通りの幕府のイヌなら、隠し戸に気付いて、穴の中に潜り込むにちがいない。ただの御家人なら、隠し戸をたとえ見つけても、へえ、と言うぐらいでそのままで味噌倉を出てしまうだろう……、わたしはそう踏んだのです」

「そ、それで……？」

「やつめ、まんまと引っ掛った。ごらんなさい！」

桝屋喜右衛門はさっと右手をあげて、久太郎の覗いている節穴を指さした。

「節穴がきらきら光っているでしょうが。あれこそイヌの目玉にちがいありませんよ」

喜右衛門の声の終らぬうちに、ざくりという音がして、向う側から久太郎の胸のあたりへ刀の先が突き出されてきた。板戸の近くに坐っていたまさかり衆のだれかが突いてきたのだ。

ちゅう、ちゅう、ちゅう……！

ねずみ鳴きをしながら久太郎は板戸の前から背後へとび退り、背中をまるめて桝屋の味噌倉の方へ戻って行った。

（ちえっ、おれもまだまだ青二才だ。女の口説きにまんまと嵌っちまうなんぞ、まったくだらしがない……）

ぶつぶつ言いながら、穴の途中で味噌倉の気配を窺う。喜右衛門の口吻から推しても、味噌倉が無人のままということはあり得ない。おそらく十三人のまさかり衆のうちの何人かが味噌倉で自分が穴から這い出すのを待っているにちがいない。

久太郎は足許から石をひとつ拾って、味噌倉に向って投げつけた。

「久太郎、大人しく出てこい！」

石の返礼に野太い声が戻ってきた。

「貴様、袋のねずみだぜ。大人しく出てくるなら一対一で勝負をしてやってもいい。が、いつまでも穴の中でぐずぐずしているようなら、しばらくのあいだ穴の口を塞ぐ。さァ、どっちがいい？」

七

桝屋の味噌倉の方向がぼんやりと明るくなるのが、隧道の中の久太郎の目に入った。隣家の大高又次郎の店から地表（うえ）を早まわりしたまさかりの衆たちの中の幾人（いくたり）かが、隧道の出口を、桝屋の方からも塞ぎ、久太郎を袋の中の鼠にしようとしているようである。一方の出口である大高又次郎の店にもまさかり衆、もうひとつの出口の桝屋の味噌倉にもまさかり衆、進むもならず退くもならず、久太郎の足は隧道のまんなかあたりで、ぴたりととまってしまった。

足はとまったが、久太郎の手が、こんどは忙しく動きはじめた。まず、両袖に『桝屋』の名入りの上被（うわっぱり）を脱ぎ、小さくたたんで左の脇の下にはさむ。次に、懐中（ふところ）から『胴の火』をとり出し、紐に首を通し、前にぶらさげ、その蓋を外した。胴の火とは、いってみれば携帯用の火種である。もっとくわしく説明すれば、それは直径一寸、長さ三寸五分ほどの銅製のずんぐりした感じの筒、蓋をとると火床がある。そして、この火床には特別製の堅炭（かたずみ）が一本か二本置いてある。小半刻ごとに外気にあててやれば、半日は火が保（も）つ。火薬弾を主戦武器とする鏡党の党員にとって、この胴の火は必携品なのである。

さらに久太郎は、着衣の両袖の裏に縫いつけておいた大小二個ずつ、あわせて四個の火薬球を捥（も）いで左手に握りしめた。大きな火薬球は直径一寸二分、小さいのは九分、どれにも口火が付いている。むろん、これも鏡党の党員の必携品である。

もっとも、火薬球といってしまっては正確を欠くかもしれない。それらの球の主成分は黒色火薬と鶏冠石、この二種の火薬を紙張子の小球に詰め、鳥の子紙で貼りかためてある。したがって、人を殺傷する炸裂弾としての威力はさほどではない。ただ、炸裂音がすさまじく、黒煙を呆れるほど多量に吐き出す。この炸裂音と黒煙とをどのように活用するか、そこに鏡党の党員としての才覚がある……。

「久太郎、どうした?」

桝屋の味噌倉でだれかが怒鳴っている。

「隧道(あなみち)に籠城するつもりか。貴様がどこの手の者か知らぬが、そこまでは援軍は駆けつけてはくれないぜ」

「大人しく外へ出るのだ、久太郎!」

大高又次郎の店の方からも太い声が隧道を這ってきた。

「貴様がどこの廻し者か、おれたちはそれだけを聞きたい。それを言うなら命は保証する。さァ、久太郎、余計な心配はせずに、外へ出るのだ」

「わたしゃどこの廻し者でもございませんよ」

久太郎は大声で言いながら、桝屋の味噌倉の方へ進んで行く。

「お美代さんに味噌倉で口説かれているうちに、この隧道を見つけただけです。で、おやおやこれは? とふしぎに思って、ここへ潜り込んだわけで……」

「いや、おまえはどこかの犬だ」

桝屋の味噌倉で口をきいているのは、主人の喜右衛門のようである。

「まさかりを扱うおまえの腕前、あれはただの腕前ではない。うちのまさかり衆にも、相当な腕前の連中が揃っているが、おまえは、その連中よりも凄い。おまえは自分の前歴をこの喜右衛門に『元御家人で乞食同然に京へ流れてきた』と語ったが、それは嘘さ」

「ど、どうしてです？」

「それだけの腕を世間が、もっとはっきり言えば、幕府がほうっておくものか。久太郎、かくしても無駄だよ。おまえは幕府のまわし者だろう？」

「ちがいますよ」

味噌倉まで、あと二間というところで久太郎はとまった。

「誓ってもようございますよ」

「久太郎、おまえはどうしてこの桝屋喜右衛門に目をつけたのだ？　なぜ、この桝屋が怪しいと考えたのだ？　そしてそれはおまえひとりの才覚か。それとも、上からの指令によるものなのか。答えろ、久太郎。この桝屋が怪しいということをおまえのほかに、だれが知っているのだね？」

「なるほど。わたし以外にも桝屋が怪しいと知っている人間があれば、ここを即刻引き払う必要があるってわけですか」

「まぁな」

「わたしだけですよ」

久太郎は小さい方の火薬球の口火を胴の火の炭火の上に垂らした。

「ですからご安心なさいな」

口火が燃えだした。

「ただし、わたしは最後まで、あなたがたと戦いますよ。あなたがたはどっちみちわたしを殺すつもりだ。しかしこっちも命は惜しい……」

久太郎は火薬球を味噌倉に向けてころころと転がしてやった。

「つまり、わたしの答はこうです」

味噌倉と隧道との境あたりで、ぴかりと閃光がひらめき、同時に轟々たる炸裂音が起った。しばらく、耳がきィーんと鳴ってなにも聞えない。

「喜右衛門さん、隧道の中じゃァいつも腰を曲げていなくちゃならない。おかげですこし腰が痛くなってきました、どうです、外で話のつづきをしては？」

久太郎は大声をあげながら、さらに味噌倉へ二、三歩前進した。

「いやだとおっしゃるなら、また炸裂弾を投げますぜ。こんどは直接にあなたを目がけて……」

「……いいだろう」

味噌倉から喜右衛門の声が返ってきた。

八

火薬球を見せびらかしながら、そのことによって喜右衛門はじめまさかり衆を牽制しつつ、久太郎は味噌倉を通って、裏庭へ出た。空にはおぼろな月がかかっている。まさかり衆に押されるまま、久太郎は裏庭の隅に立った。背後には六尺の高塀、左手には薪の山があった。

「では久太郎、はなしのつづきをしよう」

一間半ほどの距離を置いて久太郎を半円形にとりかこむまさかり衆の中から、喜右衛門が半歩ほど前に出た。

「おまえが幕府の犬でないとするならば、いったいどこの藩の犬なのか、それを答えてもらいたい」

「くどいお方だ」

久太郎は答えながら、背後の塀の高さを考えている。火薬球の黒煙をかくれみのにすれば、塀を飛び越えることはできそうである。

「どこの犬でもありませんよ」

「真実を言わねば殺さなければならぬ」

喜右衛門が低い声で言った。

「それでも嘘をつき通す気か。いいか、久太郎。おまえは炸裂弾を三個持っているようだがね、それに頼るのはまちがいだよ。こっちには二十人近いまさかり衆が控えているのだからね。一個で三人は殺せるとしても、なお、ここにいるまさかり衆の半分は残る。すなわち、十人近い強者を、おまえは武器を持たずに相手にしなければならないのだ。勝算の立たぬことはよしなさい。結局は捕まって、拷問にかけられる。拷問は辛いよ……」「これは困った」

久太郎はにやりと笑い返して、

「喜右衛門さん、あんたはこのわたしをどうあっても、どこかの犬に仕立てあげるおつもりらしい。ということはつまり、あんたはわたしをどんなことがあっても生かしては外に出さない、と決心なさっているってわけだ」

喜右衛門は答えなかった。

「よろしい。死にましょう。しかし、ただは死にませんよ。精一杯、抵抗いたしますよ。ただ、その前にお願いがある」

「なんだね、お願いとは？」

「あの世への土産に、まさかり衆の正体を知りたい。本名を聞きたい」

久太郎は、自分の正面に立っている背の低い、しかし、がっしりと逞しい躰つきをしたまさかり衆に問いかけた。

「まず、あんただ。あんたのここでの通称は源さんだ。がしかし、あんたの腕は相当なもの、おそらく名のある使い手にちがいない。ご本名を伺いたい」

「……岡田以蔵」

ぶっきら棒にそいつは答えた。つづいて、

「田中新兵衛」

「松田重助」

「杉山松助」

「広岡浪秀」

「石川潤次郎」

まさかり衆が次々に名を名乗りはじめた。が、すぐに喜右衛門が待ったをかけた。

「こやつ、幕府の間者に決まっている。そのような者に本名を明かす必要はあるまい。それよりも、みなさん、どんなことがあろうと、この男を逃がしてはなりませんぞ」

まさかり衆が揃ってうなずき、それぞれ半歩ずつ、久太郎との間合いをつめてきた。その動きに応じて、久太郎は大きな方の火薬球の口火を胴の火にかざしたが、そのとき、表から裏庭に、男が二人入って来るのが見えた。ひとりは恰幅のいい四十四、五の男。もうひとりは四十前後、これは恰幅のいい男の下僕のようである。二人とも旅装だった。

「喜右衛門さん、遅くなりました」

恰幅のいい男はそう声をかけたが、その場のただならぬ様子を見て、語尾がふっと立ち消えになる。

「おう、宮部さん、久しぶりの同志の会合だというのに邪魔が入りましてな、これからその邪魔を除こうとしていたところです」

喜右衛門は恰幅のいい男の方へ寄りながら言った。

「それにしても遠路はるばるご苦労さまなことです。ひと風呂浴びて旅の垢でも落していてくださいませんか。こっちはすぐ片付くと思いますから」

「では、そうしましょう」

恰幅のいい男はうなずき、下僕風の男をうながして、勝手口に消えた。

（……あれが肥後の宮部鼎蔵か！）

久太郎は合点し、合点したとたん、これからの自分がどう動けばよいか、恰好な策に思い当った。

（ただ塀の外へ逃がれるだけではつまらない。だいたいそれでは師匠の鏡仁太夫から大目玉を喰ってしまう。塀の外へ逃がれると見せて、あの宮部鼎蔵の下僕に化けてやろう）

久太郎は口火の燃え出した火薬球をぽん、と目の前に放り出した。まさかり衆は刀の柄（つか）に手をかけながら後方へ跳び退（すさ）った。ばん！　大音響と共に黒煙が立ちのぼる。すぐさま、久太郎は大きな火薬球の口火に火をつけ、自分の右手、五間ほど向うへその球を投げ、同時に左手で、脇の下にはさんでおいた上被（うわつぱり）を右手へ抛（ほう）った。上被はひらひらと宙を飛び五間先へ落ちたが、そのとき、上被よりわずかに早く五間先へ着いていた火薬球が炸裂、そこでも黒煙の太い柱を濛々と吹きあげはじめた。

このやり方を鏡党では、『煙幕まぎれの術』と称している。自分と相手との間に、まず煙幕を張る。相手は一瞬ぎょっとなり、煙を見つめる。と、黒いものがさっと右方へ逃げるのが見える。その黒いものを、この場合は上被なのであるが、なにしろ咄嗟（とっさ）のことであるから、だれでも、

「あッ、曲者は右へ逃げたな」

と錯覚する。その錯覚は、もう一発、右方で火薬球が炸裂するのを見て、ますますたしかなものになるはずである。で、相手方全員の注意が右方にあるうちに、党員は左方へ遁走するのである。

久太郎は、左方の薪の山のかげに身をひそめ、手早く着物を脱ぎ、さいごの火薬球の口火に火をつける。そして、目の前の薪の山から短く太い薪をとり、火薬球とその薪とを着物でくるみ、高々と宙へ投げあげた。火薬球は宙で炸裂し、着物と薪は塀の外に落ちた。

最初の火薬球の炸裂からここまで、ほんの短い時間しかかかっていない。ゆっくり数をかぞえてもせいぜい四つか五つの間のことである。

塀の外に、どさっと薪の落ちる音を聞いたまさかり衆たちは、裏木戸を目ざしてどどと駆け出

して行った。もう、裏庭には誰もいない。

久太郎は裏庭を駆け抜け、勝手の横の湯殿に近づいた。湯の音がしている。

「忠蔵、もっと薪をくべてくれぬか。湯がぬるい」

湯殿のなかから声があがった。むろん宮部鼎蔵の声である。忠蔵とは、例の下僕にちがいない。

久太郎は湯殿の出口で忠蔵の出てくるのを待っていた。

「それにしても、忠蔵、古高殿にも困ったものだ。ばん、ばん、ばんと三回も短銃を射つ。隣近所に怪しまれたら、どうするつもりなのだろうな。人を短銃で殺してはならん。刀で斬ればよいのだ」

宮部鼎蔵は久太郎の投げた火薬球の炸裂音を、短銃の音と思い込んでいるようである。

「……その点は大丈夫でございますよ」

「なぜだ、忠蔵?」

「隣の大高又次郎さまは武具屋でございます。武具屋では、鎧の強さをたしかめるためにときおり短銃を、鎧に向って射つことがあります。近所ではおそらくその音だと思っておりましょう」

「ならばいいが……」

「ちょっと薪をとってまいります」

湯殿の板戸が開いた。忠蔵が左手に握ったむすびを頬張りながら出てきて、そのへんに散らばっている木ッ端板をかき集めはじめた。

久太郎はすっとその背後に忍び寄り、右手で忠蔵の口をふさぎつつ、左手で咽喉を締めあげた。

九

踠きに踠く忠蔵を薪の山の蔭に手荒に引き摺り込むと、久太郎はぐっと押し殺した声で、

「忠蔵さん、ひとつ相談に乗ってくれないか」

と、言った。

「じつは金儲けの口があるんだがねぇ」

「な、なんだ、あんたは？」

忠蔵は踠くのをやめた。

「いきなりこんなところへ引っぱり込むとは、ずいぶん乱暴なことをするじゃないか」

「しかし、そのかわり、これは百両にはなるはなしだぜ」

「百両……?!」

忠蔵は首を捻って、自分を羽交い締めにしている久太郎の顔を見た。

「まさか」

「いや、嘘ではない」

久太郎は忠蔵から手を放して、

「ここにちゃんと百両ある」

すばやく懐中から皮財布を抜き出し、こっちを向き直った忠蔵の手に、その皮財布を落した。忠

蔵は両手で財布の重さを測って、

「それで相談とは……？」

はやくも話に乗ってきたような気配。

「おまえさん、いつから宮部鼎蔵について廻っているんだね？」

「まだ半年……」

「その前は？」

「長州の足軽鉄砲隊にいた」

「長州？　長州の人間がなぜ肥後の宮部鼎蔵のお供をしているのだい？」

「桂小五郎が推してくれたのさ」

忠蔵はすこし胸を張った。

「知ってるか、桂小五郎を……？」

「ああ、相当な人物らしいな。で、この桝屋へは……？」

「はじめてだよ」

「すると桝屋喜右衛門とは今夜が初対面か？」

「そうだ。が、しかし、そんなことを訊いてどうする気だ？」

「すると、おまえの顔をはっきりと知っているのは桂小五郎ぐらいのものだな？」

「な、なぜ、そんなことを訊く？」

「宮部鼎蔵は主人としてはどうだ？」

「気位の高いお人だ。人使いも荒い。それに酒が入ると人が変る。し、しかし、なぜ……？」

「じつは、おれはおまえさんになりたいのさ」

「お、おまえがおれに、だと?! ど、どういうことだ、それは……？」

忠蔵は目を剝いた。

「あんた、おれを担ごうってのか？」

「本気だよ」

「なにが狙いだ？」

「そこまで考えなくたっていいじゃないか。百両欲しいのか、欲しくないのか、それで決めればいい。欲しけりゃここからすぐに姿を消せ。そして、長州の足軽鉄砲隊にいたこと、それから桂小五郎に推されて宮部鼎蔵の供になったこと、そういうことを一切忘れるんだな」

「百両、欲しくなければどうする？」

忠蔵は左手の財布をすばやく懐中に捩じ込み、右手で薪をとった。

「おまえ、幕府の間者だな」

「おい、よせ。百両、猫ばばはひどいぜ」

「桂小五郎がなぜおれを宮部鼎蔵につけたのか、貴様にはわからないらしいな。宮部は尊攘派にとっては大事な人物、それでおれに護衛をしろ、宮部を幕府の刺客から守れ、とこういうことなのだ」

「つまり、それだけおまえさんは腕が立つってわけか」

「うむ、そういうことだな」

「それにしては、さっき、手もなくおれに羽交い締めにされていたようだが……」

「まさか、この桝屋に貴様のような奴がいるとは思っていなかった。心の心張り棒をすっかり外していたのが不覚をとった因さ。だが、今度はさっきのようにはいかないぜ」

忠蔵は薪を握り直して青眼に構えた。

「もうひとつ言っておくことがある。貴様に背後から羽交い締めにされたときはたしかにおれは負けていた。が、貴様のはなしに乗った振りをして百両まんまとせしめた上、いまはこう対等に睨み合っている。つまり、五分と五分。一分の利もなかったのを五分と五分まで盛り返したところに、おれの智恵と力がある」

言い終るが早いか、忠蔵は右手の薪をいきなり青眼の構えから久太郎めがけてぴゅっと投げつけてきた。上段、あるいは下段に引いた薪を前方へ投ずることはだれにでも出来ることである。がしかし、青眼の構えから薪を前方へ、それも相当の勢いで飛ばすには、手首の勁さとかなりの訓練が要る。久太郎は軀を思い切り沈めて薪を避けながら、

（……こいつ、忍びの者だな）

と、思った。

「長州秋芳党、秋本忠蔵！」

忠蔵は名を名乗って口中になにかいい頬張った。

（秋芳党?!　すると長州の間者として新選組に潜入していた、芹沢鴨の妾のお梅の仲間か！）

久太郎は咄嗟に薪を二本拾い、右手のを横に構えて両眼を隠し、左手のを縦にして左胸の前に置いた。

たんたんたんたん！

二本の薪の外側に、長さ一寸の竹釘が数十本、突き刺さる。忠蔵が口中になにか頬張るのを見て、吹き針だな、と判断したのが当ったようだ。吹き針で攻める場合は、まず両眼と心臓を狙い、何本か命中したところで相手の額にとどめの一本を吹き当て、石を拾って接近し、その石でとどめの針をがんがんと深く打ち込む。これが、ほとんどの吹き針流派に共通の定石である。久太郎が薪でまず両眼と左胸を護ったのは、自分も吹き針の使い手でその戦法を知っていたからだった。

「江戸鏡党、鏡久太郎！」

名乗りながら久太郎は吹き針を受け止めた薪をそのまま持って忠蔵に体当りして行った。

ぐさっ！

薪は竹の針を植えた凶器となって、鏡党と聞いて驚愕している忠蔵の顔面に喰い込んだ。しばらくの間、久太郎は忠蔵の顔に薪を押しつけじっと動かずにいた。そして、やがて薪から手を放して飛び退（すさ）る。忠蔵は、薪を顔に貼りつけたまま、どさりと地面に仆（たお）れた。

久太郎は忠蔵の着衣を剝ぎ取り、財布も抜いて、その上に自分の着物をかぶせた。そして、胴巻から、含み綿や顔料やつけ黒子を出して、忠蔵に似せて手早く顔を造り、

（……こいつの死体を夜中に始末すること）

と、忘れぬよう自分に言い聞かせながら、忠蔵の着衣を小脇にかかえて薪の山を出て、湯殿に

向って歩き出した。猫背、ややがに股、そして摺り足……、久太郎の歩き方はすでに忠蔵のそれを盗っている。

＋

「……忠蔵か？」

外から釜の中へ薪を放り込んでいると湯殿の内部(なか)で宮部鼎蔵が不機嫌そうな声をあげた。

「は、はい」

久太郎は忠蔵の声を真似て答えた。

「なにをしていたのだ。わたしをぬるい湯のなかに放っておくとはひどいではないか」

「すぐに湯は沸きます。じつはいま怪しい影を見かけましたので、ちょっと追っておりました。そんなわけで、旦那様の御用のほうがついお留守になってしまいまして……」

「それならば仕方がないが……」

しばらくぱちゃぱちゃ水の音。

「おっと忠蔵……」

「はい」

「あとで河原町の長州屋敷へひとっ走りするのを忘れるなよ」

「はい。それで御用は……？」

「ばかめ！」

宮部が怒鳴った。

「用向きについてはついさっき申したばかりではないか。桂小五郎どのに面会し、宮部が京に戻ったと報告するのだ」

「は、はい。そうでございましたな」

「そして金！」

「……はぁ？」

「活動資金を受け取ってくること」

「わかりました」

「なにがわかりました、だ」

連子窓（れんじ）の間から湯が降ってきた。

「わしに同じことを二度言わせるな」

宮部がまた湯をかけてよこす。忠蔵も言っていたように、たしかに仕えにくい主人のようである。

「たしかにあの久太郎という男、この桝屋の内部（なか）にひそんでいるにちがいない」

裏木戸のあたりで桝屋喜右衛門の声がした。

「塀の外に外被（うわつばり）が落ちていたのがなによりの証拠だ。すなわち、やつは外被を塀の外に投げて、あたかも六尺の塀を跳んだように見せかけたのだ。そのへんをよく見廻ってくれ。まだどこかにひそんでいるかもしれぬ」

「おう」

うなずき合ってまさかり衆が薪の山のあちこちに入って行くのが、久太郎の目の端に入った。

（……忠蔵の死体を薪の中へ押し込んでおけばよかった）

久太郎は舌打ちをした。が、もう遅い。

（そのときはまたそのときだ）

覚悟を決めて火吹竹を咥え、釜の下を吹きはじめた。

「おっと、おまえさん」

喜右衛門が久太郎の傍へやってきた。

「なにか気づいたことはなかったかい？」

「はぁ？」

久太郎は灰を握った手で鼻の下をこすりながら、背後を振り返った。鼻の下をこすったのはむろん偽装である。

「なにか？」

「わしたちが塀の外へ出ているあいだ、この裏庭に人がひそんでいるような気配はなかったか？」

「はぁ、それは……」

「どうした、桝屋さん？」

連子窓の間から宮部が訊いた。

「なにかあったのか？」

「うむ……」

喜右衛門は窓辺に寄って、

「宮部さんがここにお着きになったとき、わたしども、男をひとり取り囲んでおったでしょう？」

「……ああ」

「あの男、どうやら幕府の犬……」

「な、なに?!」

「正体を見破って罠に嵌め、化けの皮を剝いで追いつめたが、最後の最後に取り逃した」

「取り逃したとはあなたらしくもない」

宮部はすこし慌てた口調で、

「とにかく、すぐにここを引き払おう。その男は幕府の手勢を連れて引き返してくるぞ」

「その方がいいかもしれません」

「喜右衛門どの！」

さっき、久太郎が忠蔵を引っぱり込んだ薪の山の蔭から、上ずった声がした。

「やつだ！　やつがここに仆れている」

「な、なんだと？」

「妙な武器でやられて死んでいますぜ」

喜右衛門が声のした方へ走っていった。

「やれやれ……」

宮部は窓の隙間から久太郎を手招きした。

「忠蔵、背中を流してくれぬか」

「はい」

久太郎が湯殿に入って宮部の背中を糠袋でこすっていると、喜右衛門が窓から、

「……忠蔵」

と、久太郎を呼んだ。

「おまえだな、久太郎を殺ったのは？」

「はぁ」

久太郎はせっせと糠袋を使いつづける。

「なぜ、黙っていた？」

「お答えしようと思っておりましたが、そのうちにあなた様は宮部様とおはなしをおはじめになりました。口をはさむのも失礼かと存じ、それで口を噤んでおりました」

まさかり衆が薪の山の蔭の死体をこの自分のそれであると誤認したのは、おそらく忠蔵の顔が竹針によってぐちゃぐちゃに損じていたためだろうと、久太郎は思った。

「……それにあの程度の技倆の者を仕止めたところでたいした自慢にもなりません」

「あの程度だと?!」

喜右衛門は顔をぴったり窓の隙間につけて久太郎を見つめている。久太郎は湯気で巧みに顔をか

くしながら、

「忍びの術を多少は心得ているようでしたが、そう手間はかかりませんでした」

「桝屋さん」

宮部が言った。

「この忠蔵も忍びの術を使うのですよ。長州の山中に秋芳党と名乗る忍びの者の一派がおりますが、この男、その一派の中の手だれでな、この半年のあいだ、四度ばかり幕府の刺客に襲われましたが、そのたびに忠蔵に防いでもらいましたよ。桂さんがわたしにこの男をつけてくれたのは、じつはそういう理由があったからで……」

「その忠蔵、吹き針は使いますか？」

「使うとも」

宮部はうなずいた。

「いつも武器は吹き針さ」

「なるほど」

喜右衛門の顔が窓から消えた。どうやらこれで忠蔵になりおおせるめどが立ったようだ、と思いながら、宮部の背中を、久太郎はさらに念入りに磨きつづけた。

十一

久太郎が、肥後藩尊攘派の巨頭、宮部鼎蔵の下僕忠蔵になりすましてから三月経ち、京は梅雨の季節に入った。

（あ、宮部の下僕はおれと年もそう離れてはいないし、顔の造作も似ている。それに軀つきも背の高さも同じだ）

こう観察したからこそ、久太郎は忠蔵に化けるという冒険を思いつき、それを実行したのだが、正直にいって内心はびくびくものだった。忠蔵の仕草や喋り方の癖をいかに巧みに模写しようと、桝屋喜右衛門や桝屋のまさかり衆の目を欺くことはできても、主人の宮部鼎蔵をごまかすのは難しいかもしれないと考えたからである。

平間重助になりかわったとき、久太郎は己が顔を欠損させるという奇手を用いたが、あのとき同様、なにか特別の方策を弄して宮部の注意をほかへ反らす必要がある、久太郎がそう考えているところ小さな幸運が見舞った。あの夜、宮部がまだ入浴中のところへ、洛東の南禅寺塔頭天授院の肥後藩宿陣から密使がやってきたのである。

密使は「藩の京都御留守居役どのが火急のご用事」と口上を述べ、宮部を拉し去った。そして、宮部が桝屋に戻ってきたのはその五日後だが、この五日間が久太郎にとっては天恵だった。連続して顔をつき合せていれば、あるいは宮部は己が下僕のごくわずかな変わりようにも、

（はてな？）

と、首を傾げたかもしれない。が、五日間の断絶は、宮部からこの注意力を奪ったようだった。

五日後、肥後藩宿陣まで迎えに出た久太郎を、宮部はいささかも怪しまなかった。ただ、

「どうした、忠蔵。ばかに陰気な顔をしているではないか」

と、声をかけてきただけである。こういう台詞(せりふ)がじつは久太郎には大きな手がかりで、あ、忠蔵はいつももっと陽気な顔をしていたのだな、と誤差を調整する資料になる。そんな調子で、誤差を正すことを重ねながら久太郎はますます忠蔵らしくなって行った。

六月の朔日(ついたち)の昼すぎ、久太郎は西木屋町の桝屋を出て三条大橋を渡り、南禅寺へ出かけた。前の日、宮部は最初の夜と同じように、肥後藩の京都留守居役の呼び出しを受けて宿陣へ出かけていた。宮部はそのとき、

「明日の夕刻までに迎えに来い」

と、言い残しており、久太郎はその命令に忠実に動いているわけだ。宮部はそう口数の多い方ではない。だから、なぜたびたび藩の留守居役から呼び出しを喰うのか、その理由を下僕である久太郎に打ち明けることはしない。だが、呼び出しのあるたびに、

「そらまた、藩のご重役の取り越し苦労がはじまったようだ。おえら方はどうも長州の過激派集団とわたしとが近いのを気に病んでいるらしい」

と、呟きながら苦笑して腰をあげるのがきまりだった。久太郎は、宮部のこの呟きを新選組の利益とどう結びつけたらよいか、それを考え考え青蓮院(しょうれん)を右に見ながら東へ歩いて行った。

いずれ時が来たら、宮部たちを新選組に討たせてやろう、それが鏡党の党員である自分の任務で

ある。新選組に宮部たちを襲わせるのは簡単だ。一本手紙を書き、壬生の新選組屯所へほうり込めば事はすむだろう。

（だが、それではおもしろくない）

と、久太郎は考えている。

（そういうやり方じゃ世間にゃ受けないぜ）

宮部たち尊攘派の連中を新選組が討つこと、それが世間に、すくなくとも京雀に、快哉を叫ばせるものでなくてはならない。それには宮部たちを〈危険至極な過激集団だ〉と世間に印象づけておく必要があるだろう。

（たとえばまず、在京尊攘派蹶起計画書というような秘密文書を、新選組に発見させたらどうだろう。むろん、宮部たちはそこまで考えていないだろうから、その文書はおれが偽造する……）

雨がしとしと降り出した。南禅寺の向うの大文字山や如意ヶ峰に灰色の重い雲がかかりはじめている。その雲の上に、久太郎は、そのうち自分が書くにちがいない『在京尊攘派蹶起計画書』の文面がぼうっと泛びあがるのを見た。

六月末、北風の強い夜を待って、御所や荒神口の中川邸はじめ、京の各所に火を放つ。そして、この急を見て参内するはずの中川宮と守護職の会津容保を途中で襲う。別の一手は黒谷の会津本陣へ討ち込みをかける。

長州の尊攘派同志を中心とする本隊は七卿を擁して出陣し、京を占領し、詔勅を入手する。

万一、右に失敗せる場合は、天皇を奉じて、長州へ退く……。

たとえば、こういった文書を新選組に見つけさせればどうなるだろうか。おそらく、新選組は所司代に報じ、所司代は京の住民たちに「おそるべき怪文書発見」などと言いふらすはずである。

京の人々は怯える。だれだって放火は怖いのだ。

だが、そのとき、新選組がまたしても鮮やかな動きを見せる。尊攘過激派集団を襲い、一挙に壊滅させるのだ。

〈京を火の海から未然に救った人たち〉

として新選組の人気はいっぺんに高まるにちがいない。

（よし、その文書を桝屋喜右衛門の手文庫にでも忍び込ませておこう。ところで問題は桝屋の手文庫の中のその怪文書を新選組にどうやって発見させるかだが……）

久太郎がそこまで考えたとき、目の端にちらとだんだら染めの羽織を着た男たちの姿が見えた。

（新選組だな？）

咄嗟にぴんときて久太郎の足がぴたりと停った。久太郎の属する鏡党は、いってみれば《新選組の黒幕》、あるいは《その後楯》である。だから、久太郎にはだんだら染めの羽織を見てぎょっとなって立ちすくむ理由はすこしもないのだが、宮部鼎蔵の下僕忠蔵に徹するうちに、だんだら染め羽織恐怖症になってしまったようだ。

（ここまで徹していれば立派なものだ）

思わず苦笑しふたたび歩き出そうとして、久太郎は「あっ」と唸った。桝屋の手文庫の中に隠すはずの例の怪文書を新選組に発見させる絶好の手を思いついたからである。

(新選組の連中に「あやしい奴だ」とまず思い込ませるのだ。そして逃げる。連中はあとを追ってくる。そうなればこっちのものだ。連中を桝屋へ導き、怪文書を手文庫へしのびこませ、そして……)

久太郎はまわれ右をし、雨の中を三条大橋に向って歩き出した。

「こらこら!」

「貴様、待て!」

だんだら染めの羽織たちは、さっそく久太郎の註文に嵌ってきたようである。

十二

三条大橋の方からも、だんだら染めの羽織が四、五人、久太郎めがけて走り寄ってきた。このあたり、肥後藩宿陣が近いので、新選組が張り込んでいたらしい。久太郎の脚は、東海道を往復する飛脚よりもはるかに速い。したがってむろん逃げて逃げられぬこともないのだが、久太郎は足を停めた。逃げおおせてしまっては計画を立てたことが無駄になってしまう。

「……貴様、おれたちを見て逃げだしたな?」

南禅寺の方角から追ってきただんだら染めの羽織のうちの一人で泥鰌ひげを生やしたのが、久太郎のまわりをぐるりとひとまわりしてから訊いてきた。いずれも久太郎の知らない顔ばかりである。最近、新選組に投じた連中にちがいない。

「なぜ、逃げ出したのだ?」

「決して怪しいものではございません。お許しくださいい」

「ほう。こっちが、怪しいやつだ、と言う前に、自分から、怪しいものではございません、と切り出したな。語るに落ちるとはこのことだ。貴様は、自ら、自分は怪しいものでございます、と白状したようなものだぜ」

「し、しかし、わたしはどうせ、怪しいやつだ、と言われそうだなと思いまして、それで先まわりして、怪しいものではございません、と申し上げたわけで……」

「ばか」

杖のかわりに折れ弓を持ったあばた面の男が久太郎の前に出てきた。

「おれたちは貴様と禅問答をやろうとは思っておらん。どこから来た?」

「あのう、三条の大橋から……」

「そんなことは先刻承知だ」

あばた面が久太郎の鼻の先でぴゅっと折れ弓を振った。

「貴様、どこで寝泊りしておるのだ?」

「申しあげられません」

「ほう。申しあげられませんと来たか。新選組を舐めているのだね?」

「そういうわけじゃありませんが、そのう……」

「では、どこへ行こうとしていたのだ？　南禅寺見物かね。それとも塔頭天授院の肥後藩宿陣か？」

「……申しあげられません」

「やっぱり舐めてやがる。よかろう。いまのうちにわれわれをたっぷりと舐めておけ。そのうちに泣きを見る……」

「と、申しますと？」

「そう。まず、貴様を縛る」

「ご無体な！」

「それから南禅寺の山門の大柱にくくりつける」

「こ、こまります」

「それから、この折れ弓で叩く」

「そ、そんなばかな……」

「われわれを舐めた罰だ」

あばた面は久太郎の肩へぴしりと折れ弓を打ち込んだ。打たれるままになっていると、他のだんだら染めの羽織たちが太縄で久太郎をぐるぐる巻きに縛り上げた。

「こいつを山門の柱にくくりつけておけ」

あばた面が下知した。

「くくりつけたら、みんな、物かげにかくれていろ。肥後藩がどう出るかを見てみたい」

泥鰌ひげがうなずき、他のだんだら染めの羽織たちを指図して、久太郎を山門の柱にくくりつけた。そして、門前の木立ちのかげへそれぞれ身を隠した。

しばらくして、からからと足駄の音が三条大橋の方から近づいてきた。見ると、それは『小川亭』という名の入った番傘を掲げた四十前後の女だった。若いころには、十人や二十人ではきかない恋患いの若い衆をつくったにちがいないと思われるような、佳い顔立ちをしている。

女は久太郎を見て、ぎくりと足を止めたが、やがて、

「あっ」

と叫び声をあげて、傘をすぼめた。

「あんた、忠蔵はんやないか」

「はあ……?」

「うち、小川亭のおてい、いだす」

「……おていさん?」

「まあ、うちの顔を忘れはったんかいな。薄情なお人やな。ほら、縄手通三縁寺右の旅籠で肴屋の小川亭のおてい……」

「……ああ」

なにがなんだかよくわからないが、久太郎はひとつ大きくうなずいてみせた。

「ごぶさたしております」

「ほんまにとんとお見限りやねえ」

女は久太郎を打つ真似をして、はっと気づいてぐっと声を押し殺した。

「で、忠蔵はん、こんなところでなにをしてはりまんの？　南禅寺の山門で石川五右衛門はんの二代目を気取ったはるのどすか？」

「まさか。縛られたんですよ」

「だ、だれに？」

「新選組。そのへんに連中、隠れてますから気をつけてください」

「ほな、宮部さまは？」

「肥後藩ご宿陣においでだ」

「忠蔵はんが縛られてることを宮部様は知ってはりまんの？」

「あの方はまだご存知ありません。わたしの心配もじつはそこにあるのですよ。旦那様が出ておいでになる。わたしをごらんになって近づいてこられる。そこを新選組の連中がわっと取りかこむ。そして『貴殿はこれなる下郎のなんに当られるのか』ときびしく詮議する。旦那様のことだから、そうやすやすと尻尾をお出しにはなるまいが、もし、万が一、連中のなかに宮部鼎蔵という人物の顔を知っている者があれば……」

「大事どす」

「はい」

「うち、肥後藩ご宿陣へ注進して来ますわ。宮部様を陣内から出さんようにいうてきまひょ」

「し、しかし、おていさん。あなた、どうやってご宿陣へ入るおつもりです？」

「なにいうてはりまんの。うちは代々、肥後藩ご用達の肴屋だす。鑑札なしでご陣内を通行できまっせ」

言って女が山門をくぐり抜けようとしたとき、あたりの木立ちの中から、だんだら染めの羽織がわらわらわらととび出してきた。

「女、待て！」

泥鰌ひげが女の正面へ早まわりし、じろっと睨めまわした。

「何者だ？」

「肥後藩ご用達の肴屋どす」

「ほう。それで、その方、いま、この男となにやら話し込んでいたようだが、その方とこの男との関わりようは？」

問われて女はぐっと詰った。番傘のしずくを切りながら考え込んでいる。

十三

「これはうっとこの男衆（おとこし）だす」

四方からつめ寄っただんだら染めの羽織の男たちに向って、小川亭の女将のおていは昂然と言い放った。

「どうぞ縄を切ってやっておくれやすな」

「うっとこだと？」

泥鰌ひげの隊士が腕ぐみをし、おていを下から上、上から下へと睨めまわした。

「うっとことはどこのことだ？」

「三条大橋のこちらがわ、鴨川の東、縄手通りをすこうしさがったところに三縁寺いうお寺さんがおます」

「ああ、たしかにそんな寺があった。でその寺がどうした？」

「その三縁寺の近くに小川亭いう旅籠がおます。旅籠のほかに料理屋もしておりまっけど。うち、その小川亭の女将ですがな。ほいで、この人はうっとこの男衆……」

「小川亭といえば、肥後藩ご用達の旅宿兼料理屋だぜ」

あばた面が泥鰌ひげにちらと目配せをした。

「宮部鼎蔵も肥後藩……。こいつは怪しい」

「怪しい？　そんなわけのわからんことゆうてあほかいな」

おていは口許に手の甲を添えて笑い出した。

「肥後藩ご用達の小川亭の女将や男衆が肥後様ご宿陣にお出入りするのはあたり前やおへんか。出入りせんのんやったらそのときこそ怪しい……」

「し、しかしこの男、おれたちの顔を見たとたん、そわそわと逃げ支度をしおった」

あばた面は久太郎を指さした。

「日頃出入りしている肥後藩ご宿陣、その門前にだれが立っていようと、構わずに入ったらよかろう。わしら新選組を見てとっさに逃げを打とうとしたところがどうも怪しいのだ」

「いうたらなんやけど、あんさんたち、自分の姿を鏡に写して見やはったことがおますの？　不精ひげ生やかして、だんだら染めの羽織ひっかけた肩そびやかして、目吊りあげて、のっしのっしと京大路を歩かはって、気の弱い子やったら一目見てひきつけおこしますがな」

「な、なにィ?!」

「こないな淋しい所でそないなあんさんたちとばったり出喰わしたら、だれやって逃げ出しとうなりますわ」

小川亭の女将は久太郎を一目見て宮部鼎蔵の下僕の忠蔵と信じ込み、一所懸命に久太郎を庇っているようだった。

「あんさんたち、宮部鼎蔵様を探してはりまんのやね？」

「そ、そうだ」

「ほな、加賀国へおいでやす」

「加賀……？」

「へぇ。宮部様は去年の暮からずうっと加賀においでだす」

小川亭の女将は帯の間から赤小豆革の財布を抜き出すと、それをあばた面の袂へぽいと投げ込んだ。

「いまのはうっとこの男衆の身代金だす。みなはんで島原へくり込むぐらいの金は入ってます。

さ、はよぅ、男衆の縄を切っとくなはれ」

女将は、こんどは久太郎をはったと睨みつけ、

「この弱虫野郎（あかんたれ）、あんたがびくびくしてるさかい、こないなことになるんや。おかげでうちは大いに物入りや。肥後様のご用はうちにまかせて、あんたは早いとこ店へお帰り」

「へぇ」

久太郎は首を垂れ、殊勝らしい口調で言った。

「え、えらいすんまへん」

「女将の顔にめんじて、貴様は無罪放免だ」

あばた面は久太郎を縛っていた縄を小刀を引き抜いて切った。

「さぁ、はやく消えてなくなれ」

「お、おおきに。えらいお手数をおかけしました」

久太郎は足早に山門の石段をかけおり、三条大橋の方へ向って歩き出した。

「お待ち！」

小川亭の女将が追ってきた。

「板場の長五郎に今夜の宴会は三組や、と言うといてや」

「へぇ」

女将はなにか言っておきたいことがあって自分を呼び止めたのだな、と久太郎は察して、久太郎は腰をかがめて女将の来るのを待った。

「忠蔵はん、まっすぐ小川亭へ戻らんとあかん」

久太郎の傍へやって来た女将は小声で言った。

「新選組の連中、あんたを尾行るかもしれへんさかい、かならず小川亭へ戻らなあかんよ。桝屋へ帰ったりしたら、はなしが合わなくなってしまう。はなしが合わないばかりやない。こんどは桝屋はんが疑われてしまうさかいな……」

「わかっていますよ、おかみさん」

久太郎は目顔でうなずいて、ふたたび三条大橋の方へ歩き出した。歩きながら久太郎は背中を耳にした。どうやら足音がひとりかふたり、自分を追ってくるようである。ためしに歩く速さをあげてみた。背後の足音は久太郎の足に合わせて速くなった。逆にゆっくりした歩調に落してみる。すると、やはり同じこと、背後の足音も久太郎に合わせてがくんと落ちる。

(……尾行てきているな)

久太郎はにやりとし、三縁寺の前を小川亭の方へは曲らずにまっすぐ通り抜け、三条の大橋を渡った。

(おれを尾行ている連中は、これでおれのことを本格的に疑い出したはずだ。女将には『すぐに小川亭へ戻ります』と言っていたのに、なぜ小川亭へ帰らないのか、と連中は首を傾げているにちがいない……)

河原町三条の辻で久太郎は右に曲って本能寺を左に見ながら長州屋敷の方へ向った。

(市内をぐるぐる歩きまわって、尾行をまく努力をしているらしいと連中には思わせるのだ。連中はますますあやしむ。そして連中がへたばる寸前に西木屋町の桝屋へ入る……。連中はそのことを壬生の屯所へ報告する。その報告は、たとえばこうだ。「肥後藩ご用達の旅籠小川亭の男衆がさんざん廻り道をしたあげく、西木屋町の桝屋という割木問屋に姿を消しました。あの男衆は肥後藩とどこかとを結ぶ連絡係と思われますが……」。この報告を受けた近藤勇はどうする？　おそらく桝屋に手を入れてくるだろう。そしてそのとき、手文庫の中から在京尊攘派志士の約定書（やくじょう）が発見される……）

　久太郎は本能寺の前を左に折れて直進し、烏丸御池の辻に出た。

（……あとは新選組にまかせておけばよい。近藤勇も土方歳三も、それからあのひねくれ屋の沖田惣次郎も、人を痛めつけるのが趣味だ。桝屋を痛めて痛め抜き、連中はおそらく宮部鼎蔵を中心とする在京尊攘派志士たちのかくれ家をつきとめる。そして連中は志士たちを斬る）

　六角堂でひと息入れ、そこから久太郎は四条烏丸へ出た。四条烏丸を左に曲って、四条大橋へ向う。

（……新選組は、こうして京にその名を轟かす。事はすべて鏡仁太夫の望みどおりになるわけだ。さてそうなると大切なことは、桝屋へ戻ったら一刻も早く喜右衛門の手文庫に偽造の約定書を忍びこませることだ）

　四条大橋の手前で久太郎はひょいと左に入った。そこが西木屋町である。

十四

その夜更、久太郎はついさっき自室で書き上げたばかりの約定書を懐中に、桝屋の奥座敷に忍び込んだ。久太郎のでっちあげた約定書の文面とは、こうである。

六月下旬の北風の強い夜を行動日とする。土佐の野老山(ところやま)五吉郎を隊長とする一隊は御所と荒神口の中川邸に火を放つ。急を聞いて参内しようとする中川宮と京都守護職の会津容保を肥後の松田重助、播州の大高忠兵衛を中心とする刺客隊が襲撃し、襲撃後は黒谷の会津本陣へ討込みをかける。桂小五郎を中心とする長州屋敷勢は七卿を擁して御所を占領し、詔勅を入手する。万一、失敗のときは吉田稔麿を道案内に天帝(みかど)を長州へ奉じたてまつる。以上。

肥後　宮部鼎蔵
〃　松田重助
長州　吉田稔麿
〃　杉山松助
〃　広岡浪秀
〃　佐伯靱彦
〃　桂小五郎
土佐　野老山五吉郎

〃　石川潤次郎
〃　北添佶磨（きつま）
〃　望月義澄
播州　大高忠兵衛
〃　大高又次郎
京都・聖護院　西川耕蔵
久留米　淵上郁太郎

桝屋喜右衛門の手文庫は、正確には、樫材で作られた三段の用箪笥である。三段の引き出しには厳重に錠がおろしてあった。久太郎は襟もとから針金を抜き、その針金を錠前の鍵穴にそっと差し込んだ。が、そのとき、表と裏の戸が一斉にがたがたと音をたてた。

「桝屋喜右衛門、詮議したい筋があって屋敷の中を改める。おとなしく戸を開けよ」

どたどたどた！

と前二階と勝手の土間をつないでいる階段が鳴った。前二階に寝ていたまさかり衆が勝手の土間へおりたのだ。おそらくまさかり衆は土間の味噌倉から隣家の大高又次郎のところへ、潜り穴伝いに逃げるつもりだろう。

「なにごとでございます？」

しばらくあって、久太郎の潜んでいる座敷のとなりから、喜右衛門の声があがった。

「いったいどちらさまで……？」

「新選組だ」

「新選組？　なんの御用でございます？」

「いいから雨戸をあけろ」

「へ、へい」

　雨戸をあける音がした。久太郎は例の約定書をまるめて右の手のひらに隠し、座敷の隅に立ててある屏風のうしろへ入った。

「桝屋喜右衛門は？」

「手前でございますが……」

「おれは新選組の土方歳三だ」

「お、ご高名はかねがね……」

「お追従はやめておけ。じつは今日、肥後藩ご用達の旅宿小川亭の男衆が、この家へ入った。しかも、入ったきり出てこない。心当りはないか？」

「さぁて……」

「ないのか？」

「へぇ、ございませんが」

「となるとちょっと厄介なことになるがね。じつはその後、小川亭の女将を問いつめたところ、その男は、小川亭の男衆とはまっかな嘘、じつは肥後藩の宮部鼎蔵の下僕忠蔵と判明したからだ。宮部の下僕がこの家に出入りをしているということは宮部自身もこの家と関係があるということと同じだからね」

「と、おっしゃられてもこちらに思い当ることはございませんが……」

度胸を据えたのか、喜右衛門の声は平静そのものである。

「うちは割木屋でございます。それでまさかり衆が大勢出入りしております。そのまさかり衆の中に、ひょっとしたらあなた方の疑っておいでの者がおるのかもしれませんが、しかし、それにしてもこれといって思い当るようなフシが……」

「なければよい。家探しをするまでだ。いいな？」

「は、どうぞ」

縁側からいくつもの足音が上りこみ、家の中のあちこちへ散って行く。が、土方は喜右衛門を離れようとはせず、

「おかみさんはどこで寝ているのだ？」

などと聞いている。

「だいぶ前に病気でなくしました」

「ほう。子どもは？」

「ございません」

「ところで次の間は？」

「十二畳の客座敷で……」

「ちょっと見せてもらうぞ」

襖のあく音がして、天井がほんのりと明るくなった。久太郎は懐中から小さな手鏡を出し、それをそっと屏風の上にさし出した。手鏡の中に、『誠』という字の入った提灯が見えている。

「……あれは?」

「わたしの用箪笥でございますが」

「用箪笥?」

「手文庫のかわりに使っております」

「なるほど」

天井を照している提灯のあかりがゆっくりと床の間のほうへ移動する。

「なかを改めたいが……」

「べつにたいしたものは入っておりませんが。そう、金が二十四、五両に、つまらない書きつけが十五枚かそこいら……」

「その、つまらない書きつけを見たいのだ」

「どうぞ、どうぞ、ご存分に」

鍵束の鳴る音がし、やがて引き出しの錠前に鍵をさし込む気配。

「どれどれ……」

久太郎は、いまだ! と思った。土方たちの到着前に例の怪文書を手文庫の中に忍び込ませておくことができなかったが、いまなら可能だろう。そして機会はいまをおいてない。たしかに、土方と喜右衛門の見ている前で、引き出しにまるめた約定書を投げ込むのは、冒険といえば冒険だが、しかし、平間重助や下僕忠蔵になりかわる仕事にくらべれば「軽い」。なにしろ、投げ礫（つぶて）は鏡党の党員には必須の業、屏風のうしろから、土方が引きあけようとしている引き出しの中へ投げ込むぐらいはたやすいことである。

久太郎は身構えた。

十五

——やがて、きききききっと用簞笥の引き出しが鳴った。土方歳三が引き出しを引きはじめたのだ。久太郎は、右手の、毬のようにちいさくまるめた例の約定書を、屏風のかげから引き出しのある方角に向って、ぽいと投げあげ、その紙の礫が手を離れた瞬間に、屏風を蹴って隣の、喜右衛門の座敷の布団へ矢のように飛び、その中へもぐり込んだ。

「……誰だ?」

土方が屏風に向って怒鳴っている。

「風でしょうか」

喜右衛門は倒れた屏風を立て直した。

「風なぞなかったぜ」

「そういえばそうでしたな」

喜右衛門が用簞笥のそばへ戻った。

「風でないとすればなにかのはずみでしょうか」

布団をそっと持ち上げて隙間をこしらえ、その隙間から久太郎はなおも土方と喜右衛門の様子を窺っていた。屛風を倒したのは、言うまでもなく二人の注意を引き出しから他所へ逸らすためだった。見ている前に紙礫が落ちたのでは、いくらなんでもまずい。引き出しのなかに紙礫のおさまる一瞬は二人の視線がほかへ向いていてほしい、久太郎はそう考えて屛風を蹴ったのである。

「……なんだ、この紙屑は？」

用簞笥に向き直った土方は紙礫にまず目をつけたようだ。

「京の商人は手文庫のなかに紙屑をしまっておくのかね。紙屑を捨てるのももったいないというわけだ。倹約節約もここまでくれば『狂』の字がつくわな」

「はて、そのような紙屑をしまっておいたつもりはございませんが」

ついさっきまで、堂々として悪びれたところのなかった喜右衛門の声が、いまはすこしおどついている。

「白っぱくれるのもいい加減にしろよ」

喜右衛門を叱りつけた土方の声も、いままでとはがらりと変っていた。語尾がぴりぴりと慄えている。

「これは貴公らの約定書じゃないか！」

「約定書、といいますと？」

「京の都に火を放って混乱をつくりだし、その隙に御所と帝とを乗っとろうという計画書だろう?」

「そ、そんな!」

「この古狸め。自分の用簞笥の中から出てきたものにびっくりするやつがどこにある。鏡に写った自分の顔を見てびっくりするのと同じようにばかげたことだ。芝居はやめておけ。そんな田舎廻りの緞帳芝居はだれにも受けやしないぜ」

「し、しかし、そのような書き付けを引き出しにしまったおぼえは、誓ってありませんが……」

「誓ってない、だと?」

「はい」

「では、だれがこの約定書をここに入れておいたというのだ?」

「そ、それは……」

「わからない、と言うのか?」

「そ、そういうことで」

「このごろは七歳の童子でも、もっとましな言い抜けをするぜ」

約定書を懐中にねじ込み、土方は右手を空にした。つまり、いつでも刀を抜くことのできる構えになった。

「これ以上言いたいことがあれば、壬生の屯所で言うがいい。さぁ、外へ出ろ。ちらとでも逃げる素振りがあれば、そのときは遠慮なく斬る。心して歩けよ」

喜右衛門がうなずいたのを見届けて、久太郎は布団を抜け出し、縁側から庭へ出た。庭にはだんだら染めの羽織に向う鉢巻の、新選組の隊士が数人、鞘から抜いた刀を肩に担いだり、脇にだらりとぶらさげたりして、家の中から這い出してくる者を見張っていた。

「おっ、まただれか出てきたぞ」

久太郎を見て、隊士のひとりが叫んだ。逃げて逃げられないことはないが、久太郎は庭先にぺたりと坐って、

「お手向いはいたしません」

と、言った。

「それにわたしの知っていることはすべて申しあげます。どうか近藤勇局長にお引き合せくださ い」

「……やっ?」

隊士たちのうちのひとりが久太郎の顔の前に『誠』の字入りの提灯を近づけてきた。

「貴様、やはり昼の男だったな」

見ると、それは、その日の昼過ぎ南禅寺の山門の柱に久太郎を縛りつけた、例の泥鰌ひげの隊士である。

「さんざん手間をとらせやがって……」

泥鰌ひげの男は他の隊士に命じて、久太郎を縄で縛らせた。

「屯所ではたっぷりお返しをしてやるからな。覚悟しておくがいい」

「おい、山崎……」

縁側から土方の声が降ってきた。

「これがこの家の主の桝屋喜右衛門どのだ。丁重に、だがしっかりとお縛り申しあげろ」

「はっ」

泥鰌ひげはうなずいて、喜右衛門に縄をかけながら、

「土方さん、こやつですよ。われわれが南禅寺の門前でつかまえた男というのは……」

「ほう」

土方が久太郎の顔をのぞき込んだ。眉毛を剃って、別の、作りものの眉毛をつけたり、ふくみ綿をして頬をふくらましたりして、久太郎は顔を変えている。そのせいだろう、土方は、自分の前に縄を打たれて打ち据えられているのが、かつて江戸は市谷柳町の試衛館道場で、ひとつ釜の飯を食った仲のこんにゃく屋の倅の久太郎とは気がつかぬようだった。

「こいつか、小川亭の女将が『うっとこの男衆』と身許を引き受けていったというのは……」

「はい」

「小川亭の男衆が、なぜ、割木問屋で寝泊りしているのだね」

土方が久太郎に言った。

「おそらくそれには深い理由があるにちがいない。その理由は壬生の屯所でじっくりときかせてもらうぜ。よし、山崎、引き揚げよう」

西木屋町から壬生まで、久太郎は喜右衛門と並んで歩かされた。途中で喜右衛門が久太郎にふた

ことロをきいた。最初のひとことことは、こうだった。

「……忠蔵、貴様だな、この連中を桝屋へ手引きしたのは?」

久太郎はこの問には答えなかった。すると、

「貴様には自分の仕出かした失敗が、どんなに大きなものかわかるまい。このおろかもの!」

という声と共に、喜右衛門はかっと痰を吐きかけてきた。久太郎は一歩足をはやめて痰をよけた。痰は久太郎の横を歩いていた泥鰌ひげの羽織の裾にべたりと貼りついたが、泥鰌ひげはそれには気付かず、あいかわらず肩をゆすって歩いていた……。

十六

壬生屯所の裏庭には、正面と東側に、土蔵がふたつあった。正面の土蔵の向うに、黒ぐろと新徳寺の屋根が聳えている。

喜右衛門は土方に引き立てられて東側の土蔵に入り、久太郎は泥鰌ひげに尻を蹴とばされながら、正面の土蔵に入った。間もなく、近藤勇がやってきた。

「……おれにあわせろと言っていたそうだな」

しばらく見ないうちに近藤勇の顔は別人のように変っている。美食のためだろう、顔にはたっぷりと余計な肉がついている。それに生気がない。おそらくそれは過淫によるものだろう。

「おれになにを言いたいのだ?」

「じつは、わたくし、肥後藩士宮部鼎蔵の下僕で忠蔵と申します」

「ふむ。それで？」

「主人ともども桝屋に長逗留をいたしておりました。土方様が見付けられた約定書はほんものでございます。あの約定書に名を連ねておりますのが、在京尊攘派の重だった顔ぶれで……」

「それは約定書を見ればだれにでもわかる。たとえば宮部鼎蔵は、桝屋のほかに京ではどこに泊っているのだ？」

「小川亭。それから木屋町三条上ル『四国屋』、これはもと料亭の『丹虎』で……」

「それから？」

「三条小橋の『池田屋』」

「なるほど」

ここで近藤勇は泥鰌ひげに向って、

「山崎、この男、意外に正直だな。おまえの探り出したことと、この男の喋っていることは、ほとんど一致している」

と言い、それから急に疑ぐり深い目付きになって、腰の刀をすらりと抜いた。

「だが、おかしい」

「な、なにがでございます？」

「まず、おまえは桝屋が怪しいと手引きしてくれた。つぎにおまえは自分の主人にとっては不利になることをべらべらと喋りまくる。これは怪しい。なにか曰くがある」

「たしかに曰くはございます」

久太郎は口中の含み綿をぽっと土間へ吐き出した。

「勇さん、わたしの眉毛を引っ剝がしてくれませんか」

「な、なに……？」

「そうすれば曰くがわかるはずですが」

「山崎、なんだか知らんが、こいつの言う通りにしてやれ」

うなずいた泥鰌ひげが久太郎の付け眉毛をとった。

「どうです、勇さん。わたしに見憶えはありませんか？」

「……ま、まさか！」

近藤勇は目をまるくして、久太郎の前にしゃがみこんだ。

「おまえ、こんにゃく屋の……？」

「そうです。上石原宿のこんにゃく屋の久太郎ですよ」

「こ、こいつは驚いた！」

近藤勇は、久太郎の肩を摑んで、何度も強く揺さぶった。

「しかしそれにしても、おまえは妙なやつだ。逢うたびに仕事がちがっている。はじめがたしか古着問屋の若旦那、その次が団子の行商人、そしてこんどは宮部鼎蔵の下僕……。いったいどうなっているんだ？」

「すべて、おさななじみの宮川勝太さんのためですよ」

「おれのため？」

「あなたはきっと在京尊攘派の志士たちの会合場所を知りたいと思っているにちがいない、そう考えついて、わたしなりの努力をしてみた、とまあそういうことです」

「そうだったのか」

近藤勇は刀で久太郎の縄を切った。

「かたじけない」

「それはそうと勝太さん、桝屋喜右衛門が、じつは輪王寺宮家の家臣の古高俊太郎だということはご存知ですか？」

「い、いや、知らん」

「古高は在京尊攘派の志士たちにとっては、もっとも重要な人物です。それを新選組に拉致されたとなると、これは大問題、おそらく数日うちに、在京尊攘派の会合が開かれるはずです。勝太さん、あなたが待っていたのは、このときなのじゃぁありませんか？」

「じ、じつはそうなのだ」

「会合場所はたぶん四国屋か池田屋でしょう。長州屋敷で、ということも考えられますが、しかし、長州藩の京都留守居役の乃美織江は、尊攘派志士を『過激すぎる』と嫌っています。まぁ、おそらく長州屋敷の線は九分九厘ないでしょう」

「ありがたい」

近藤勇は立って泥鰌ひげのそばへ寄り、なにか耳打ちをした。

「久太郎、いま山崎に風呂と酒の支度を命じておいた。ゆっくり休め。あとでまた話そう」

「勝太さんはどこへ？」

「隣りの土蔵さ。土方と二人で桝屋喜右衛門をすこし責めてみよう」

近藤勇が出て行った。それにつづいて久太郎と泥鰌ひげも裏庭へ出た。

「こちらへ」

泥鰌ひげが東を指で示した。

「東の土蔵の裏に、離れがあります。母屋よりそちらの方が静かです」

ふたつの土蔵の間に木戸があった。木戸の外は新徳寺の墓地である。

「墓地に沿って東へお歩きください。するとひとりでに桝屋がいま閉じ込められている土蔵の裏に出ます。で、そこに離れがあります」

泥鰌ひげが背後から久太郎を案内する。が、墓地の果てたところには畑があるだけで、家など一軒も建っていない。

(あッ、勇のやつ、おれを殺す気だな?!)

久太郎はぴんときて、つまずくふりをして石をひとつ拾うと、いきなりうしろを振り返った。

「……やっと近藤勇の狙いに気がついたのか。遅いぞ、久太郎」

背後に立っていたのは鏡仁太夫である。

「や、お師匠さま……！」

「白粉(おしろい)入りの膠(にかわ)を引いて肌を若返らせ、泥鰌ひげをつけて顔を変え、わしも新選組に入隊していたのだ。ここでの名前は山崎烝……」

「そ、そうだったのですか」

「と感心されても困る。じつはおまえだけでは在京尊攘派志士狩は荷が重かろうと思ったのでな、若返りをして間抜けを演じておる。だが、もうこれでお膳立てはほとんどととのったようだ。勇は間もなく、宮部鼎蔵たちを仕止めるだろう。おまえはしばらく島原の袖ヶ浦のところで骨休めをしておくがいい」

「はぁ……」

「勇には、おまえを斬ったことにしておく。早く行け」

「しかし、勇はなんだってこのわたしを斬ろうとしたのです。やつにとって、このわたしはいわば恩人のようなものではありませんか」

「すべての手柄をひとりじめにしたいのだろうよ。情報を探り出したのは自分である、そう言ってますます局長としての貫禄をつけたいのだ」

「いやなやつだ。鏡党はなぜあんなやつの手助けをしなければいけないのです」

「だから、それは上のほうの方々のご意向なのだよ」

仁太夫は顎を前へ振り、

「早く行け！」

きびしい声で久太郎に言った。

「また、逢おうぞ」

久太郎はうなずいて畑の中を東に向った。行手がほんのりと白んでいる。日が昇るまでには島原の袖ヶ浦のところへ着くことができるだろう。

畦道に出た久太郎は右に折れ、南へ向って歩いて行った。

解説

成田龍一

一

二〇一〇年四月九日、井上ひさしの訃報は突然であった。次回の公演の予告も出ており、小説の連載も多くなされていたなかでの出来事であった。そのため、没後には、単行本化されていなかった小説の刊行が相次いだ。シベリア抑留を扱った『一週間』（新潮社　二〇一〇）こそ完結していたが、同年刊行の『東慶寺　花だより』（文藝春秋）も、翌二〇一一年刊行の『一分ノ一』（講談社）、『黄金の騎士団』（講談社）、『グロウブ号の冒険』（岩波書店）も、未完のままであった。

また、「井上ひさし　短編中編小説集成」と銘打たれ、長編と戯曲を除く十二巻の作品集が刊行されたが（岩波書店　二〇一四—一五）、やはり単行本に収録されていなかった作品を含んでいる。井上は、連載作品には、その後手を入れて刊行することがもっぱらであり、未刊行のものが多く残されていたのである。その後も単行本未収録のエッセイを集めた「井上ひさし　発掘エッセイ・セレクション」（Ⅰ、Ⅱ集各三冊　岩波書店　二〇二〇、二〇二二）などの刊行が続いている。加えて、若き日の戯曲「うま」がテレビの鑑定番組で出品、紹介されるという劇的な発見も続いた（二〇二二年三月十五日放送。解説、経緯を含め『すばる』二〇二二年七月号に掲載）。

本書『熱風至る』もまた、生前に刊行されなかった作品の、没後の刊行の流れのなかにある。『週刊文春』の一九七四年一月七日号から七五年十二月二十五日号まで百三回連載された作品だが、「第一部」として連載は終了し、「第二部」が始まらないまま眠っていた。

二

井上ひさしの創作の守備範囲は広い。小説、戯曲、エッセイと領域も広ければ、扱う題材も歴史もの、現代ものから、SF仕立ての未来ものに及び、政治や社会に物申す姿勢から、芸能・スポーツ、家庭もの、冒険ものを描き多面的な顔を見せる。多くの歴史ものも、その対象時期は中世から近世を経て、近現代に及び、幅広い関心を有している。なかでも晩年には、集中的に近代―現代日本を点検するような作品を提供した。

その井上が幕末・維新期を描いた作品に『おれたちと大砲』（『別冊文芸春秋』一九七三・十二―七五・三／文藝春秋　一九七五）がある。御家人の家に生まれた五人の若者が、大政奉還をした徳川慶喜を盛り立て、幕府の復権のために策略をめぐらす物語である。『熱風至る』は、執筆時期も対象時期もそれと重なる。

一九七〇年代半ばは、鳴り物入りで行われた「明治百年」の式典（一九六八年十月）から数年後である。歴史小説の領域では、大佛次郎、司馬遼太郎らが次々と幕末・維新期を描いた作品の提供時期となっている。「明治維新」を扱った重量級の作品、大佛次郎の『天皇の世紀』は新聞連載（「朝日新聞」一九六七・一・一―七三・四・二十五）で、史資料を次々と注ぎ込んだ大河小説だが、大佛の死で未完となった。他方、司馬遼太郎は一九六〇年代に、盛んに幕末・維新期の群像を小説として提供していた。司馬の特徴は、さまざまな角度から幕末・維新期を論じたことにあり、坂本龍馬―土佐の側から、大村益次郎―長州の側から、西郷隆盛―薩摩の側から、といったように、多数の作品を多面的に書き分け、それぞれの立場による、さまざまな幕末・維新像を示した。

むろんのこと、司馬は新選組にも目を向けた。『燃えよ剣』（『週刊文春』一九六二・十一―六四・三／文藝春秋新社　一九六四）、『新選組血風録』（『小説中央公論』一九六二・五―十二／中央公論社　一九六四）を刊行し、新選組の側からの幕末・維新像も描き出した。司馬の作品は、従来の新選組像を改め、新たな新選組像を提供し、大きな影響力をもった。

そうしたなかでの井上の登場である。とくに掲載誌の『週刊文春』は、司馬が十年前に土方歳三を軸に新選組を描いた『燃えよ剣』の連載媒体であり、井上も意識していたことであろう。同誌（一九七三・十二・二十四／三十一）の『熱風至る』の予告には、副題に「ひさしの新選組」がうたわれ、「作者のことば」が次のとおり続く。

明治維新が美化されすぎているような気がしてならない。維新は果してそんなに美しかったのだろうか。わたしはその答えを新選組のなかに求めてみたい。姿勢をできるだけ低くして、歴史の陰画を陽画に変えてみようと思っている。

意欲満々である。実際、新選組を介して明治維新の歴史像にまで及ぶ井上の『熱風至る』は力編である。読み応えは十分。完結していれば、新選組の物語に新たなページを加え、井上の代表作ともなったであろうことは疑いない。

『熱風至る』の物語は、一八五二年（嘉永五年）に始まる。こんにゃく問屋の息子「久太郎」が、偶然のことから幕末の動乱に巻き込まれていく。物語の重要な部分を、「久太郎」と新選組の面々との行動に充てており、幾重にも、明治維新に対する井上の構えと認識がうかがえる。

予告どおりの新選組を軸に据えた明治維新論であり、近藤勇、土方歳三、沖田惣次郎（総司）、清河八郎、芹沢鴨ら初期のメンバーをとおして、幕末・維新期の複雑な歴史の動きに、ひとつの筋道をつけ、自身の解釈を提示している。また、忍術とユートピアといった井上の関心や問題意識も存分に展開されている。筋道のつけ方とそれを読ませる工夫とが見事に融合しているのである。

三

物語の発端の舞台は、武蔵国多摩郡上石原（現在の東京都調布市）。先祖代々の「こんにゃく屋」（屋号は「武州屋」）で、父親の代からはさらに旅籠を営み、「わさび田」ももつ家の息子「久太郎」が主人公である。この地に設けられた剣術道場で、「久太郎」がのちの新選組局長「近藤勇」（当時の名前は「宮川勝太」）と出会い、知己を広げていく。

幕末は、農民たちの剣術修業が活発化した時期である。井上ひさしはここに目をつけ、物語の冒頭に置く。のちに新選組の隊士となる「井上源三郎」も、界隈の八王子千人同心の一人としてこの道場に姿を見せる。千人同心とは、「簡単に言ってしまえば幕臣と百姓とを兼ねたような存在だ。いずれも地元では名士、そろって豪農である」と井上は注釈し、「農閑期の剣術修行者」たちを『熱風至る』の入口としたのである。

いくつもの論点を重ね合わせた、なんとも周到な書き出しである。江戸時代の身分制が幕末期に揺らぎを見せていたことを、剣術を習う農民たちの姿で表し、あわせて「身分」が物語の主題となることを、さりげなく記している。しかも、農民の身分のなかで台頭してきた「豪農」の姿も描き出している。「豪農」は土地を多くもつとともに、さまざまな副業で多くの人を雇用した地域の名士、名望家である。しばしば下級武士―浪士―志士たちに資金を提供し、「草莽（そうもう）」として政治に関与していった。

なかなか把握の難しい「豪農」に井上は目をつけたわけだが、彼らは幕末・維新期の動向を左右した存在である。「久太郎」もこんにゃくによって「草莽」になる未来を有していた。十七歳になった「久太郎」は、深川西大工町（現在の東京都江東区清澄）の水戸藩こんにゃく玉会所を介して、「日本一のこんにゃくの産地」常陸の諸沢村（現在の茨城県常陸大宮市）で働く予定であった（一八五三年のこと）。実際には、試衛館の面々との遭遇でその道から外れてしまうのだが、順調にいけば、こんにゃくの稼ぎを政治資金としていくことも予測された。しかも、こんにゃくの栽培と販売にかかわる「豪農」こそは、歴史家・服部之総（しそう）が「コンニャク・ブルジョアジー」と呼んだ、幕末の大きな政治的存在である。明治維新の主体とされる「草莽」のひとつの典型が「こんにゃく」にかかわる「豪農」であり、井上が並々ならぬ調査をしたことがよくわかる。また、新選組の物語といいつつ、武士の視線ではなく、「豪農」のまなざしを据えたところに、井上の歴史観もうかがえる。

だが、井上の本領は、明治維新の解釈の王道を把握し、それに基づく人物設定をしたうえで、あえてその王道から物語の展開をずらしていくところにある。

「久太郎」は、こんにゃく留学を仲介する「こんにゃく玉会所」をめざすなか、江戸の試衛館に立ち寄る。しかし、このことで「久太郎」は、「コンニャク・ブルジョアジー」とは別のかかわり方で、幕末・維新期の動乱に参画していくことになる。その第一段階は、「試衛館」の面々「近藤勇」「土方歳三」「沖田惣次郎」らと生活を共にすることで始まった。

もっとも「久太郎」は、好んで試衛館の面々と共同したのではない――「(ちぇっ、小狡い手を使う連中だなぁ)久太郎は心の中で何回も舌打をした」と、距離感を隠さず、主体的な参加ではなく、巻き込まれていく存在である。「剣の道」との距離感ともいえるであろう。試衛館での日々も、「土方」たちが行う試斬会には参加しない。試斬会は、死者を刀で試し斬りするもので、武士―刀―武力と結びついており、「豪農」―非武士の「久太郎」は距離を置くのである。

もうひとつの物語の展開もみられる。試衛館のとなりで武具屋を営む一家が夜逃げをし、「久太郎」が実家の財力でその商売を引き継ぐことになる。「商業」―「商人」の道が目の前に現れるのである。

さらに、この展開のなかで、『熱風至る』を通じて「久太郎」に絡む、当時十三歳の武具屋の娘「お袖」とも知り合う。「お袖」との性的な関係は、物語のなかで寸止めにされることが多いのだが、両者では「久太郎」が優位に描かれている。かように、物語を通じる人間関係の布石が打たれているのである。

また、幕末・維新期の物語としては、ペリー来航という「黒船」騒ぎも書き込まれる。ペリーの動きを幕府に知らせる「オランダ風説書（ふうせつがき）」のくだりを引用するなど、井上の調査癖を駆使したエピソードが盛り込まれている。そして物語も黒船来航を機に動き出し、「久太郎」はこの騒ぎのなかで商才を発揮するのだが、「土方」らの策略に乗せられ、試衛館を離れることとなる。まだまだ、自らの意志ではなく、状況に振り回されての行動である。

他方、「久太郎」は、新選組のもうひとつの潮流となる「芹沢鴨」「清河八郎」とも出会う。ここでも「久太郎」は、「清河」らに対してこころをゆるさない。「面と向っているときは調子がいいが、陰にまわるとなにを仕出かすかしれぬ」と。

だがこのあと、物語は大きく転回する。「久太郎」の運命が変わり、性格が変わり、生き方が変わり、それにふさわしい能力も獲得される。つまり、「鏡党」という陰の集団と接し、「鏡党」がもつ術を伝授され、その一員として活動するのである。一八六二年、文久二年の三月までの一年半、「久太郎」は「鏡術の習得に全力」を傾け、「ことば（＝土地訛）」「変装」「梟の目」「化犬法」「声色法」「縄抜け法」などの修業により、のちの活動に役立つ作法＝忍術を体得する。

なお、一八六〇年の「桜田門外の変」が会話中に出てくるなど、以後は年代がきちんと記され、歴史小説としての骨格を有するようになる。新選組に加え、歴史上の人物が頻繁に登場するようになる。物語の転調がみられるが、連載はそのまま継続しており、切れ目はない。

さらに、ユートピアという問題系が浮上し、忍法小説の要素がもち込まれ、「久太郎」が新たに得た能力にともなう物語を強化する。そのなかで「久太郎」には、「近藤勇」の出世を助けるという使命が与えられ、後半の主筋となる。つまり『熱風至る』は新選組の物語として新たに動き出し、明治維新—新選組の動向が主筋に置かれ、「清河八郎」による（新選組の前身としての）浪士隊の結成、浪士隊の京都への移動、新選組の内部抗争、新選組の活動が描かれる。そこに「久太郎」の関与と策略が、忍法小説の手法で加わっていく。

王道を踏まえつつ、そこからあえてずらす、と指摘したのは、この物語展開—転回を念頭に置いてのことである。

四

『熱風至る』で強く印象づけられるのは、井上ひさしの明治維新解釈—新選組解釈のみごとさであり、同時に、歴史小説の作法として史実と史実のあいだを埋めた書きっぷりである。

明治維新をどのような過程として把握するかをめぐっては、これまでに多くの議論が積み重ねられてきた。ことは日本のアイデンティティにかかわるため、歴史学者が明治維新研究として専心するとともに、アカデミズムには属さない多くの人びとの関心も向けられてきた領域—時代—テーマである。

先に記した大佛次郎や司馬遼太郎の作品など、幕末・維新期が多くの歴史小説の題材となるのも、波乱の激動期という以上に、現時に至るまでの「日本国民」のアイディンティティにかかわるという意識の所産である。こうした歴史意識は、一九七〇年代半ばくらいまでみられ、『熱風至る』もそのようななかで記されている。

だが、明治維新の過程は複雑である。いくつもの集団があり、そのなかで対立と協調が繰り返され、一連の過程として把握しようとしても、いくつもの転換に突き当たってしまう。一人の人物、一つの集団でも、状況に応じた思想や行動の変化があり、互いの離合集散がみられ、その軌跡は錯綜している。多くの明治維新論が出される理由であり、それぞれの解釈が問われる所以でもある。

この複雑な過程を、ひとつの解釈を示しながら描く——明治維新の歴史像を紡ぎ出すという困難な課題に、井上ひさしは真正面から立ち向かい、ひとつの物語としても読み得るよう工夫を凝らした。忍者ものの作法を取り込み、読み物としての要素をふんだんに盛り込んだのがその一例で、まさに本領発揮である。いくらか具体的に記してみよう。

入口になるのは、新選組の誕生である。これまで「久太郎」がバラバラに接していた、近藤勇や土方歳三ら試衛館の連中、芹沢鴨ら水戸派、清河八郎の合流を、その「久太郎」が画策するという筋を立てる。ポイントになるのは以下の五点で、いずれも「久太郎」が与えられた役割とする。

a　清河八郎に浪士隊を結成させる（→浪士隊を京都へ赴かせる）
b　近藤勇と芹沢鴨の調停を行う

c　清河八郎の江戸帰還と、近藤・芹沢の滞京を実現する
d　芹沢鴨を刺殺する
e　近藤勇に京で名を挙げさせる

「久太郎」は、「鏡党」上司の「仁太夫」から指令を受ける――「清河八郎」は「文武の達人、辻斬りの常習犯、殺人鬼、そして尊攘を説く憂国の士、やつはいろんな肩書を背中に貼っつけて歩いている賑やかな男だ……」「……賑やかな男には根は浅いが人気というものがある。やつのその人気を元手にして試衛館を売り出させよう。どうかね?」。そして、まずはａがなされるという筋立てである。

新選組の歴史に沿った論点が示され、井上が真正面から新選組に取り組んだ姿勢がうかがえるが、「史実」として推移する出来事に、「久太郎」および「鏡党」が絡む。いや、それらの「史実」は、彼らの策略の結果であるという叙述である。だが、ａにして、物語展開は相当に入り組んでいる。

井上は、すでに登場していた「清河八郎」の説明をあらためて行う。庄内の酒屋が出自であることをはじめ、名前の由来を示し、羽前訛で語らせるなど、特徴づけている。そして「清河」の思惑を推測する――「清河」は「横浜に居る外夷をひとり残らず斬るつもり」であり、そうすることで「幕府を内側から仆す」。すなわち「外夷を殺せば賠償金その他のことで幕府は窮地に立つ。そしてやがて内潰する」との思惑である。

このときの「清河」には幕府が罠を仕掛けており、「久太郎」はその罠から「清河」を救い出すという使命を受ける。この流れのなかで、aの入口が作られる。だが、井上は、「清河」に予定されたとは別の行動を起こさせ、さらに「仁太夫」の思惑も加えた筋立てで読者を揺さぶる――「仁太夫」の思惑は、「清河八郎の勤皇思想には筋金が入っていない。まだお坊ちゃん芸なのだ。そこで清河を熱したり叩いたり冷水につけたりして鍛えなければならない」「でないと、彼は一生ただの大言壮語漢、法螺吹きにとどまってしまう。彼に行動させなければならない」というものであった。

「仁太夫」は、「清河」を幕府のお尋ね者とし、幕府を憎むよう仕向ける。「清河」は「お道化屋(どけや)」であり、「世人があっ！　と嘆声を放つようなやり方で」「仕返し」をすると。「清河」と浪人たちとを、幕府が(「清河」に)頼み込むかたちの方策をいい、「史実」に着地するのである。「史実」である「清河」の浪士隊結成を、「久太郎」の関与による出来事としてストーリーを作り、物語としてのふくらみを持たせる。「史実」を押さえたうえで、そこに至る過程に虚構を入れ込む作法となっている。

そして「仁太夫」の言として、「清河は浪士たちの束ねになることを承知する。浪士たちを江戸へ置いてはなにかと面倒である、彼等を京へ連れて行きましょう、そしてたとえば勤皇派の志士の取締りに当らせましょう、彼はそんなことを答える……」「あとは放っといてよい。浪士たちと上洛した清河は、さっきの復讐心を一気に充そうとする。つまり、幕府の浪士党を勤皇のための浪士党に看板替えをしてしまうだろう」という、のちの展開への伏線が記される。

とともに、「清河」本人に対して「久太郎」は、別の観点からの説得を行う。浪士隊が結成された暁には「実権はあなたが握る」と伝え、「清河」はそれを受け「浪士隊を京さ引率して行って、向うで勤皇浪士隊に看板ば塗りかえる、そういう事だったな?」と応じるのである。

かくして、「清河」を軸とする動きが、①「久太郎」の策略、②「清河」の独自の行動、③「仁太夫」の思惑と重ね書きされ、複雑に展開していく。換言すれば、井上は新選組史上の難所、「清河」による浪士隊の結成と趣旨替えを、「久太郎」および「鏡党」と「仁太夫」の策略として物語化する。井上のこの叙述は、「史実」の展開を物語のなかに組み込み、物語のなかに「史実」を位置づける作法である。「史実」と「史実」のあいだに虚構を挟み込み、このあいだを物語化する——すなわち「史実」と「史実」のあいだを物語で埋めるという作法である。物語の主筋を、策略と策略の葛藤、思惑と思惑の対抗とし、実在の登場人物の行動によって、「史実」と「史実」とのあいだを埋めていく。

「久太郎」はこのあともb以下の動きに関与する。新選組が活発化するに従い、物語の展開は込み入ってくるが、『熱風至る』の叙述の基本型は変わらない。「仁太夫」の言を借りれば、「これで新選組の内部は片付いた。久太郎、こんどは外部だ」「鏡党の任務は近藤勇を大名にまで押しあげることだ」という展開となる。

たとえばeにかんして、「宮部鼎蔵」ら尊王攘夷派の志士を新選組—「近藤勇」が討つこと、その行為で人びとに「快哉」を叫ばせるという使命が与えられる。「久太郎」は「宮部」たちを「危険至極な過激集団だ」と世間に印象づけるための「在京尊攘派蹶起計画書」の偽造を構想する。その準備のために「久太郎」は、「筑前藩御用割木屋の桝屋喜右衛門のところ」に入り込む。桝屋の本名は「古高俊太郎」、京都における長州・土佐・肥後などの「志士の連絡人」である。「久太郎」は、数日内に「在京尊攘派の会合」があり、その場所は四国屋か池田屋との情報を「近藤」に伝え、のちの「池田屋事件」（新選組による尊攘派志士襲撃事件）の予告がなされる。「仁太夫」は先の言に続けて「そう。おれたちが長州を叩き、その手柄を近藤勇と新選組に押しつけるわけだ」「たとえば、長州の吉田稔麿を襲う。吉田でなければ、杉山松助……」と、策略を語るのである。

ここでもいくつかの史実―「宮部」らの京都占領計画、「古高」の存在、「近藤」らによる池田屋事件が、「久太郎」の関与する出来事として記されていく。

ちなみに、「仁太夫」が「山崎烝」として新選組に潜入していることも記されるが、実際の「山崎烝」は新選組のなかでも行動に不明な点があり、「仁太夫」を重ね合わせる余地がある。今後の歴史研究の布石であるとともに、井上の資料調査が行き届いていたことが、よくわかる。

五

『熱風至る』は、かくして新選組の主筋をなす動きが、「久太郎」の策略として描かれる点に工夫が凝らされている。「久太郎」は忍法の能力を獲得し、「鏡党」という組織の一員として生きることとなる。『熱風至る』は新選組の物語であるとともに、忍法小説としての相貌も有してくる。

振り返ってみれば、井上ひさしの父・修吉も、忍法小説『H丸伝奇』（『サンデー毎日』一九三五・

十・十三）を発表していた。また、司馬遼太郎も『梟の城』（講談社　一九五九）をはじめとする忍者ものを書いた。村山知義の『忍びの者』（理論社　一九六二）は忍者に階級を織り込み、新たな境地を開き、山田風太郎も忍法帖シリーズを一九六〇年代を通じて刊行した。ジャンルは異なるが、白土三平の劇画『忍者武芸帳』（三洋社　一九五九―六二）は若者を中心に多くの読者を獲得した。こうした様相が『熱風至る』の背景をなし、新選組ものと忍法ものの合流という方向性へと向かったのではないだろうか。

もっとも、忍法小説といっても、「久太郎」は、立川文庫流の「猿飛佐助」に代表される忍者像とは大きく異なる。『熱風至る』では「久太郎」の忍法に対し、ひとつひとつ合理的な説明を加えており、荒唐無稽な技の応酬とはしていない。

加えて、『熱風至る』には組織論が入り込んでくる。すでに「清河」の「組織作り」と、行動する組織としての「鏡党」が、それぞれ動き出していた。後者に加わった「久太郎」には、上司の「仁太夫」より使命が与えられた――「近藤勇を旗本はおろか、大名にまでのし上らせてやろうという策を、おまえが中心になってやりとげるのさ」。

この使命―命令の「絶対性」が、組織のなせる業として記される。「久太郎」は「わたしも鏡党の一員です。上からの司令には絶対服従しかないことを、これでも知っていますよ」と応じるのである。また命令は、しばしば「無駄話を借りた一種の「命令」」となり、「上がそう決めたのだ。わたしたち下ッ端はその決定に従うだけだよ」との規律が示される。一九七〇年代の週刊誌の主要読者である中年男性―サラリーマンが、通勤途上でこれを読むなか、夢（忍法による能力）と現実（組織のなかでの業務への従事）を投影させた、ともいい得るかもしれない。

　また、「久太郎」は「鏡党」の命令のもと、さまざまな場所でさまざまに身をなすが、たとえば「古着問屋の小松屋」の「若旦那」として活動するとき、番頭「武七」、女房「おふみ」が仲間として加わる。このときの女房役も「鏡党」の一員であり、ここには組織による女性利用という面がある。これを井上が意識していたかどうかは論点となり得よう。一九七〇年代の週刊誌の連載小説として、当時のジェンダー秩序をなぞっているということである。この点は、「久太郎」が「お袖」の思われ人で、二人の関係性では「久太郎」が主導権をもっていたこととも連動する。

　試衛館の「近藤」「土方」をはじめ、武士たちが遊郭へ行くことをありふれたこととして記し、そこでの振る舞いも、きわめて男性中心的―マッチョであることが無批判に描かれる。井上とても、一九七〇年代の男性たちのジェンダーを相対化できず、これを突き放す物語にすることは困難だったようである。

六

　井上ひさしが追究した問題のひとつに、差別への憤りがある。差別された人に寄り添い、その内面に入り込んで、差別のもたらすおぞましさ、残酷さを記していく。当時すでに、吃音者を主人公にした劇作『日本人のへそ』（初演　一九六九）を、また、差別されたがゆえに上昇志向をもった盲人を描く劇作『藪原検校（やぶはらけんぎょう）』（初演　一九七三）を提供していた。

　その問題意識は『熱風至る』にも貫かれ、「身分」に対する批判を大きなテーマ、論点とし、物語を展開している。「近藤勇」(「宮川勝太」)を軸に、「勝太さんは多摩の百姓から千石取りの旗本になるつもりなんだ」と、身分制の枠を越えようとするところに新選組を配する。「鏡党」もそうした「近藤」を支援する。

だが、井上の視線は複雑である。身分により整えられた秩序の階梯を上りゆく「近藤」の望みを、「久太郎」の姉「お光」にたちどころに相対化させる——「なんでも勝太さんは直参になるのが一生の願いなんだって」「直参になりたいばっかりに男が持参金つきで婿の口をきょろきょろと探す、ふん、ばかみたい」「わるいけどこっちから見限ってやるわ」。

女性の目からの「近藤」の相対化であり、批判となっている。「久太郎」も「鏡党」に与してからは、「芹沢鴨も近藤勇も、幕府に仕官したいという気持だけで生きている。この清河も、やはり、心底に「幕臣」という身分にたいする憧れがあるのだ」と思うに至っている。

だが、井上はさらに、身分外の存在というべき「弾左衛門」、被差別部落の人びとにも目を向ける。そして「鏡党」も、彼らと関連していることが示唆される——「鏡党をかげから操っているのは、あんまり大きな声じゃいえないが、弾左衛門殿であることはたしかだ」。弾左衛門は人も金も有しており、「天下をくつがえすことだって、出来ない相談ではない」。しかし、「身分の枠だけは超えられない」「おえら方たちは、はっきりいえば弾家の差配たちは、この身分の枠をぶちこわしてやろうと考えた。そこで近藤勇を大名に……」(「久太郎」)。

井上は、「身分」で整序された社会の不条理を一身に受ける「弾座衛門」たちが、「近藤」を支援することによって図るその転覆を、物語の核心に置いたのである。

「いってみればこれは、弾家差配の方たちの実験なんだ。弾家の支配を受ける人間が身分の枠をどれだけ超えられるかどうかという、これは実験なのさ。鏡党の任務はその近藤勇が動きやすいように地ならしをすることにあるらしい」

井上は、差別にもっとも敏感な者が身分を根底から壊す営みとして、幕末・維新期の動きを物語化し、かかる設定を採った。被差別民―弾左衛門、さらに「車善七」らによる転覆計画を見え隠れさせ、その先鋒隊としての「近藤」「土方」ら新選組と、陰でその動きを主導する「鏡党」、その一員としての「久太郎」の物語を組み合わせる、という設定である。

井上は『熱風至る』の連載後しばらくして、三橋修、広末保、松田修、山口昌男、横井清らとともに『シンポジウム　差別の精神史序説』（三省堂　一九七七）に参加し、「未解放部落（ママ）が日本国から分離独立するという事例はないのでしょうか。日本から独立して全然違う国をつくるというような……」と問いかけている。ここでは、のちの『吉里吉里人』（「小説新潮」一九七八・五―八〇・九／新潮社　一九八一）で展開される「独立」の構想―問題意識を語っているが、『熱風至る』では、被差別部落の人びと自らの手による解放を織り込む構想となっている。幕末・維新期の歴史像として、きわめて興味深い筋立てで、井上の構想力と紡ぎ出す物語の力が、いかんなく発揮されている。差別に対する井上の批判精神が物語として展開され、力強く迫ってくる。

井上は二つの論点を示す。第一の論点は、「弾家の差配人なんて雲の上のお方たちよ。鏡党の、一介の党員がおえら方たちの顔なんぞ、ちらとでも拝めるものか」という「久太郎」のことばに示される。差別を批判する組織も、組織である限りは階層性を有するという論点である。第二の論点は、「近藤勇は弾家支配の者なの?」(「お袖」)―「その先祖はそうなのさ」(「久太郎」)というやりとりなどによって、「鏡党」が「近藤」に入れ込む理由として、「近藤」や「土方」の出自にふれることである。

井上は、彼らの出自を論点として繰り返し記す。これは(後述の「参考文献一覧(抄)」にみられる)八切止夫の著作『近藤勇』(『歴史の京都1 天皇と武士』淡交社 一九七〇)や『新選組意外史』(番町書房 一九七一)に拠ったと思われるが、「近藤」や「土方」の出自に関しての根拠はない。八切は一九六〇年代後半に、盛んに歴史における通説批判を行った作家である。新選組と「弾座衛門」の関係は、両者の混成部隊である甲陽鎮撫隊が知られているが、詳細は定かではない。

『熱風至る』には、幕末・維新期の小説としては異例なほど、多層多様な人びとが書き留められている。「久太郎」が傷の手当をした「関東水運の中心地」関宿(現在の千葉県野田市)の場末の木賃宿には「大道手妻(手品)つかい」「丹後の昆布売り」「越後の蚊帳売り」「越中の薬売り」「千金丹売り」「山伏」「願人坊主」「お札売り」らが同宿している。いずれも移動しながら生活する人びとだが、多くの情報を交換し合う仲間たちでもある。その一人として、「おれは浦賀で黒船を見てきたんだぜ」という「千金丹売り」は、語りが上手いわけではないが、「人気」がある。巷は黒船の噂で持ちきりだが、「千金丹売り」の話は何度でも聞いてしまうと記されている。

さて、身分からの解放は、「久太郎」にとっては、周囲にいる武士たち―武士身分を志向する者たちから距離を取ることであり、換言すれば、剣からの離脱ということとなる。そもそも「久太郎」

には、「どうして、人を斬ることのために、そのような努力をしなくてはいけないのだろうか?」「人斬り道具を腰に差すのは自分には似合わないのではないか」という思いがある。「おれはやはり家業のこんにゃく踏みが性に合っているのではないかしらん」という考えが、たえず去来している。「自分の半生を松の根っこよろしく捩じ曲げこんがらからさせたのは土方歳三をはじめとする試衛館の連中」で「歳三は貧乏神のようなものだ」「歳三に逢うとほんとうに碌なことが起こらない」。いや、試衛館の面々だけではない。武士たちは、みな性格が悪い……。

また、「清河八郎に芹沢鴨、そして、宮川勝太に土方歳三、みんな郷士の倅である。が、しかし、どうしてこの郷士の倅という連中は揃いも揃って、凶暴で残忍で、おまけに狡猾なのだろうか」とも思う。そして「連中」はみな「好色」でもある。「この先、何十年、この世に生きていることになるのか知らないが、郷士の倅とつきあうのだけはどんなことがあってもよしにしよう……」と考え込む。

そしてこの考えは、「天然理心流よりも鏡党の術のほうがおれに適ったのだろうなぁ」という後半部分の自己認識と表裏している。「久太郎」にとって「鏡党」は「町人」「在野」「闇」であり、武士から離れた非・剣の存在であった。「久太郎」は入党の理由を、「近藤勇や試衛館の連中、それから、芹沢鴨や清河八郎なんていう奴等が憎くてね、あいつ等に勝ちたいと思った」とし、さらに「鏡党」のみなが「ひとり残らず、活き活きした表情で夜業をしているのを見た」「自分もこの人たちと同じように活き活きして一生を送りたい」と思った、と述べるに至っている。

差別からの解放のひとつのかたちとして、『熱風至る』にはユートピアも書き込まれる。ユートピアもまた井上の大きなテーマであり、『吉里吉里人』をはじめ数多くの作品でさまざまに記されているが、『熱風至る』で描かれたのは、「鏡党」の人びとの共同生活である。

「久太郎」がさいしょに遭遇した彼ら彼女らは、「異様で汚い風体(ふうてい)」をしていた。いずれも権威を嫌い、女性のひとりは「ふん、権柄ずくねぇ。権柄ずくってのはやだな」と、武士の態度を厳しくとがめていた。その居住地の「鏡町」は、まるで砦のようで、作業所では三百人ほどが働いていた。「鏡町」には「三つの掟」があり、「第一が、働けるものは働く。第二は、各人は働いた分に応じて、その働きに応じて、その働きにふさわしい貰い分を受ける」。その説明を受けながら、「働けない人は」と口を挟んだ「久太郎」に対し、「第三の掟」が語られる。「どんな仲間をも見殺しにしない、見捨てない」。「養生長屋」では病人や老人が生活し、生計を立てえない人たちの食事代は、「あたしたちの稼ぎから出しているんだよ」と説明される。まさに、共同生活を営むユートピアである。

人びとは普段、「鏡町」で「ごく普通の暮し」をしているが、「上の者」から「指令」が出されたとき、その仕事にふさわしい腕をもつ者を集めて徒党を組む。それが、「鏡党」になる。百二十人のメンバーがおり、四人一組で動くが、みな「影に徹している」。

むろん問題がないわけではない。「仁太夫」は「久太郎」への説明で「小夜」という「身の回りの世話をする」女性にも言及し、「むろん気が向いたら添い寝も命じなさい」と述べる。「とにかく、あんたのもてる時間をすべて修業に使うのだ。修業以外の仕事は小夜にやらせなさい」と、男性優位の、「性的奉仕」を含む家父長制が、このユートピアでも貫かれているのである。「試衛館の近藤勇や土方歳三たちをこれから長いあいだにわたってひそかに後押しせよという指令」が最優先され、ユートピアを維持するための非人間的な環境も、「鏡党」には存在しているのである。

井上の想うユートピア社会は『熱風至る』にも一端が書き込まれているが、その理念を含む彫琢については、以後の作品にゆだねられている。

おわりに

『熱風至る』の執筆にあたり、井上ひさしはいつものように膨大な文献を参照している。井上の旧蔵書を所蔵する山形県川西町の遅筆堂文庫の調査を行った井上恒によれば、流泉小史(りゅうせんしょうし)（小原敏丸）著『新選組剣豪秘話』（復刊　新人物往来社　一九七三／『史外史譚　剣豪秘話』平凡社　一九三〇）をはじめ、書き込みがみられる資料が多くあるという。詳細は本書所収の「参考文献一覧（抄）――井上ひさし旧蔵書より」を参照されたいが、これら参考にしたとみられる文献と、『熱風至る』の本文を照らし合わせれば、井上が「史実」の確定に傾けた情熱もわかってくる。

「史実」とあっさり書いたが、歴史家はその確定に知力を傾ける。この営みを知悉する井上は、多くの文献にあたり、「史実」に接近し、そのリアリティをもとに、「史実」と「史実」のあいだの物語を紡いだのである。投入されたエネルギーの多さに、あらためて思いが至る。

しかしそのように書き続けられた『熱風至る』は、いったんここで閉じられた。「第一部」としての完結である。

「第一部」の最後、「近藤勇」は、自分を支援している「久太郎」を殺そうとする。「久太郎」にとっては不本意だが、「仁太夫」は冷静である――「……やっと近藤勇の狙いに気がついたのか。遅いぞ、久太郎」。

「久太郎」と「近藤」との溝は、武士と非武士、身分秩序の最上位のものとそれ以外のものとの隔たりでもある。「しかし、勇はなんだってこのわたしを斬ろうとしたのです。やつにとって、このわたしはいわば恩人のようなものではありませんか」「いやなやつだ。鏡党はなぜあんなやつの手助けをしなければならないのです」という「久太郎」の想いこそが、『熱風至る』の展開の柱となっている。すなわち、「近藤」への、井上ひさしの違和感と距離であり、全体のテーマと構想にかかわる箇所である。

緊張を孕む「第一部」の幕切れのあと、幕末・維新期の激動は、新選組の動向も含めて、これからが佳境となる。「第二部は構想を新たに、昭和五十二年より登場の予定」という告知もなされた。しかし、誠に残念なことに、「第二部」が発表されることはなかった。また、それに関連してか、単行本化もなされなかったため、本来なら行われるはずの井上自身による点検もなく、連載時の作品は凍結されたままとなった。なんとも残念な事態である。完成していれば、と多くの読者が思うことであろう。

ただ、それにもかかわらず、本作品からは、連載時の井上の気迫と意欲が、存分に伝わってくる。壮大な構想がうかがえ、多くの読みどころがあり、創作の作法―工夫が読み取れる。半世紀前の執筆であるが、読み応え十分な作品となっている。存分に楽しみたい。

参考文献一覧(抄) ——井上ひさし旧蔵書より

井上恒 編

本作『熱風至る』の連載時、第五十九回(「週刊文春」一九七五・二・十九)の末尾に「註」として次の文言が記されている。

「この回を書くにあたって、小山松勝一郎著「清河八郎」(新人物往来社)のお世話になりました。なお、その他の参考資料については、完結時に列挙し、とりまとめてお礼を申しあげるつもりです。 著者」

しかしながら、連載は「第一部」で中断し、完結することはなかった。そして本作は未完のまま、著者が「参考資料」をまとめることもなかった。

山形県東置賜(ひがしおきたま)郡の川西町立図書館・遅筆堂文庫では、著者の蔵書を保管している。本作を念頭にこれを調査したところ、執筆時に参照したであろう形跡が残る資料が見つかった。以下に掲げておきたい。

以下の一覧について、多くの付箋、メモ、ラインマーカー等の形跡があったもの、本文の叙述に大きな影響を与えたことが明白なものには◎を付した。著者が本作執筆時に最重要資料と見なしたことが推察できる文献である。

そして、これに準ずるものには○を、ほか、参照の形跡があるもの、また、右の重要文献と並置されていたものには△を付したが、あくまでも本調査の担当者による恣意的な評価であることにご留意いただきたい。本作のみならず、同じく幕末・維新期を描いた『おれたちと大砲』やエッセイ、講演等に利用した可能性もある。

これらの文献における書き込み部分等から推察するに、会津落城、奥羽越列藩同盟にまで著者の関心は伸びており、もし本作の「第二部」が書かれていたら、そこまで展開する意図があったのか、あるいは別の作品を構想していたのか、さまざまな可能性が考えられる。

また、幕末・維新期に関する資料、ことに新選組をめぐるものはほかにも多数あり、加えて被差別問題、江戸期の社会構造についての文献も所蔵されている。さらに通史、事典、全集等を参照したケースも当然あり得る。現時点で著者の蔵書を十全に調査できたとは言えず、以下の一覧から漏れた資料のなかに、重要文献が含まれている可能性もある。後日の研究を期待したい。

△今井幸彦著『坂本竜馬を斬った男』新人物往来社　一九七一・十二

◎今川徳三著『近藤勇』新人物往来社　一九七三・十

第一章「試衛館」から第七章「浪士隊」まで夥しい傍線と書き込み。本作にそのまま取り込まれたエピソードおよび細部が多数ある。

○尾崎秀樹文、榊原和夫写真『紀行新選組』新人物往来社　一九七三・三

◎小山松勝一郎（おやまつかついちろう）『清河八郎』新人物往来社　一九七四・二

本作連載第五十九回末尾の前掲の「註」のとおり、当該書の記述が基盤となったのは明らか。冒頭から書き込みがあり、以後、克明な読み込みの形跡が確認できる。特に「虎尾の会」の章、「寺田屋の変」の章、「浪士組」の章等。

△鹿島淑男『新選組実戦史』新人物往来社　一九七五・五

△菊池山哉『別所と特殊部落の研究』東京史談会発行　吉川弘文館元売捌　一九六六・九

○北篤『松平容保』新人物往来社　一九七四・四

△栗賀大介『箱館戦争始末記』新人物往来社　一九七三・四
◎栗原隆一『幕末諸隊始末』新人物往来社　一九七二・六
△栗原隆一『幕末日本の軍制』新人物往来社　一九七二・十二
△河野桐谷『史話　江戸は過ぎる』新人物往来社　一九六九・八
△佐藤昱『聞きがき新選組』新人物往来社　一九七二・九
△三十一人会編『新選組隊士ノート』新人物往来社　一九七五・三
○『子母沢寛　全歴史エッセイ集①彰義隊始末』新人物往来社　一九七二・二
◎『子母沢寛　全歴史エッセイ集②幕末の群像』新人物往来社　一九七二・三
同じ本が二冊収蔵されており、それぞれ別の個所に書き込みや傍線がある。時期をたがえて読み込んだと思われる。
○『子母澤寛全集　一　新選組始末記』講談社　一九七三・一
◎子母澤寛『幕末奇談』桃源社　一九七二・三
池田屋事件等について熱心に読み込んだ形跡。
△加茂儀一編集・解説『資料　榎本武揚』新人物往来社　一九六九・八
◎新人物往来社編『新選組隊士列伝』新人物往来社　一九七二・八
「沖田総司」「井上源三郎」部分に傍線や書き込み。
△新人物往来社編『続・新選組隊士列伝』新人物往来社　一九七四・七
○新人物往来社編『沖田総司のすべて』新人物往来社　一九七三・七（第二刷／初版　七三・五）
○新人物往来社編『共同研究新選組』新人物往来社　一九七三・四
土方歳三の部分を中心に読み込みの形跡。
◎新人物往来社編『土方歳三のすべて』新人物往来社　一九七三・八

◎新人物往来社編『新選組事典』新人物往来社　一九七三・三
「伊庭八郎」「近藤勇」「近藤周助」「永倉新八」「根岸友山」「原田左之助」「宮部鼎蔵」「深雪太夫」「祐天仙之助」「野仕合」「日野宿」等の項目にさまざまな読み込みの形跡。
△谷春雄、林栄太郎『新選組隊士遺聞』新人物往来社　一九七三・九
△釣洋一『新選組再掘記』新人物往来社　一九七二・十一
◎鶴見俊輔『日本の百年　第十巻　御一新の嵐』筑摩書房　一九六四・二
本書『熱風至る　I』「武具と馬具」「十一」二二四～六頁はこの本に拠ることがラインマーカーからわかる。ほかにも維新前後の風俗にしばしばラインマーカー。
○寺島柾史『人物秘録　維新前後　黒船来より鹿鳴館時代まで』日本公論社　一九三五・四
本作に限らず、たとえば『合牢者』諸篇等、井上ひさしの明治維新観形成への影響の可能性がある。
△徳富猪一郎（蘇峰）『吉田松陰』明治書院　一九四二・十一（改版二十九版／初版　民友社　一八九三・十二）
◎冨成博『池田屋事変始末記―新選組と吉田稔麿』新人物往来社　一九七五・一
宮部鼎蔵、池田屋事件の部分等、頻繁に傍線、本作に直接反映している。
△冨成博『自刃　幕末志士の死にかた』新人物往来社　一九七二・八
◎永岡慶之助『彰義隊戦記』新人物往来社　一九七二・五
頻繁な傍線は第二部の構想のためか。
△永倉新八『新撰組顚末記』新人物往来社　一九七三・十（第四刷／初版　七一・十）
△長野英世『桐野利秋』新人物往来社　一九七二・九
○奈良本辰也編『現代日本記録全集２　維新の風雲』筑摩書房　一九六八・九
鳥羽・伏見の戦い以降の部分に関心が集中。第二部もしくは別の作品の構想のためか。
○奈良本辰也編『明治維新人物事典　幕末篇』至誠堂　一九六六・七

吉田稔麿が未解放部落民の軍隊編入を建議した頁を折り込んでいる。

◎**原田伴彦『被差別部落の歴史』朝日新聞社　一九七四・十**（第八刷／初版　七三・八）

弾左衛門の動き、剣客の出身に関する記述等にチェックが入っている。

△**林栄太郎『知られざる沖田総司』新人物往来社　一九七五・四**

○**廣瀬豊『吉田松陰の研究』東京武蔵野書院　一九四四・六**（第二刷／初版　四三・十）

◎**村山知義『新選組』新人物往来社　一九七四・十**

原本は一九三七年刊行の新選組ものの古典。傍線等多数。なかでも清川八郎の描写は本書「Ⅱ」の「浪士狩」に反映していると思われる。

◎**八切止夫『新選組意外史』番町書房　一九七一・十二**（第六版／初版　七一・十）

近藤勇の基本的設定はこの本に拠る。特に弾左衛門との関係等に傍線。

○**簗取三義『会津鶴ヶ城』新人物往来社　一九七四・三**

しおり多数、浪士狩りの部分に傍線等あるが、主に第二部を構想しての参考書である可能性が高い。

△**簗取三義『会津落城悲史　激流に棹さした人々』国書刊行会　一九七五・四**

△**山田野理夫『奥羽の幕末』宝文館出版　一九七二・五**

○**横田新『会津の殿さま　悲運の系譜』不二出版　ふくしま文庫②　一九七四・七**

◎**流泉小史**（りゅうせんしょうし）**『新選組剣豪秘話』新人物往来社　一九七三・三**

本書「Ⅰ」の「馬方大福」「土壇場」「野試合」等の多くの設定をこの本に拠っている。清河八郎の設定もこの本に拠るところが大きい、最も関係の濃い著作。

○**歴史学研究会編『明治維新史研究講座』全七巻　平凡社　一九五八〜六九**

二巻、三巻、四巻、五巻、別巻にマーカー等。三巻『ペリー来航〜幕府の倒壊』（一九六八　第三刷）の、特に尊王攘夷に関する部分にマーカー。

○綿谷雪編『幕末明治実歴譚』青蛙房　一九七一・十

ほか、雑誌は「歴史公論」「歴史と人物」「歴史と旅」そして「歴史読本」等のバックナンバーがほぼ完璧にそろっているが、補足として次のことにふれておきたい。

井上ひさしの内村剛介との対談「榎本武揚と維新」（「歴史読本」一九七四・五／『幕末は終末　内村剛介歴史対談集』新人物往来社　一九七四・十二）に、「ぼくが読んだ本で、なるほどと思ったのは「子母沢寛エッセイ集」（新人物往来社）で、これを読むと榎本武揚のことがすっと頭に入ってくる」との言があり、同エッセイ集「2　幕末の群像」のなかの「才女伝」のエピソードが紹介されている。当時、井上の関心が幕末・維新期に集中していたことがうかがえ、『おれたちと大砲』『熱風至る』の執筆時期とも重なる。

（遅筆堂文庫研究員・井上ひさし研究家）

新選組および本作関連略年譜

寛文十二年（一六七二）
江戸市ヶ谷の浄瑠璃坂で仇討ち事件。

文政十三年（一八三〇）
清河八郎、出羽国清川村（現山形県庄内町）に生まれる。

天保五年（一八三四）
近藤勇、武蔵国上石原村（現東京都調布市）に生まれる。

天保六年（一八三五）
土方歳三、武蔵国石田村（現東京都日野市）に生まれる。

天保十年（一八三九）
近藤勇の養父で天然理心流三代目の近藤周助が試衛館を創設。

嘉永六年（一八五三）
六月　ペリー初来航。

安政六年（一八五九）

十月　大老・井伊直弼による安政の大獄で、隠居した前土佐藩主・山内容堂に謹慎が命じられる。

安政七年（一八六〇）

二月　清河八郎、虎尾の会を結成。

三月　桜田門外の変で水戸浪士ら井伊直弼暗殺。

文久元年（一八六一）

近藤勇が天然理心流の四代目を継ぐ。

文久三年（一八六三）

二月　清河八郎が試衛館の近藤勇、土方歳三ら、水戸浪士の芹沢鴨などと浪士組（隊）を結成、江戸を発ち京都に到着。

三月　幕府より浪士組に江戸帰還命令、京都に残った近藤、芹沢らは会津藩預かりとなり、「壬生浪士組」を名乗る。

四月　清河、江戸で幕府の刺客により暗殺。

六月　大坂相撲の力士と乱闘。

九月　内部抗争で芹沢および平山五郎を粛清。平間重助は脱走か。隊名を「新選組」に改める。

十二月　野口健司切腹。

文久四年／元治元年（一八六四）

五月　大坂西町奉行所与力・内山彦次郎暗殺。

六月　池田屋事件、尊攘派を襲撃、肥後の宮部鼎蔵、長州の吉田稔麿らが死亡。

七月　禁門の変、京都に攻め込んだ長州藩兵の鎮圧に出動。

八月　近藤勇に不満を持った永倉新八らが会津藩主・松平容保に「非行五ヶ条」を提出。

元治二年／慶応元年（一八六五）

一月　土佐浪士の大坂城奪取計画を阻止（ぜんざい屋事件）。

二月　山南敬助脱走、切腹。

三月　隊士が二百名まで増え、手狭となった壬生から西本願寺へ屯所を移す。

慶応二年（一八六六）

一月　薩長同盟成立。

九月　三条大橋の幕府制札を引き抜こうとした土佐藩士を襲撃（三条制札事件）。

十二月　徳川慶喜将軍就任。孝明天皇崩御。

慶応三年（一八六七）

三月　藤堂平助らが御陵衛士を結成、離隊。

六月　全隊士の幕臣への取り立てが決定。

十月　大政奉還。

十一月　御陵衛士と抗争、藤堂ら刺殺（油小路事件）。

十二月　王政復古の大号令。近藤勇が御陵衛士残党に狙撃され重傷。

慶応四年／明治元年（一八六八）

一月　鳥羽・伏見の戦い、井上源三郎らが死亡。軍艦で江戸へ向かう途上、山崎丞が死亡か。

三月　新選組と弾左衛門配下の被差別民の混成部隊、甲陽鎮撫隊が甲州勝沼の戦いに惨敗。永倉新八らが靖兵隊を結成、離隊。

四月　下総流山で新政府軍に包囲され、近藤勇が投降。土方歳三、旧幕府陸軍に合流、宇都宮城の戦いで負傷。板橋刑場で近藤斬首。

五月　江戸で沖田総司（惣次郎）が肺結核で死亡。

九月　「明治」に改元。

十月　土方ら旧幕府軍が箱館の五稜郭に入城。

明治二年（一八六九）

五月　土方歳三戦死、新選組が降伏。旧幕府軍が降伏、戊辰戦争終結。

明治四年（一八七一）

八月　解放令「穢多非人ノ称ヲ廃シ身分職業共平民同様トス」発布。

井上ひさし　Inoue Hisashi

昭和九年（一九三四）十一月十六日、山形県東置賜郡小松町（現・川西町）生まれ。昭和三十五年（一九六〇）、上智大学文学部卒業。浅草フランス座文芸部進行係を経て、NHK放映の人形劇「ひょっこりひょうたん島」（一九六四―九）の台本を共同で執筆。小説家デビューは昭和四十五年（一九七〇）の長篇書き下ろし『ブンとフン』。以後も戯曲、小説、エッセイ等を書き、『道元の冒険』（一九七一）で岸田國士戯曲賞と芸術選奨新人賞を、『手鎖心中』（一九七二）で直木三十五賞を、『吉里吉里人』（一九八一）で読売文学賞と日本SF大賞を、『腹鼓記』と『不忠臣蔵』（一九八五）で吉川英治文学賞を、『シャンハイムーン』（一九九一）で谷崎潤一郎賞を、『東京セブンローズ』（一九九九）で菊池寛賞を、『太鼓たたいて笛ふいて』（二〇〇二）で毎日芸術賞と鶴屋南北戯曲賞を受賞。昭和五十九年（一九八四）に旗揚げした「こまつ座」の座付作者として自作を上演しながら執筆活動を続け、平成十六年（二〇〇四）に文化功労者、同二十一年（二〇〇九）には日本藝術院賞恩賜賞を受賞。平成二十二年（二〇一〇）四月九日、死去。

熱風至るⅡ

二〇二二年十一月十六日　第一刷発行

著　者　井上ひさし

発行者　田尻　勉

発行所　幻戯書房
郵便番号一〇一-〇〇五二
東京都千代田区神田小川町三-十二
電　話　〇三-五二八三-三九三四
FAX　〇三-五二八三-三九三五
URL　http://www.genki-shobou.co.jp/

印刷・製本　中央精版印刷

ISBN978-4-86488-258-3　C0093

熱風至る I　井上ひさし

ここでは、大名にも町人にも一両の金が同じく一両として通用するところなのだ。お互いにお平（たいら）にいこう――戯作者たらんとした作家の、差別解消への想い。新選組への違和感と洞察。明治維新は果して、そんなに美しかったのか。「わたしはその答えを新選組のなかに求めてみたい」。「週刊文春」連載中断の幻の傑作、初の書籍化。　3,200円

終末処分　野坂昭如

予見された《原発→棄民》の構造。そして《棄民→再生》の道は？　原子力ムラ黎明期のエリートが、その平和利用に疑問を抱き……政・官・財界の圧力、これに搦め捕られた学界の信仰、マスコミという幻想。フクシマの「現実」を、スリーマイル、チェルノブイリよりも早く、丹念な取材で描いた長編問題作、初の書籍化。　1,900円

くりかえすけど　田中小実昌

銀河叢書　世間というのはまったくバカらしく、おそろしい。テレビが普及しだしたとき、一億総白痴化――と言われた。しかし、テレビなんかはまだ罪はかるい。戦争も世間がやったことだ。一億総白痴化の最たるものだろう……コミさんのそんな眼差しが静かに滲む単行本未収録作品集。**生誕90年記念出版**　3,200円

四重奏 カルテット　小林信彦

もっともらしさ、インテリ特有の権威主義、鈍感さへの抵抗――1960年代、江戸川乱歩とともに手がけた「ヒッチコックマガジン」の編集長だった自身の経験を4篇の小説で表した傑作。「ここに集められた小説の背景はそうした〈推理小説の軽視された時代〉とお考えいただきたい」。**文筆生活50周年記念出版**　2,000円

酒場の風景　常盤新平

銀河叢書　ただの一度しかないということがある。それが一生つきまとって離れない――恋とは、夫婦とは……。銀座の小体な酒場で語られる、男と女のままならぬ人間模様。『遠いアメリカ』で直木賞を受賞した著者が、情感ゆたかに織りなす大人のための短編連作。発表から四半世紀を経て初の書籍化。　2,400円

戦争育ちの放埒病　色川武大

銀河叢書　一度あったことは、どんなことをしても、終わらないし、消えない、ということを私は戦争から教わった――浅草をうろついた青春時代、「本物」の芸人を愛し、そして昭和を追うように逝った無頼派作家の単行本・全集未収録随筆群を初書籍化。阿佐田哲也の名でも知られる私小説作家の珠玉の86篇、愛蔵版。　4,200円